唐浩明全集

唐　浩　明　全　集

杨　度

下

精装典藏版

唐浩明 著

SPM 南方传媒 | 广东人民出版社
·广州·

目　录

第一章　一拍即合

第二章　筹安会首

第三章　小红低唱

第四章　由庄入佛

第五章　中山特使

第一章／一拍即合

一　八指头陀笑道：和尚如此厌倦红尘，何不出家

经过一两年的多方联络苦心筹划，中国有史以来第一个佛学界联合会终于在上海成立了。天童寺住持寄禅大法师以他精深的佛学造诣，传遍方内方外的诗名，童子身出家的资历以及严守佛家规矩的修炼功夫，得到了全国佛门子弟的衷心爱戴，名山宝刹，十方丛林，一致推举他为中华佛教总会第一任会长。上海静安寺里举行的会长就职仪式庄严肃穆，气派闳大，其郑重程度，完全可以跟皇帝登基大典相比。中华佛教总会设本部于上海静安寺，设机关部于北京法源寺。

那时，孙中山虽辞去了临时大总统职务，但仍住在南京。寄禅怀着对民主共和的拥护和对孙中山本人的崇敬，前往南京敬谒孙中山。孙中山在革命期间也曾得到过佛学界人士诸如苏曼殊、月霞等法师的支持，尽管他本人并不相信佛教，却对佛门颇有感情。

寄禅禀告中山先生，各省都有军队强驻寺庙不撤，使得寺中出现僧尼反倒无处栖身的现象，又说寺产被地方侵夺的事也很普遍，希望民国政府保护僧众的利益。

孙中山对寄禅说，僧众的利益理应保护，只不过民国政府已经北迁，临时总统已是袁项城，法师宜去北京求助于政府。应寄禅的请求，孙中山又给分管此事的内务部写了一封短笺。

于是，寄禅便赍着这封短笺一路辛苦来到了北京，依旧挂单法源寺。法源寺的老住持去年圆寂了，换了一个较为年轻的住持，法名道阶。道阶是寄禅的嗣法弟子，对寄禅执礼甚恭。寄禅在法源寺里住下来，草拟中华佛教总会章程及请求保护寺产的报告，同时又与京师的佛寺方丈、监院等执事人员协商筹建中华佛教总会北京分会的事宜，又经常接待各地仰慕者，他们多为喜作禅诗的文人居士。寄禅与他们谈禅论佛，甚为相得。空闲时则编纂修改四十多年来积累的两千多首诗作。

老友杨皙子这一年来在政坛上很活跃，穿梭于南北政府之间，为南北合作出了不少力。但从上海到北京，这位方外法师也听到不少关于这位由君宪忽转共和的老朋友的闲言杂语。寄禅很想与皙子见见面，说说话，无论是谈政治还是谈佛典，他与皙子都有很多共同的话题。很可惜，皙子到青岛去了，且等他回京师再说吧！

除开皙子，这位六十二岁被佛门视为真正的六根清净的老法师还惦记着一个人，那就是净无。别人都不知道他还有这段凡缘，甚至连他本人也弄不明白，他对她的这份情义究竟有多重。

每当夜阑更深他一人枯坐青灯下，或者中宵黎明他辗转在冷硬的禅床上，那个时候，净无听他说诗时的欣悦的面孔，以及拒绝她的要求时失望伤心的眼神，便会从他白天静如枯井的脑中浮出，晃动于他的眼前，他会感觉到一种格外的温馨，也伴随着一种强烈的自责。四大皆空的说教，焚指礼佛的决心，在那个时刻里便统统不能再起作用了。这种折磨会一直到晨钟敲响众僧起床时，才会慢慢地消失。

多少年来，这份痛苦悄悄地侵蚀着他的心。他不能对任何人说起，也包括净无在内。来到京师一个多月了，他时常寻思着要去慈悲庵会一会净无。但一想起那年与净无分手时，她那种恋恋不舍的黯然神情，他又打消了这个念头。以心度心，他知道那一次短暂的聚会，一定将给净无的心灵带来很长时间的不平静。算了吧，何苦再给她增添烦恼呢！

这天午后，道阶兴冲冲地跑来说："师父，咱们法源寺出宝贝了！"

"出了什么宝贝？"

"这几天阳光好，我要管藏经楼的大醒法师把经书搬出来晒一晒。大醒法师偶尔在装唐朝写经的木柜里发现了一个夹层，打开夹层看时，里面藏着一张古画，是吴道子画的关公爷的像。"

"吴道子的画？"寄禅站起来说，"去看看，若真的是吴道子的画，那的确是个宝贝。"

寄禅随着道阶来到藏经楼下，大醒把他的重大发现呈献给会长。寄禅眯起老花眼仔细地端详这幅画。画上是一位身着戎装的将军在一支蜡烛照耀下，一手拿书，一手抚须，作漏夜读书状。看那将军粗眉长眼，正气凛然，的确是传说中武圣关公的模样。画的上首题着：蜀汉壮缪侯秉烛夜读图。下首题着：吴道子熏沐斋戒敬绘开元十五年谷旦。

画面上标明的是吴道子。常言说，曹衣出水，吴带当风，是说曹不兴画的衣袖就像刚从水里浣洗出来一样的清新鲜丽，吴道子画的系带就像能被风吹起似的轻柔飘逸。寄禅凝视关公身上的袍带，果然有飘飘欲起的样子。他初步断定是真迹而不是冒牌的赝品。心里想，可惜齐白石和杨钧不在这里，他们一精于绘画，一精于考古，一定可以行家的眼光做出鉴定。于是对道阶说："我看多半是吴道子画的，但不能确定。你不妨送到琉璃厂去，请一位古董名家鉴定一下。"

道阶亲自持画去琉璃厂。怕画丢失了，又亲自守在一旁。经过三个专家鉴定，一致认为是吴道子画的无疑。这下，法源寺出了吴道子真迹的消息便不胫而走。短短几天里，有许多人来法源寺看画，弄得道阶、大醒等人忙忙碌碌的。幸而寄禅到正定县福延寺主持佛事去了，没有卷入这股热潮中。

大醒向道阶建议："住持，眼见得来看唐画的人会越来越多。我倒有个主意，可让这个宝贝给寺里带来实惠。"

道阶问："带来什么实惠？"

大醒说："这两年来寺里收的香火钱越来越少。南北打仗，国家不安宁，往年喜欢外出化缘的僧众也不敢出去了，寺里近百号大小和尚个个都要吃饭穿衣，寺里的经费很困难。"

大醒这番话说到道阶的心坎里去了。作为一寺之长的住持，道阶坐镇法源寺，别的事情都应付裕如，唯独对生财一道颇费心机，而这又是寺里的第一件大事，除泥塑木雕的死菩萨外，老老小小的活菩萨们每天要吃饭。和尚们尽管天天念经拜佛，但凡俗之心似乎并未减少几分，针头线脑的小利也斤斤计较寸步不让。因为多吃少吃一口饭，多分少分一文钱，而引起的争吵、眼红、诅咒、陷害之事常常在寺内发生，弄得道阶十分头痛。有时他想，倘若突然在寺里挖出几斤黄金来的话，那一切争斗都会平息了。大醒居然能为他分忧，主动为解决寺里经费难题而献策出谋，真让道阶感动，他急切地问大醒，生财之道在哪里？

"就从这幅唐画身上打主意。"大醒诡谲地笑了笑。"我们学隆兴寺的经验。隆兴寺那年铁树开花，观者如云。后来寺里规定，凡进寺观看者一律交十文钱。洗机法师那老家伙很厉害，连京师各寺院的僧尼都没有优惠。铁树花一连开了四十天，隆兴寺净赚了一千两银子。"

"你是说我们也收钱？"道阶明白了大醒的意图。

"正是。我们把这幅唐画好好裱起来，做一个木框框好。腾出一间空房子来，把它挂在墙壁上，派两个人守在门边，交十文钱才可以进去看。”

“好主意。”道阶拍拍大醒的肩。“收十二文吧，百物都涨了价，我们也涨两文。”

“行，就收十二文。”大醒见住持采纳了他的建议，很高兴，眼珠子转了两转，又说，“还有个生财之道。我们再腾出几个房间来，放几张床。有些远道来看画的人，一天回不去，就让他住这儿，每床每晚收二十文，这又是一笔收入。”

“你真有办法！”道阶笑道，“年底结算一下，若收入好，奖你十两银子，明年提拔你做个监院。”

想起又是发财又是升官的前程，大醒笑得两眼眯成一条缝。

大醒的主意果然好。一个月下来，看画和住宿两项收入加起来，足足有一百五十两银子，几乎为半年的香火钱。同时，这个月的香火钱也格外旺盛，福田箱里的钱比上个月要增加一万多文。大醒也不去打扫藏经楼了，天天管收钱。道阶比往日辛苦多了，稍有点地位的看客来了，他便要亲自迎来送往，陪着他们看画谈话。一到夜晚，就要和大醒及另一个管账目的和尚结账，常常要弄到一二更天才能上床安歇。忙虽忙，他心里高兴。

这天一早，内务部一个小职员来到法源寺，叫寺里赶快准备，过会儿，总长赵秉钧赵大人要陪同德国公使来看吴道子的画。

总长陪洋大人来法源寺看画，这可是给法源寺很大的脸面。道阶忙下达命令：一、上午不接待任何前来看画的人；二、打扫道路，整理画房，准备茶水；三、洋大人看画时，不准盯着他看，凡无关之人，一律呆在禅房做功课。道阶下达命令后，又忙着到各处检查落实。

一个小时后，赵秉钧陪着一个身材高大金发碧眼神态傲慢的洋人进了法源寺，身后跟着一大群随从。道阶窜前窜后地招呼，紧张得满头大汗。洋大人看画看得很细，叽里咕噜地说了许多话。道阶自然是什么都听不懂，只好吩咐端茶水上来，表示法源寺的欢迎之意，但洋大人却不喝。见洋大人不喝，赵总长也不喝。见赵总长不喝，所有随从也不敢喝。道阶辛苦准备的顶好香茶，一口也没动。洋大人看完画后又去大雄宝殿溜达溜达，自然又是赵总长及一大群随从跟着。道阶被随从们挤出队伍之外，上前也不是，后退也不是，站着也不是，离开也不是，弄得十分尴尬，急得浑身衣服都湿透了。幸好洋大人要走了，道阶跟着随从们送他到大门外。赵总长陪洋大人上了马车，道阶赶紧合十弯腰。

随从中一个中级官员穿着的人走到道阶身旁说："公使说你们法源寺这幅画很好，他很喜欢。"

道阶听了这话后喜得心花怒放，说："阿弥陀佛，洋大人喜欢，这是敝寺的荣光。"

直到这支庞大的队伍走了很远后，道阶才转身回寺院。这时，他早已累得四肢酥软了。

吴道子的画给法源寺带来银子，带来风光，但随着也给寺里带来了不少麻烦。

先是京师各寺院的头儿们闻讯后都赶来看画。大醒犯难了，收不收钱呢？收钱嘛，过去他们都给法源寺不少帮助，如今来看个画，还要钱吗？不收嘛，所有各寺院的师兄师妹们都会来看样，损失就太大了。还有政府里的官员，往日来寺里较勤的名流居士，收不收钱？收，怪不好意思的；不收，援例的又太多。又有本寺僧众的俗家亲属来看画，收不收钱？不收，减少了收入；收了，僧众们会说，自己寺里的画，这点情分都没有？

大醒实在难办，他请示道阶。道阶想了想，说："一律照收。"

没有多久，寺里寺外到处都是指责声。许多居士不登门了，不少寺院断了往来。寺里一个老和尚的亲弟弟来看画也出了十二文钱，那个老和尚向来脾气暴躁，竟然指着大醒的鼻子破口大骂。

大醒受了委屈，气得哭了起来，不愿意去管画房了。道阶也是一天到晚耳朵里装满了闲话，心里早烦了，便干脆下了一道命令：把画收起来，不展览了。

法源寺里的唐画不再展出一事，反倒更加刺激了京师人的胃口。有人猜测是画被人盗了，展览不成了。还有的说偷儿就是本寺的和尚。也有人说画其实是假的，被识者认出来了，法源寺不敢再挂出骗钱了。甚至有传得更离奇的，说那天德国公使看了后，喜欢得不得了，出一百万马克巨款买走了，法源寺的穷和尚们发大财了，住持独自吞了十万，僧众每人打了一个紫金化缘钵。一时间闹得沸沸扬扬，弄得道阶百口莫辩。

展览也要听闲话，不展览也要听闲话，道阶为这幅画苦恼极了。

这天，寄禅从正定回到北京。闲聊几句后问起了吴道子的画，道阶便将这段时期的情况一五一十地告诉他。最后，哭丧着脸说："师父，你看这如何是好？事真难办，人真难做呀！"

寄禅津津有味地听完弟子的诉说，觉得有趣极了。他笑道："和尚既然这么烦恼，何不出家？"

道阶听了这话，先是莫名其妙地一愣，随即顿悟，不觉哈哈大笑起来，连声说："师父说得对，说得对，和尚要出家，要出家！"

二　八指头陀向杨度讲授佛家哲理：人世好比一个圆圈

秋凉时，杨度带着一家子从青岛回到北京。与何三爷闲话京城时事，何三爷便把法源寺的唐画告诉了他。杨度最是个爱古董爱字画的人，法源寺出了吴道子的画，既是名画又是古董，怎能不去观赏一番？

杨度兴冲冲地来到法源寺，进得山门，来到藏经楼前，只见十余个僧人围着一株枯树站着，其中有两个年轻力壮者各拿一把斧头，像是要砍树的样子。杨度走上前去观看。

这时，从禅房里走出一个身材高大白须飘胸的老和尚，拄着一根满是疙瘩的拐杖，分开众僧，来到树边。这不正是两年多不见的寄禅法师吗？杨度正要走过去与他打招呼，却见寄禅扬起手中的拐杖，对着枯树轻轻地敲打几下，又抬起左手，伸出指尖紧并的手掌，口中念道：“摧残枯木倚禅堂，阅尽风霜岁月长。识得菩提本无树，纵加刀斧亦何伤。咦！满眼清爽秋光好，不妨别借一枝楼。”

寄禅念完后，两位壮僧挥舞起手中的利斧，只两三下便把枯树砍倒了。

“好！”随着枯树倒地声，围观的僧众情不自禁地高呼起来。

砍伐一棵枯树也要作如此郑重的仪式，杨度觉得佛门生活怪有趣的。他跨过倒地的枯树，对着已转身回房的老和尚喊了一声：“寄禅法师！”

寄禅回过头来见是杨度，又惊又喜，忙停住脚步说：“皙子，什么时候回京的，你怎么知道我在法源寺？”

“我哪里知道你在法源寺，我是冲着吴道子的画来的。”杨度边说边来到寄禅的身旁。“你来京师多久了？”

“四五个月了。”寄禅答。又问，“听说你一年来红红火火的，怎么会有空闲到青岛度这么久的假？”

“那些事慢慢说吧。听说法源寺里藏着一幅吴道子的画，真的吗？”

“真的，我陪你去看！”

寄禅打发人叫来道阶，两人陪着杨度走进已关闭多时的画室。杨度站在关羽像前仔仔细细地看了很久，又离开几步，远远地瞧着，越看越兴奋，越看越心痒。

“国宝，这是真正的国宝！”他猛地在一边陪着的道阶肩上一拍，将这位住持吓了一跳。“怪不得轰动了京城。这是一幅真正的吴道子的画，你看那衣带飘得有多逼真！”

尽管已确知是国宝，道阶听了这话仍然很高兴。因为杨度是名士，是行家，而且道阶还知道他与袁大总统私交极深，由此人嘴里说出这句话，自然与旁人不同。杨度情不能已地问：“法师，若有识货的要买你这幅画，你卖吗？”

“卖呀！”道阶眼睛一亮。

“要多少钱？”杨度认真地问。

“起码十万银元。”

“十万银元。”杨度在心里琢磨着：值是值，只可惜一时拿不出这多银元来。买房子剩下的二十万，这几个月在青岛用去了近万元，寄给弟弟一万元，给湖南华昌锑矿公司投资十二万元，身边只剩下六万元了，且母亲下个月将会带着妻儿和叔姬来北京居住，需要钱用。只怪自己钱少了！杨度在心里叹息一声，不再存别念了。

见杨度沉吟，道阶试探着问：“杨居士，你看这个价是不是开高了？”

“不高，不高！”杨度忙说，“确实值得十万元。若有人来问价，你只管上抬，再不要下压了。”

“谢谢！”道阶对这幅画的价值心里更有底了。

出了画室，寄禅陪杨度走进自己的禅房。二人边喝茶边叙谈。谈起这一年多来国家的巨变，杨度对雪窦寺悟字长老预言的很快验证，感叹不已。寄禅也称赞老友的顺应时势，为国家做了好事。一谈起国事，未入阁的隐痛又被引发了。杨度不愿多谈及，他转了话题：“法师最近在忙些什么？”

寄禅指了指书案说：“我想把这几年的诗作再汇编一次。皙子，不瞒你说，我今年虽只有六十二岁，却总有活不长的感觉。你说怪不？”

杨度笑道：“你身体这样结实，又清心寡欲，只怕是活到一百岁还会赖着不走，哪里就会想到圆寂这码子事。”

寄禅浅浅笑了一下，说：“即使活了一百岁也是要走的，我们佛家视此事很平常。万物行行，此生彼灭，灭生灭死，亘古循环，刻刻变迁，轮回不息，在物则为成坏，在人则为生死，实则世间物体只有变化，并无生死。无始无终，无生无灭，不增不减，不去不来。物物如是，人亦如是，释迦牟尼如是，我亦如是。”

杨度见寄禅将生死说得如此高深，自己顿时像明白了一点什么似的，一时又表达不出来，只是一个劲地点头。

寄禅喝了一口茶，继续说：“话虽如此，我在人世间还有一些事要了，其他事已基本办好，仅这本诗文集还未最后定稿，心里放不下。另外，前几天衡阳居士喻昧庵将应道阶之聘编纂的《新续高僧传》送来了，要我写一篇序。喻居士是我多年的朋友，这部书也还编得不错，这篇序我不能推辞，况且我也想借此说几句话。”

说着将案头上堆得高高的一叠稿子指了指。杨度拿下一部分稿子，随手翻了翻目录。原来这部书是据明末沙门如惺所撰《明高僧传》推而广之，上起北宋下至清末，共有六十六卷。喻昧庵将梁沙门慧皎之《高僧传》称为初集，唐释道宣之《续高僧传》称为二集，宋释赞宁之《宋高僧传》称为三集，将自己编的这部书称为四集。他认为这四集高僧传把中国数千年佛教人物都包括进去了。

“法师，我看当今第一高僧应该是你了。”杨度放下书稿，笑着说。

“不能这样说。”寄禅平淡地说，“皙子，你以为高僧应是什么人？”

杨度想了想，说：“所谓高僧，当然是精通佛典的僧人。”

寄禅点点头说：“你说的不错，但这只是高僧的第一义，即普通高僧。”

与当时许多大知识分子如梁启超、章太炎一样，杨度对佛学也有很大的兴趣。只是这些年来忙于宪政，忙于国事，无空闲钻研佛典，现在有一个这么好的法师在面前，何不向他请教呢？于是问：“真正的高僧，还应当具备什么条件呢？”

寄禅说：“皙子，我一向认为你有慧根，你若皈依我佛，日后必定可成正果。你我相交，亦是缘分，我今天对你讲点佛法吧！”

杨度高兴地说：“法师，佛祖说度己还须度人，度人即为度己，你今天就度一度我这个俗人吧！”

“阿弥陀佛，善哉斯言！”寄禅拿起挂在胸前的念珠，虔诚地说，“学佛说法，教理通达，由识求智，戒行圆明，此乃高僧第一义。知无法可说，无佛可学，明法即非法，佛即非佛，此乃高僧第二义。”

杨度听到这里，莫名其妙：刚才还在讲学佛说法，现在又讲无佛无法，这是怎么回事？

他学着寄禅的样子，做一副虔诚的模样，只是胸前无念珠可数，双手似觉无处可放。

“法师，弟子于高僧之第二义，颇觉费解，敢请法师详明指示。”

听到杨度以“弟子”自称，寄禅干脆摆出素日大法师讲经的神态来，半眯着眼睛，一字一句地说道：“若以说法而名高僧，则法与不法邪正殊观，法见未除，斯法执以起。若以学佛而名高僧，则佛与非佛圣凡异视，佛见未除，斯我执以起。二见二执，皆为心障。斯障不治，何云高僧？”

杨度似乎明白了一点，继续听法师说下去：“所说之法与能说之人，所学之佛与能学之人，皆以一心成二相。此皆自心差别，不从外来，善恶相对而成，迷悟相同而成，有则俱有，无则俱无，一念不生，万缘俱寂，故无法无佛，方为高僧，此为第二义。”

从有到无，原本是心境的变幻导致的结果。这真是一门高深莫测的学问。杨度再问：“高僧还有第三义吗？”

“有。”寄禅又数起念珠，继续说，“一切万法起于因缘，成于对待。本来无法，因非法而有法；本来无佛，因非佛而有佛。去妄所以显真，妄去亦无真可显；明空所以破有，有破亦无空可明。故高僧第三义，必能于无法可说而为说法，所说者即无可说之法；无佛可学而为学佛，所学者即无可学之佛。”

杨度听到这里，忽然拊掌笑道：“法师，弟子终于明白高僧之义了。先是学佛说法，继则无佛无法，三则于无佛无法中再来学佛说法，好比在一个圆周上转了一圈，最后又回到出发点。”

“正是这样。”寄禅松开手睁开眼，说，“皙子，我说你有慧根，果然没有看错。实话对你说吧，我十七岁出家，在佛门度过了四十五年，直到最近几年我才真正明白，世上其实没有佛，佛即是最高智慧，最高领悟。世间就如同你所说的，是一个圆圈，用我们佛家的话来说即一个轮回。两个人站在圆圈的同一点，一个人是没有绕过圆圈走的，另一个是绕了一个圆圈后又回到原地，表面上看来，两人处在同一位置，其实从心境上来说，两人乃有天地之别。又如我们中国有两句成语：愚昧无知，大智若愚，两句成语都是说的‘愚’，然则此愚与彼愚大不相同。皙子，你在人世间还只走了半个圆圈，尚不甚明了其中的道理，待再走完那半个圆圈，就会一切都明白了。今天我还有点事要出趟门，就说到这里吧。你有空常来法源寺走走，能度你这个绝代才子，也是我佛门一幸。”

这一番话，说得杨度颇有智慧顿开之感。半个月内，他接二连三去法源寺，与寄禅谈佛说法，收益甚多。

这天下午，道阶突然来到槐安胡同，心急火燎地对杨度说：“居士，快到寺里去，法师病危了，请你赶快去见最后一面！”

如同突然响起一声霹雳，杨度惊懵了：“这是怎么回事？大前天我去看他还好好的，如何一下子就病危了？”

他吩咐何三爷赶紧套马车。

道阶说：“先上车吧，上车后我再告诉你。”

何三爷扬起马鞭，在空中清脆地响了几声后，大青马便拉起载着三个人的轿车，向城南法源寺飞快奔去。车上，道阶把这几天发生的事情详细地告诉了杨度。

前天，寄禅将保护寺院条款誊正稿亲自送到内务部礼俗司。这个条款是寄禅用了四个多月的时间反复斟酌修改而成，其中也含着南北众多僧尼的心力。佛教总会盼望内务部审查后再以民国政府的名义作为法律颁布，借以保护全国各地寺院的合法利益。

承办此事的礼俗司司长杜开达，就是那天陪赵秉钧和德国公使来法源寺观看吴道子画，临走时特地与道阶打了声招呼的那个中级官员。他那天边看画边寻思：这幅画若是我的就好了，今后得想个法子把它弄到手。看到德国公使和赵总长都艳羡不已，他转念又想：把它弄过来送给赵总长，再由赵总长转给德国公使，如此既讨好了赵总长，又巴结上了洋大人，今后的好处会说不完。心里琢磨了很久，但一时又想不出个好主意。

看到寄禅递交上来的保护寺院条款，他眼珠子一动，一个好主意立时浮上心头，暗自得意：这真是佛祖送来的好机会！他传令请寄禅进来，自己亲自接见。又吩咐给寄禅上香茶。寄禅虽没有喝他的茶，心里却很舒服，想起两年前在前清礼部衙门遭到的冷遇，不禁很有感慨：到底是民主共和了，办事的官员真是和气，再也没有过去那种老爷气十足的派头了。

“请问法师在京师住哪座寺院？”杜司长端起盖碗茶，一边揭盖子，一边和颜悦色地问。

“贫僧挂单法源寺。”寄禅不卑不亢地回答。

法源寺！杜司长心里一阵欢喜：这下好了，再也不要绕圈子来提吴道子的画了。他脸上绽开了笑容，又问，“法源寺的道阶住持一定与法师很好？”

“他是贫僧的嗣法弟子。”寄禅身子骨直直地挺着。

“道阶住持前些日子在寺内发现了一幅唐朝的古画，法师听说了吗？”

“知道。”寄禅又习惯性地抬起左手，一粒一粒地数起念珠来。

“这真是个宝贝！”杜司长露出一副垂涎欲滴的神态。

“在人世间或许是宝贝，在我们佛家子弟看来，这些东西都是无所谓的。”寄禅平静地说着，脸上无半点矜喜之色。

民国政府的礼俗司司长原是个在前清官衙里混得精熟的师爷，擅长应对，善于察言观色。听了这话，马上接言：“法师真是个道行高深的出家人，把俗世的一切都看淡看透了。其实，法源寺是个打坐拜佛的地方，吴道子的画挂在那里本就很不协调，而且这幅画也不可能提高法源寺在佛教界里的声望。”

寄禅一听，心里警觉起来：这话什么意思？遂聚精会神地听这位官员的下文。

“法师今天送来的这个保护寺院条款很好，民国政府是为国民办事的，僧尼也是民国的国民，民国政府毫无疑问要为他们办事。赵总长一定会将它呈送给袁大总统，袁大总统也一定会批准公布的。”

寄禅没想到事情竟会办得这样顺畅而完善，令他大喜过望。他忙合十：“贫僧代表全国僧尼感谢杜司长，感谢民国政府。”

“这是我们的职责，不必言谢。”杜司长笑容可掬地说，“政府要为国民办事，国民也要给政府帮忙。有件事，我想请法师妥为转告法源寺住持道阶上人。”

因为有刚才的警觉，寄禅立时想到杜司长要打吴道子画的主意了，他脸色凝重起来。通常这时要说的话是“请问什么事”，他却有意不说。

杜司长觉察出这个老和尚脸上的变化，见他并不接言，心里颇有点不快，遂收起笑容，一本正经地说：“现在政府也有困难，一是缺银子，二是缺武器。法师知道，德国是洋人中的强国，既有钱又有好枪炮。政府想从德国银行贷款，又想在德国买一批新式枪炮来，这都要靠德国公使从中周旋。那天，勒兰特公使看了法源寺的古画后激赏不已。赵总长对我说，假若把这幅画送给他，那么从德国贷款买武器就不成问题了。刚才法师说得好，古画对佛门来说是可有可无的东西，但现在对政府来说就将起大作用了。政府帮佛门的忙，下达保护寺院令；佛门也帮政府的忙，捐献那幅古画。这样大家都好。法师你说呢？”

怪不得杜司长这么客气，怪不得保护条款会这么顺畅地获准，原来都是冲着这幅吴道子的画来的。说得好听，捐画是为了政府，其实都是为了他们自己。这种事前清官场比比皆是，没有想到新成立的民国政府竟然与倒台的前清朝廷是一丘之貉！

想到这里，一股闷气涌上寄禅的心头。他压住怒火，冷冷地说："古画是法源寺的寺产，与中华佛教会没有关系。杜司长要古画，老僧做不了主，老僧得与道阶商量。"

说着起身。

杜司长忙跟着站起，说："法师不要误会，杜某人自己决不要那幅古画，古画是送给德国公使的。杜某人这个建议纯是为了政府，请法师回去好好跟道阶住持说明，佛门也要以国家利益为第一才是。"

寄禅气愤地回到法源寺，把这件事告诉道阶。年轻气盛的道阶一听，立即怒火中烧，嚷道："什么为了政府，都是为了他自己，他好借这幅画攀上洋人，为自己找靠山！"

法源寺里的和尚们都在做把画卖十万银元每人分两百三百的美梦，听到这个消息，也个个愤怒，都围着道阶七嘴八舌地说，古画是法源寺的公产，人人有份，谁都无权把它送人！也有人对寄禅说，宁可不要政府颁布保护令，也不把古画送出去！还有人不客气地说，政府就是颁布了法令，顶个屁用。他们自己还没站稳脚跟哩，哪有能力管佛教界的事。到头来，我们得到的是一纸空文，他们倒实实在在地拿去了十万银元！

傍晚，法源寺里来了一个低级官员，专门来找寄禅法师。守门的老和尚是个盼望得银子最心切的人。他已经七十多岁了，俗家亲戚只有一个侄儿。他对侄儿说死后要埋到父母身边，要侄儿替他了却这个心愿。但侄儿不愿意，说要花一笔钱，家里拿不出。看门老和尚想，若把画卖掉后自己分得百把两百银元，侄儿就不会不办了，死后就可以跟父母长眠一起了。下午得知内务部要古画的事，他也是闹得最厉害的一个。当听说来访者是内务部的官员，也不管他的官大官小，劈头盖脑地发了一肚子牢骚，归结为一句话：画不能出寺门，要的话，拿十万银元来买！那官员听了，心里冷了半截。找到寄禅后，寄禅也以实相告。那官员匆匆离开法源寺，把这些都向杜司长作了禀报。

昨天寄禅法师又去内务部打听消息，看条款是不是批了。到了礼俗司见不到杜司长，坐了半天冷板凳后，一个姓白的副司长出来接见。

白副司长绷紧着脸打着官腔："老和尚，你不去寺里吃斋念佛，来我们这里做什么？若是化缘的话，那你走错了地方，我们民国政府的衙门是从不打发和尚什么东西的。"

这几句话，说得寄禅一肚子火。这位八指头陀，多少年来以自己的德行和诗才，享受着僧俗两界的广泛尊敬，何曾受过这种奚落？他本想跳起来将这个混账官僚臭骂一顿，想想与自己会长的身份不合，咬咬牙，将唾沫咽了下去，瞪起眼睛将白副司长看了好长一会儿才说："你不要弄错了，我不是来化缘的，我是中华佛教总会的会长，我是来问送上的保护寺院条款批了没有。"

"噢，"白副司长拖长着声调说，"你是问那个条款嘛，我们多少大事还忙不过来，哪有空闲管你们和尚尼姑们的事，你们自己去管自己吧！"

看着白副司长这副模样，寄禅心里又上气了。他再次压住，说："昨天杜司长说得好好的，民国政府要为国民办事，保护寺院这种事也要管的，为什么现在又不管了呢？"

"噢，"白副司长又拖长了声调。"那是昨天说的话，今天上峰又有新的指示：出家人的事政府不管。"

"你们上峰怎么会有这样的指示？"寄禅不自觉地把嗓门提高了。"我在南京拜会了孙大总统。他说，不管是谁，只要是中国人，国民政府都有责任保护他们的合法权益。"

说罢，拿出了孙中山的便笺，说："这是孙大总统的亲笔函。"

白副司长对孙中山的便笺正眼都不瞧一下，冷笑一声说："和尚，你不要再看老皇历了。现在已不是孙大总统威风的时候了。现在是袁大总统的天下，我们都听袁大总统的。他孙大总统有本事，先保住自己的位置再说。台都下来了，还写什么条子来指示我们，笑话！”

寄禅对孙中山满怀崇敬之情，见他这样嘲笑孙中山，满肚子怒火再也不能忍耐了。他霍地站起，指着对方的鼻子骂道：“你真正是小人得志！你算个什么东西，也敢对孙大总统不恭？”

原来这位白副司长正是个得志小人。他本是赵秉钧身边多年的跟差，走脚跑腿，端茶递水，侍候得好。赵秉钧为酬劳他的忠顺，出长内务部时，就叫他在礼俗司做个科长，上个月才提拔的副司长。当了堂堂副司长的白跟差，发迹后最忌讳的就是“小人”二字。寄禅的这句话激起他满腔仇恨的怒火。他捋起衣袖，劈脸就给寄禅一个耳光，口里骂道：“打掉你这个老秃驴的蠢气！”

这位年过花甲名满天下的高僧，如何能受得了这个侮辱，当即气得晕倒在地。待到他醒过来时，发觉自己已躺在内务部的大门外，周围无一人在身旁。他挣扎着站起来，一路扶着墙壁回到法源寺。他睡在床上，将在内务部的遭遇一一告诉了自己的嗣法弟子。道阶又气又恨，泪流满面。快到天亮时，道阶发现师父的呼吸艰难，气色渐渐不对了，心里万分着急。他紧紧地握着寄禅的双手，那双手已经冰冷了。

“师父，师父！”道阶一声声轻轻地呼唤。

“道阶，你替我跑一趟槐安胡同，请杨居士来一下，我有要事对他说。”寄禅吃力地睁开眼睛，对一直守候在身旁的嗣法弟子说。

“师父，弟子打发一个人去吧，弟子守着您。”道阶哭泣着说。

“我要请杨居士办大事，你亲自去郑重一些。放心吧，我这两天还不会死的。”

寄禅的手微微动了一下，似乎要从道阶的手里挣扎出来。道阶松开手，吩咐大醒守在一旁，自己则飞奔槐安胡同杨宅。

杨度听了道阶这一路上的叙述，心里又闷又焦，一句话也说不出来，只管叫何三爷打马快走。进了法源寺，他三步并作两步直奔禅房。

才几天不见，红光满面气宇轩昂的老朋友便突然变得面黄肌瘦气息奄奄了。他悲愤地喊了声“法师”，就气堵于胸接不上话来。

寄禅睁开眼睛，见杨度坐在一旁，脸上微露一丝笑容，轻轻地说：“皙子你来了，好，好。”

又对道阶说：“你给我喝两口茶。”

道阶泡了一壶酽酽的天童茶，将师父扶起，靠在床背上坐着。喝了几口茶，寄禅略觉精神好些，失却光彩的双眼望着杨度，慢慢地说：“这几天发生的事，道阶都对你说了吗？”

“都对我说了，法师，你要想开点。”杨度安慰老朋友。

“没有想到这袁大总统的民国政府跟前清官场一个样。”寄禅长长地叹了一口气。“贫僧出家四十多年，世人之意气仍未去得干净，终于不能受此奇辱而自戕至此，这也算是一段孽缘吧！”

道阶在一旁愤怒地插话：“礼俗司这样对待师父，是因为他们没有得到古画的缘故，都是让这幅画害的。我看干脆把它烧掉算了！”

“道阶，千万莫这样，与古画何干。”寄禅气喘喘地说，“我死之后，你们把画再藏到夹板中去。不管礼俗司如何来纠缠，也不能让他们得到。还定下一条寺规：不到太平盛世，决不能让此画再见天日。记下了我的话吗？”

道阶含泪点头：“弟子谨记在心。”

“这事不说了。死生有命，何况我们佛门无生无灭，你们也不必悲伤。皙子，我把你请来，是想最后跟你说几句话。”

杨度将身子前倾过去，悲戚地说：“请法师讲吧！”

“皙子，自从光绪二十一年认识你，到现在已有十六七年了。你志大才高，用世之心强烈，老衲虽是方外人，却也可以理解到。”寄禅将右手从被子里抽出来，杨度赶紧用双手握着。“你眼下虽有点小小的不顺意，但大体上还是得志的，日后也可能还会做出更大的事业。这事业值不值得去做，老衲的看法或许与你有些不同。尽管如此，你还是努力去做，做到哪一步算哪一步吧！我今天要跟你说的是，尘世茫茫，苦海无边，唯有我佛门才是了却一切烦恼的极乐世界。佛家经典博大精深，佛家子弟胸襟空灵。皙子，哪天你觉得尘世的苦恼有不可解决之时，望你遁入空门，皈依我佛，将可一了百了，同升化境。”

杨度十分感激地说：“我一定遵循法师的指示。”

“还有一件事，我想请你帮个忙。”

“什么事，你说吧，只要是凡俗人可以办到的，我都会尽力去办成。”杨度极为诚恳地表示。

“不必说得这样严重。”寄禅脸上露出一丝苦笑。“对于你来说，此事并不难。我的诗文集自己虽编了一下，但未完工。我死后，这些诗文全部交付给你，你帮我清理汇编出来。若遇得机会将它刻印两三百部，分送给我生前的师友们。师友名单，我都开列了。”

杨度立即答应：“法师放心，我一定会把此事办得好好的，一定会刷印出来，分赠佛界诗界。”

“好，我谢谢你了。”寄禅的双眼里似乎增添了几分生气。“皙子，我之所以请你来编，是想借重你的大才。你是知道的，我念书不多，学问浅陋，诗中若有写错了的字，用错了的典，请你帮我改过来，莫让八指头陀遭后人讥笑，更莫让八指头陀贻误后世读者。”

苦苦修炼了四十五年，仍然没有把传名之心泯灭，临到终期，尚如此郑重地交待自己的诗作，可见人之本性是多么的难以移易！杨度边想边说：“法师乃今世之齐己、皎然，诗作不独佛界之绝，即使置于文坛，亦不愧为大家。倘若真有个什么瑕疵，我一定会妥善修补的。”

“好，好。”寄禅缓缓点头。他环视一眼禅室，见道阶仍恭侍一旁，便对他说，“我这会子好多了，你去佛堂料理吧，不必守在这里。”

道阶是个灵泛人，他知道师父一定是有腹心话要跟老朋友说，便悄悄退出禅房。

“你还记得两年前我对你说过的净无师妹的事吗？”当房间里只剩下两个人时，寄禅问杨度。

“记得，记得。”净无并非寻常师妹，她与寄禅的那段故事，已深深地印进了杨度的脑中。

“净无喜欢我的诗，我也专心为她写了几十首诗。这些诗写在另稿上，并没有编进我的诗集中，而是搁在枕箱里。”寄禅指了指身旁的一个小黑漆长木盒，说，“麻烦你将它取出来。”

杨度搬过枕箱，打开来一看，里面整整齐齐地摆着一叠诗稿。那个时代，男人枕箱中所放的，或是朝夕诵读的经书，或是田产地契贵重文书，或是开启钱财之锁的钥匙。给净无的诗稿存放在枕箱中，杨度的心不觉为之一动。他看到诗稿的封面上题了三个字：覆舟集。旁署：三影和尚。杨度想：从没听人叫过他三影和尚，这个名字是怎么回事？他轻轻翻开下页，寄禅有一段题词：

> 余诗有“夕阳在寒山，马蹄踏人影”，“寒江水不流，鱼嚼梅花影”，“林声阒无人，清溪鉴孤影”。净无激赏之，曰有此三影，足可在诗坛上占一席地位。余感净无盛情，自号三影和尚，然此名不公之于世，仅为净无而署也。

这几句话，足见二人相知之深。杨度不再看下去了，以后再慢慢寻味吧！

“我本想叫人去慈悲庵请净无来法源寺，今生再见一面，但怕净无情感脆弱，哭哭啼啼的，人多口杂，传出去诸多不好。你抽个空去一趟慈悲庵，把这本《覆舟集》送给她。诗稿既然交给了你，你自然可以看，若是看出点什么来，请莫对世人道及。”

听寄禅这么一说，杨度的心痒痒起来。他下意识地翻开一页，映入眼帘的是一首七绝，题作《怀慈悲庵主》：

寒灯燃尽情未消，芒鞋何惧路迢遥。
明日即奔江亭去，桃李花开踱石桥。

这诗写得真好！这本《覆舟集》中所袒露的，或许才是这位高僧的真性情。杨度怀着欣喜的心情把诗稿包好，说：“法师，我一定会将它交给净无，也一定不会对外人道及此事。你就放心吧！”

说着说着，他突然看见寄禅的头偏向一边，眼睛已经闭上了。他赶紧将法师抱起，平放在床上，然后叫道阶。道阶进来，摸摸师父的脉搏，眉毛皱得紧紧的。寄禅再也没有睁开眼睛，半夜时分，他终于在昏迷中圆寂了。

中华佛教总会为他们的第一任会长举行了隆重的悼念仪式，北京及各地一千多僧尼怀着无限的悲痛前来参加。慈悲庵主净无却没有来，她正云游五台山尚未回京。遵照寄禅生前愿望，火化后由道阶等人奉龛南归，葬于天童寺前青龙冈冷香塔苑。

丧事过后，杨度将寄禅所遗诗稿带回槐安胡同，正拟整理，恰好李氏老太太带着媳妇黄氏及长孙公庶、次孙公兆及叔姬一大家子来到京师。人员突然增加很多，关系又添几重复杂，幸而老夫人通达，黄氏贤惠，亦竹谦抑，静竹则跟着叔姬读诗论文不管家事，一家人相处还算和气。风云变幻的政坛则如磁石般地吸引着杨度，他始终不能静下心来整理八指头陀的遗稿，后来干脆将此事搁置下来了。

这期间，中国政治舞台上令人眼花缭乱的闹剧，正在一幕接一幕地排演着。

三　袁世凯巧妙地逼迫熊希龄在解散国民党的命令上副署

先是为王芝祥任直隶都督一事，内阁总理唐绍仪与总统袁世凯出现分歧。袁世凯本来同意王任直督。后来想到王是靠近同盟会的军人，让他来掌直隶兵权不放心，遂改任他为南方军宣慰使。

宣慰使是个有名无实的官职。对于革命党要人，袁世凯既要笼络，又不愿给实权，便设了诸如宣慰使、筹边使、屯垦使、经略使等官职相送。章太炎也得了个东北筹边使的职务。他是个学者革命家，不懂袁世凯的权术，把这个职务很当一回事，抱着宏大的计划去东北筹边。谁知东三省官场根本就不买他的账。他要召见的人都不来见他，气得他大喊大叫："本使是政府大员。他们不肯来见本使，就是目无本使；目无本使，就是目无政府。"一时传为新官场上的笑话。

唐绍仪见袁世凯出尔反尔，不免发了几句牢骚，两个老朋友之间闹得很不愉快。袁透出风来，除非唐辞职，否则总统与内阁难以协调办事。唐绍仪深知袁之为人，便不得不辞去了总理的职务。从三月底任职到六月中旬辞职，唐绍仪只做了不到三个月的总理。中华民国的第一任内阁总理任职时期竟是如此之短促，国人大为惊讶。

接任的是陆征祥。陆当上总理后提出六个阁员的补充名单交参议院审查。各位参议老爷见陆演说时提不出任何政见，又说什么补充阁员好比开出一个新菜单的话，便断定他是一个庸才。他所提出的六个阁员候选人全部被否定。这个外交家总理吓得住进医院，死也不肯再出来了。还是袁世凯有办法。他指使北洋袍泽们发通电，写匿名信，打电话，散传单，使出各种手段来威胁议员们。这些文人出身的议员老爷们文的不怕，就怕武的，经军人这么一闹腾便吓慌了。第二次提出的六名阁员统统予以通过。国人于此看出，所谓民主，其实是假的，左右中国政坛的真正力量还是枪杆子。

这期间又穿插一个黎元洪借刀杀人的政治阴谋血案。

当年黎元洪被革命党人从床底下拉出来，原是颤颤抖抖地当上首义总头领的。却不料洪福齐天，武昌起义成功了，短短一年多时间里，他就先后做了两任临时副总统。黎元洪对人谦和，不摆架子，大家对他印象都很好。到了酝酿正式大总统时，他又公布一个电报，说自己决不做大总统。大总统一职，袁世凯、孙中山、黄兴做都可以，又将他们三人与自己一一作了比较："沉机默运，智勇深沉，洪不如袁项城；明测事机，襟怀恬旷，洪不如孙中山；坚苦卓绝，一意孤行，洪不如黄善化。"

这封电报传颂海内外，都说黎元洪谦退无野心。其实黎也并不是一个谦诚君子，革命元勋的桂冠戴在头上，他自知有愧。当他眼看着那些真正的元勋们在他的面前恃功而骄的时候，他便有一种巨大的压迫感。给他这种压力最大的要数张振武。

二十九岁的原武昌共进会头领、现武昌军政府军务部副部长张振武一向看不起黎元洪，常常当众藐视他。黎怀恨在心，想出了一个计策。黎叫张去北京，说是中央政府有要职委任。当张兴冲冲地带着几个人进京的时候，黎又给袁世凯一个密电，说张在武昌煽惑军队，请袁在北京逮捕张就地正法。袁对革命党头领本是一百个不放心，黎的电报正中下怀。

张进京后，袁命北洋军高级将领轮流设宴招待张，又亲自在六国饭店大宴在京革命首领，张振武也被邀请出席。不料次日一清早军警部便逮捕了张振武一干人马。当天审讯，当天判决，当天便执行枪毙。速度之快，匪夷所思。黎正在庆幸袁为他不露声色地除去对头时，袁却公开宣布，此举系按黎之密电办事，将黎置于万分尴尬之中。

过不了多久，北京又闹得热热火火起来。原来是闻名中外的三个大人物：孙中山、黄兴、梁启超相继入京。

梁启超半个月前才从日本回国。两年前，还是载沣当国的时候，杨度给载沣上了一折，说方今筹备宪政之时，应当启用人才；梁启超学识渊邃，冠绝等伦，宜赦其罪而用其才。还说倘若梁启超被赦后或有不利于国之行为，请皇上杀他以为不忠之诫。谁知此折上去后，不但没有赦免梁启超，连他自己都差点被抓了。梁启超拥护民主共和制，见袁世凯做了民国的总统，也便捐弃前嫌，应袁之邀进京。

袁世凯对孙、黄、梁一律待之以国家元首的礼仪，将自己乘坐的金漆朱轮双马车饰以黄缎迎接他们，又打开正阳门让他们进城。北京市民万人空巷，前去瞻仰他们的风采。袁世凯更是执礼甚恭，把他一向擅长的拿手好戏演得淋漓尽致，无懈可击。孙、黄、梁对他都有极大的好感。

此时同盟会与国民共进会、国民公党、共和实进会联合起来，组成一个大党，名曰国民党，推举孙中山为总理，黄兴为协理。黄兴邀请袁世凯加入国民党，又多次动员杨度也参加。

袁世凯觉得黄兴真正是天真可爱，他笑着问杨度："皙子，你看我像个革命党吗？"

杨度望着袁世凯直笑，不知说什么好。

袁世凯收起笑容说："他们国民党提倡政党内阁，我是坚决不同意的。君子不党，我这个总统以天下为公，怎么能结党营私呢？皙子，我劝你也不要入国民党。"

当年孙中山劝他入同盟会，他没有答应。现在他正跟着袁世凯做事，袁反对政党政治，他自然更不能参加国民党。他对黄兴说："除非你们放弃政党内阁，我就加入国民党。"

黄兴对杨度有条件入党的态度很不满意，遂不再提起此事。而杨度这句话却惹怒了一位人物，此人即宋教仁。

三十一岁的宋教仁是一个热情焕发才华横溢的政治活动家，他醉心于法国的政党内阁制度，同盟会联合国民共进会等组成国民党，便是宋教仁活动的结果，只是因为资望不及孙、黄，他只能坐第三把交椅。其实，他才是国民党的真正党魁。他设想由国民党获得议会的多数，然后组成清一色的国民党内阁，他自己出任总理，把总统袁世凯架空，将他的一套治国大计在全国推行。因此，他以极为高昂的政治热情游说各地，肆无忌惮地鼓吹他的政党内阁方案。宋教仁滔滔雄辩的口才，出色的组织才能，使得他的政党内阁制赢得了许多人的理解和支持。然而正因为此，他成了袁世凯的大敌。袁世凯感觉到宋教仁正在强有力地威胁着自己至高无上的权力，必须拔掉宋！

就这样，宋教仁先后在长沙、武汉、南京等地发表竞选演说，取道上海回北京的时候，突然在上海车站遭人枪击，第三天即气绝身亡。当时内阁总理已由陆征祥换成了赵秉钧。凶手不久后即被抓获。经审讯，事情牵连到赵秉钧和袁世凯。但宋案后来不了了之，而国民党则从此与袁世凯结下了不共戴天之仇。

随即袁世凯解除了国民党籍的江西都督李烈钧、广东都督胡汉民、安徽都督柏文蔚的职务。李烈钧不服，在江西组织讨袁军，黄兴也接着在南京组织江苏讨袁军。袁世凯派兵镇压，很快便把各路讨袁军打了下去。于是袁世凯的地位空前巩固，许多人都把袁世凯当作中国真正的救世主。

因为宋案的缘故，赵秉钧又做不下去了，总理一职落到熊希龄的头上。熊希龄此时是进步党的骨干。自从国民党成立后，参议院中另一些议员们就商议着也要合成一个大党。仿照西方议院中两党对立的样子来互相竞争互相监督。这样，共和党、统一党、民主党便联合起来，组成一个名曰进步党的党派，推举黎元洪为理事长，梁启超、张謇等人为理事。熊希龄做了内阁总理，梁启超便积极为他出谋划策。

熊希龄雄心勃勃，想组建一个第一流的人才内阁。他请梁启超做他的财政总长，杨度为交通总长，前清驻英、德公使汪大燮为教育总长，张謇为农工商总长。梁、杨、汪、张均为海内第一流人才，熊希龄自认他的内阁将是名副其实的第一流人才内阁。但袁世凯却不认为梁启超是合适的财政总长，他只能任司法总长，财政总长宜由周自齐出任。进步党又不愿意放弃财长一职，他们想出一个法子，让熊自兼，这样旁人便无话可说了。周自齐则出任交通总长，熊希龄想让杨度改任教育总长。交通部是个实力很强的部，杨度想借此来施展自己的抱负。失掉这个总长，他心里颇为不快。

熊希龄劝他：“皙子，你帮忙改任一下算了。”

杨度随口答道：“我帮忙不帮闲。”

因为交通总长是忙职，教育总长是闲职。这句俏皮的话传出去后，大家都称赞杨度的机敏。袁世凯见杨度第二次入阁又未成，便特任他为政治会议议员。

那时总统府已由铁狮子胡同搬进中南海。袁世凯特地安排杨度住进他的办公楼居仁堂附近的纯一斋，以便早晚和他商量事情。杨度丢掉了交通总长的职务，却住进了中南海，令北京官场一片艳羡，有人甚至认为他才是真正的国务总理。

袁世凯的临时总统已做了一年多，他对“临时”二字颇不满意。但当时代替宪法的临时约法只能产生临时总统，要变临时为正式，则必须先由国会制定宪法，再依宪法选举总统。宪法的制定非一朝一夕之事，于是有人建议先制定总统选举法，选出正式总统来，再制定宪法。这个建议当然符合袁世凯的心意，总统选举法很快便制定出来了。

经过三轮投票，袁世凯才勉强当选，比起十七张选票都投给他的当年来是大不相同了。袁世凯对议会很失望。他便想借国民党几个月前组织讨袁军与他对抗的事，下令解散国民党。国民党一旦解散，国民党籍的议员则不合法，没有了国民党籍的议员，议会便也名存实亡了。他将此事征求内阁总理熊希龄的意见，熊颇觉为难。因为对于一个民主宪政的国家总统而言，他无权解散一个合法的政党。袁世凯探得了熊希龄的心思后并不做声，几天后他再次召见。

熊希龄走进居仁堂会客厅，袁世凯客客气气地接待，两人坐下谈话。刚说了两句，一个人进来报告：“英国公使朱尔典前来递交国书。”

袁世凯对熊希龄说：“朱尔典是我的老朋友，他要来递交英国国王的亲笔信，我不能不接待他。你先到隔壁房间稍坐一下，朱尔典很快就会走，我们再接着谈。”

熊希龄起身说：“不要紧，总统先接见英国公使吧！”

一个侍卫将熊希龄带进隔壁小房间。熊希龄将房间打量了一下，见里面布置得简单而雅洁，他的目光被桌上摆着的一个信套所吸住。走近一看，信封上写着：呈大总统阅。左上角有袁世凯亲笔写的两个字：绝密。什么事这般“绝密”？出于好奇，熊希龄将信封拿起，从里面抽出一张纸来。熊希龄一看，不觉脸色陡变。原来上面写的是：参劾熊希龄盗窃热河行宫珍宝事。熊希龄匆匆看了几行。劾文揭发熊窃取了行宫中大量秘珍奇宝，其间尤以字画古董为多。看着看着，熊希龄两手抖了起来，终于不敢再看下去了，颤颤抖抖地把纸塞进信封里，颓然坐在沙发上发呆。

原来，熊希龄在未出任总理之前，正是在热河做都统，热河行宫在他的管辖之下。热河行宫是清代帝后的避暑山庄，嘉庆皇帝、咸丰皇帝都死在这里。行宫里收藏数不清的国宝，清王朝覆灭后，这里的管理人员换了人，原有的一套宫禁破坏了，行宫中时常有国宝失盗的事发生。据分析，多为监守自盗。

熊希龄做热河都统时，有意整顿行宫。他亲自去行宫查勘，制定许多规矩。在行宫住了半个月后，他启程回府。回到都统府里，马弁抬来一口木箱子，说是行宫送的当地土产，熊希龄没有在意。晚上，朱氏夫人打开木箱子看时，除枣、梨等土产外，另有一包用油纸包好的卷轴。去掉油纸，展开卷轴，却原来是三幅北宋宫廷字画，它们分别为宋徽宗、黄山谷、米南宫的作品。翰林出身的熊希龄本极喜好前贤字画，仔细把玩这三幅作品，真正是满心喜悦，爱不释手。他知道这一定是藏在行宫中的真迹，是行宫监守人员贿赂他的。有心退回去，又太舍不得了，脑子里翻来覆去地斗争了许久，终于还是悄悄地领了这份情。当然，从那以后，整顿行宫的条规也便成了空文。有时熊希龄想起此事，心里也有点愧疚，但随之很快释怀。不料这块心病居然被人揭了出来，并由此而给他堆砌了许多不实之词，又居然告到总统这里来了，心中有鬼的熊希龄吓得虚汗直冒，脸色惨白。

这时，侍卫进来请他出去，说英国公使已走，总统要继续与他谈话。

熊希龄再次走进会客厅时，袁世凯立即关切地问：“秉三，你怎么啦，脸色不对头，哪里不舒服？”

袁世凯这几句话问得熊希龄愈加心慌，忙答：“没有什么，没有什么！”

袁世凯亲自端来一杯水给他：“喝口水吧，刚才让你久等了。”

说着递过一张纸：“秉三，你看看这个，若无意见，请你副署。”

熊希龄一看，正是前两天说的解散国民党的事，袁世凯已命人拟好了解散令。此时的熊希龄，已再无勇气与袁争辩了，看都没看完，便将自己的名字歪歪斜斜地签上。

袁世凯立刻公布命令，明文取消国民党，追缴所有国民党籍议员的证书、徽章，连李烈钧起事前已声明脱离国民党的人及跨党分子也不能例外。这些议员必须限期离开北京，并具五人以上保结，担保他们离京后不反对政府。不久，袁世凯又正式下令解散国会，这个命令也同样由熊希龄副署。

一天清早，熊希龄起床后随便翻阅报纸，赫然见那份参劾已登载在报纸上。熊希龄不能再无表示了，他函请内务部转告警察厅查究其事。警察厅并不查究，将原信转到热河地方检察厅。热河检察厅居然在熊希龄的信上批了“饬具诉状，原件却回”八个大字。一个地方检察厅竟然敢对内阁总理如此无礼，熊希龄终于明白自己其实是一个毫无能力的傀儡，他只好辞职。袁世凯派他的亲家孙宝琦代理总理，名流内阁也随之解散。民国第四任内阁的寿命只有半年。

从一九一二年三月到一九一四年二月，两年时间里，新成立的中华民国，便走马灯似的换了四任内阁。于是，国人一提起民主共和便摇头叹息，他们不知不觉地怀念起前清王朝来。不少有见识的人都说：中国的国情大概不适宜于民主，还是专制合适些，因为中国的国民，无论是百姓还是官员，都缺乏民主共和的素养。

杨度眼见得国家动乱的政局和人们的叹息失望，他常常在思考一个问题：两年来的现实，是不是证明了民宪这个体制并不适于在中国施行，而自己多年来所追求的君宪制度或许正是中国走向稳定强盛的康庄大道呢？

这一天，杨士琦来到纯一斋，与杨度闲聊天。

“宪法马上就要公布了，总统即将根据新宪法撤销国务院而改设政事堂了。”杨士琦是前清继袁世凯之后任直督的杨士骧的弟弟，他以擅长谋略和文辞而得袁世凯的信任。这两年来，他一直没有在内阁任职，只是作为袁世凯的私人参谋活跃在政坛，颇有点类似杨度的处境。他知道废国务院设政事堂，其目的是在集权。政事堂不对国会负责，只对总统个人负责，犹如前清的军机处。正因为此，政事堂的国务卿就可以用私人。论私交，他和杨度都是袁世凯的老友，都可能是国务卿的人选。杨士琦是一心巴望着这个职位的，故先来试探杨度的口风。

杨度也想做国务卿，只是近来在与袁的接触中，他还没听出袁有让他出任国务卿的意思。他没有猜到杨士琦的内心活动，因为在他的眼里，杨士琦的才干尚不足以充当民国“军机处”的领班。

杨度随口答道：“是呀，不知谁来做这个国务卿。”

“皙子，我对你说实话吧！”杨士琦干瘦的脸上露出一副诚恪的模样。“辛亥年南方闹革命的时候，我就看出项城并不忠于清室。他家世受国恩，不便直接从清室取政权。他的打算是利用同盟会和革命军的力量来推翻清室。清室一推翻，项城和革命党的合作关系失去了纽带。以他的性格，必然要排斥革命党而独霸天下。所以这八个月来罢赣、皖、粤都督，出兵宁赣，解散国民党，解散国会，都是意料中的事。现在项城的目的达到了，他可以不受任何约束来办事行政。目前摆在项城面前的是两条路，一是维新，一是守旧。维新就得起用新人推行新政，守旧就要把从前的旧官僚找出来，恢复旧制度。你在项城的夹袋中是新人的魁首。我看项城维新的可能性大些，你要早做准备，担当大任。”

杨度想起从甲午、乙未年来，在前清官场中，袁世凯一直是维新派的首领，现在做了总统，无疑会行新政。既行新政，必然要起用新人才。杨士琦说得对，自己是当然的新人才的魁首，是应该早做准备。他兴奋地说：“杏城兄，倘若项城叫我当国务卿的话，我一定请你做我的左丞。”

杨士琦听了这话后心里酸溜溜的，肚子里说，这个不自量力的杨皙子，他真的以为国务卿就是他的哩，美梦别做早了，口里却说：“好哇，皙子兄若看得起我，我当然会尽力襄助你。”

杨度起身，一边收拾文书一边说：“就这样说定了。我今晚还有点事，明天再聊吧！”

第二天，杨士琦主动跟袁世凯谈起国务卿人选来，袁世凯也正在考虑这事，很想听听这个智多星的意见。杨士琦说，国务卿不外乎从维新和守旧两种人员中挑选，维新人员多为少年新进，心高气浮，骄悍难御，往往成事不足，败事有余，不如从守旧派中挑选器识明达、老成持重的人担此要职，方为可靠。

袁世凯鉴于国民党和国会的闹腾，对新派人物很是反感。杨士琦这番话正合他的心意。他没有理会杨士琦背后的用心，而是从守旧派中挑选一个地位最高与自己关系最深的人出来担任国务卿。此人便是国变以来一直隐居青岛不仕的前清内阁协理大臣徐世昌。

二杨的美梦都落了空。杨士琦虽没有做成国务卿，还得了一个左丞，聊以自慰。杨度一无所获。

为南北统一，为袁世凯取得中华民国大总统立下了汗马功劳，但从唐内阁到孙内阁，五届内阁中却一席未占，眼看着最为合适的国务卿一职却又被与民国无涉的徐世昌夺去了，杨度气闷已极。难道此生就只配在幕后出出主意，不能亲自执掌国柄吗？难道湘绮师所传授的帝王之学，又要在学生一代再成泡影吗？杨度陷入了深深的苦恼之中。他百无聊赖地拿起久已不翻的《大周秘史》，试图从中获得答案。看来看去，也并没有什么收获。

叔姬到北京后，很快就被京剧优美的唱腔所迷住。她与代懿之间的裂缝越来越深，来北京，主要是为了离开代懿，因而听戏正是她消磨日子的最好方式。她不但自己去看，也常邀静竹、亦竹一道去看。黄氏因为听不懂，去过一次再不去了。无事可干的杨度便也干脆加入她们的行列，常常和她们出入四喜、春和、天桥、吉祥等大剧院，正走红京师伶界的杨小楼、余叔岩、梅兰芳的唱工演技使他们倾心佩服。为前途而苦闷的兄长，为婚姻而苦闷的小妹，都在高雅脱俗的京剧艺术中得到了暂时的慰藉。

四　袁克定决心效法太原公子

这天晚上，杨度和妹妹、如夫人在广和楼看杨小楼主演的《秦王李世民》。正看到太原留守府里李世民劝李渊起兵反隋的时候，一个穿戴阔绰的俊秀青年走到身边，弯腰轻轻地问："请问您是杨皙子先生吗？"

杨度点头："我就是杨度。"

俊秀青年说："我家大公子有请。"

杨庄正看得起劲，不悦地说："你家大公子是谁，看完戏以后再说吧！"

"我家大公子想与皙子先生说几句话。"

亦竹掉过头插话："你家大公子在哪里？"

青年指了指后面："就在楼上包厢里。"

杨庄知道包厢里坐的都是大富大贵之人，她对那些有权有势就任意指使别人的人素来反感，便皱着眉头说："你家大公子要说话，他自己不可以下来吗，为何叫别人上他那里去？"

俊秀青年颇觉为难。杨度起身对她们说："不要紧，我去去就来。"

刚走进包厢，一个戴墨镜的中年男子忙站起，说："皙子，没有想到是我吧！”

说着，取下了墨镜。

杨度一看，惊喜道：“芸台兄，原来是你呀！”

又见袁克定身边坐着一个打扮得十分娇艳的女人，却并不是夫人吴氏，一时不知如何称呼她，只望她笑笑。

袁克定介绍：“她是周四小姐，票友世家出身，我请她看戏，图的是她在一旁给我指点。”

周四小姐大大方方地与杨度打招呼：“杨老爷，请坐吧。大公子是开玩笑的，他是个大行家，哪里要我指点。”

杨度坐下来。刚才那位青年端来了一杯香茶，杨度接过，说：“好久不见大公子了，近来忙些什么？”

“还不都是为了老爷子在忙。”袁克定笑着说，“不说这些了。皙子，你看今晚小楼这个李世民演得如何？”

杨度说：“我家小楼的戏自然没话说，把个文武全才的小秦王真的演活了。”

“万世英主唐太宗，其最为英明的时候就在这一刻。”袁克定指着戏台说，“皙子，你听。”

戏台上，还是太原留守府里，李世民正在向李渊恳切陈词：“父帅，不要再犹豫了，千秋大业就在此一举。太原城里三万健儿都在企盼父帅一声令下。孩儿剑已磨，马已备，誓为父帅作前驱，率兵攻打洛阳城！”

李渊端坐在虎皮椅上，一手扶着几案，一手抚着膝盖，双眉紧锁，面色严峻，正在紧张地思索着。整个广和楼鸦雀无声，所有观众都被台上的表演吸引了。

戏园子里又响起李世民刚劲决断的声音：“父帅，杨广无道，弑兄篡位，鱼肉百姓，残害忠良，天怨人怒。十八方豪杰，六十四路烟火，无不是冲着洛阳城里的皇位而来的。皇位别人能夺，我们李家为什么不能夺？父帅，为天下苍生，为李氏家族，您就下这个决心吧！

孩儿这里跪下求您了！”

说罢“扑通”一声跪在李渊面前。

“英雄！李世民真是一个有远见卓识的英雄！”袁克定情不自已地叫起来。杨度也被这一幕深深迷住了。

“皙子，我请你来，是给你看一篇文章。”袁克定从身边拿出一本杂志来递给杨度。“这是最近东京出版的《富士山》，上面有一篇文章，你拿回去看看。后天下午我派车来接你，从德国回来后我们兄弟俩还没好好叙一叙。嫂夫人还在等着你陪她看戏哩，我就不久留你了。茂顺，你代我送皙子先生下楼去。”

说罢起身，周四小姐也站起来，含笑与杨度告别，名叫茂顺的那个俊秀青年仆人恭恭敬敬地将杨度送回座位。

杨庄悄悄问哥哥：“是哪位大公子？”

“袁克定。”

“哦！”杨庄回过头去向包厢望了一眼。灯光昏暗，她什么都没看清。

看完戏回家已半夜了，杨度没有看袁克定推荐的文章。第二天上午吃完早点后，他进了书房，翻开了那本《富士山》。这是一本创办不久的日本刊物，他留学日本时还没出现。拿在手里有一种沉甸甸的感觉，印得也精美，看来刊物的背后有强大的经济实力在支撑。他扫了一眼目录，多为政论文章。其中有一篇上画了一个红圈：访太原公子袁克定。署名为有贺长雄。有贺长雄是日本著名法学家，杨度在东京法政大学读书时，还听过这位大学者的课。他翻到那篇文章，见里面还夹杂着两张纸，原来是中文译本。显然这是袁克定叫人翻译印刷的，为的是让不懂日文的中国人读。杨度不需要翻译，他流利地读着原文。

有贺长雄以采访的方式介绍袁克定，从人品学问文韬武略等方面将克定大大称颂了一番。文章最后说，中国现在已是民主宪政国家，由袁大总统在一手治理，他的嫡长子袁克定是他的左右手。依中国的国情和对中国的研究，作者宁愿看到坐镇北京的不是总统而是皇帝。袁大总统应有勇气做唐高祖，他的嫡长子袁克定无疑是今天的太原公子李世民。

想起昨夜看的《秦王李世民》及与袁克定的巧遇，今天又读到这样一篇文章，杨度的心灵受到极大的震撼。他两眼久久地凝视着这本日文杂志，脑海里思绪澎湃，风急浪涌……

毫无疑问，这篇文章是袁克定借有贺长雄的笔来赞扬自己的。之所以选择在日本刊物上发表，而不在中国报纸上登出，决不因为有贺长雄是日本人的缘故，而是袁克定并不想让过多的人知道他就是今天的太原公子，他是有选择地将这篇文章送与人，试探对方的心思。杨度又想起昨夜袁克定的话："万世英主唐太宗，其最为英明的时候就在这一刻。"劝父帅造反称帝，在袁克定看来这是李世民最有见识的一着。这样说来，袁克定是有意步李世民的后尘，父亲称帝，自己日后好以太子身份顺利登基。明天叙谈的话题很有可能就在这里，得好好思索思索。

杨度起身，在屋子里背着手慢慢踱步。这两年来动荡不安的政局究竟说明了一个什么问题呢？中国究竟宜民宪还是宜君宪呢？这些疑问，近几个月来反反复复地在杨度的脑子里出现。他颇为后悔当初没有坚持多年来的定识，被热闹一时的民主共和的潮流所迷惑，弃君宪而主民宪，以致招来别人的指责，指责很多，归结起来不过"见利忘义"四字而已。然而两年来，自己究竟得到了什么利益呢？既未入阁，更无阁揆之望，说来说去，仍不过一幕僚罢了。当初放弃信仰面对现实，说穿了，其实是为了获得一个高位，然后凭着这个高位去从容展布平生之学，做出一番大事业来，既为国家苍生谋取福祉，也为自己挣来生前死后之盛名。这其实也不错。一个士人，不凭借"位"和"势"来做事，他又靠什么来实现一匡天下的抱负呢？共和两年了，国家既未得一日之安宁，自己又未获一席之地位，是不是应该迷途而知返，改邪而归正呢……

正当杨度在槐安胡同里这般思来想去的时候，小汤山别墅里，袁克定的心绪也不安宁。

小汤山在昌平县境内，离北京城有百里之遥，乃是个有名的温泉区。因为南京有个汤山温泉闻名国内，此地规模小一点，便依其名而叫小汤山。

小汤山有两处温泉，即使是三九寒冬，这两处泉眼里冒出来的水都不低于摄氏五十度。泉水中含有多种矿物质，对治疗湿疹、神经炎、颈椎病、腰椎病、风湿性关节炎有奇效，而且水量大，一年四季日日夜夜涌流不息，附近几十里的百姓们从这两处温泉中获益甚多。

温泉的好处后来被皇室知道了，他们认为天子脚下的这块风水宝地不能让寻常百姓占用。明代中叶，此地被辟为皇家禁苑，只供皇室成员享受，别人不得染指。到了康熙晚年，这里建起了一座温泉行宫，并凿池蓄水，筑成大大小小的浴池，供皇室成员休闲疗养。好大喜功的乾隆将温泉行宫大为扩建，分前宫后宫，还新建澡雪堂、漱琼室、飞凤亭、汇泽阁、开襟楼等亭台楼阁。夏天鱼游荷塘，柳垂碧水，十分清幽。到了寒冬季节，到处都是冰天雪地，此处却可见青青叶片、零星小花，仿佛南国冬景一般。庚子年八国联军驻扎在这里，行宫被野蛮践踏。之后，随着满人气数耗尽，小汤山也日渐冷落荒芜。

清朝覆没，皇家禁苑自然也不再是禁区了。这两年有些遗老新贵便在这里占地起屋，作为休养之所。袁克定早就看中了这块宝地，他花重金建起了一座精致的别墅。他的别墅院落里除花木山石外，最为别致的就是一所西洋式的浴池。浴池建在室内，长有十丈，宽为五丈，全用进口磨砖砌成。南头将温泉水引进，北头将水放出，一天到晚水是流动的，既控制在一个温度上，又干干净净。

浴池旁边放着各种款式的皮沙发和躺椅，茶几上摆着各式洋酒、咖啡和绿茶等饮料。袁克定常常带着他所喜欢的人来这里沐浴，浴后则躺着饮酒聊天。

袁克定有一妻二妾。夫人乃有名的金石学家、曾做过湖南巡抚的吴大澂的女儿。二妾也长得漂亮。但袁克定并不太贪女色，而另有癖好。他患的是断袖癖。断袖风历代都有，到了晚清官场此风特炽。许多官宦人家都养着面目姣好的男童，在家寸步不离，外出则跟随一旁。尤其是戏班子那些演技又高长相又好的伶童更受垂青，或出高价买之置于室，或常招之饮于堂。跟随在袁克定身旁的茂顺便是他从三喜班里买来的宠伶，而小汤山温泉则是他和京师宠伶们饮酒作乐之处。这位袁大公子固然有断袖之癖，然则他的最大癖好尚不在此，而是在权位上。

袁克定从小跟在父亲的身边长大。当年袁世凯到朝鲜后很快发迹，他信守诺言，把沈氏从上海妓院赎出接到汉城。沈氏不能生育，袁世凯则派人去项城老家接克定来朝鲜。于氏知丈夫不爱她，抵死不肯放克定。经袁氏本家又是开导又是威胁，才不得已忍痛放儿子远去。袁世凯本想要克定认沈氏为嗣母。但年仅四岁的克定却很懂事，牢记母亲的教导，只叫沈氏为姨娘，绝口不叫母亲。沈氏灰了心。袁世凯于失望中看出儿子重血缘的天性和执拗的脾气，他倒很欣赏儿子这两个特点，遂不再强迫儿子认沈氏为母，并着意加以培植。克定一直在朝鲜长到十六岁才随父回国，以后跟着父亲辗转济南、保定、天津各地，也没有去应试，只是后来挂了个农工商部右丞的虚职。这两年来，连这个空衔也不要了。多少年来，袁克定基本上充当父亲贴心帮手的角色。年年月月官场的熏陶，尤其是亲历父亲罢而复起的政治风波后，袁克定深知“权位”二字的重要。对此中三昧，他远比一般人咀嚼得深透。

自从父亲做了民国的大总统后，袁克定的身份更加不同了。“大总统”这个称呼，对于绝大部分中国人来说很陌生，他们叫不顺口听不习惯，叫得顺听得惯的还是传了两千年的“皇上”。万民之上的统治者，薄海之内的第一人，不就是皇上吗，叫什么大总统呢？尤其是称呼袁克定，更加为难。仍旧叫大公子吗，似乎不能突出天下第一大公子的地位；总统之子，外国又没有什么特殊的称谓传进来，于是不少人干脆沿袭旧时的称呼，叫他太子。

袁克定初时还有点不好意思，听久了也就自然了。但袁克定知道，他其实并不是太子。这中间最大的区别是，太子为法定的继位人，根据民国的宪法，他不是。倘若哪天他的老子死了，不仅他们全家得搬出中南海，他本身所享有的一切特权也会失去，就连父亲几十年来一手培植出来的北洋将领都不会买他的账。有两件事很令袁克定气沮。

徐世昌从青岛来北京不久，袁世凯在总统府居仁堂设家宴为之洗尘。席上，袁命儿子给徐把盏敬酒。大概是蛰居多年重登政坛心情特别兴奋，也可能是多喝了两杯有几分醉意，当袁克定再次为他斟酒时，他拉着袁克定的衣袖说："克定呀，想不到一晃三十多年，你也是快四十的人了。"

袁克定说："是呀，过两年就四十岁了。"

徐世昌说："难怪我不能不老，当年那个穿开裆裤尿了我一身的小家伙也快四十了！"

说罢哈哈大笑，袁世凯在一旁也乐得大笑，弄得袁克定脸红红的，很不好意思。

笑完后，徐世昌又说："那年你还不到三岁，吃饭时站在我旁边。我说克定呀，你给伯伯磕个响头，伯伯给你一个虾肉丸子吃。话刚说完，你就趴在地上磕了一个大响头。我说乖孩子真听话，马上夹一个丸子给你，一个大丸子把小嘴塞得鼓囊囊的。还记得吗？"

这几句话说得袁克定愈加难为情，忙说："不记得了，不记得了！"

"不记得了？"徐世昌摇摇头说，"来，老伯告诉你。当初你是这样跪着的。"

看着袁克定呆呆地站着，没有任何表示，徐世昌急道："快呀，快跪下来呀，老伯好指点呀！"

袁克定仍站着不动。他已经是快四十岁的人人尊重的大公子了，怎么还能像两三岁的懵懂小孩那样呢？这个徐老头子，莫不是让几杯酒给灌迷糊了？袁克定老大不情愿。袁世凯好不容易请出徐世昌，为不让他扫兴，对儿子说：“你就给徐老伯再跪下磕个头嘛！”

袁克定一向对父亲恭顺，见父亲这样命令他，只得跪下，将头触到地面。

徐世昌快乐极了：“不错，不错，那年也正是这个样子。乖孩子，真听话，看在你已是大人的面子上，老伯不再赏你吃虾肉丸子了，快起来吧！”

袁克定忙站起，心里为这事郁郁了几天。他从来就不认为徐世昌有多大的本事，当年在翰林院里十多年不迁一职，不得一差，是一个倒霉透顶的黑翰林，以后的飞黄腾达，完全是父亲一手提携的结果。他不思感激袁家的大恩大德，还一个劲地在自己面前装模做大。袁克定对徐世昌怎么也尊敬不起来。这几年，他口口声声要做大清的遗民，义不食民国之粟，隐居在青岛。但一旦父亲叫他做国务卿，他又出山了。声称是帮忙不受俸禄，然父亲略施小技，说每月四千大洋不是政府开支而是从总统特支费里支出，他便欣然接受了。总统特支费是哪里来的，还不是政府的钱？一想到这些事情，袁克定便对这个老头子简直有点鄙夷了，真是一个既要权和利，又要名和望的典型的伪君子！

徐世昌毕竟是袁世凯几十年的拜把兄弟，且在醉意中，袁克定在大不舒服之后尚可略作宽谅，而段祺瑞的倨傲不恭，则令他不能容忍。

近几个月来，身为陆军总长的段祺瑞不知因何事，常常不参加总统召集的会议，每次只打发副手徐树铮出席。徐树铮这个人阴阴地，总是用斜眼看人，开会时多半一言不发，板起面孔笔挺挺地坐着。袁世凯总觉得此人不大对劲，有时回到家里，不免在儿子面前嘀咕两句：“芝泉这人怎么啦，总打发姓徐的出面，他自己干什么去啦！”

袁克定看着徐树铮，心里总有几分怯态，又认为段祺瑞不参加会议是毫无道理的。有次他到段家去，就直截了当地问段为何不参加会议。

谁知段祺瑞的脸色马上变了，本来就有点歪的鼻子更加歪得难看，冷冷地说："芸台，这事你不要管。要问，也只能轮着总统来问我。"

袁克定碰了一鼻子灰，脸涩涩的，很久不能恢复自然。他真想跳起脚来将段骂一顿，但又找不出恰当的理由来。是的，他是陆军总长，要说他，也只有总统才有这个权利。此话并没有错，但话中之话，则是再明白不过了。袁克定哑巴吃黄连，有苦说不出。

段祺瑞是袁世凯的老部下，又娶于氏夫人的干女儿做太太，真正的与袁克定是同辈人。袁世凯还健在，便这样不把大公子放在眼里，一旦死了，他袁克定还能从段祺瑞那里讨得一杯残羹吗？袁克定越想越气，也越想越怕。

所有这一切都因为只是大公子而不是太子的缘故，倘若是名分已定的太子的话，包括徐世昌、段祺瑞在内，哪一个不应该在他的面前诚惶诚恐俯首称臣！

思前想后，袁克定愈来愈看清楚了，必须效法当年的太原公子李世民，务必说服父亲乘此国民党已全部被打垮，民国建立还只有两三年百姓仍留恋皇帝的时候，及时改国体登帝位，把一座锦绣江山揽在自己的怀抱中！

能把父亲说动吗？工于心计的袁克定细心地观察了一段时期，他从许多迹象中看出，父亲的心思与自己是十分接近的。

徐世昌一到北京，袁世凯便称他为老相国。袁这么一叫，上上下下便都叫徐为老相国，徐也以此称谓而自喜。徐既然是相国，那袁不就是皇帝了吗？

相国府里最先恢复端茶送客的礼仪，接着京师各衙门纷纷效尤。再接下来各省都督传人用令箭，行程用滚单，下属求见时呈递手本履历，这些都与前清官场一模一样。各省都督向政事堂行文都用“呈”字，只有前后任过直隶都督的冯国璋、赵秉钧对政事堂行文用“咨”。这也完全是援引前清直隶总督视军机处为平级机构的老例。许多官吏都认为民国官远不如前清官的尊严，建议将部长改称尚书，都督改称总督，民政长改称巡抚，县知事改称县正堂。不少地方，官吏出门乘坐绿呢蓝呢大轿，鸣锣开道，前呼后拥。卸任后勒令百姓送万民伞，立功德碑。丁忧守制、回避本籍的事也屡有出现。所有这些，袁世凯都知道。他不但不制止，还时常私下里称赞，说民国的制度不像个样子，还是过去的规矩好。

有一天，袁世凯的胞兄世廉的儿子从河南项城老家来，对叔叔说：“袁氏祖坟去年冬天培坟添土时，突然发现一条大赤蛇。隆冬天气，蛇是不会出洞的，何况这样通身红透的大蛇，不说冬天，就是大热天也见不到。堪舆家都说，咱们袁家要出皇帝了。”

袁克定这时看到父亲面色极为兴奋。为了验证父亲究竟想不想做皇帝，他想出了一个主意。他把平时白天侍奉袁世凯起居的一名丫鬟叫来，赏她二十块大洋，叫她如此如此。

第二天午后两点钟，该是叫醒袁世凯午睡起床的时候了。那丫鬟端着袁世凯常用的墨玉杯来到床边。她轻轻撩开蚊帐，忽然“哇”地大叫一声，墨玉杯掉在青砖地上打得粉碎。袁世凯被惊醒，虎地爬起，见心爱的玉杯破碎在地，怒道：“怎么回事？”

那丫鬟结结巴巴地说：“我看、看见一、一样东西了。”

“什么东西？”袁世凯的怒气未消。

丫鬟神色安定下来，话也说得流利了：“我看见床上盘着一条龙，金光灿灿的。”

“什么？你说什么？”袁世凯又惊又喜，瞪起两只精亮的大眼睛，声色俱厉地追问。

“我看到了一条龙盘在床上。”丫鬟重复了一句。

“看清楚了？”

“看清楚了，的确是一条龙。”

“好！”袁世凯顺手摘下蚊帐挂钩上的白兔玉坠递给丫鬟。“这个赏给你，拿去吧。刚才的事情不能对任何人说。”

“是。”

丫鬟接过晶莹的玉坠，心里高兴极了，走出袁世凯的卧房后，马上把这一切报告大公子。

袁克定因此确信父亲是极想做皇帝的。

父亲的儿子有十多个，倘若真的做了皇帝，这皇位能不能确保传给自己呢？对此，袁克定充满信心。在诸多兄弟中，他是唯一的嫡长子，有着别人不可企及的地位。况且那些庶弟们不是年岁小，便是才具平庸，也不是他的竞争对手。唯有二弟才华出众，五弟器识开朗，也能得到父亲的欢心，但老二放荡，老五志在实业无政治野心，袁克定相信父亲也不会把皇位传给他们。只有一点，颇令一心想由太子而登皇位的袁克定感到遗憾，这便是他的仪表上的缺陷。

袁克定的仪表本来长得不错，并不妨碍他领袖人伦。去年春上，他正在洹上村闲住着，忽然父亲急电他速回京师。为赶火车，他骑上一匹快马飞奔彰德车站。袁克定的骑术本不高明，且心里焦急，快到车站时他从马背上跌了下来，昏死过去。众人将他急救过来后发现右腿已断裂，右手掌也被沙石擦得血肉模糊。北京的医生们尽了最大的努力，也没有使袁克定的右腿恢复正常，走起路来一拐一拐的。袁大公子成了袁大瘸子了。右手掌虽然愈合，但留下一块很大的疤痕，十分显眼。在公开的社交场合里，袁克定不得不戴上手套遮丑。秋天，他专程去德国治腿。在柏林医院住了四五个月，虽大有好转，但走起路来仍然有些跛。袁克定有时很苦恼，因为在他的印象中，中国历史上似乎没有过瘸子皇帝。自己成了瘸子，今后还能够做皇帝吗？不过，转念一想，他又释然了：只要名正言顺地登了基，就无人敢拿这点来指摘，没有先例，难道不可以自我而始吗？

方方面面的情形都想妥帖之后，袁克定便下定决心要做那个敢作敢为的太原公子，力劝父亲正位当皇帝。他知道办这样的大事要有许多人襄助，这些日子来，他与朱启钤、段芝贵、周自齐、梁士诒、张震芳、雷振春、袁乃宽等人透露这个意思，他们都积极支持，愿意为恢复帝制效力。这些人固然都是能干之辈，但袁克定觉得他们在社会上声望不够，影响力不大，还得找几个更得力的人辅佐才行。前天，他得知广和楼正上演《秦王李世民》，很想从中再获得某些灵感。正在观看之际，无意间发现了杨度，他心里忽然一亮。皙子向来主君宪之说，且多年研习帝王之学，一肚子纵横捭阖之策，社会声望很高，此人不正是一个可利用的绝好人才吗？

袁克定又想起那年读过的《大周秘史》，书里有许多方略值得借鉴。是的，还得把这本书借来，再好好地读一遍。

正在遐想之时，茂顺进来，柔声禀报："大公子，杨先生来了。"

"快请他进来！"说着连忙向大门口走去。

五　今日的太原公子与未来的房玄龄一拍即合

"一路上辛苦了！"

袁克定一边打着招呼，一边将杨度迎进客厅。客厅里摆的全是德国进口货，连桌上的啤酒和喝啤酒的杯子都是从德国来的。

杨度坐在宽大的黑黄色牛皮沙发上说："你这辆小汽车坐着真舒服，不知不觉就到了。"

"你知道吗？"袁克定坐在杨度的对面，颇为得意地说，"这是德皇威廉二世自己的坐车。他硬要送给我，怎么也推不掉。"

清末，北京城里的小汽车极少，除开外国公使们偶尔坐坐外，中国的大官员们都不坐。一则是没有车，更主要的原因是他们觉得坐八抬大轿体面威风。与中国的百姓一样，中国的官场也没有时间概念。他们压根儿就没有想到要节省时间，提高效率。坐在八抬大轿里，悠悠闲闲地，舒舒服服地，不管多远，都这样慢条斯理地由人抬着，前呼后拥地走去。一天走不到走两天，一个月走不到走两个月，日升月落，岁月有的是。

皇家最早的小汽车是直隶总督袁世凯从英国买来进贡给慈禧太后的。慈禧觉得稀罕，叫人开着送她到颐和园里去。她见往日一天的路程现在一会儿工夫就到了，很高兴，回宫的路上她忽然不自在了。原来开车的司机大模大样地坐在她的前头，她不能忍受，训斥道："你是什么人，怎么能坐在我的前面？"司机吓得脸色陡变，马上停车，下车来给老佛爷跪着。但他跪在路上，车子却不能前进，这也不是个法子呀！李莲英聪明，忙说："老佛爷，洋人不懂礼仪，造的车子，开车的就坐在前头，这次让他跪在座位上给您开回宫去吧。下一回，咱们自个儿造一部车，让老佛爷坐在前头，开车的坐后头。"慈禧也没有别的办法了，只得叫司机跪着开车。从那以后，她再也不坐汽车了。她等待着由她坐前头开车的坐后头的车出来，然而这样的车没有造出来时她便死了。民国替代了清王朝，但官场的习气基本没变。这一年多来绿呢蓝呢大轿全面复兴。袁克定这辆德国小汽车，在京师中国人眼中，仍然是稀罕之物。

"难怪这么快！式样又好看，真正的好车。"杨度颇为羡慕地说。北京城里的车虽少，但杨度在日本见过不少车，也坐过车，他有经验。看着袁克定起身拿雪茄的时候，杨度想起自从进屋来就没有见过他用拐杖。"芸台，你的腿真的好多了，连拐杖都丢了。"

袁克定高兴地摊开双手，笑着说："我现在基本上不用拐杖了。人家洋人就是厉害，中国医生都说拐杖丢不了，洋医生就硬是丢掉了我的拐杖。你说人家洋人行不行？"

"这次德国之行，你真是大有收获。"杨度点起一支雪茄抽起来。"又治好了腿，又开了眼界，又得了这么好的一辆小汽车。说说德国吧！"

"这次德国真没白去。"

袁克定也喷出一口烟，客厅里充塞着香气浓烈的烟味。他将在德国的所历所见，挑些重要的说了个把小时，说者听者都兴趣盎然。

“皙子，我觉得德国最好的还是它的国体。”袁克定有意将谈话引到主题。“德皇威廉二世有至高无上的权力，全体臣民都听他的。国家在他的领导下，万众一心，步伐一致，真正做到无坚不摧，无攻不克。我最佩服的就是这一点。”

杨度点点头说：“世界行君宪最成功的，在东方是日本，在西方是德国。日本我是亲眼看到的，德国我虽没去，听了你的介绍，也知所传不假。他们的成功经验是值得世人学习的。”

“我临回国的时候，威廉二世设宴招待我。席上，德皇对我说：‘袁先生，我实话对你说吧，一个德国已不够我治理了，我要在整个欧洲试一试锋芒。’皙子，你看这个德国皇帝多有魄力。”

袁克定神色飞扬起来，两眼放出亮光。袁世凯对德国的军事力量一向倾仰，在小站练兵的时候便以德国军营规矩训练新军，并在军中开设德国学堂。那时袁克定还只有二十多岁，在德文学堂里学德文。袁克定极聪明，两三年工夫便把德文学得精熟。在德国期间，他可以不用翻译与德国人交谈。

“看来，威廉二世有称霸整个欧洲的雄心。”杨度从来就崇拜英雄，日本的明治天皇和德国的威廉二世在他的心目中有崇高的地位。

“我对威廉皇上说：‘看到贵国的强盛，我很惭愧，敝国贫穷落后，人民一盘散沙，不知何年何月才能如同贵国一样的强盛起来。’皙子，你说威廉皇上怎么对我说？”袁克定放下跷起的二郎腿，挺直了腰板问杨度。

“怎么说？”杨度的注意力也高度集中起来。

“威廉皇上说：‘袁先生，我实话对你说吧，贵国人民智力低下，素质差，教育很落后，民主共和是不行的，贵国非帝制不能自强。清廷的垮台不是因为国体不好，而是皇帝无能，若再出汉帝、唐皇、康熙、乾隆，贵国一定会强盛的。’”袁克定说到这里停住，把眼睛盯着聚精会神聆听的杨度。

杨度的心情突然异常兴奋起来，激动地说：“威廉二世真的这样说了吗？”

“真的这样说了。”袁克定十分肯定地回答。“而且还说，假若我国实行帝制的话，他们德国将全力支持，要钱给钱，要武器给武器，要将官给将官。”

“哦！”杨度不禁站了起来，在客厅里走了两步。停下后他问袁克定，“德皇这些话，你都告诉总统了吗？”

“我都原原本本对家父说了。”

“总统怎么说的？”杨度急着问。

“家父出自内心地赞叹：‘德国这个威廉皇帝真是位了不起的人，既有魄力，又有眼光，他把中国的问题看透了。你给他写信时代我向他致意，谢谢他对中国的关心，就说我们会认真考虑他的建议。’”袁克定也站起，在屋子里踱起方步来。他从杨度表情的变化中看出，这几句话已打动了这位著名的君宪专家。“皙子，你长期研究君宪制，你说说，威廉皇上的话有没有道理？”

袁克定没有看错，德国皇帝的话像一只强有力的手，将杨度灵魂深处那根琴弦重重地撩拨起来。他一贯研究君宪，君主立宪制曾经是他向往憧憬的最完美最理想的国家体制。但是两年多前，他又公开表示拥护民主共和，并为这个制度的建立而奔走效劳，那时已遭到了不少指责，这下若又转回去再倡君宪，世人将会怎样看待自己呢？不会被骂作毫无定见的政客、反复无常的小人吗？

杨度的心里矛盾极了，见袁克定两眼直瞪瞪地逼着他，只得随口答道：“有道理，是有道理。”

袁克定和他父亲一样，从来就没有什么信仰、主义，也不太计较自己前后的话有什么抵牾之处。他的眼睛只盯着一个目标，那就是利益，至于获取利益的手段是否正当，自己的形象是否高尚，后世人如何评价等等，他并不很在乎。杨度的迟疑心态，袁克定已经看出，他知道这是自己的钓饵还没有下去的缘故。

这时，茂顺进来说："大公子，饭菜已准备好了。"

袁克定说："好，皙子，咱们吃饭去，吃完饭后我请你沐温泉浴。"

杨度高兴地说："正要好好体味一下你的温泉浴。"

餐厅里摆下了丰盛的酒席。待杨度坐下后，袁克定对茂顺说："皙子先生也不是外人，把大家叫来一块儿吃吧！"

一会儿进来四五个年轻的男人，一个个笑容可掬地围着餐桌坐下。袁克定一一作了介绍，这个是花工，这个是浴工，这个是厨师等等。杨度看着他们，觉得似乎一个比一个俊俏，皮肤白白的，嫩嫩的，眼睛水灵灵的。介绍到最后一个按摩师时，杨度发现此人的脸上和脖子上都扑着白粉，嘴唇艳红艳红的，像是涂着口红。杨度猛然想起傅粉涂朱的何晏、张昌宗来，觉得甚是有趣，心想：袁大公子的别墅里怎会养了这么一群活宝？

吃饭时，袁克定不断地与这些活宝说说笑笑，还亲自夹菜给他们吃。吃完饭后，花工又唱了一段《苏三起解》。那动作，那腔调，都活脱脱一个迷人的女性。杨度心里暗笑不止。

略作休息后，袁克定带着杨度去沐温泉浴。杨度跳下水。水不冷不热正合适，一股淡淡的硫黄味刺激着鼻孔，摸摸皮肤，有一种滑溜溜的感觉。泡了几分钟后，通体舒服极了。那边，陪同吃饭的活宝们也都笑嘻嘻地下了水，一边互相浇水，一边互相逗笑。袁克定远远望着他们，脸上荡漾着笑容。杨度见他们一个个泡得白里透红，亮光光的，煞是可爱，脑子里突然冒出《长恨歌》里的两句诗来：春寒赐浴华清池，温泉水滑洗凝脂。

洗完澡后，袁克定陪着杨度躺在皮椅上，喝着咖啡，聊着闲天。"这位大公子可真会享受！"杨度心里不免暗自羡慕起来，又想：倘若让静竹在这里疗养一年半载，天天泡温泉，说不定她的两只腿会很快好起来的。

“皙子，家父总是称赞你的才学，尤其不能忘记那年罢职离京时，你和范孙先生远送卢沟桥的情谊。又说南北调停时你立了大功。”袁克定披着厚厚的德国绒睡袍，一手夹着雪茄，一手端着啤酒杯。

听了袁克定这几句贴心话，两年多来一直坐冷板凳的杨度心里暖融融的。同时，素日拼力压住的委屈感又升起了。他略带酸意地说：“唉，不提这些了，我也是命运不济，辜负了总统的栽培。”

“不能这样说，几次组阁时，家父都有意让你当总理。这次国务卿一职，最初也是你的，只是后来改变了。”

袁克定看了一眼杨度，只见他的脸色顿时阴沉下来。袁克定清楚杨度的性格，内心里的或喜或忧，总是会很快地在脸上表露出来。

“皙子，你知道家父的主意为何一再改变吗？”

杨度摇摇头。

“我实话告诉你吧，家父身边围着一群老家伙，都是他们坏的事，我也最讨厌他们了。”想起徐世昌和段祺瑞、徐树铮等人，袁克定真诚地表示出愤怒。

“你也讨厌他们？”杨度吃惊地问。

“你不知道，家父用人最重资历，有两种资历他特别看得重。”袁克定放下啤酒杯，郑重地说，“一种是小站练兵的资历，一种是前清大员的资历。”

杨度平时不大注意，经袁克定这一指破，他猛然意识到的确是这样。唐绍仪、赵秉钧、陆征祥、熊希龄、徐世昌这些人，或是在前清做大官，或是在小站练新军，或是两者兼备。怪不得自己不得重用，原来缺乏的正是这两种资历！照这样说来，这一辈子在袁世凯手下是永无出头之日了。杨度不免沮丧起来。

“我常对家父说，用人当学曾文正公，取其才而不论其资历。家父口头上也承认应该如此，但他就是改不了这个成见。本来想让你当政治会议议长，都差不多就要公布了。谁知李经羲一进京，他便变卦，说李经羲在前清做过云贵总督，能压得住人，皙子到底资历浅了，别人会不服，结果又让那个老家伙做了议长，我反对也没用。”

杨度苦笑道：“假若让你来做总统就好了。”

袁克定正要套出这句话来，赶紧接着说：“倘若我做总统，第一件事便是任命你做国务卿。国事都交给你，使你的平生才学能得到充分展布，做中国的伊藤博文、俾斯麦。”

“做中国的伊藤博文、俾斯麦”，这个久蓄于胸而近年来几乎被视为不可兑现的理想，今天居然由袁大公子再次提出来，杨度胸中冒出一股既兴奋又失落的复杂情感来。但眼前这个对美男子很有兴趣的公子哥儿，他能当总统吗？按照宪法来选举，他的可能性怕永远只是零！杨度下意识地轻轻摇了摇头。这个举动被袁克定看在眼里，心里不觉一惊，但很快，一股务必要做太原公子的欲火更炽烈地燃烧：正因为不能做总统，所以才决心要做太子！他不想再绕圈子了，决定开门见山，把自己的意图和盘托出。

“皙子，抽支雪茄吧，我慢慢对你说。”

袁克定起身，亲自把一支雪茄递过去，又亲自给杨度把烟点着，然后回到皮躺椅上，浅浅地连抽几口，脑子里在紧张地思考着。杨度望着袁大公子少有的皱眉凝思的神态，知道他要说出一番重要的话来，遂不做声，让他自个儿慢慢地思索。

又抽了几口烟后，袁克定掐灭了雪茄，终于开口了：“皙子，实话对你说吧，我是想当总统的。想当的原因，不是因为总统的地位至高无上，权力至大无边，我个人可以从中得到许多好处。家父这两年当总统，我亲眼看见他一天到晚有办不完的公事，有诉不尽的苦恼。他为国家所付出的心血，他为百姓所承受的痛苦，别人大多不知道，唯有我这个做长子的才看得一清二楚。就这样，他还要蒙受许多不白之冤，尤其是革命党那批人，现在已是与家父势不两立的生死对头了，天天在骂他咒他，暗中组织人马，想用武力推翻他。看着父亲一天天衰老下去，我心里在叹息：这是何苦而来？当初不出山，在洹上村饮酒吟诗，垂钓观花，岂不十倍百倍胜过今天？我有时跟父亲聊起这事，他每每叹气说：‘这是没法子的事。当年曹孟德说得好，倘使孤不在，正不知几人称王几人称帝。如果我不出山，当今的中国还不知有多少个草头王哩，国家能安宁吗？百姓能安宁吗？’我听了只得点头。家父这番话我深有同感。大概我们袁家天生就是这样要为国家和百姓操劳。这真是没有法子的事，逃也逃不掉。”

袁大公子的正题开场白十分成功，把杨度紧紧地吸引住了。他瞪着两只乌亮的眼睛，一动不动地望着袁克定，倾听袁的下文。

“尽管亲眼见到家父这多难处，我还是想接替他的职务干下去，为的不是自身，而是咱们这个国家。过去我也知道咱们国家很弱，百姓生活很苦，但还只是坐井观天，不知外面的世界。这次去了德国，又看了欧洲其他几个国家。唉，皙子，不瞒你说，我难过得好多夜晚睡不好觉，好多白天吃不好饭。跟人家比起来，我们的国家像个什么样子，简直是个垃圾堆；我们的百姓过的什么日子，简直就是猪狗不如。作为一个中国人，尤其是作为一个中国总统之子，我心里有多痛苦呀！”

袁克定得袁世凯的真传，他的演戏功夫，其神情之真挚，做工之圆熟，比起老子来有过之而无不及。他的这番表演深深打动了杨度。杨度想起自己在日本生活了多年，虽时时眼看着别国好而怜恤祖国的贫苦，但究竟不若袁大公子这般深切，遂怀着尊敬的心情说：“你说得对。在日本时我也常有这种感觉，总渴望着自己的国家也跟人家一样就好了。”

“正是这话。”袁克定立即加以肯定，并接过话头。“我在柏林时，曾对着莱茵河立下过宏誓，一定要为国家的强盛而奋斗，哪怕累死苦死也心甘情愿。所以明知总统一职于己无利，但我还是要做，为的是要取得一个为国家办大事的最有利的地位。”

杨度听到这里，不觉重新将眼前的大公子打量了一番。与他交往了多年，还真的没有看出，他竟然与自己的心思这般接近！

“皙子，咱们兄弟说句真心话，你说我有接替父亲当总统的可能吗？”袁克定两眼射出灼人的光芒，逼视着杨度。

怎么说呢？说他不可能嘛，会扫了他的兴头；说他可能嘛，又实在有点违心欺人，而且他也不会相信，杨度想了一下说：“我看可能性不大。”

“说的对！”不料袁克定倒十分高兴起来。“皙子，我就知道你是一个真心人，这正是我相信你的根本之处。你还是说得委婉了点，其实可以干脆说白了：绝对不可能。中华民国的大总统绝对轮不到我袁芸台来做。为此我感到遗憾，因为我坚信家父的这一套是治不好中国的，必须改弦易辙。”

“为什么？”杨度很乐意听这样的话，他要引导袁克定说下去。

“这是因为家父的头脑里守旧的思想根深蒂固。当然，这也难怪他，毕竟他做了三十几年的前清官吏，对过去的那一套习惯些，但结果却是对国家不利。比如说，他用人，就几乎全用的前清大员，他对宪政其实是不热心的，他对内阁制是不能接受的。他热衷权力，事必躬亲，不能放手让别人去干。”

杨度觉得，此时的小汤山温泉浴室，仿佛已成了两院议会，一个在野党的党魁正在尖锐地抨击执政党的首领。他同时不得不佩服这个抨击者对时局的症结看得准确，与自己的观点十分吻合。正因为重用前清大员，自己才遭到冷落；正因为不热心宪政，一个真正能导引国家富强的根本大法才至今未修好。抨击者重视内阁制，自己今后才有可能做伊藤博文和俾斯麦。这几句话，句句打中了今日政局的要害，也说出了自己的心愿。杨度对眼前的袁大公子另眼相看起来，他莫非真的有治国大才？他莫非真的就是那夜戏台上的太原公子？

“芸台兄，你说得真好，我真要设法运动议员们选举下届总统时投你的票。”杨度出自真心地说。

“不！”袁克定断然拒绝了杨度的好意，最终亮出了底牌。“皙子，总统我是不可能当的。为了国家的强盛人民的幸福，为了我能处于一个最有利的治国地位，为了能实现你的一匡天下的抱负，我请你襄助我。”

“如何襄助？”杨度从藤躺椅上站起，掐灭手中的半截雪茄，仿佛就要为朋友拔刀上前的样子。

“我和你相约：今日你襄助我做成太原公子，促使家父登基恢复帝制，日后我一旦继位，就拜你为相。那时我做唐太宗，你做房玄龄，再在中国造一个贞观之治如何？”

“行！”杨度激动地不假思索地伸出一个手掌来。

“我们击掌为定！”

“啪！”袁克定结着一块大疤的右手掌在杨度的手掌上重重地一击，十分高兴地说，“去，咱们再到餐厅去喝它个一醉方休！”

袁克定的酒量并不大，三杯中国白酒喝下去，便醉醺醺地被茂顺扶到卧室里去了。杨度却还只有四五分酒意。他躺在别墅精美的客房里，听着窗外温泉流水的汩汩声，身上燥热不安。他干脆披衣起床，燃起了一支雪茄。

杨度今夜太激动了。

他首先想到的是，在中国政坛上整整闯了十年，一心想借一个人的力量来实现自己治理天下的宏伟抱负，然而十年来所看准的袁世凯其实并不是一个理想的人物，真正的理想人物是其子袁克定！辅佐袁克定比辅佐袁世凯有利之处居多。

袁世凯是一代枭雄。他雄才大略，斡旋乾坤；他老谋深算，机巧权变；他手揽大权，独断专行。在他的身边，只能充当他的工具，不能左右他的意志；只能为他服务，没有余地让你施展。袁克定则大不相同。他有崇高的地位而无坚实的基础，他有雄心而无长才。他治理国家必须要依靠别人，就如同当年骆秉章在湖南做乱世巡抚必须依靠左宗棠一样。他一旦即位，就拜自己为相。这话不会是空头许诺，因为他不得不如此！

猛然间，杨度想起了那年与曾广钧、夏寿田游碧云寺数五百罗汉的往事，又想起秋雨秋风中与湘绮师访马王庙时胡三爹的即兴拆字，都说自己今生有宰相的福分。现在看来，拜相的希望已不再渺茫了。二十年了，醉心帝王之学的湘军将领后裔，看到一展胸中之学的这一天终于要来到的时候，他怎能不激动不兴奋？他甚至想面向南方，遥望着云湖桥大喊一声："湘绮师，弟子就要圆你老的梦，将你老的学说变为现实了！"

接着他又想到，襄助袁克定恢复帝制，其实就是把一条通往富强的光明大道重新铺展在中国面前。杨度相信自己多年信奉探索的君宪制度应当是拯救中国的唯一道路。自己原本看得清清楚楚：中国民智低下，两千多年来一直是皇权统治，只有虚君立宪制度才与国情最为接近，实行民主宪政，必定给国家带来混乱。两三年过去了，现实证明自己原来的分析完全正确。目前袁大总统健在，尚能控制局势，一旦哪天死去，必定会由争总统而引起内战。不要说国民党将会兴风作浪，就是政府内部，觊觎这个宝座的人还少吗？而最乐意看到中国兴起内战的，莫过于外国列强了。他们正好趁火打劫，乘机瓜分豆剖。这个局面不久就会到来，人们都在迷糊之中而没有看出。

一旦帝制复辟，这种危局就不会出现。因为皇位的合法继承人只能是皇帝的兄弟子侄，别人不能存此非分之想。这就从根本上杜绝了野心家的邪念，堵塞了动乱的源头。至于皇室内部的争斗，毕竟是小范围内的，况且只要皇帝在生时交代清楚，储君有力量，则基本上不会有大乱子出现。只要不起内乱，再制定出一部好宪法来，大家都依法行事，国家自然会很快强盛起来的。

做这件事一切都是对的，唯一不妥之处就是自己又得挨一次骂。当年由君宪转共和，报上登了不少文章将自己臭骂了好一阵子，弄得里里外外很不自在。如果这一次又变回去，将会招致更多的谩骂。

杨度气塞了一会儿后，很快便通畅了。既然有志于从政，还怕别人骂吗？商鞅、霍光、王安石、张居正，千百年来骂他们的人史不绝书。平心而论，他们为国家所做出的贡献，无论怎样诋毁都是否定不了的。就算自己反复无常出尔反尔吧，如果真的为国家谋求了一条通向富强的道路，后人自然会谅解的，甚至还会赞扬。退一万步说，毁了自己一人而换取了整个国家的利益，这个“毁”也是值得的。当年曾文正公办天津教案，不就是一个毁了自己而成全国家的先例吗？他的苦心，世人以后也越来越看清楚了。一个政治家要的就是这种富于自我牺牲的博大胸襟。

一定会有人说，杨度这几年没有做成内阁总理，主张恢复帝制是为了自己好做宰相。让他们说去吧，我就是要做宰相，又如何呢？士人要实现自己的政治抱负，没有职权能行吗？有百里之抱负，必须有县令之职权；有天下之抱负，必须有宰相之职权。人微则言轻，位卑则力薄，一个林泉之逸士，草莱之野民，能谈得上有政治建树吗？还是袁大公子说得对，有最高的职权，才能为国家和百姓谋最大的利益，也才能使自己的满腹经纶得到最好的施展。

杨度咬了咬牙根，决定不顾一切地这样做去！

夜色很深了，万籁俱寂，唯有温泉的流水声却越来越清脆，越来越响亮。杨度毫无睡意。夜风把酒热全部吹去，雪茄使头脑更为清晰。他想起这些年来在政治上的摸爬滚打，几乎可以说没有成效，其关键的原因是自己的奥援不够，朋友虽多，有力者却甚少。这次要做大事，必须实实在在地组建强有力的班底，要利用袁克定这个条件，将自己的人安插进去。他仔细地将挚友们排了排队，有几个耀眼的名字跳进了脑海。对，办大事不能离开他们的帮助！

一股寒风吹进来，杨度打了一个冷战，倦意袭上心头。他脱衣上床，满怀着对未来的无限憧憬进入了梦乡。他做了一个很甜美的梦：袁克定的登基典礼刚结束，一颗硕大的宰相金印便由四驾朱轮马车护送到槐安胡同。杨度手捧相印指挥百官，宰理天下。文武百官都听从他的号令，依照宪法办事。不到二十年，中国真正地强盛了，西方列强纷纷前来取经，又一次“万邦衣冠朝冕旒”的盛大仪式，正由他亲自主持在隆重地进行着。

仪式还刚刚开个头，他便被“当当”自鸣钟敲醒，睁眼一看已经七点整了。正要起床穿衣，袁大公子已笑微微地走了进来。

小汤山别墅里，今日的太原公子和未来的房玄龄又亲切地会谈起来。

六　夏寿田对亡妾的深情眷恋，使叔姬心里很不是味道

接到皙子的信后，夏寿田日夜兼程从西安回到北京。

清王朝被推翻了，翰林院自然也就解散了，夏寿田家里有钱，也不太计较饭碗被敲掉。他久慕西京古迹。茂陵秋风，灞桥垂柳，早勾起他绵绵思古幽情。如夫人岳霜一向喜爱关中形胜，极想西行写生。两人意趣相投，便张罗着去西安。夫人陈氏对丈夫偏爱岳氏，心里一直怀有醋意，恰好收到家中来信。信上说母亲病重，思女情切，陈氏借机带着一对儿女回桂阳老家去了。岳霜去掉了争宠者，快快乐乐地陪着丈夫，一路画画一路吟诗来到了西安。

尽管关内关外烽火弥漫，他们却流连于雁塔碑林之间，徜徉于骊山渭水之畔，吊先人之遗迹，览山川之奇景，过了一年多优游欢乐的日子。谁知乐极生悲，岳霜不幸在西安染病不起，夏寿田怀着极大的悲痛将爱妾葬在香积寺旁。他则在香积寺里租了一间禅房，天天礼佛念经，在爱妾的香冢边整整地守了一百天。百日满了，他还不想离开西安，遂在陕西都督衙门里做了一名幕僚。平时，繁杂的文案簿书可以暂时驱散心中的忧思，到想极了的时候，又能去香积寺上坟。夏寿田打算就在西安呆下去算了，秋凉时再把夫人和儿女从桂阳老家接出来。就在这时，他收到了杨度寄来的急信，要他进京，京师有高位等他来就。

夏寿田跨进槐安胡同的时候，正好杨度先天去了小汤山别墅。男主人虽不在，但室内的女主人们个个都是熟人，夏寿田以世侄之礼参拜了李氏老太太后，便和叔姬、黄氏和静竹姊妹一起叙话。

谈话之际，叔姬不时细细打量这位她早年心灵深处的恋人，心里生出许许多多的感慨来。

从那年归德镇初次见面到现在已经整整二十年了，当年十七八岁的少女而今也快四十了。人们都说四十岁的女人豆腐渣。好强的叔姬虽不这么认为，但每天对镜梳妆，她又不得不承认眼角的皱纹越来越多了，人越来越显老了。

叔姬这十多年来的岁月是不太幸福的。做了王家的媳妇之后，她的确是拜了一位很卓越的老师，诗文长进很大。公公对她很疼爱，甚至超过了亲生儿女。诗文做得再好，公公对她再好，对于一个女人来说，都不能替代夫妻之间的情感。而叔姬最大的不足之处，便是丈夫不能令她满意。

代懿一直深爱着叔姬，除开在日本有一段短时期的拈花惹草的不良行为外，结婚十多年来，他也没有外心。在叔姬面前，也总是客客气气的。留学回来，他也在省里和湘潭县衙门里做过事。尽管没有一个正式官衔，也有一般的社会地位，至于养家糊口，那是决没有问题的。倘若是一个寻常女子，守着这样一个丈夫，一辈子也过得去了。叔姬不然，她是一个心气高傲的女才子。她盼望自己成为李清照，也希望夫君是赵明诚。她理想的夫君，应是在外面做着大事业，回到家来，跟她谈古论今，诗文酬唱。若有这等夫君，她甘愿如易安居士那样为他相思得“人比黄花瘦”。但代懿没有干出大事业来。她常常说丈夫：“你看看人家蔡松坡，都一起在日本学军事，人家现在已是云南都督了，你也不害羞。”把个代懿奚落得满脸无光。

就说吟咏之事吧，代懿也比乃父差得太远了。自从那次代懿承认《学步集》中的诗文大部分出自父亲之手后，叔姬足足气了两个月。后来她想点拨点拨丈夫，谁知代懿就是不争气，再怎么指点也达不到她的要求，她彻底灰心了。

大事业没有，诗文酬唱的乐趣也没有，叔姬对代懿真是失望已极。夫妻间经常为小事打嘴皮仗。一吵架，她就回娘家。每一次都是代懿赔着笑脸来接她回去。一进湘绮楼，公公总是哄着她，数落儿子的不是。老是重复那两句话："代懿不配做你的丈夫，你就看在我这块老脸皮上，做我的女弟子吧！"就是冲着公公这两句话，叔姬才勉勉强强地维持着这个小家庭，没有散伙。

越是对自己婚姻的不满意，叔姬就越是怀念初恋的情人。眼前坐着的夏郎，应该有四十七八岁年纪了，身体发福了，两鬓可略见霜花。细心的叔姬发现，从前那两只聪明灵动无忧无虑的眼睛似乎不太亮了，眼神里有一种饱经世态后的成熟与稳重，或许是失妾的缘故吧，还明显地带有几分忧伤和痛楚。

"唉，都变了，人生若是永远年轻该多好！"叔姬在心里深深地叹息了一声。

"代懿没来京？"夏寿田转过脸来，特意与叔姬聊聊天。

"他没来。"叔姬苦笑着回答。

"好多年没有见到他了，还好吗？"

"他还不是那个老样子！"

夏寿田见叔姬说到丈夫时提不起精神，又见代懿没一起来，心知他们夫妇一定是闹不和了，便换了一个话题："我想这些年来你一定做了很多诗文，我会在你家住一段时期，我要好好地听你谈一谈。"

古话说"文章憎命达"、"诗穷而后工"，叔姬这些年来婚姻生活的不如意，反而成全了她的诗文创作。她有许多闺怨要诉诸文字，她也有许多闲工夫去反复推敲，将近不惑之年的女才子，诗词歌赋已锻炼到炉火纯青的地步了。代懿不堪与之对谈，哥哥忙于政事无暇细谈，黄氏、亦竹不懂诗，静竹虽然兴致很高，但到底才学浅了一些，如同庄子巴望见到惠施似的，叔姬是多么希望有一个高才硕学者与她风雨细论文啊！现在来了一位大才子，何况这位大才子曾经占有过她的整个心灵。她欣喜地说："夏公子有这个兴趣，我会天天向你请教的。"

"夏公子"！这个久违的称呼，历经沧桑的夏寿田今天听起来是多么的亲切，多么的动情。望着叔姬扑闪扑闪的眼睛和脸庞上微微透露出来的红晕，二十年前归德镇总兵府里那个聪颖纯情的杨小姐的形象，一下子浮现在他的脑海。一股甜美的回忆伴随着对青春的怀念之情顿时涌上心头。那是多么美好的春光，多么美好的少男少女时代啊！如果时光能够倒转，一切都恢复到那个已经逝去的环境该有多好！

“好哇，听你谈诗，我是最有兴趣了。”

何三爷过来招呼大家吃饭。

饭后，夏寿田被领进西头一间小厢房。房间布置得朴素、淡雅、舒适：银白色的床单，奶黄色的被面，蛋青色的枕套，平平整整地铺放在一张不大宽的木床上。靠窗户边是一张暗红色的书桌，上面文房四宝一应俱全。一只长方形小瓷瓶里插着几朵欲开未开的茉莉花，给小房间内添加了一股淡淡的清香。一壁墙边摆着两把矮脚木沙发，沙发上端挂了一幅齐白石的《虾趣图》。

夏寿田饶有兴致地站在画前，细细地欣赏起来。画面上五六只大大小小的虾子游在水草边，生动逼真，形态各异，尤其是虾子头上那两根长长的触须，又细又硬又活脱，比真正的虾须要好看十倍。上次回湖南时，夏寿田在湘绮楼见过齐白石一面。他真难以理解，那样一个土头土脑、笨拙俭吝的农家木匠怎么会有如此慧心巧手！

看了齐白石的画，夏寿田又想起爱妾的画来。岳霜好画，有些画也画得不错，但比起这幅《虾趣图》来自然相差太远了。倘若岳霜还活着，他真要把白石请到北京来，指点指点她。以岳霜的聪明，一定会获益良多。可惜呀，夏寿田想到这里，悲戚之情又冒了出来。

他打开从西安携来的木箱子，箱子里存放着十几幅岳霜的画，是她病中亲手挑选出来的，交给丈夫永久保存，其他的她都付之一炬了。有一张《灞桥柳絮图》，岳霜自认是她的得意之作，夏寿田也喜欢。他把这张画取出来，摊在桌上，反复观赏。

灞桥是西安城东灞河上的一座古桥。汉唐以来，灞桥两岸便栽种着数以万计的垂柳。人们送东去中原的客人多到此为止，然后折一柳枝赠别。柳是“留”的谐音，取挽留惜别之意。“杨柳含烟灞岸春，年年攀折为行人”，写的就是这种情景。每到阳春季节，无数长满绿叶的枝条一齐垂向河面，把灞桥两岸打扮成一个绿色的世界。微风起时，柳絮满天飞扬，犹如雪花一般地散落在水面田间，散落在游人的身上，形成西安一大景观。人们都喜欢到这里来踏青春游。折柳赠别的古风也还保存着：朋友远行，送到桥边，然后折一支垂柳相送，互道珍重，洒泪而别。

去年春天，夏寿田和岳霜就在灞桥边看到这个情景。漫天飘舞的柳絮之中，一对年轻夫妻在灞桥边分手，妻子折下垂柳送给丈夫。夫妻相对无语。岳霜看在眼里，大为感动。回到家中立即铺纸作画。夏寿田在一旁为她研墨。灞桥、垂柳、柳絮，再加上这对夫妻，组成了一幅既美丽又悱恻的画图。画好后，人见人夸。谁知岳霜不久就病了，这幅《灞桥柳絮图》竟成为她的绝笔。想到这里，夏寿田决定把这幅画张挂起来，让它天天对着自己。

他回顾房间，只有挂《虾趣图》这块地方最为合适，心里轻轻地说：“白石仁兄，只有请你委屈了，这个地方就暂时让给岳霜用几天吧！”边说边取下《虾趣图》，将《灞桥柳絮图》端端正正地挂好。

挂好画后，他又取出一个小木相框来，相框里嵌着他和岳霜的合照。他将相框摆在书桌上，自己坐在床边细细端详。看来看去，觉得这个相框还只有摆在小瓷瓶处最为适当。他便将插着茉莉花的瓷瓶拿开，将相框放在那里。

正在这时，叔姬提着一把茶壶轻轻地推开房门。她正要叫一声“夏公子”，却突然看见墙上的《虾趣图》不见了，换上的却是另一幅画。她蹑手蹑脚走过去，没有惊动背对着她的夏寿田。她看到画的左下角有四个字：岳霜学画。她明白了，这幅画是他的如夫人画的。叔姬心里不自在了。原来，这幅《虾趣图》是她从齐白石家里拿来的。白石还没有题字，她便带到北京来了。听说夏公子要来，并要在家里住一段时期时，她特地把这幅画挑了出来，送到店里去裱好，当作一件礼品挂在这间屋子里。想不到夏公子竟把如夫人并不高明的画来取代这幅杰作！

再一转眼，叔姬更不愉快了。她为夏公子摘下的茉莉花连同装花的瓷瓶都不见了。茉莉花是她最喜爱的花，这个小瓷瓶还是小时候父亲送给她的，她一直珍藏着，如今为了心爱的夏公子她才拿出来。居然被他毫不经意地移到别处，替代的却是他和岳霜的合影。叔姬心里很不是味道。

她依旧提着那把茶壶，悄没声息地退出房间，回到自己的卧房，痴呆呆地一人独坐良久。她渐渐地明白了，夏公子的心里只有岳霜，自己是不可能也不应该再插入他们的情感世界。她拿起笔，信手写下几句诗：

春风杨柳时，汉上客何之。
何须绕梁曲，只此已堪悲。

她放下笔，长长地叹了一口气，企盼与夏公子谈诗论文的兴趣已减去了多半！

第二天，杨度从小汤山回来。一对挚友重逢于京师，自是欢快。杨度劝慰午诒丢开对岳霜的思念，因为这种思念对逝者无益，只会徒增生者的悲苦，不如打点精神去做一番大事业，将来功成名就，追封亲人，或许是对逝者一种更好的纪念。夏寿田当然能理解老友的好心。

杨度对午诒说，内史监正在物色一名能干的内史，半个月前，他通过袁克定把午诒的履历送了上去。袁世凯极重出身，见夏寿田是戊戌科的榜眼，已很满意，又见是巡抚夏时的儿子，更是高兴。原来袁世凯与夏时有过一面之交，对夏时印象很好。既是榜眼，又是世交，袁世凯正要用这样的人，遂亲批：调夏寿田进京，任内史监内史，月支大洋三百元。

内史监相当于现时的机要秘书处，是一个非常重要的机构。已有三名内史，月薪分别为一百元、一百五十元、二百元不等，夏寿田一来便支三百元，足见袁世凯对他的器重。夏寿田很满意这个职务，无论从地位还是从待遇来说，不仅远非陕西都督府幕僚可比，也比当年翰林院侍读学士要优越。他很感激老友的提携。

略为休息几天后，杨度领着夏寿田去见内史长阮忠枢。在去总统府的马车里，杨度将从袁克定那里听来的关于这位内史长的一则故事讲给新来的内史听。

早在袁世凯做直隶总督时，阮忠枢就是督署的幕僚长。此人没有功名，但学问文章极好。他每天过着晨昏颠倒的生活。白天蒙头睡大觉，傍晚时分才起床，吃完饭后躺在炕上抽上个把钟头大烟，然后进屋办公事。他精神亢奋，思路敏捷，不管有多少公务，有多难下笔的书信奏折，他一夜里都可办好。第二天清早，他把料理好的事情一件件地摆在案桌上，自己外出玩乐去了，别人按他的吩咐去办，决不致误。因而袁世凯尽管不喜欢他抽大烟、日睡夜作的不良习气，但还是重用他。

有一天，阮忠枢告诉袁世凯，说他看中了保定艳香院的姑娘雁儿，打算赎她出来做一房小妾。袁世凯沉下脸来训道："堂堂督署里的幕僚长，怎能娶妓女为小老婆？你打消这个念头吧！"

阮忠枢见上峰这样坚决反对，只好作罢，但心里怏怏的。从那以后，他精神总提不起来，文章也没有先前的光彩了。

这天，袁世凯对阮忠枢说："跟我到天津走一趟吧！"

到了天津，袁世凯说："今天夜里，我的一位朋友办喜事，你和我一起去吃喜酒吧！"

夜晚，两顶轿子抬进一条僻静的小巷。刚一下轿，鞭炮声、鼓乐声就响起来了。阮忠枢一踏进门槛，一群婆娘就高喊："新姑爷进房了！"阮忠枢莫名其妙，问身旁的总督："新姑爷是谁呀？"袁世凯笑道："就是你呀，快进洞房吧，新娘子等你一天了。"阮忠枢将信将疑地走进烛光辉煌的洞房，只见一个浑身红衣红裤的女人坐在床沿边，头上罩一块金光闪闪的大红披巾。袁世凯在一旁怂恿："快揭开呀！"阮忠枢犹犹豫豫地揭开大红披巾，不觉惊呆了：这不是雁儿吗？她怎么会坐在这里？他擦了擦眼睛，再细细地看：不错，真的是雁儿。他欣喜若狂，抓着雁儿的手问："你怎么到这儿来了？"姑娘羞答答地说："袁大人把我赎出来，又送到天津，说你在这儿等我。"

阮忠枢立即明白了一切。袁世凯为他筹备的这场喜事，用心是何等的深远！这位好色的幕僚长激动万分地对着他的上峰说："袁大人，你真是我的再生父母，忠枢这一辈子死心塌地地跟着您了！"

夏寿田听到这里，哈哈大笑起来，他觉得这位内史长是个十分有趣的人物，而袁大总统对下属的体谅，也为古今所少有。

阮忠枢出来与他们见了面。因为临近中午，正是他要睡觉的时候，所以精神特别不好，满脸阴阴黑黑的，连连打哈欠。他有气无力地与夏寿田拉了拉手，说："刚才大公子亲自打电话来关照了，明天起内史监直接与总统本人打交道的人就是你了。好好干吧，大总统不会亏待人的。"

夏寿田忙弯腰说："今后还要仰仗您多多照顾！"

"彼此，彼此。"阮忠枢打了个哈欠，问，"你住哪儿，家眷来了吗？"

杨度代为回答："暂时住在我家，家眷还在湖南。"

阮忠枢对夏寿田说："先住个把两个月吧，我会在中南海里给你找间好房子的。"

阮忠枢实在挡不住瞌睡的攻击了，忙草草收了场："好吧，今天就聊到这里，明天你提前一个小时，七点整到内史监来，我会把你的工作安排好的。总统八点准时进办公室，你就得开始忙碌了。"

夏寿田才华出众，却又没有通常才子那种散漫自负的习气。他谦虚谨慎，勤勤恳恳。不管刮风下雨天气多么恶劣，他从来不迟到不早退。不管有多少公务事，他从来没有怨言，总是兢兢业业地做好。两个月下来，不仅阮忠枢喜欢他，袁世凯也很满意，认为他是一个很理想的内史人才，对他日渐器重。

有一天晚饭后闲聊天，杨度若无其事地问夏寿田："近来总统府里有什么新闻吗？"

夏寿田随口答道："昨天大总统与徐相国闲谈。大总统说，当年小站旧人现在大多暮气沉沉了，尤其是段祺瑞自以为资格老功劳大，开会常常不到，真不像话。徐相国说，陆军总长干脆换一个人算了。大总统说，我也想起用一个新人，改造一下北洋新军，一时找不到合适的人。"

杨度一听，心想这可是袁世凯的一个大举动。袁对段不满，非止一日，要撤段的陆军总长职务，可能存心已久，但一直没有确凿消息，幸而夏寿田在袁的身边，才能得到如此快而准的信息。他不由得暗自佩服袁克定的精明，正是他提出来的安排一个人在老爷子身边的建议，才有夏寿田今天的位置。

"他们谈到一些人选吗？"陆军总长一职非比等闲，谁坐了这把交椅，谁就掌握了全国的武装。杨度起身提茶壶给老友续水，以便将自己刚才这番思索的表情遮掩过去。他现在还不能把夏作为一个暗探安置的目的说出来。因为他知道昔日的同窗是个规矩人，并无多大的政治抱负。若对他明说了，他反而会害怕，甚至有可能辞职不干。

"他们提了几个人，湖南的谭延闿，山西的阎锡山，警卫军统领陆建章。"

杨度在心里一一掂量着这几个人，遗憾的是他们都与自己没有关系。

"还有云南的蔡锷。"停了一会儿，夏寿田又报出一个名字来。

"蔡锷！"

杨度心里猛地一动，脑子里立刻浮现出那年在时务学堂八个人一起举杯起誓的情景，其中年纪最小的便是蔡锷。瘦瘦精精的，眼睛不大却极有神采，个头不高却很稳重的时务学子，当时就在杨度的脑子里留下很深的印象。尤其是十年前横滨的再次见面，蔡锷已是一个英气勃勃的军人了。他激动地朗诵《湖南少年歌》，对自己的由衷敬佩，使杨度永记在心。十年来，蔡锷脚踏实地，埋头练军，以突出的成绩在军界崭露头角。难能可贵的是，蔡锷为人正派，持身谨严，因而广获时誉。辛亥年领道昆明新军响应武昌起义，被一致推举为云南都督，今年才三十二岁。这样一位德才兼备的年轻都督，在当今的中国真如吉光片羽。倘若把他引荐来北京，执掌陆军总长大印，那无异于引来一尊今后政治生涯中的护甲金神。凭着过去的友谊和今日的推荐，杨度相信，热血汉子蔡锷会成为自己心腹的。

想到这里，杨度异常兴奋起来。他笑着对夏寿田说：“午诒，我昨天从一个朋友那里借来了一架留声机，放一段戏给你听听。”

“好哇，放哪段？”

“放一段尚和玉的《长坂坡》吧！”

杨度轻轻地摇动把手，唱片旋转起来，书房里响起尚和玉那高亢有力的唱腔：“赵子龙掉银枪再入重围，救幼主，扶汉室，我赤胆忠心……”

杨度半眯着眼睛，左手合着节拍击打桌面，不知不觉地头也跟着动起来，腿也跟着点起来。他仿佛觉得蔡锷就是当今的赵子龙，而自己无疑将会是流芳千古的诸葛亮！

七　杨度和梁启超都把宝押在蔡锷身上

兵马司胡同里有一座宽大的四合院，这是大公子袁克定在城内的别墅。袁克定的住宅在中南海内，他的一妻二妾带着子女常年住在那里。于氏夫人因为年轻时就失宠于丈夫，除克定外再无生育，因而克定和克定的子女便成了她的心肝宝贝，她一生的希望就寄托在克定身上。无论在哪里，她总是跟克定一家住一起。因为爱之太深，也便关心过分，儿子做什么事她都要过问。克定很烦，便干脆将兵马司胡同当作家，常常三五天不回中南海。宽大的四合院里，他照样豢养一批伶童，但往来更多的仍是他事业上的朋友。

夜很深了，杨度急急地敲开兵马司别墅的门。袁克定刚宽衣睡觉，知杨度这么晚来，必有急事，忙将杨度唤进卧室。

杨度将夏寿田透露的情况告诉袁克定。还没等杨度说完，他便激动地插话："段歪鼻子太可恶，早就该撤职了！"

接着，杨度又将袁世凯与徐世昌所议到的几个人名提了出来。

袁克定说："陆建章本是和冯国璋、段祺瑞一气的北洋旧人，用他来改造北洋，那不可能。阎锡山这个人，听说一身土气，地方观念很重。谭延闿去年闹过独立，不可靠。倒是蔡锷可以考虑。他也是湖南人，你跟他有交往吗？"

克定和自己的想法一致，这使杨度很高兴，遂将与蔡锷的多年交往简略地说了一遍。袁克定听了，拍着杨度的肩膀说："皙子，你与蔡锷有如此交情，还说什么？就这样定了，我们共同设法，促使老爷子调蔡锷进京。"

从第二天起，袁克定就在等待时机向父亲进言。恰好这一天袁世凯召集例会，段祺瑞又没出席。中饭时，袁世凯又气得将段说了几句，侍立在一旁的袁克定忙插话："段芝泉恃功而骄，带了一个坏头，若各部总长都像他那样，总统府就没威信了。他既然长期生病，父亲何不干脆叫他辞职，安心养病算了。"

这话说到袁世凯的心坎里去了：若不对段祺瑞加以惩处，总统的威信何在？他问儿子："你看谁可以接陆军总长这个职务？"

"云南都督蔡锷。"袁克定不假思索地回答。

"你对他熟悉？"袁世凯放下筷子，认真地问。

"儿子至今未见过蔡都督的面，只是听许多人都说他很能干。"袁克定弯腰禀答，"据说他二十二岁便在日本士官学校以第二名的成绩毕业，与蒋百里、张孝准并称士官三杰。回国后历任江西、湖南军事学堂教官，后任广西新军总参谋官、陆军小学总办，混成协统，训练军队很有一套，广西巡抚张鸣岐、云贵总督李经羲都很器重他。又听说蔡都督事事以身作则，严于律己，不扣军饷，不图享受，在西南新军中很有威望。”

袁克定把早已准备好的一段话对父亲叙说了一遍。

其实，袁克定说的这些，袁世凯大都知道。不过，袁克定这番话还是有作用的，因为他从儿子的口中获知京师有许多人都在称颂这个远在西南的年轻都督。一个人能有如此口碑不容易，但蔡锷还不是袁世凯心中最合适的人选。这主要有两方面的原因。

一是去年宁赣之役时，有人揭发蔡锷与宣布独立的重庆方面有暗通款曲的嫌疑。二是蔡锷为梁启超的学生。袁世凯对梁表面笼络，内心一直深怀戒备。在他看来梁、蔡师生二人一文一武，倘若结合起来，就有可能成为一股动摇国本的力量。必须对蔡锷再做一番了解。

“克定，蔡锷这个人，你只是听别人说起，自己到底未见过本人。还有哪个很值得信任的人了解他吗？”

“有哇。”袁克定马上回答，“杨皙子与蔡锷同是湖南人，与蔡有十多年的交情，可以说是看着他长大的。父亲不妨问问他。”

“好吧，”袁世凯抹了抹嘴巴。“下午，叫杨度来一趟。”

下午二时，袁世凯准时结束午睡起床，然后拿起镶有铁托的藤手杖，从二楼下到一楼办公室。一路上手杖点在楼板上，发出“笃笃”的响声。楼下的人知道总统下楼了，全都屏息垂手侍立。下到最后一级楼梯，他似咳非咳地“哦”了一声。这是他的习惯，意在告诉大家，他要进办公室了。夏寿田赶紧过来打开办公室的门，他没有像往常那样立即进门，而是问：“皙子来了吗？”

“他早已在会客室里恭候了。”夏寿田恭敬地回答。

袁世凯转身朝会客室走去。

“大总统！”当袁世凯矮壮而笔挺的身躯出现在门口的时候，杨度立即起身迎接。

“皙子你来了，坐吧！”

袁世凯招呼杨度坐下后，自己也在对面沙发上坐下。刚落座，一个年轻的内史进来，给他端上一小杯乳白色糊汁，同时给杨度递来一杯清茶。自做总统后，袁世凯每天上班时照例要喝一杯这样的糊汁。这是按宫中一个老御医开的方子，用鹿茸、人参、虎鞭、蜂蜜等补药熬成的。就靠着一天两小杯糊汁，他外应繁杂国事，内应列房娇姬，始终保持旺盛的精力。“好久不见了，近来还好吗？”

“托总统洪福，近来一切都好。”杨度说的是实话。这两年多来他自认对袁世凯有功，但频遭冷遇，心里总不太舒畅。自从与袁克定小汤山会谈以来，他才真正看到了光明的前途。夏寿田的被重用和蔡锷的即将进京掌重权，更给他以初战告捷的喜悦。

“好，好。”袁世凯的关心显然只是一个形式，他并不多问下去，随即转入正题。“今天请你来，是想问问你，云南都督蔡锷这人如何，据说你是他多年的朋友。”

对于袁世凯这种不多说客套话，总是单刀直入的谈话作风，杨度是熟悉的，他也不转弯抹角：“回禀总统，我是在戊戌年春于长沙时务学堂里初次认识蔡锷的。那时他才十六岁，但已经做了三年秀才。听说蔡锷出身贫寒的农家，自小天资过人，胸有大志，最能吃苦。他进时务学堂，是一个人徒步从邵阳老家走到长沙的，在学堂里年纪最小，但成绩最好。”

袁世凯认真地听着。“出身贫寒的农家”这句话引起了他很大的兴趣，他知道这种人对格外之恩比较容易接受。

“后来蔡锷到了日本学军事，我那时也在东京，与他有过交往，舍弟与他关系也很好。”杨度知袁世凯对梁启超有戒备，有意不提蔡去日本是为着投奔梁的缘故。“在日本的中国留学生，多数较为放荡，但蔡锷与他们大不相同。他从不进酒楼歌厅，也不与任何女人往来，一心一意学习日本的军事，因而成绩非常优秀。毕业时，士官学校有意留下他，但他执意要回国报效。”

袁世凯习惯地摸着胡须。他的胡须原来蓄的是八字式，自从克定从德国回来后，他便模仿德皇威廉二世的样子改蓄牛角式，即两端尾部向上翘，如水牛之角。袁的须式改变引起连锁反应，官场上下纷纷蓄起牛角式胡须来。官场的爱好又影响社会的风尚。一时间，京师男子汉，几乎人人嘴上都长起两只小牛角来。袁世凯心里在寻思：这样一心一意为事业的人真难得，但他不图享受不贪女色，拿什么东西来套住他呢？

“蔡锷回国后，他的军事才能很快就受到了各方的重视。”

“皙子，据说蔡锷是梁启超的得意学生，是这样的吗？”

“蔡锷在长沙时务学堂读书时，梁启超教过他的书，梁对他是很欣赏的。不过在日本时，我并未见过他们之间有特别亲密的关系。”

时务学堂里的师生关系是无法回避的，只得实说，至于在日本的情况，杨度料想袁世凯也不清楚，他一句话将梁蔡之间亲密的交往给抹掉了。

“梁启超这个人始终不肯和我们同心，蔡锷是他的学生，假若我把蔡调进京来委以重任，你看蔡能为我们所用吗？”

“大总统，这点您请放心。”杨度坚定地说，“师生之谊只是一段时期的，并非牢不可破。当年梁启超与其师康有为的关系，可以说是古今少有，但后来因为信仰不同，几如水火，这是尽人皆知的事。蔡、梁之间只是一般的师生关系，并无深交。何况蔡出身贫寒，出身贫寒的人都知感恩。倘若大总统对他予以格外恩宠，蔡锷一定会感恩戴德，乐为大总统所驱驰。”

杨度这个康梁先合后分的例子举得很好，大大消除了袁世凯对蔡锷的疑虑。至于去年的事，是不能也不应该询之于杨度的，且无真凭实据，暂搁下，先把他调到北京来，考察一段时期，可用则用，不可用则以一虚职把他拴在身边，岂不比虎在深山更好！

袁世凯就这样决定了。

蔡锷即将进京的消息，很快就传到了梁启超的耳中。

去年秋天，熊希龄组阁，梁启超入阁做了司法总长。入阁之初，他还存着一番志向，试图制定一个司法制度，将从未有过严格法律意义的中国司法引入正途。但很快他就失望了。熊希龄并不是有作为的政治家，袁世凯更无意于各项建设。对大总统来说，当务之急乃是如何巩固政权，用强力将反对派压下去。熊希龄辞职后，他也辞职了，袁世凯改任他为币制局总裁。这更是一个有名无实的职务，不过月支五百大洋而已。

进步党成立，梁启超被选为理事。理了一段时期的事后，他也看出，这些所谓的议员们大部分都是图一己名利的政客，口头上说的一套，心里想的又是一套，而且对政党政治一窍不通。袁世凯解散国民党，收缴国民党籍议员证书，大多数进步党议员们为消除政敌而拍手叫好，并落井下石。梁启超看到这个局面很痛心。国会是两党组成的，不能一党唱独角戏，没有了国民党，进步党还有什么存在的必要？果然，国民党籍议员被取消后，国会开会不成，很快就解散了。进步党失去国会这个合法斗争的场所，也就名存实亡了。

梁启超终于彻底看清袁世凯不是行民主共和的人物，对两年来的追随颇为悔恨。同时，他也看出袁世凯之所以能这样为所欲为，其根本的力量在于袁的手里掌握着北洋军。梁启超要成事，进步党要成事，非要有自己的军队不可。因此，他把希望寄托在自己的高足蔡锷的身上。杨度根本不知道，回国十年来，蔡锷一直与梁启超保持着密切的联系。蔡锷发自内心地敬重名满天下的恩师，梁启超也十分器重依畀这个年轻有为的学生。蔡锷与梁启超的情谊远远超过了杨度。现在得知袁世凯要调蔡锷进京，授其军事重权，梁启超如何不高兴，忙修书一封寄往昆明，盼望学生将滇事妥善处理后速来京师。

蔡锷收到杨度的信后两天便收到了总统府的调令。他生性沉静稳重，虑事深远，并不认为到京师去是一件好事：素与北洋军系没有瓜葛，京畿一带从来就是北洋军系严密控制的地方，孤身进京，能有什么作为？弄得不好，反而入了牢笼，今后欲求脱身都很难。都督衙门里的僚属们却都主张他去。大家说，云南毕竟是边隅之地，影响有限，应该有坐镇北京号令全国的雄心大志。又表示云南永远听都督的，倘若今后有什么事要云南办，只要一句话，滇军将赴汤蹈火，在所不辞。

正在犹豫不决时，蔡锷接到恩师的信。他不再迟疑了，遂打点行装启程。

袁世凯本想让蔡锷先当参谋总长，以取代从不到部的黎元洪。因为黎一边做着副总统，一边还兼着这个职务，尽管他身任两个总领全国的要职，却始终不肯离武昌一步。待蔡锷做了一段时期的参谋总长之后，再调任陆军总长，进而取代段祺瑞。不料左丞杨士琦的几句话，使袁世凯取消了这个安排。

就在蔡锷进京的前夕，他跟杨士琦谈起这事。杨说："北洋军系是长期来形成的，要骤然改变不可能，只宜行之以渐。北洋军系都是北方人，若用一个南方人来做他们的总指挥，会引起他们的不睦。况且蔡锷年轻资历浅，不易弹服，容今后慢慢物色更合适的人为好。"

袁世凯对长军事之人本来就看得很重，他认为杨士琦的话有道理，尤其是用南方人来指挥北方人确实有点不妥。

蔡锷进京的那天，袁世凯派人用隆重的礼节迎接，又在棉花胡同装饰了一套豪华的住宅让蔡锷居住。过了几天后封蔡锷为政治会议议员、约法会议议员、参政院参政，再过几天又封他为昭威将军。头衔很多，就是没有具体职务。

蔡锷在棉花胡同住下后，先去拜访老师梁启超，之后又看望了杨度。杨度带着他到小汤山别墅。袁克定在这里设盛宴款待，又特意送蔡锷一件紫貂皮袍。说是北京冬天冷，对于一个初进京的南方人来说，御寒当为第一要务。蔡锷将皮袍试了试，大小长短刚好合身，他很感激袁大公子的美意。

为了将兵权收回到自己手中，袁世凯想出了一个好主意。他在总统府里设置一个名曰陆海军大元帅统率办事处，掌管全国军事，将段祺瑞、王士珍、程璧光、荫昌、萨镇冰等陆、海两军及参谋部巨头都安置在办事处做办事员，所有重大军事决策都在由他亲自主持的办事处会上决定。这样，陆军部、海军部便都成为名存实亡的机构了。到后来，他干脆逼段祺瑞辞去陆军总长的职务，由王士珍接替。蔡锷的陆军总长计划彻底告吹了。

袁克定、杨度一心想把蔡锷送进最高军事决策机构。经过多方运动，袁世凯终于同意让蔡锷进统率处做办事员。

蔡锷虽未做成陆军总长，但以一个南方人又非北洋军系的年轻都督而挤进统率处，令军政两界都刮目相看。大家皆认为蔡锷已成为袁世凯最信任的红人，作为一颗军事新星，他已经璀璨地升起来了。

蔡锷自然感激袁克定和杨度的大力推荐，梁启超也感激他们。由于蔡锷的关系，这两年因各人忙自己的事而显得疏淡了的梁、杨关系又变得热火起来。他们都把宝押在蔡锷的身上，企盼这位年轻的军事奇才能做实现自己政治理想的得力工具。

这天，蔡锷因母亲和妻儿来到北京，在东来顺酒家设宴招待师友。邀请了梁启超、杨度赴宴，同时还特为将在家赋闲的熊希龄及刘揆一也请了来。虽同处京师，平日也难得聚会，今日相聚一堂，大家都格外珍惜。

梁启超想起十六年前时务学堂的那次聚会，想起紧接着的轰轰烈烈的维新变法，想起随之而来的风云突变、六君子的遇难、自己和南海师的出逃，想起海外十多年的奔波鼓吹，又想起前年回北京时的满城轰动，这两年的入阁组党亲办政事的艰难和失望，一时间沧桑变化的万千感慨都涌上胸间，本来海量的他，只喝了几杯酒便觉得头晕了。

三十六岁的刘揆一已有些发胖了。前年和去年，他当了八个月的工商总长。时间虽短，却是两度入阁。在陆征祥内阁呆了两个月，在赵秉钧内阁里呆了半年，因宋案而愤然辞职。民国未建立时，刘揆一作为血气方刚的职业革命家，为推翻清廷建立共和，出生入死不屈不挠。民国建立后，他做过阁员级大官，反而意志大为衰退了。

袁世凯做总统后，同盟会要建政党内阁，为抵制袁世凯所主张的超然内阁，同盟会籍的蔡元培、宋教仁、王宠惠、陈其美四总长退出内阁。袁为讨好同盟会，提出由刘揆一接替陈其美的工商总长一职。为调和矛盾，消除党争，黄兴劝刘揆一先脱党后入阁。刘揆一很想利用总长一职为国家做点实事，于是宣布脱离同盟会，进而做了陆内阁的工商总长。这下招致了同盟会中激烈派的坚决反对。他们指责刘为了谋取高官而叛党。又因刘任职后委任共和党的向瑞琨为次长，而刘在议员讨论时获得了共和党的全数票，于是不少人说刘做总长是交易。刚上任的刘揆一便四处挨骂。全国政局混乱，党争激烈，谁有心思办实业？刘揆一一肚子经济改革的计划全部化为空文。到了辞职的时候，工商实业无一举措，经济建设无一业绩。这一年来刘揆一颇为消沉，他没有想到革命成功后的中国竟然是这个样子！

熊希龄辞去总理后，在香山买了一座房子住下。热河盗宝案的公布，使他既感委屈又有口难辩，他对袁世凯恨惧交集。想想当了五个月的名流内阁的总理，除开把袁由临时总统扶为正式总统、副署解散国民党和国会外，一件实事都没有做。清夜扪心，深觉惭愧。熊希龄认识到自己不是干政治的料子，不如做点实事更有益于社会。夫人朱其慧很赞同丈夫的意见。她一向富有同情心，每见孤贫无援的老人和流离失所的孩子便觉心里难受，于是她和丈夫商量筹办社会福利事业。熊希龄深为赞许。眼下，他已在开始做这件事了。

当一个蹩脚的政治配角，给他带来的是羞惭；做一个拯弱扶贫的慈善家，得到的是社会的广泛赞誉。几度宦海浮沉过来的湘西俊才，终于寻到了自己的最佳人生位置。为此，他心里充实，心情也很开朗。他端起酒杯，喝了一口，说：“松坡，当年时务学堂的学生，就数你的出息最大了。”

“熊先生过奖了。”蔡锷谦虚地笑了笑。“我没有做什么事。霖生兄领道同盟会在海外艰苦奋斗，武昌首义时又亲冒矢石，他才是缔造共和，有大功于国家和人民的英雄。”

“松坡取笑了。”刘揆一苦笑着说，“我哪里配得上有功，真正有功的还是卓如师。他这十多年来所撰写的数百万字文章，不仅开启了今天的民智，而且对子孙后代都有不尽的启示。”

刘揆一说的是心里话。一年多来，他在对革命成功后的中国现状的痛苦反省中，深感这一切都是由于国人的文化素质太差的缘故。这种差，是全民族性的，不仅仅是市井小民、贩夫走卒，包括国会的议员、内阁的总长次长，甚至也包括自认为是先知先觉的革命党人在内。一场剧烈的暴动可以推翻一个朝代，改换一个政权，但对民智的提高、素质的改善，基本上不起作用。中国真正成为强国，要靠全民族文化素养的提高；而提高文化素养，靠的是教育。刘揆一认为，梁卓如先生是这方面当之无愧的大师。他举起酒杯，由衷地对着梁启超说：“卓如师，学生敬你一杯！”

梁启超捂住酒杯说：“我头有点晕了，我不能喝了。”

刘揆一说：“卓如师，我说一句话，如果我说得对，您喝一口表示赞同，说得不对就不喝。”

“你要说句什么话？”梁启超来了兴趣，众人也都来了兴趣。

“卓如师，您的文章风靡中国，启发了千千万万人的心智，我从心底里尊敬您。我想，您应该把自己的一肚子学问拿出来，精心培养一大批教师，让他们也去写文章传播知识。如此，一个任公就变成了几十个几百个任公了。卓如师，你说我的话有道理吗？”

“我明白了，霖生的意思是要我去当教授。”梁启超松开捂在酒杯上的手说。

“不是当一般的教授，是当教授的道师。”刘揆一强调指出。

“霖生说得好，我也认为我适宜去学校当道师。好，这杯酒我喝了！”梁启超举起酒杯，把剩下的酒一口喝完。

刘揆一见梁启超赏他的脸，十分高兴，便把自己的酒杯斟得满满的，一口喝了。

蔡锷说："卓如师去当道师的确是好事，只是嫌早了点，十年后再去吧，现在的政坛还离不开先生。"

杨度赶紧说："松坡说得对，干十年实事后再说。"

梁启超感慨起来："就我自己的愿望来说，我什么政事都不想干了，不独这个币制局长不做，就是给我一个国务卿也不做。这几年的国事真让我厌了。不过，每当我想起复生、佛尘，想起许许多多为中国的新生而付出生命的朋友，我便不得不打叠精神干。国家是我们自己的国家，若我们都图个人的安逸，隐居避世，不负责任，这个国家交给谁？"

梁启超这话说得沉痛，也说得实在，酒席上的每个人都是对社会对国家有强烈责任感的热血汉子，对这话都从内心里表示赞同。

"十六年过去了，十六年前那次在时务学堂的聚会，我始终不能忘记。"梁启超又满怀感情地说。

"我们都不会忘记。"大家异口同声地说。

梁启超说："所幸十六年过去了，除复生、佛尘为国成仁外，我们活着的人都在努力，也无愧于岁月，尤其是松坡，在云南练出了一支劲旅。国家还未走上正轨，安定乾坤，还得靠真刀实枪。"

蔡锷感激恩师对他的殷切期望，说："卓如师放心，学生练出的军队决不会成为谋取个人私利的工具，一定要使它成为安定国家保卫百姓的长城。"

"壮哉！松坡，我敬你一杯。"熊希龄举杯。

"不敢当。"蔡锷说着，先将自己杯中的酒一饮而尽。

在座的人都是国之英才，杨度极想他们都能成为自己未来宏伟事业的支持者。他大声说："刚才任公说我们十六年前痛饮时务学堂的事。诸位是否还记得当年我们对着天地神明起下的誓言么？"

"如何不记得？"蔡锷回忆道，"当年是复生先生带头说的，我们都碰杯赞同的。他说，我们几个人今后不论做什么事，从政也好，练军也好，治学也好，都要为了救国救民这个大目标。又说只要为了国家和人民，不论谁有事，我们其他人都要尽力帮助。”

刘揆一也说：“我也记得，复生先生是这样说的。”

熊希龄笑着说：“我打算办一个慈善机构，收留孤寡老人和无父无母的儿童，你们哪位或是发了大财或是掌了实权，希望资助资助我。”

众人都说：“办慈善机构是大好事，理应支持。”

杨度立即表态：“舍弟重子日前来信，说华昌炼锑公司赚了点钱。秉三兄，只要你挂牌办事，我就以华昌公司的名义捐赠十万大洋！”

“好！”熊希龄起身。“皙子，我敬你一杯。”

在大家的鼓掌声中，杨度豪迈地喝下了这杯酒。

梁启超被杨度的豪气所感染，充满感情地说：“从来乱世多英豪，我不幸生当乱世，也有幸于乱世中结识众多英豪。南海师，中山先生，并世两圣人，都是几百年间才出一个的人物。戊戌年遇害的六君子以及后来的佛尘兄，也是古今少有的慷慨烈士，还有克强、宋卿、季直、组庵及在座诸位都是与历代开国名臣相并列而无愧的英杰，都是后世子孙笔下的人物，趁着我们都还健在，要把档案材料留下才好。”

“是呀，”翰林出身的熊希龄忙接言，“历朝历代都有国史馆，我们何不向总统提议设立一个国史馆。”

“对，我也正是这个意思，我估计项城也会同意的。”梁启超用手理了理垂下来的长发，说，“建国史馆不难，难的是找一个主持国史馆的人。”

刘揆一拍了拍手掌说：“现有一个绝好的人物在，只要他肯屈就，定要使前代所有国史馆的主持人黯然失色。”

梁启超笑道：“是个什么人，让我们霖生这样推崇备至？”

众人都竖耳聆听。

刘揆一笑着说：“卓如师，您的太老师您忘记了？就是王湘绮老先生呀！”

梁启超连连点头：“是的，是的，王老先生果然是极好的国史馆主持人。”

熊希龄说：“要说让湘绮先生来京主持国史馆，那自然没得话说的。只是老先生一生不愿做官，过去在曾文正公幕中，也只是做一个来去自由的客人，不肯接受官职。现在八十好几了，他肯放弃素志来做官吗？况且还不知他身体如何，北京冬天又冷，他能适应吗？”

刘揆一说：“老先生身体倒还硬朗。前向我的一个叔伯兄弟来京，说亲眼看见他老人家在湘潭街上走，不用人扶，也不用拐杖，腰板还挺得直直的。就不知他肯不肯屈就了。”

蔡锷笑道：“要请动王老先生，这个本事只有皙子先生才有。”

大家都看着杨度。

杨度一直在听大家的议论，没有插话，心里却想了很多。他首先想到的是，设立国史馆的建议很好。它的好并不在于收集民国史料，而在于它是一个较为合适的可以请来湘绮师的机构。杨度知道，湘绮师绝对不会屑于做一个国史馆的馆长，但他却乐意做帝王之师。老人家研习一辈子帝王之学，年轻时不曾付诸现实，垂暮之年若有所展布的话，他也会感到高兴的。不过这还在其次。因为他毕竟年事已高，不可能身任艰巨，况且现在的时势已与六十年前大不相同，他无西学，也未见得能把国家治理得好。杨度其实并不指望王闿运真正做帝王之师，他期待的是老先生能以其并世无双的特殊阅历和一代文宗的名望，来做他本人正在进行的这番事业的谋士和后盾，帮助他将帝王之学付诸实践。

杨度相信为帝王之学奋斗了一生的恩师姻丈是不会失去这个千载难逢的良机的，于是慷慨允诺：“诸位放心，我一定会把湘绮师请来北京的。”

蔡锷乐道：“我今天请客，原是为家母和贱内来京邀大家聚一聚，却不料为国家办成了这样一件大好事，真是荣幸已极。来，让我们为国史馆的筹建，为湘绮老先生的来京，预先干个杯，祝愿这两件事都顺利办成。”

“说得好！”大家都兴高采烈地举起杯子，为无意之中提出了一条好国策而干杯。

八　湘绮楼庭院，王氏祖孙三代赏月联诗

八十三岁高龄的湘绮老人近来心情特别舒畅，这是因为远嫁贵州的七女棣芳回娘家省亲来了。

棣芳出阁将近二十年了，只回过娘家两次。一次是嫁后三年，抱着刚满两岁的儿子和丈夫丁体晋一道回云湖桥看望老父。湘绮老人见女儿的家庭生活美满幸福，乐得合不上嘴。棣芳在家里住了两个月，老人天天逗弄着外孙子，和女儿说说家常，也帮女儿改改诗，日子过得很是惬意。女儿一家回贵州后，老人长时间闷闷不乐。第二次是四年前，正当中年的丁体晋忽然得急病死了，棣芳哭得死去活来。王闿运也很伤心，写信要女儿回娘家住一段时期。棣芳带着十二岁的女儿少春回到娘家，父女见面抱头痛哭。老人安慰女儿，死生有命，不必过于悲伤，要好好地活下去，要把儿女抚养成人。为了冲淡女儿的悲痛，老人天天给女儿讲诗文，少春也在一旁听。少春像母亲小时一样的聪颖好学，老外公很疼爱她，亲自教她吟诗填词。

棣芳借文字遣散愁思，写了不少诗，老人细心替她修改，帮助她提高。在娘家住了半年后居然成诗一百余首，加之做闺女时写的七八十首和出嫁后十多年的二百多首，共有四百来首诗了。老人要兑现嫁女时的诺言，也为了给新寡的女儿添一种慰藉，拿出三百两银子来，请了一个好刻工，足足刻了一个月，为女儿刻了一个诗集，取名《念云诗草》。念云，就是怀念棣芳的生母莫六云。这两个字，寄托了父女二人共同的情思。《念云诗草》刷印了二百册。竣工那天，老

人摆了六桌酒，请来四乡文人，把女儿的《念云诗草》介绍给大家，又每人赠送一册。老父深厚的慈爱，令棣芳感激莫名。八个月后，棣芳心情已趋平和，湘绮老人这才同意她们母女回贵州。

上个月，棣芳带着女儿第三次回娘家。这次回娘家的棣芳与上次大不相同，心情好多了。尤其使她宽慰的是，去年十七岁的儿子在全县学堂考试中取了第一名。湘绮老人乐呵呵地对女儿说，丁家后继有人，这全县第一名就是案首，在前几年也就是进学的秀才了。又看着长得亭亭玉立的外孙女少春，居然诗词做得很不错了，老人益发高兴，逢人就说，我的外孙女也是个才女哩！棣芳远道回来探亲，姐姐娥芳、帅芳、蒲芳，妹妹锦同都从婆家回到娘家。姐妹们一起叙别情，聊家常，湘绮楼里洋溢着一片欢快的气氛。

正是初夏季节，草木葳蕤，百花盛开。吃过晚饭后，王闿运在庭院里抽烟，周妈给他端了一杯茶来。周妈也是快六十的人了，显得比先前更胖，但手脚仍很灵便，服侍老人比以前还要周到细心，无微不至。王闿运几乎一刻也不能离开她，随便到哪里，哪怕是到女儿家做客也要把周妈带上。上上下下的人免不了说闲话，指背心，只有铁匠弟子张登寿理解他，替他掩盖，说："八十老人出则杖策，古礼有之。周妈，不过是湘绮师的'策'而已。"王闿运对张登寿这话大加称赞："张铁匠的古书真是读活了。"又借题发挥："现在的人没有把古人的书读活，所以国家越弄越糟。"

老先生对这几年的国事是极不满意的。他从来就不赞成民主共和制，国只有一个主，那便是君主，民怎么能做主呢？民一旦做了主人，那主人就多了，最后势必政出多门，其结果是无主。而且还会给野心家们带来口实。他们也是民，他们也要做主干预国事。这样一来，国家不乱才怪哩！他常对弟子们说："你们看民国才三年，国务总理就换了五起，现在干脆好了，连总理都不要了，又改叫政事堂。不断换宰相，这是乱世的特点。这都是民主共和带来的乱子。"发完牢骚后又叹息："袁家老四当这个家也不容易，他身边没有能人给他出主意，为他掌舵。杨皙子在北京，他不用。不过话又说回来了，杨皙子还没有磨炼出来，做宰相还嫩了点。可惜，我又老了！”

于是众弟子都恭维：“先生不老，只要袁大总统请先生出山，这天下就太平了。当年姜子牙出山，不也是八十多岁吗？”

说得老人开怀大笑。

今夜月色很好。王闿运抽了几口烟，喝了几口茶，心情很悠闲。望着月光下的云湖桥影影绰绰，朦朦胧胧，似乎比白天更美，不觉诗兴大发。又想起棣芳爱诗，棣芳的女儿也爱诗，这真是得王门书香一脉之传，且众女儿都回家了，良辰美景，只差赏心乐事了。何不学古人联句遗风，今夜来个王门诗词大联句，补上这一则赏心乐事，也给后人留一段诗坛佳话。

王闿运想到这里，心情格外兴奋，忙对周妈说：“把棣芳姊妹都请出来，各人都带上一条凳子。”

一会儿，棣芳带着女儿少春，娥芳、帅芳、蒲芳、锦同等人都来到庭院，围在老父的身边，问：“爹爹叫我们出来做什么？”

“都坐下吧！”王闿运笑眯眯地招招手，女儿们都在父亲的身边团团坐定。

“棣芳带着女儿千里迢迢回娘家很是难得，你们其余几姊妹虽说都在附近，但一年到头也难回来一两次，尤其是姊妹们团聚在一起更难。我刚才想了一个主意，大家在一起乐一乐，不知你们愿意不？”王闿运说完，用慈祥的眼光望着众女儿们。

“愿意，愿意！”棣芳率先回答。

“爹爹，你老想了个什么好主意？”锦同问。

王闿运捋着白胡子笑道：“诗是我王门的家传，我王门小姐个个都会吟诗，难能可贵。今夜我们父女、祖孙三代来个诗词大联句如何？”

众女儿都拍手叫好。少春从来没联过句，急道：“外公，我联不好，我不参加！”

王闿运嗔道：“那不行，你不参加，那就只有两代联句了，缺了整整一代怎么行！”

大家都笑了。

看着外孙女一脸窘迫的样子，王闿运乐道：“好，对你优待，一是你联最后，二是允许你多想一会儿，实在想不出了，可以请妈妈帮忙。”

准许妈妈帮忙，少春的胆子壮多了，遂点头同意。

锦同向来调皮。只见她高声嚷道：“爹爹，我看也要有赏有罚才好。”

“好！”王闿运笑道，“你们都是女儿家，不罚酒，也不赏钱。这样好了，联完句后大家品评，评上第一的，爹赏她一段花纺绸，最末的，罚她给爹做一双新鞋！”

“好，好！”众女儿都欢呼。

王代懿听到庭院里热热闹闹的喊叫声，忙出来看。锦同有意作弄哥哥，便对父亲说：“爹，要说吟诗，我们家第一号女诗人要数四嫂。现在四嫂去了北京，由四哥代替。”

王闿运正为代懿、叔姬两口子不和而担忧，听了锦同这话，他立刻想到这是个好主意，让代懿代叔姬联句，以后再叫锦同给四嫂写封信告诉她，叔姬看了信后会对代懿生发好感，说不定能回心转意。于是对儿子说：“你也坐这里，代叔姬联句，好好运神，莫在姐妹面前丢了脸。”

代懿思念妻子，很想为她献献殷勤，忙说：“要得要得，爹就放心好了，我连姐妹们都赶不上，还算什么男子汉！”

棣芳道：“先别吹牛，末了还有大家品评哩！”

锦同催道：“爹，你老先出句吧！”

王闿运端起铜水烟壶，把壶嘴送到口里，咕隆隆地响过一阵后，吐出几口白烟来，随之吟道：“地远山馆静，气澄天宇明。嘉兹庭兰秀，迟彼月华临。”

王闿运开头这四句从庭院吟起，描绘出一个宁静恬美的月夜来，为整个大联句定下一个基调，也为众女儿拓开一个供她们驰骋才华的广阔天地。大家听了老父的这四句诗，都在细细地品味着，一时不知由谁来联为好。

王闿运见状说："从年纪大的到年纪小的依次联。娥芳先连，你在这里数最大。接下来依次为岑芳、帅芳、代懿、棣芳、锦同，最后为少春。"

于是娥芳低头苦想。娥芳是蔡夫人的长女，在姊妹中排行老大，丈夫是名诗人邓辅纶的儿子邓国瓛。娥芳生性敦厚，在父母公公的熏陶下，能做得出很好的诗文。她想自己第一个联，一定要联好。

娥芳凝神思考后联道："良宵胜秋夕，闲居散玉簪。绛火摇花影，清醥洗尘心。"

"联得好，下面轮到岑芳了。"王闿运对大女儿的联句很满意。

岑芳也是蔡夫人生的，在姊妹中排行老三，她嫁给常家，夫婿是曾做过湖北巡抚的常大淳的族孙，也是一个簪缨官宦之家。她想了想，吟道："图案列珍殽，高咏屏凡音。赋诗岂慕昔，欢侍良在今。"

"不错，不错。"诗词见性情。岑芳的联句里流露的是一片孝顺之情，王闿运很满意。

接下来是帅芳了。帅芳是莫六云的长女。莫六云生了六个女儿，就是没有一个儿子。她是一个争强好胜的人，王闿运戏称之为"半山"。半山是拗相公王安石的字，王闿运认为六云的个性有点像王安石。因为没有儿子，她临死都不瞑目；也因为没有儿子，她将女儿当儿子一样教育，总是督促她们读诗文，故而帅芳的诗也做得好。

帅芳略作思考后接道："兴超情易愉，意惬乐非湛。秦隋故无赏，轩唐常可寻。"

"帅芳这后两句吟得好。"王闿运放下烟壶，又补充一句，"有古人风！"

帅芳得了老父的称赞，很得意。

该轮到代懿了。他本想把前面三个姐姐的诗都压下去，但在“秦隋故无赏，轩唐常可寻”这两句面前却步了。只得硬起头皮念道：“采菱江路淹，飞蓬霜露深。且歌涧阿美，何伤时序侵。”

王闿运点点头道：“也马马虎虎说得过去，只是男子汉的气概不足。”

大家都笑起来，代懿被弄得很不好意思。

棣芳要为哥哥解窘，立刻吟出“露垂风入槛，瑶宫桂已林。隐隐碧云合，寥寥鸿雁深。”

“很好，很好！”王闿运拍打着座椅扶手，大声赞扬。

这四句诗确实做得好，超过了以上四人的联句。老人之所以要大声赞扬，除此外还有另外一层原因：他特别怜恤这个才貌出众的七女。年纪轻轻便守了寡，历代才女都命薄，孰料棣芳又成了一个例子！今夜即使棣芳诗做得平平，老父也要把鳌头美誉送给她，何况做得如此出色！

爽朗的锦同说：“大家都听我的：登高眺北渚，碧水映南岭。芰荷不可望，天风吹我襟。”

棣芳说：“八妹的诗有点男儿气派。”

转脸又对女儿说：“想好了没有？该由你结尾了。”

少春望着母亲，脸涨得红红的，显得有点紧张。

代懿在一旁打气：“不要紧。想出一句念一句，实在念不出了，四舅帮你。”

少春说：“不要帮忙，我自己联。”

几个姨同声夸道：“有志气！”

少春转了转两只乌溜溜的眼珠，鼓足勇气吟道：“黄鹤凌霄翥，蜻蜓向阶吟。无为翳罗袂，回帷调素琴。”

少春这几句压轴诗一吟出，众皆惊呆了，暗思：小小年纪，怎么能想得出如此佳句？

王闿运喜不自禁，走到外孙女身边，拍着她的头说：“乖孩子，有你这个外孙女，外公这一世心满意足了。好好努力，前途不可限量。”

棣芳在一旁听了，高兴得眼泪直流。

锦同嚷道：“今夜这个鳌头，我们这些做姨做舅的都莫想了。”

大家都欢笑表示赞同。

这时周妈颠着两只小脚急急忙忙走过来说：“老头子，县衙门送来了一封公文，还说是总统府来的哩！”

“什么，总统府来的？”王闿运又惊又喜。“袁家老四怎么会想起我这把老骨头来，一定是午诒和皙子他们说了些什么？”

王闿运离开庭院来到书房，代懿、棣芳、锦同也都跟着进来了。周妈把油灯挑得亮亮的，又将老花镜拿来。王闿运戴上眼镜，打开公文，宽大的淡黄色信笺天头赫然印着“中华民国总统府”七个鲜红色隶书字。他轻轻地念道：

壬秋老先生道席：

丈人学界泰山，文坛北斗，世凯久慕盛名，因忙于政事，未及拜访，深以为憾。今政府设国史馆，贮建国史册，传功勋大略。丈人负一时之望，四方推荐，特聘为国史馆长，速来京履任为盼。

中华民国总统袁世凯顿首

王闿运念到信末，却不太高兴起来。他心里想：袁世凯原来是要我到北京去当国史馆长，为他做搜集史料树碑立传的事，这小子怎么这等看轻老年伯？请我去北京，理应做他的老师，做中华民国的老师才对。袁老四应向前清摄政王学习，在中央设一个弼德院，请我去当弼德院的院长才是。

王闿运把袁世凯的信搁在一边，拿起水烟壶抽起烟来，一句话不说。

周妈听说袁大总统要老头子去北京做官，笑得合不拢嘴。北京是皇帝住的地方，花花世界，什么好吃好看的东西都有，她想去北京。她知道老头子离不开她，老头子若去，一定会带她去。于是一个劲地怂恿："袁大总统就是皇帝，他请你去北京做官，这个面子比天还大，有什么犹豫的，选个好日子就上任吧！"

代懿寻思正好跟父亲到北京去看叔姬，与她重修于好，于是也劝道："爹，去吧，修史可是一件大好事呀！"

棣芳却不太赞成。父亲八十多岁了，还到北京当什么官？不如在家里安享天年最好。她说："我看爹不必去北京，北京冷，爹怎么受得了？"

锦同也不想爹外出，说："听说北京那个地方没有米饭吃，又没有辣椒吃，天天吃杂粮。爹这大年纪了，哪里吃得惯！"

周妈说："要吃辣椒好办，我明天就剁它几坛子豆豉辣椒带去。"

锦同一向不喜欢周妈，白了她一眼，顶道："辣椒可以带，稻米呢，你能带几担去？"

周妈被顶得脸涩涩地，嘴旦嘟囔着："皙子、午诒也过得哩，叔姬老娘也过得哩，为何老头子过不得？"

她怕锦同骂她，边说边退出了书房。

王闿运吐出几口烟，问代懿："县衙门送公文的人走了吗？"

代懿答："夜深了，没让他走，今夜就睡家里，明早回城。"

"你去对他说，要县衙门派个人去长沙省衙门，代我拍个电报给袁四少爷，就说我领他的情了，只因年老体弱，不能受命。"

代懿听了心里发凉。爹不去北京，他也就见不到叔姬了。他求道："爹，你老还是去吧，别人求都求不到哩！"

锦同忙说："四哥，爹叫你去你就去，别再啰嗦了。"

代懿怏怏地出去了。

王闿运没料到，只过了七天，袁大总统拍来的回电就到了他的手里。这封回电，让老人越读越熨帖：

壬秋老前辈座下：

方今民国肇造，百废待兴，时局维艰，内外忧患。世凯谬承推举，总揽中枢，实德薄才浅，不堪胜任，惟有倚仗四方英杰，共渡难关。老前辈海内人望，硕学大德，雄才伟略，前受曾文正之青睐，后蒙丁文诚之倚重，为国为民多所建树。当此承启之际，亟盼老前辈不嫌愚陋，移驾京师，以便世凯早晚趋谒，朝夕请训。倘蒙俯允，民国之幸也，世凯之幸也。

袁世凯叩首

这封回电，连呼几声“老前辈”而不用前信的“老先生”，这点改动很让王闿运舒心。

王闿运一生有一个大缺憾，便是未中进士点翰林。他二十二岁中的举，以后相继参加四次会试均未售，自尊心受到很大的打击。最后一次在光绪初年，他以“不愿向五六岁的小儿皇帝叩头，故意不把文章做好”来为自己掩饰，从此后不进礼闱了。到了光绪三十四年，中举五十四年高龄七十六岁的王闿运，终因盛名而被朝廷特赐进士出身，授翰林院检讨。王闿运不仅圆了进士、翰林的梦，还获得一份殊荣。因为从前朱彝尊、毛奇龄等人虽不由会试但还是通过了博学鸿词科考试后才得以入翰苑，而王闿运不须考试直接授翰林，对于一个布衣而言，这真是异数。

但此时翰林已不如过去那样清贵了，许多留学回国有一技之长的人，朝廷也赏他们翰林的称号，如牙科翰林、染织翰林等，而正经以文学入翰苑的，他是有清一代最后一个。于是他撰联自嘲：“愧无齿录称前辈，幸有牙科步后尘。”

后进翰林院的称先进的为前辈，若先两科，则称老前辈，只论科第先后不管年龄。王闿运因为是最后一个正经翰林，所以他说很惭愧，再没有人叫他前辈了。现在袁世凯称他为老前辈，尽管袁未点过翰林，但贵为总统，自然胜过翰林，称他一声“老前辈”，他何能不喜？

接下来使他舒心的是，电文提到曾国藩青睐他。王闿运最喜欢别人将他与曾国藩的名字列在一起。时至今日，中兴名臣凋零已尽，与曾国藩做过朋友的，普天之下只他一人了。他能不荣耀吗？

最后，回电的署名没有冠以“中华民国总统”的字样了。这点也让他看着亲切。在王闿运的眼里，袁世凯是世侄，世侄给年伯写信，岂能冠以官衔？有儿子给父母写信，落款也带上官衔的吗？

不过，说来说去，这些都还是次要的，最重要的原因是这封回电不再提“特聘国史馆长”了，而用的是“趋谒”“请训”一类字眼。如此说来，袁世凯是要请他去做国师，而不是以官职羁縻他。王闿运想，以这样的身份去北京，才符合自己的夙志。

正在自我陶醉地欣赏这封回电的时候，他又收到了杨度的一封长长的来信。

杨度在信中向老师详细禀报了京中的政局。又告诉老师，自己的宏伟事业已有了极好的开端，将一定有辉煌的成就，恩师能亲眼看到毕生追求的理想付诸实践，必欣慰无已。他和午诒都盼望老师能早日来京师随时指教，以匡不逮。信的最后说叔姬在京一切都好，只是夫妻分居，究不是长久之策，请恩师携代懿一同前来，促使他们夫妻和好。

杨度的这封信，使王闿运陷入了沉思。这三四年来，中国的政局居然会起这样大的变化，沿袭了两千余年的帝王制度竟然一夜之间就被推翻了。王闿运难以思议。尽管他不喜欢这个制度，但这个制度毕竟出现了。帝王已不复存在，自己研究了一辈子的帝王之学究竟还有没有用处，这些年连王闿运本人都无把握了。但看来皙子这个书痴还在痴迷着这番事业。今天这样一个混乱的局面，他一个书生能有什么作为？话虽这样说，王闿运对弟子忠于帝王之学的精神还是很嘉许的。弟子决心把它付诸现实，作为传授这门学问的老师，在弟子需要帮助的时候，能袖手旁观不问不管吗？且老让叔姬一人住北京，儿子和媳妇长期分居也不好。从儿子着想，也宜到北京去。

王闿运终于改变了原来的主意，决定以耄耋之年北上进京。

九　进京途中，王闿运为旧时名妓书写《洛神赋》

湘绮老人要进京做民国政府的官员了。这个特大新闻很快由云湖桥扩散到四乡，又传进县城，传到省里，经长沙报纸的着意渲染，使得全国都知道了。过些日子，湖南省都督衙门下来公文，询问老人何日启程，以便安排沿途照顾，省城也好做迎接的准备。又说袁大总统已特派一支军队在汉口等候，护送老人进京。

消息传出，更增添湘绮楼主此番进京的身价。于是，官场熟人，诗文朋友，门生晚辈，乡邻野老，都纷纷登门拜访祝贺，都说老人就是当年的姜子牙，现在要出山辅佐袁大总统安邦定国经世济民了，把个老人喜得白胡子翘得高高的。

湘绮楼上上下下一片喜气洋洋。

代懿甚是欢喜，忙着给叔姬准备各种好吃的东西，还特为将叔姬最喜欢的那件镶有孔雀毛的披肩也带上。

周妈比代懿还要兴奋。就要跟着老头子进京见大世面了，能够亲眼看到皇宫、御花园了，她心里几多甜润：这次呀，一定要老头子带我多见一些贵人，多吃一些山珍海味，也不枉我实心实意服侍他二十多年！

周妈的儿子周大来了，悄悄找到母亲，要母亲无论如何带他到北京去。周妈很为难，她自己生的儿子，她当然愿意带去，但儿子不识字，粗俗蠢倔，老头子会同意他去吗？他去北京又做什么呢？

周大见母亲没有答应，便说：“你若不带我去，我就投水死掉算了！”

周妈一听吓慌了。丈夫，她虽不爱，前几年死时她一滴眼泪都没流，但儿子是她的亲骨肉，儿子若有个三长两短，她就活不下去了。二十多年来，她偷偷地从王家捎去不少钱物给儿子，养成了儿子依赖她的习惯。她知道儿子倔得很，若不带他去，投水寻死的事真做得出。周妈只得硬着头皮试探一下。

这天晚上，王闿运送走最后一班贺客回到卧房，周妈忙端来一盆热水，先给老头子洗了脸，然后又帮老头子脱下衣服，用热毛巾替他擦着背。已是仲夏天气，王闿运还穿了夹衣，背上有点毛毛汗，经周妈一擦一搓的，觉得十分舒服。擦完背后，她又端起脚盆来，换一盆水，弯下腰去，将老头子的鞋袜脱下，然后撩起水来给老头子慢慢地洗脚。

王闿运一天的疲劳，经周妈这么洗洗擦擦，去掉了许多。他望着蹲在脚盆边的周妈，心里生出不少感慨来。自从蔡夫人和六云过世以来，这许多年多亏了周妈的照顾。论才貌人品，周妈当然远不能望蔡、莫之项背。但论服侍得细致周到，不嫌脏不嫌累来说，周妈却要超过蔡、莫。这是周妈的长处。对于一个风烛之年的老人而言，这种长处更显得重要。二十多年来也没给她一个名分，就让她这样不明不白地处于妾婢之间，她也认了。想到这里，王闿运觉得对她有亏欠，这次带她去北京，正好借以补偿一下。

“你也辛苦了，坐坐吧！”当周妈倒了洗脚水再进房的时候，王闿运招呼她。

见老头子表现出难得的客气，周妈想这是提儿子事的好时候，便一边擦手，一边在王闿运的对面坐下来，说：“豆豉辣椒，我已剁了两坛子，你看还要不要再剁点。”

“两坛子要吃两三年哩，够了够了。”王闿运连连点头。

周妈又说：“周大说湘潭的熏腊肉哪里都比不上，到了北京吃不到，特地为你熏了五十斤腊肉，你看要得不？”

“要得，要得！”王闿运喜欢吃腊肉，这正投其所好。“周大一向懵懵懂懂的，怎么这下变得聪明起来了。北京是买不到腊肉，亏他想得到。”

其实，周大哪里想得到腊肉的事。“熏五十斤腊肉”，这完全是一句假话，是周妈突发的灵感。周妈见这个马屁拍到点子上了，心里很高兴，说：“你不晓得，周大看起来懵懂，心里并不蠢，肚子里鬼花样还不少哩！”

王闿运随口答：“是吗？平时看不出。”

周妈见火候到了，问：“老头子，你进京打算带哪些人去？”

“头一个自然要带你，你是我的拐杖。”王闿运笑道。“代懿要带去，让他和叔姬团聚。”

周妈对叔姬一向没好感，现在要讨好老头子，忙说：“那是的，那是的，代懿一定要带去。你也要劝劝叔姬，小两口吵架不记仇，不能总这样下去。”

“还有良儿，我想把他也带到北京去。”王闿运沉思了片刻，缓缓地说。

良儿是代丰的儿子。代丰那年跟着父亲在由成都回湖南的途中去世了，还不到三十岁，留下一子一女。王闿运非常伤痛次子的早夭，对这两个孙儿女格外怜爱。代丰的遗孀也没改嫁，带着两个儿女一直在婆家住着。王闿运对她母子三人的待遇一切从丰。

“良儿这孩子可怜，从小就没有父亲。这次带他到北京去住住，也让他开开眼界，长长见识。还可以给我帮帮忙，抄抄写写的，做个助手。他也好借此历练历练，日后我死了，自己带着老婆儿女也能生活得下去。”

周妈很不情愿把个王家孙子也带到身边，对她来说，又多添一分麻烦，多一个障碍。但她深知老头子对良儿爱之深切，何况自己要带儿子，便马上说：“是的，良儿也是可怜，从小跟着爷爷长大，爷爷出远门，他也会想念的，是应该带他去。”

周妈这句话又说得好，她摸到老头子的心坎上去了。孙子依恋爷爷，不愿爷爷离开自己，这是每一个做爷爷的都想得到的一份天伦情趣。八十多岁的王闿运何能例外！他点点头说：“良儿这孩子也逗我喜欢。”

周妈心里想：说了半天，也只是说到他自己的儿子和孙子，没有半点挨到周大的边。她不能不开口了：“老头子，你这次进京开办衙门，办事的官员自然少不了，不过，杂役工仆也不能没有。官员是袁大总统给你配，不用操心，杂役工仆可得自己带。用外人不知底细，不放心，倘若弄个什么贼盗进来，怎么得了！最难防的是家贼。哪个做官的不带几个自家人出去做事，为的是放得心。”

衙门里的工役多为官员的私人，这是通例，既可以放得下心，又为做事的人谋一份稻粱。王闿运没有做过官，但这个通例他是知道的。但京官不是地方官，用的工役少，所以他还没有想到这点。经周妈提醒，他点头说：“是的，你说得对。”

周妈见话很投机，忙说：“好比说，门房第一是要个靠得住的人。这么多人吃饭，厨房的事很多，油盐柴米酱醋茶，天天都要人去买。这也是要顶靠得住的人。若用外人，他买一个钱的东西报两个钱的账，你还事事去查？再说，扫地的呀，挑水的呀，夜里巡逻的呀，也得要人。”

周妈这番话说得王闿运兴致高涨起来，笑着说：“我常说你有陈平之才，果然不错，你虑事周到。你说说，这门房带谁去为好？”

“依我看呀，这门房和扫地挑水的可以用一个人。早晚没有人来办事，门房就扫地挑水。采买和巡夜也可以一个人兼起来。上午去街上买东西，下午无事睡觉，夜里起来巡更。”

王闿运拍着大腿称赞道：“你这个安排好！用一个人，派事就要给他派足，不能让他吃闲饭。今后到了北京，这个内务就由你来掌管了。你说说，门房兼挑扫的带谁为好。”

周妈装着一副秉公办事的模样说：“干脆带周大去吧，别人去，我怕管不了，他若敢调皮，我拿擂锤棍打他的脑壳！”

王闿运看出了周妈的私心，但他已决定要弥补周妈这二十多年来的辛劳，这件事上照顾她一下也好，反正是要人的，便立即答复：“行，就叫他去，你要管紧他。”

老头子一口答应了，这颇有点出乎周妈的意外。她料定老头子心情很好，此时就多提点要求也不碍事。干脆，肥水不流外人田，把女婿也带去，这也是一碗水端平，免得日后女儿说闲话。

“我说老头子呀，这采买兼守更的事就让细藕的男人赖三去好了。赖三识得几个字，能记账。那东西是个夜猫子，每天有事没事都要二更天才睡，叫他巡夜不会误事。”

说着，拿眼睛死死地盯着王闿运，看他的表情如何。

王闿运心里暗想：也太过分了点，儿子去了，还要女婿也去，王家的人还不知会怎样议论呢？

见老头子在犹豫，周妈自动让一步：“周大、赖三都是我家的人，我想你是怕别人说闲话。我也不过是带他们出去开开眼，工钱多少好说，我看他们两人就拿一个人的工钱。你看呢？”

王闿运心想：我今年都是八十多岁的人了，北京的这个京官还做得多久，干脆人情做全算了。

“赖三也让他去吧，做一份事就拿一份工钱，也莫说二人拿一份的话，我就是那号小气人？”

“哎呀，阿弥陀佛，老头子，你真是大福大寿大气量的人，袁大总统有了你做他的帮手，这国家大事他不知要省几多心！”周妈拍打着手掌兴高采烈地说，“我明天就去告诉他们，说王大人，不，王国师同意他们去北京，叫他们赶紧做准备。”

一声“王大人”，一声“王国师”，喊得王闿运高兴得大笑起来。

半个月后，浩浩荡荡的北行船队在湘潭码头启碇扬帆了。这支船队由五条大船组成。王闿运带着周妈及儿子代懿、孙子良儿坐一条船，周大、赖三等男工女仆等七八个人坐一条船，另外三条船装的是行李箱。这些行李箱里放的既不是金银细软，也不是华贵器皿，它一半是王闿运喜欢读的书、喜欢看的古玩字画，另一半是王闿运喜欢吃的湘潭土特产，如腊肉、豆豉辣椒、酱油、灯芯糕、红薯粉丝等等。

船过长沙，湖南都督汤芗铭亲往码头迎接，又在玉楼东酒家设宴款待。在长沙城里住了三天，会见各方宾客后，汤都督又亲自将他恭送到码头边。

船队鼓帆北进，过洞庭湖下长江，一路顺利地来到武汉三镇。袁世凯指派的护送军队前往码头迎接，将王闿运一行安置在黄鹤楼客栈。王闿运见湖北都督段芝贵并没有亲来迎接，心里颇为不快，他想戏弄一下这个自以为了不起的都督。

夜里，他对周妈说："湖北都督就是我那年对你说过的那个段大少爷。他用十万银子买了一个妓女送给庆王爷的儿子，换来一个黑龙江巡抚，结果闹出一场大纠纷来。这位段大少爷，你想不想见他？"

"想见呀，只要是大人物，我都想见。"

这周妈虽是个乡下老妈子，却好奇心强，胆量也不小，毫无半点怯场的心态。这点倒使王闿运暗暗称奇。

"那好，明天我带你去会他一会。"

第二天一早，王闿运特为叫周妈将清廷赏给他的翰林朝服找出来。他自己整整齐齐地将这套朝服穿上，又叫周妈也打扮打扮，再叫一乘小轿子。两人坐进小轿，直奔阅马厂湖北都督衙门。

走到半路，王闿运想起得先叫人通报一下段芝贵，让他亲到大门口迎接才是，于是招呼停轿。叫轿夫到附近店里买来了一张大红纸，又借来笔墨。他拿起笔在轿子里写下"前清皇上钦赐翰林院检讨袁大总统特任官湘潭王闿运壬秋"一行大字，吩咐轿夫持着这张大红纸先去都督衙门报信，另外再从街上临时雇一个人来代替这个跑腿的轿夫抬轿。

都督衙门门房将这张红纸交由副官送到段芝贵的手里，段芝贵差不多要笑出声来：天下哪有这样的名刺，摊开来遮掉了半个桌面！

应该说，段芝贵也可以在昨天亲去码头迎接王闿运的，但这位段大少爷向有趋炎附势之癖好，却无礼贤下士之雅量。他寻思王闿运不过一蛰居乡间的名士而已，自己身为湖北都督，若到码头上去接，将有失身份，遂决定今天下午到客栈拜访。见王闿运已先来拜访，便起身到督署大门外迎接。

一乘小布轿在辕门不远处停下，从里面先走出一个胖胖的老妈子。老妈子因打扮不得体而愈加显得土气十足，她伸出一双手从轿门口接出一个瘦瘦高高的须发皆白的老头子来。站在门外的段都督猛然间见这个老头子的穿戴，不觉大吃一惊。原来，此老头戴伞形红缨大盖帽，脑后垂一条小小的白发辫子，身穿绣有鸂鶒补子的七品翰林院检讨朝服，脚踏一双粉底黑缎高靴，胸前还挂着一串长长的朝珠。瘦高的老翰林由矮胖的老妈子搀扶着，昂首挺胸地朝督署衙门走来。

段芝贵早就听说过不少关于这个老名士的有趣传闻，估计来者必是王闿运无疑，便迎上前去，向老头弯了弯腰，说："您就是王老先生吧，我是湖北都督段芝贵，特为在此迎候。"

王闿运头也不点地说："鄙人正是王闿运，有劳都督亲迎。"

王闿运说完后转过脸笑着对身旁的老妈子说："周妈，这就是我对你说过的段大少爷。你过细看看，他长得体面不体面？"

周妈点点头说："噢，这就是段大少爷，是长得不错，高高大大的。"

这一问一答的，弄得段芝贵老大不高兴。这成何体统？当着众僚属的面，初次相会，便在大门口与一个老妈子，用如此轻佻的口吻来谈论八面威风的堂堂都督。段芝贵窝着一肚皮闷气看了王闿运一眼。他终于找到了一个报复的机会。

"王老先生，满人早已推翻，民国已建立四年了，您如何还穿着这身胡人衣服？"

段芝贵想当众羞弄一下老名士，却不料王闿运随口答道："段都督，我这身穿戴是胡服不错，你不看看自己，你那身穿戴不也是胡人装束吗？"

听王闿运这么一说，段芝贵不自觉地低头看了一眼自己的衣服。他此时正穿着西服，系着领带。平时不觉得，经此老一点破，恍然大悟：这不是典型的洋装吗？说胡服，这才是真正的胡服。

一个八十多岁的老头子，反应如此敏捷，纨绔出身的段芝贵也不由得佩服起来。一次没难倒，他的心里冒出第二难。

"王老先生，听说您一辈子都不愿做官，何以到了晚年又要做官了，是不是做官还是要比做老百姓好些呢？"

"段大少爷，这便是你的不晓事了。"王闿运一本正经地说，"当年李少荃说得好，世上最容易的事就是做官，一个人若官都做不好，那就一无用处了。过去我年富力强，有许多大事难事要我去做，现在老了，无用了，便只有去做官。"

说罢，哈哈大笑起来，笑得段芝贵脸上极不自在。他知道打嘴皮官司，自己不是这个老头子的对手，便也以大笑来掩饰刚才的窘态，同时伸出手来让道："王老先生，请进门吧，晚辈已略备薄酒为您洗尘。"

酒席上，王闿运大谈中兴时期与曾、左、彭、胡等人的交往，令湖北都督衙门那些新贵们肃然起敬，纷纷向他敬酒。他每次都只把杯子朝嘴唇上碰一碰，并不喝，表示领情而已。

回到黄鹤楼客栈，王闿运一觉睡到下午四点多钟才醒过来，见书桌上已摆满了各式各样的大红请帖：有湖北民政长的，有两湖书院的，有汉口商会的，还有不少过去的学生现在的头面人物的，王闿运看后全搁置一边，他对这些邀请都无兴趣。他努力在脑子里追索，武汉三镇还有什么旧日朋友吗？想来想去，他猛然想起一个人来，立即决定亲去拜访。

此人不是达官贵人，也不是学界耆宿，而是一个年老色衰的妓女王金玉。

王金玉早年是个有名的汉剧正旦，后来嗓子坏了，不能再唱戏了，便专门接待慕名来访的各方名流，遂由名伶变成名妓。王金玉长得并不漂亮，她之所以吸引人，一则是因为她的戏唱得好，再则是她的为人品位高。

她虽在娼门，却并不纸醉金迷，家里布置得淡洁高雅。来她家的人，她一杯清茶接待，与客人聊家常，聊世情，聊艺坛掌故，娓娓而谈，终日不倦。那些有闲的文人雅士们，觉得坐在她家与她谈话简直是一种莫大的享受。她为人又极讲情义。客人若有急难，她尽力帮助，并不希图报酬，其行事远远高出寻常妓女。

二十年前，王金玉正当风姿绰约之时，有一个山西籍候补知县赴湖南候差，路过汉口，听人说起王金玉，便去拜访。这位候补知县听金玉说话听得入迷了，干脆住进她家，天天与她谈话。候补知县也是个博洽多闻的人，两人情投意合，甚是相得。相处一个多月后迫于差事，候补知县不得不离开汉口，临别时两人依依不舍。谁知此人到长沙后不久即身患重病，临危时寄书金玉以后事相托。金玉得书即赴长沙，此人已死，并无余钱。她便拿出自己的钱来买棺材办丧事，又请来开福寺的尼姑们为逝者念超度经。

一个妓女能有这种侠义之举真不容易，此事立即被长沙士人们传扬开去。那时王闿运恰好在长沙主持碧湖诗社，就近住在开福寺，他为金玉的行为所感动，亲去拜访，与之交谈。谈了一个上午的话，王闿运十分赏识这个妓女的谈吐。接连几天，他都去看望金玉。

后来，王金玉又亲自将灵柩护送到那位候补知县的山西老家。两千多里路程，耗资巨大，这笔债务全由她一人背起来。于是人们都称金玉为侠妓，与她交往的名流更多起来。

王闿运想：二十年没音讯了，也不知她情况如何，还住没住汉口？他记得那年金玉说她住在汉口法租界长青里，便对周妈说要过江去。

周妈说：“我陪你去吧！”

王闿运说：“我去见一个故人，你去不合适。”

周妈想：见都督都带我去，还有什么别的人不合适？开玩笑说：“哪个故人我见不合适，莫不是你过去的旧相好吧！”

王闿运笑道：“你说对了，正是我的旧相好，才不叫你去。”

说着就要出门。

周妈急道：“你一个人出去，我们怎能放得下心？不叫我去，叫良儿陪你去吧，一路上也有人照应。”

王闿运刚才被一股热血冲动，要去会见昔日相好的妓女，觉得带一个人去不方便。周妈这一说，他猛然醒悟过来似的，哑然一笑，心里说：都八十多岁的人了，见一个老妓女，还能做出什么风流事来，倒是让一个人陪护是顶重要的，就说：“好吧，叫良儿一起去吧！”

刚走出客栈，又回过头来对周妈说：“若有人来找，就说我到汉口找王金玉叙旧去了。”

良儿陪着爷爷东问西问，终于问到了长青里。在巷子口略为打听，便有人热心地带到王家的门口，开门的正是金玉本人。老名士的突然来访，令她又惊又喜。王闿运打量着王金玉：当年的侠妓也老了，发胖了，走路的脚步也迟缓了，只是神情仍如过去一样，没有多大的改变。

王金玉的家有四五间房子，除卧房客厅外还有一间很大的书房。良儿无兴趣听他们的谈话，便进了书房自个儿看书。客厅里，老名士和老妓女兴致浓厚地聊起天来。

“这次是袁大总统请您到北京去做国史馆长？”金玉用精致的托盘茶盅给王闿运泡上神农架云雾茶。

王闿运喝了一口，直浸透心脾，比昨天都督衙门里的洋酒好喝多了。听了金玉的问话，他觉得奇怪：“你怎么知道的，家里还常有客人来吗？”

“都老成这个样子了，谁还愿意到我这里来？”金玉苦笑了一下，说，“报纸上都登着哩！”

“你也看报纸？”王闿运又觉得奇怪。

“我订一份《帝国日报》，看看时事，也看看花边新闻，不过是解闷而已。”

“是的，袁家的世侄要我去给他帮帮忙，你说我能不去吗？”王闿运斜靠在椅背上，轻轻松松地说。仿佛他此行不是去北京做民国政府的官，而是去河南项城给袁世凯家办私事似的。

“我说壬老呀，”金玉以特有的娓娓细细的口吻说，“倘若袁大总统真拿你当姜子牙看待，你就把平生的本事拿出来，帮他把国家治理好。”

“金玉，你说说，这要把国家治理好，该先办哪几件大事？”王闿运好像就是当今的袁大总统，而金玉倒成了湘绮楼主，开始了金殿问策。

金玉想了想说：“依我看，这第一是朝野要息党争，大家都要以国家为重，精诚团结。你看这几年又是暗杀案，又是血光团，又是解散这个取消那个，又是地方闹独立讨伐中央。至于中央呢，也可笑得很，国务总理三个月换一个，五个月换一个，耍猴子把戏一样。一个家这样折腾都会败掉，何况一个国？”

这个普普通通的老妓女对国事看得这样深刻，令王闿运大为佩服。他连连点头说：“你说得对。第一要团结，自古以来没有争权夺利私斗不止而能把国家治理好的。”

“这第二，依我看就是要为百姓办实事。”金玉端起茶杯来抿了一口，说，“国家是由老百姓组合起来的，只有老百姓的日子好过了，这个国家才算建好了。这几年当官的只图巩固自己的权力，完全不把老百姓的死活放在心上。去年春天，黄陂、孝感闹春荒，十多万人涌进汉口。一个个面黄肌瘦，不成人样，饿死病死的成千上万，湖北军政府也没有一个人出来问问。当这样的官，对得起天地良心吗？”

这番话说得王闿运心情沉重起来。岂但是湖北，湖南不也一个样吗？这几年有谁来问问种田人的生活？长年居乡间的王闿运对农人有一种天然的情感。他轻轻地摇摇头，似对这个现状表示无可奈何。

“我是一个老百姓，不懂治理国家的大道理。依我看，国家要整治好，这两条是务必要办到的。壬老，你见了袁大总统一定要说服他做到这两点。如果这样，你这个国师就当好了。”金玉用细细的长眼睛满怀深情地望着他所爱戴的老前辈。“壬老，假若袁大总统不听你的，你不如不住北京，干脆住乡下养老还好些，免得后人骂你与他们同流合污。”

“同流合污我是决不做的。”王闿运坚决地说，“我年轻时都不愿意与当权者同流合污，何况现在，黄土埋到了脖子上了，我还会自毁一生的清白吗？”

“壬老，你听说了吗？据说袁大总统要当皇帝哩！”金玉又浅浅地喝了一口茶，突然转了一个话题。

“没有呀，我一向住乡下，孤陋寡闻，你说给我听听。”王闿运眯起两只眼睛细细地打量着眼前的这个老妓女。昏昏花花的眼神里，他又似乎觉得金玉没有变什么，还是二十年前的风姿绰约，还是二十年前的热肠可爱。

“我也是前不久听一个北京来的老朋友偶尔说起的。”金玉从大襟衣开口处抽出一条素色手绢来在嘴巴和鼻子之间擦了擦，说，“也不知是真是假。现在袁大总统不就和先前的皇帝一个样吗，他要做什么皇帝呢？想做皇帝，无非是想为子孙谋皇位而已。壬老，这两千多年来的皇帝幸而被推翻了，再也不能复辟了。把天下看作一家一姓的私产，子孙相传，这是最坏的心思了。假若再出刘阿斗、晋惠帝那样的蠢皇帝，国家不会弄得一塌糊涂吗？”

王金玉说到这里，“扑哧”一声笑了，她赶紧把手绢拿到嘴边。王闿运想起那个“乐不思蜀”的刘阿斗和“没有饭吃何不吃肉糜”的晋惠帝，也不觉笑了起来，说：“这子孙的贤与不肖真的与父祖没有多大的关系。你看刘玄德多英明仁厚，偏偏生出一个蠢宝后主阿斗。司马懿何等奸诈权变，却不料后代又出个白痴司马衷。就说曹操家里也这样，那个让国与司马氏的曹奂，跟祖父比起来，简直无半点曹家的血统。”

说起曹家之事，王金玉猛地想起二十年前一件旧事来，说：“壬老，你还记得那年在长沙答应我的一件事吗？”

“何事？”王闿运一点都不记得了。

“你说你用小楷给我抄一篇曹子建的《洛神赋》。在长沙那几天事多，你没有工夫，说以后再给我写。二十年了，你也没写。”

“噢，我想起来了，是有这回事。”王闿运拍拍脑门子。“不过，二十年来我这也是第一次再见到你呀！”

“那你还践不践诺呢？”金玉有意逗弄一下。她心里想：八十多岁的老翁了，还能作小楷吗？

“君子一诺重千金。”王闿运说，“我现在就给你写。”

“真的就写？”金玉笑着问。

“真的就写。”王闿运义无反顾地回答。

“好，我给你磨墨。”金玉进书房拿文房四宝。

“金玉！”王闿运喊道，“我没带眼镜来，你给我找一副老花镜，还烧几根大蜡烛。”

金玉摆好纸笔后，又兴致勃勃地拿来一副眼镜和两只大红蜡烛。

“这是我平时看报用的眼镜，您戴戴看合适不？”

“正好，正好。”王闿运一边戴一边说。

王金玉将大红蜡烛点燃，小小的客厅里顿时充满了融融的烛光。她一边磨墨一边问：“要我把《昭明文选》找来吗？”

“不要，我记得。”

“这大年纪了，您还记得？”金玉惊讶地问。

王闿运笑着说：“要说四书五经，我倒真有不少已经背不出来了。若说这些艳诗绮文，就好像刻在我的骨头上似的，只要骨头不烧成灰，就始终在上面。”

老名士这句坦诚的爽快话，使老名妓欢欣不已。她帮他将纸摊开，拿来一条铜尺压着一头，又怕光线不足，再点起一支红蜡烛，自己用手擎着，站在一旁随时移动。

王闿运拿起笔来，默默地运了运气。这充满了书卷气息的妓女香巢，这温馨艳丽的大红烛光，这虽年过半百却风韵犹存的烟花侠女，使得王闿运热血涌起，情绪大增，他仿佛觉得自己人未老，心犹壮，仍如年轻时的风流倜傥，仍有年轻时那股浓情艳恋，细细的笔杆在他手中不颤不抖，多年不作的小楷字一笔一画，一字一行，笔酣墨饱，齐齐整整地出现在白纸上。王闿运写一句，金玉抑扬顿挫地念一句：

> 其形也，翩若惊鸿，婉若游龙，荣曜秋菊，华茂春松。仿佛兮若轻云之蔽月，飘洑兮若流风之回雪。远而望之，皎若太阳升朝霞；迫而察之，灼若芙蕖出绿波。

烛光下，老名士与老名妓一写一念，配合默契。曹子建笔下那美丽多情的洛神，那神人相交的幻境，将他们带入了另一个世界。他们觉得在这个世界里彼此间更为情投意合，灵犀相通。

“爹，你原来在这里，害得我们找得好苦！”王代懿突然闯了进来，气喘咻咻地喊着。

良儿听见四叔的声音，忙从书房里出来。

“喊什么？”这么难得的佳妙气氛，猛地给代懿扰了，王闿运很是恼怒。他瞪了儿子一眼，斥道，“什么事这般心急火燎的，让我舒心地玩半天，你们都不容许？”

代懿见父亲发火了，便垂手侍立一旁，低声说：“段都督今夜九点钟来客栈回拜，已打发人来通知了。”

王闿运松了口气说：“我说多大的事！你就对来人说我爹不在，免掉回拜算了，要这样到处找我做什么？”

代懿急道："段都督要回拜，我怎么能挡他的驾。爹，快回去吧，还来得及！"

"好吧！"王闿运无可奈何地说，"还有几句话就完篇了，你等着吧！"

又转脸对金玉说："继续来，我写你念。"

王金玉又将手中的红蜡烛高高举起。王闿运接下去写着，金玉轻轻地诵读：

浮长川而忘反，思绵绵而增慕。夜耿耿而不寐，沾繁霜而至曙。命仆夫而就驾，吾将归乎东路。揽骓辔以抗策，怅盘桓而不能去。

"写完了！"王闿运停下笔，兴致犹未尽。

代懿终于长长地吁了一口气："爹，可以走了吧！"

"慢点，我还得写段跋语才是。金玉，你说呢？"王闿运又拿起笔来。

"壬老肯留下一段跋语，那真是太给我面子了。"金玉欢快地说，忙拿起剪刀来将烛芯剪好，室内的烛光亮多了。

代懿作不得声，只得暗自叫苦。

王闿运略作思考后，写道：

仲夏，闿运应世侄之邀，北上京师，路过汉口，寻访二十年未见面之侠女王金玉。喜其风采不减当年，晤谈至欢。金玉向余索还二十年前之旧债，余慨然允诺，为之书陈思王《洛神赋》。盖金玉，亦余心目中之洛神也。

当金玉念到"盖金玉，亦余心目中之洛神也"一句时，两只眼睛已滚动起泪花来，说："壬老之情谊，金玉生生世世不能忘怀。"

王闿运放下笔，对儿孙们说：“我们回客栈去吧！”

王金玉送他们祖孙三代出门。走出十多丈远了，王闿运还回过头来满目含情地望了金玉一眼，只见老名妓仍倚在门框上，正痴痴地望着他。

十　老于应对的袁世凯，面对周妈，不知如何称呼为好

当火车徐徐开进前门车站时，在贵宾室里等候已久的欢迎人群走上月台。这中间自然少不了王闿运的两名高足杨度和夏寿田，另外还有两位要人，他们是大公子袁克定和内史长阮忠枢。此外，湘绮老人在京的诗友和学生以及慕名前来欲一睹风采的各界名流数十人，把个宽敞的月台挤得满满的。

周妈扶着精神矍铄的王闿运走下火车，杨度和夏寿田忙迎上前去向老师请安道乏。

王闿运高兴地问杨度：“皙子，你如今做的事业有多大？”

杨度一时不知如何回答，只好笑笑地说：“事业要等你老来做，我只能做帮手。”

王闿运哈哈笑道：“我都八十三岁了，还做什么事业！”

又转过脸对夏寿田说：“午诒，你现在的地位在前些年是从二品的内阁学士了。”

夏寿田笑道：“我只为大总统做些跑腿传话的事，哪里有那高的官衔。”

这时，一位矮瘦的中年汉子正移着快步向他走来，右腿明显地跛着。杨度忙向老师介绍：“这位就是袁大总统的长公子芸台先生。”

“噢，噢。”王闿运点着头打招呼。

“久仰王老先生大名，今天能在北京见到您，我很荣幸。”袁克定说着，伸出一只套着雪白手套的右手来。

王闿运一向不习惯行握手礼，他通常使用的是双手抱拳式。尤

其是见袁克定戴着手套来握手，他颇为反感，心想：是嫌我老头子手脏？这样一想，脸上便没有了笑容，两只手松松地抱着，随便抬了抬，说："免了吧，免了吧！"

王闿运当着众人面的这个举动，颇令大公子难堪。杨度见此情景，忙把阮忠枢介绍出来："湘绮师，这位是大总统派来的代表，内史长阮忠枢先生。"

"忠枢奉大总统命在此恭候王老先生。"阮忠枢见王闿运不与袁克定握手，便改行抱拳式。

王闿运见面前的这个内史长一脸黑气，骨瘦如柴，心里老大不舒服，暗思：袁世凯怎么用一个这样的人做内史长！嘴里随意哼了哼："好，好！"连手都没有举起，眼睛却在欢迎的人群中寻找故人。

此时，一个五十多岁的胖老头子在人堆中边挤边喊："壬老，壬老！"

王闿运循声望去，脸上立刻满是笑容，便不再管身边的大公子和内史长，迈开长步走过去，一边也喊起来："哭庵，你也来了！"

哭庵是易顺鼎的号。易顺鼎是湖南龙阳人，字实甫，中过举，做过道员，现正在总统府印铸局做代理局长。哭庵是个成名很早的诗人，八九岁时诗就做得很不错了，十三四岁便诗名满三湘，与曾广钧平分秋色。王闿运很赏识他俩，称曾为神童，易为仙童。哭庵才子气十足，不仅与樊樊山一道领京师诗界风骚，又和一批贵公子一起做了京师票友会的首领。他喜捧名角，尤爱捧名坤角。每当长得漂亮又唱得好的女戏子出场时，他就会在戏园子中大喊大叫，大声鼓掌。知道的，说他是个不拘形迹的老才子；不知道的，说他是一个令人讨厌的老癫子。

易顺鼎喘着气来到王闿运的身边说："壬老，终于把你盼来了。明天我在萃华楼做东，请了樊樊山、鲜灵芝等一班人来作陪，你老一定得赏脸。"

"鲜灵芝是谁？"樊樊山的大名，王闿运是知道的，但鲜灵芝是何等人，他从来没听说过。

“鲜灵芝是当今京师第一大名冲，人长得漂亮，戏也唱得好。”易顺鼎眉飞色舞地说，“我叫她干娘，她叫我师父，彼此两相抵消。”

人群中有人发出笑声。

“她多大年纪，你叫她干娘！”王闿运笑着问。

“二十五岁，二十五岁。”易顺鼎连说了两声。

“你这家伙，真正的老不死，二十五岁的女人你叫她干娘！”王闿运在易顺鼎的肩膀上重重地拍了一下后大笑起来。他其实是很喜欢这个才子兼癫子的脱俗性格。

易顺鼎咧着嘴笑了笑，说：“壬老，京师菜馆里佐料都好，就是酱油不行。湘潭酱油，全国第一，你老带酱油来了吗？”

王闿运说：“别的东西没带，酱油倒是带了一坛子。”

“那就好，那就好。”易顺鼎一时灵感上来，说，“壬老，我送你老四个字：湘潭出酱。但此酱非彼将。”

王闿运立即接上：“哭庵，我也送你四个字：龙阳出相。但此相非彼相。”

易顺鼎先是一愣，接着便捧腹大笑起来：“壬老，你老厉害，这多年没见面了，一见面就骂我。”

随着易顺鼎的笑声，人群中许多人也笑了起来。有些人还摸不着头脑，不知他们在笑些什么。原来，王闿运借用一个典故在戏谑这位老顽童。

战国时魏王有个男宠，封为龙阳君。人们对男宠另有一个称呼：相公。易顺鼎为龙阳人，所以王闿运说“龙阳出相”，然此“相”乃相公之“相”，非宰相之“相”。正与易顺鼎的“酱”乃酱油之“酱”非将领之“将”针锋相对，而骂得更尖刻。

八十多岁的老头子，应对是如此机敏快捷，令月台上所有欢迎的人惊叹。

阮忠枢走前一步说："王老先生，袁大总统有要事不能亲来，他将他的座车专为派来接你。请上车吧！"

顺着阮忠枢所指的方向，王闿运看见一辆黑得发亮的小轿车停在那里。众人莫不为总统对他的特殊礼遇而面露艳羡之色，不料王闿运却回过头来问杨度："皙子，你是坐轿还是坐马车来的？"

杨度答："我是坐马车来的。"

王闿运对阮忠枢说："阮大人，这洋车我坐不惯，我还是坐皙子的马车到寓所去，烦你和大公子将车开回去，转告慰庭，就说我领情了，他忙，改日我去拜会他。"

阮忠枢颇觉为难：专门来迎接的，又怎么能开空车回去呢？袁克定已从不少湖南籍京官中略知老先生的古怪脾气，便说："一切就您的便，我们不勉强。家父说了，后天在总统府设宴为您洗尘。"

王闿运扭过头对站在身后的周妈说："总统府你知道在哪里吗，就在皇宫里。"

周妈兴奋地说："那我们后天就可以看到皇宫了！"

"是的，可以看到皇宫了。"王闿运笑着，又郑重其事地对袁克定说，"芸台先生，烦转告你父亲，后天请我时一定要容许我把拐杖带进去。"

袁克定不明白他的意思，说："您带不带拐杖都没有关系，我会安排人搀扶您的。"

"不劳你安排人，我有我的专用拐杖。"王闿运指了指周妈说，"这根拐杖就是她。"

袁克定这时才注意到老头子身后站了一个又矮又胖又土又丑的老妇人，不觉傻了眼。月台上的众多欢迎者同时发出哄堂大笑。

王闿运一行被安排在西单牌楼武功卫二号，这是一个很大的院子。

第二天，杨度陪着母亲和叔姬来看望老师。代懿见叔姬来了，欣喜异常，把从湘潭带来的土产都搬出来，又拿出那件镶有孔雀羽毛的披肩。代懿的殷勤，叔姬仿佛没看见似的，她只跟公公说说话，对其他人，包括代懿在内都很冷淡。代懿心里很难过。吃过晚饭后，李氏老夫人起身告辞，叔姬也跟着起身。大家都劝她就住这里，不要再去槐安胡同了。叔姬坚决不肯。

王闿运见此情景，知儿子与媳妇之间裂痕已深，得慢慢弥合，急不得，便对叔姬说："好吧，过几天代懿去看望你们。"

代懿递给叔姬一大包土产，叔姬没有接，只把那条披肩带走了。代懿目送着叔姬一行渐渐远去，心里空荡荡的。

晚上，总统府来人下帖子。帖子上写着明天中午大总统在居仁堂为湘绮老人接风，并没有提到周妈。

周妈对王闿运说："老头子，明天你一个人去吧，我不去了。"

"为何？"王闿运问。

"袁大总统没有请我呀！"

"不要紧。请不请是他的事，带不带是我的事。"

次日十点多钟，周妈便搀扶着王闿运出门了。他也不穿翰林官服，也不穿做客礼服，仍是日常家居的模样：戴一顶青布小帽，穿一件黑布长衫，着一双圆口厚底布鞋。老头子仗着对当年皇宫的熟悉，不要别人送，自个儿叫了一辆马车，上了车直奔景运门。前清时代，外官通常由这道门进宫。

马车来到景运门，只见两扇宫门关得紧紧的。原来这道门已经封死了，不得已另外再找门。好不容易找到一道大门，门口停了几顶绿呢大轿，又有几个持枪守卫的兵士站在那里。王闿运知道这里可以进总统府了，便携着周妈的手，一男一女，一高一矮，一瘦一胖，都昂着头向里面走去。

"站住，干什么的！"门卫中一个操山东口音的大个子高声喝道。

"出去，出去，你知道这是什么地方吗？瞎闯胡冲的！"另一个操北京土音的小个子兵也过来，白了一眼两个不速之客。"你们是第一次进京的乡下人吧，也不问问就乱走。若不看你们是老年人，早抓起来了。”

北京小民说话一向啰嗦，这个小个子北京兵连呵斥人都说了一大通。

王闿运并不愠怒，笑着说：“我是谁，你们还不知道？值班的统领没有告诉你们吗？我是你们的总统、我的年侄请来的客人。”

两个卫兵见老头子笑嘻嘻地说出这通话来，一时都不知如何是好。小个子兵灵泛些，说：“不管是真是假，先好好接待他们。若是真的，怠慢了，那就不好交待。”

大个子兵说：“你说的有道理。”

于是两个卫兵换成笑脸，将王闿运和周妈请进门房里，又给他们倒了两杯清茶。

小个子兵说：“您宽坐，我到里面去问问。”

王闿运跷起二郎腿，细细地品着茶，用湘潭土话和周妈聊着家常。大个子兵干瞪眼望着他们，一句话也听不懂，心想：八成是假的，大总统是河南人，老家有时也来人，说的话大多听得懂。这两个人说的什么话，一个字都听不懂，哪会是大总统老家的亲戚？

大约过了半个钟头，只见夏寿田大步流星地走了出来，大声问大个子兵：“湘绮老人呢？”

大个子兵见夏内史亲自出来接，方知的确是总统请来的客人，忙毕恭毕敬地走进门房，向王闿运行了个军礼，说：“刚才慢待了，请老人家宽恕。”

这时夏寿田也进来了，说：“湘绮师，你老怎么自己来了，皙子专程去接你了。”

王闿运说：“五十多年前，我来过皇宫不下十次，谁知现在变了样，差不多进不来了。”

夏寿田说：“不要说五十年前了，就是与五年前比也大不相同了。”

王闿运又说："现在是什么规矩，大总统请客，卫兵居然不知道。当年皇上请的客人一下轿，监军齐刷刷地跪在地上迎接，真是今不如昔。"

夏寿田心想：你老若是坐洋人的汽车来或是坐绿呢大轿来，他们也会客气的。嘴里说："他们不懂事，你老莫跟他们计较。"

见周妈在一旁，便跟她打了声招呼，心里又想：老师真的老糊涂了。总统请客，又不是民间的走亲访友，即使是夫人没有请都不能带，何况这样一个上炕老妈子！将这种人带进中南海，岂不污坏了这里的红墙碧瓦、玉柱丹墀？他也不好讲什么，只得对王闿运说："你老进去吧！"

进了中南海，周妈对眼前的一切都备觉新奇，不断地牵动王闿运的衣角，指指点点，问这问那。王闿运不厌其烦地讲给她听。问的答的兴致都极高，如同游山逛水似的，全然不把总统府的威严肃穆放在眼里。旁边路过的官员们都疑惑地望着他们，远远地指着他们窃窃私语。夏寿田看在眼里，虽觉得不成体统，却也无可奈何。

进了居仁堂，先在茶室喝茶。一会儿杨度匆匆忙忙地赶了进来，听老人说起进门的趣事，不觉捧腹大笑。笑声中，梁启超和蔡锷两师生穿戴整齐地进来了。他们也接到请帖，专门来陪王闿运的。

王闿运还是第一次见到梁启超，显得很亲热，一个劲地称赞他年轻有为，艰苦卓绝。又问起康有为的情况，表示出很热切的关心。十多年前那种对康梁篡改孔子鼓吹民权的憎恶心绪似乎全部消失了。王闿运又夸奖蔡锷是少年英雄，功名早达。在梁蔡面前，这位老人分明是宽容大度奖掖后辈的良师。

正说话间，夏寿田悄悄地告诉老师："大总统来了。"

袁世凯身穿一套德国式黄呢军便服，着一双黑色牛皮长马靴，"噔噔噔"地走了进来。夏寿田、杨度、梁启超、蔡锷都刷地站起来迎接。周妈见此情景慌得不知所措，站也不是，坐也不是，屁股扭来扭去，十分不自在。王闿运依旧悠悠闲闲地坐着，直到袁世凯快要走到大家的面前时，他才缓缓站起。

夏寿田走过来对着袁世凯介绍："大总统，这位就是从湘潭来的王壬秋老先生。"

"噢，噢。"袁世凯脸上露出笑容，伸出一双手来，客气地说，"王壬老，一路辛苦了，请恕袁某没有亲到车站迎接。"

王闿运满以为袁世凯一进来就会亲热地叫他年伯自称年侄的，谁知只叫他"王壬老"，自称"袁某"，他有点不大高兴起来，就说："大总统忙，王某只是乡下一老迈之舌耕夫，哪里敢劳动大总统迎接。"

袁世凯并没有觉察出话中的讥讽味，说："袁某今天特为请王壬老进府来叙谈叙谈，并邀请梁卓如先生、蔡松坡先生以及您的两位高足作陪。"

"叨扰了大总统。"王闿运说。低头见周妈依然脸色尴尬地坐在沙发上窘迫至极不知所措，便急中生智，替她解围。"周妈，你不是说要好好地看看袁大总统吗？这位便是大总统本人。"

周妈忙站起，也不知说什么为好，只是咧开大嘴笑着，露出两只特大的门牙。

袁世凯在官场混了近四十年，中外达官贵人的夫人小姐，他见过成千上万，什么复杂的情况他都能应付裕如，不料此时倒让一个乡下老妈子把他给难住了，他不知如何处理才好。这是个什么人？今天无论主客陪客都没有她。什么身份？若是侍婢，不应该当面介绍；若不是侍婢，老先生又为何给她这个脸面？袁世凯左思右想，不知如何向她打招呼才算合宜。

杨度、夏寿田在一旁也着急，他们当然知道这中间的底细。但一个上炕老妈子，能在总统面前提起吗？老师带一个上炕老妈子进总统府，还要与总统同桌吃饭，这不是对总统尊严的亵渎吗？两个聪明绝顶的才子，也被眼前的这一幕给难住了。

倒是王闿运一点儿也不在乎，笑笑地对袁世凯说："她叫周妈，是我的拐杖，我走到哪里都必须带着她，否则寸步难行。”

又转脸对周妈说：“从湘潭到北京，一路上时时说要瞧瞧袁大总统是什么模样。这下好好看清楚了，袁大总统到底哪些地方与一般人不同。”

周妈狠狠地盯了一眼袁世凯后说：“袁大总统的头特别大，难怪洪福齐天。”

王闿运哈哈笑起来。袁世凯没有笑，眉头皱了一下。旁边梁、蔡等人想笑又不敢笑。

过了一会儿入席，袁世凯压住心中的火气，勉强装出一副笑脸来对王闿运说：“请王壬老上坐。”

又对众人说：“大家都坐吧！”

王闿运也不讲客气，一屁股坐到上首，周妈挨着他坐下，其他几个人谦让了一番后也都坐下。

一道道的菜相继上来，多为河南名菜，如黄河红鲤、伏牛山猴头、嵩山薇菜、驻马店野鸡等等。周妈心想这就是御宴了，不能轻易放过，于是拼命吃，大口大口地嚼，却并没有感觉到有什么特别的味道。王闿运吃得津津有味，全无老态。

梁启超说：“太老师，您的食欲真好，令我们做晚辈的佩服。”

王闿运说：“过了八十后差多了，八十以前完全可以跟年轻人比食量。”

又对袁世凯说：“四十多年前，令尊任江南盐法道时，有一夜我和他豪饮，两人一人喝了十杯古井贡酒都没醉。那一次你也去了，你还只有十二三岁，还记得吗？”

“记得，记得。”袁世凯点头。

“令尊要你叫年伯，你那时乖得很，连叫两声年伯，这事你还记得吗？”

叫王闿运年伯的事，袁世凯也记得，但他却说：“这倒记不得了。”

王闿运心里又不高兴起来，说："叫我年伯，我是当得起来的，我比令尊要大两岁。只是现在你是总统，我不要你当着大家的面叫我年伯了。"

说罢哈哈大笑起来，大家也笑起来，袁世凯觉得不太好意思。

吃完饭后，袁世凯招呼大家都进茶室喝茶，他自己照例喝的是人参枸杞汤。

"王壬老，这次请您进京，是想借助您的大名办好民国国史馆，委屈您领衔当个馆长。"

袁世凯一开头便提馆长的事，使王闿运不舒服。他希望的是借国史馆长的名义请他进京，然后以帝王之师的礼仪款待他。吃完饭后，袁世凯应单独向他请教国是，就如同前代皇帝单独见宰相一样。可现在当着这多晚辈的面，随随便便跟他谈国史馆的事，分明与他进京前自己的想法相差太远，便说："我老了，做不得馆长了。"

袁世凯说："国史馆也不过是收集点史料保存着，有哪位大老去世了，找出来，给他做篇传记罢了。平时没事，也不要您自己动手。你提出个名单出来，给您配几个助手。事情让他们去做，您在家养着就是了。"

既没事干，叫我来做什么？到北京来养老？王闿运肚子里憋着气。在由汉口开往北京的列车上，王闿运回味着王金玉的话，深觉她的话有道理。自己应该以姜子牙那样的身份向袁世凯剀切指陈时弊，并提出一整套国策来。关于国策，他想了很多，除金玉所提出的息党争、利民生之外，他还想到要强军队、奖农桑、兴教育、薄赋税等等，历朝历代行之有效的措施都要逐步地提出来。可是，这位当年的年侄而今的大总统，却似乎根本没有把他当作国师来看待，只是把他作为一个大文人供养在北京，提高国史馆的身价而已。

"天气好，您身体也好的话，想到哪里去玩玩，只管叫皙子和午诒告诉我一声就行了，款项就从国史馆经费里开支。身上哪里不舒服，总统府里有医生，外国的中国的都有，您可叫午诒安排他们去……”

袁世凯不断地开出优惠条件来，作为接待老名士的见面礼，而年虽老雄心犹在的老名士却越听越烦，双眼慢慢地合上了。

袁世凯见王闿运已打瞌睡，便停住了口。他自己每天必须午睡，通常情况下都不破这个习惯，何况下午还有德国、美国两国公使要接见，陆海军大元帅统率处还有重要军务要商讨，这些都比与国史馆长聊天要重要十倍百倍。他起身对大家说：“王壬老年纪大了，到底精神不济了，你们扶他到客房去休息，我也睡午觉去了。”

又特为对杨度说：“王壬老年纪老了，我也很忙，不能多过问，国史馆的事，能做到哪步就到哪步吧！”

说着“噔噔噔”地离开了茶室。

待大家送袁世凯出门后再返回时，王闿运早已睁开了眼睛。蔡锷上前说：“你老睡醒了，大总统刚走。”

王闿运说：“我刚才睡了一会儿，做了一个梦，你们猜我梦见谁了？”

杨度问：“你老梦见谁了？”

“我原想去梦见周文王，谁知梦见的却是宋襄公。”

大家都不大懂王闿运话里的意思，只有杨度明白老师是对袁世凯不满意，袁世凯在老师的心目中不是礼遇姜子牙的周文王，而是自以为是的宋襄公。但杨度相信，老师只要在北京住上一段时期后，是会改变对袁世凯的看法的。何况他的宏图大业还没有好好地向老师陈述，垂暮之年的老师若是知道自己奋斗一生的理想就要变为现实，难道还不会全力支持弟子的行动吗？

被辉煌的明天所激荡的杨度，决心以他整个生命作为代价，义无反顾地在中国政坛上实施他的这番宏图大业！

第二章 / 筹安会首

一 日本公使夜进居仁堂

就在蔡锷、王闿运进京后不久，欧洲爆发了一场长达四年对世界影响极为深巨的战争，历史学家们把它称之为第一次世界大战。交战的一方为德国和奥匈帝国所组成的同盟国，另一方为俄国、法国、英国所组成的协约国。

战争爆发后，袁世凯既不想得罪他所崇拜的德国威廉二世皇帝，也不想得罪世界第一强国英国和他的多年好友朱尔典公使，他宣布中华民国政府对欧战保持中立态度。日本政府看准了西方列强正在欧洲打内仗无暇顾及亚洲的大好时机，决定趁火打劫，排斥西方各国，将中国作为自己独占的殖民地。

这年秋天，日本出动海陆两万多兵力，加上少数英军，组成英日联军，宣布对德作战。这支联军不去德国，也不去欧洲其他国家，却向侵占中国胶州湾的德军进攻。两个月后，日军攻下青岛，俘虏德军两千多人，德国总督华德克被押到东京本愿寺监禁，将德国强占十七年的青岛据为己有，并将整个山东当作日本的国土。在日本军国主义政府的计划中，这只是第一步，他们将借此步步进逼，最后达到吞并整个中国的目的。

日本公使日置益探听到袁克定的政治秘密，向首相大隈重信作了报告。大隈指示公使，必须充分利用这个机会为大日本帝国立下盖世功勋。日置益通过私人渠道向袁克定透露：中国应当有皇帝，就如同日本应当有天皇一样，若中国恢复帝制，日本一定支持。

袁克定获得这个消息后异常兴奋，托人转告日置益，过些时候将约他面见大总统。

几个月来，袁克定为他的宏大的理想付诸实现做了许多努力，也收到了不少实效。除杨度外，他在自己的身边聚集了一大批智囊人物。他们或为他出谋划策，或为他制造帝制舆论，或为他筹集资金。在各省，他也得到了一些行政长官的支持。尤其重要的是在军界拉拢了一批实力人物，如湖南将军汤芗铭、陕西将军陆建章、山西将军阎锡山、奉天师长张作霖都表示坚决效忠袁大公子。

趁着袁世凯多次对段祺瑞、冯国璋等人托大和一大批北洋旧将领的暮气恼怒的时机，袁克定在智囊团的帮助下，及时提出了建立模范团的建议，袁世凯立予接受。袁世凯也想借此给儿子培植一批势力，便有意安排袁克定做模范团的团长。当他征求段祺瑞的意见时，段一口否定，弄得他下不了台，只得自己兼任，调赤峰镇守使陈光远为副团长，命王士珍、袁克定为办事员。此事令袁克定对段祺瑞又增一分恨意。

袁世凯当然是挂个名，陈光远、王士珍也知趣，基本上不插手，模范团实际上成了袁克定手中的军队。袁克定有意撇开由段祺瑞控制的天津武备学堂，而从保定军官学校和陆军速成学校的毕业生中挑选优秀者为模范团的军官，又从北洋军各师中抽调一批中下级军官充任模范团的军官和士兵。全体官兵入团的第一天对着袁世凯的画像宣誓：“服从命令，尽忠报国，诚意卫民，尊敬长上，不惜性命，言行信实，习勤耐劳，不入党会。”

袁克定计划办五期。每期半年毕业，毕业时每人赠军刀一把，再提升一级回到原部队。一期一千人，五期则训练了五千人，可以配备十个师的各级军官。袁克定盘算着：这样自己手里就掌握了十个师的兵力，那时就是真正的李世民了。当然，要做李世民，最关键的一步还是要父亲先做李渊。在几次闲谈中，袁克定有意把帝制自为的意图透露出来，袁世凯对此明显地表现出很大的兴趣。不过，善于揣摸父亲心思的袁克定也从中看出，他父亲尚有两个顾虑：一是怕外国列强不赞成，二是怕国内反对。现在亚洲的第一大强国、与中国关系最密切的日本帝国表示支持中国恢复帝制，这对消除第一个顾虑是大为有利的。

这天晚上，袁克定陪着日本公使日置益进了中南海居仁堂。

日置益五十岁出头，瘦瘦小小，干尖的鼻子下蓄着一团仁丹胡子，时常快速转动的两只小眼睛上罩着一副金丝玳瑁镜片。这个毕业于东京帝国大学法科的高材生是一个语言天才，他精通英语、德语、法语，又从小受家庭的熏陶，不仅汉语流利，且对汉学颇有研究。他的这个才能很快得到了政府的赏识，派往智利、阿根廷等国出任使节。庚子年他来到北京，任日本驻华使馆头等参赞。他参赞的第一件大事就是八国联军镇压义和团。日置益在中国一住便是十四年，熟悉中国国情，且与袁世凯打过多次交道，对这位清朝的权臣、民国的总统也甚为了解。

“你好，公使先生！”袁世凯迈进会客室，冲着日置益伸出了手。因为德日之间正处于敌国状态，故袁世凯脱掉了平日常穿的德式军便服，换上了黑色中式长袍。

“晚安，大总统先生！”着一身浅灰西服，系一条蓝地白纹领带的日置益迅速站起，先是两手垂直，深弯下腰鞠躬，然后再伸出右手来，与袁世凯握着。在煤球似的中国大总统面前，日本公使活像一支进口卷烟。

“请坐，请坐！”袁世凯笑容可掬地指了指沙发，亲自从茶几上的小铁盒里抽出一支雪茄来，请日置益抽。日置益礼貌地谢绝了。袁世凯转过脸对站在一旁的儿子说：“克定，你亲自去给公使先生泡一杯好茶来。”

“不敢，不敢。”日置益脸上露出一种谦和的职业笑容。“大总统忙了一天，我又来打扰，实在对不起。”

“哪里，哪里。”袁世凯自个儿抽起雪茄来。“我们是多年的老朋友了，我很高兴见到你。今晚我们是朋友之间的闲谈，用贵国的话来说，与朋友聊天是最好的休息。”

日置益笑着说：“对，对，能与大总统随便聊天，这是一件非常荣幸的事情。”

“公使先生来中国已经十多年了吧。”袁世凯吐出一口烟，随口拉开了话匣子。

“整整十四年了。”日置益眨了眨眼睛回忆。“我来贵国的时候，正遇上义和拳闹事。那时大总统正在山东做巡抚，你坚决镇压闹事暴徒的魄力至今仍令鄙人敬佩。”

“义和拳是愚民，愚民弄出些神神鬼鬼的东西出来不足奇怪，奇怪的是当年老佛爷的身边竟然有一班辅国大臣也相信，真是荒唐！”袁世凯摆出一副先知先觉的神态来。“我多次奏请老佛爷，对拳匪只宜镇压，不能纵容。我在山东对他们就决不留情，所以山东没有乱。”

日置益忙恭维：“我还记得李鸿章先生当年有一道奏折，说那时的情形是幽燕云扰而齐鲁风澄，对山东社会秩序的平静大加称赞。正因为此，第二年李先生去世前夕上疏给朝廷，说环顾天下人物，无出大总统之右者，建议大总统继他为直隶总督。李先生是慧眼识英雄，自他之后，清朝的天下实赖大总统支撑。”

袁世凯听了心里很高兴，嘴上却谦虚地说："公使言重了。张香帅德高望重，他才是国家的支柱。"

"当然，张之洞先生也是贵国的干城，只不过他那时年岁已大，又多病，心有余而力不足，国家的重担实际上都压在大总统您一人的身上。"日置益见火候已到，便有意将话题引入已定的轨道。"鄙人有幸当贵国鼎革之际一直住在北京，亲眼目睹了这场大变动。这三四年来，鄙人既庆贺贵国经过一番大乱后，终于认定了大总统是国家的领袖，各党各派都一致拥戴大总统，但鄙人冷静地观察了许多年，又为贵国的前途深为担忧。"

袁世凯取下口里的雪茄，认真地问："公使先生，你担忧什么？"

"我担忧贵国的祸乱并未止息。"日置益望着袁世凯，以十分诚恳的态度说，"大总统年富力强，在位之时还很长，本不应言身后事。但我们是老朋友了，就不必忌讳这些，这一天总会有的，何况大总统身为国家之主，讨论这件事，更不是对大总统本人的不敬，而是对国家负责。"

袁世凯坦然笑道："我不忌讳这件事，你就放心明说吧！"

"大总统不愧为真英雄！"日置益习惯地扶了扶眼镜，神态严肃地说，"这个祸乱的根源恰恰就是目前贵国所实行的总统制。尽管已明文规定应从大总统所书写的三人中选出继任者，但这是不可靠的。"

日置益说的是刚公布的经过修订的大总统选举法。新选举法的主要内容有：大总统任期十年，可连选连任。选举之前，大总统推荐三名候选人，书于嘉禾金简，钤盖国玺，藏之于金匮石室，开金匮之钥匙由大总统掌管，开石室的钥匙由大总统、参政院长、国务卿分执其一。袁世凯认为这个办法是可行的，它可确保选出的继任者必是自己所定的人。他甚至还想过，可以把三个候选人都写上他的儿子的名字，比如说写上袁克定、袁克文、袁克良，那么无论谁当选，都是他的儿子做总统。日本公使却说出了不同的意见来。他很重视这位外国人眼中的不同看法。

“请公使先生说得详细些。”袁世凯显得谦和可亲。

“大总统先生，执掌金匮石室钥匙者除总统外尚有参政院长与国务卿，倘若他们在总统死后于嘉禾金简上做点手脚，不就很轻易地将继任者的名字改变了吗？”

一句话使袁世凯猛醒过来。是的，人死之后的事怎么能保得了，历朝历代篡改遗命的例子举不胜举。金匮石室，就能保证绝对秘密吗？

“大总统的宝座谁都想争夺，势必造成战争，从对国家和人民来说将大为不利。这是其一。”日置益阴冷的目光穿透玳瑁片盯着袁世凯黧黑色的肥胖脸。见袁世凯神情肃然，他加重了语气。“其二，对大总统本人也很不利。贵国有句古话：人在政存，人亡政息。大总统辛辛苦苦开创的事业，指望有人继承发扬。大总统一生为国家所做出的丰功伟绩，也指望后人能铭记感戴。但大总统身为英雄，自然得罪的人不少。倘若继任者为大总统的对头，其人一上台，将会把大总统手定的各项制度全部推翻，对大总统本人则会竭尽诬蔑诋毁之能事。说不定大总统日后在贵国的史册上就不是一个英雄，而是一个罪人。”

本来天气就冷，听了日置益这几句话后，袁世凯直觉得背脊都凉了。袁世凯虽然书读得不太好，但他毕竟出身书香世家，一部二十四史，他也读过不少，日置益这番话，若说要在中国历史上找例子，那是俯首可拾的。

“公使先生，你有什么好主意能对中国的总统制予以完善吗？”袁世凯问。其实关于这方面，他心里已思考过很久了。他从来就不赞成民主共和的制度，只是辛亥年的形势迫使他转了向，既然做了民国的正式大总统，也只好维持。这几年来，他努力将民主共和的成分削减，而将专制独裁的成分不断增加。解散议会，改国务院为政事堂，废省设道等等举措，都是为了这个目标而采取的。

“没有任何好的办法可以对贵国现行的制度予以完善，该采取的，大总统都采取了。但恕我直言，这些办法都不是长治久安之策。”日置益端起茶杯来，很有教养地吮了一口，稍停一会儿说，“这原因有许多，最主要的一点就是大总统一开始所提到的，贵国人民尚在愚昧之中，不仅老百姓如此，高级官员也如此，庚子年的事是一个极好的证明。请大总统原谅，鄙人决不是恶意攻击贵国，这是事实，而且敝国也是一个样。敝国与贵国同文同种，长处短处大致相同，敝国的人民和官员同样是愚昧的。所以，敝国要富强，也不能实行西方的总统制，而只能是行之有效的天皇制度。”

日置益这番话，袁世凯是从内心深处表示赞同的。国家大事只能由圣君独裁，倘若君不圣，则由贤相主宰，相若不贤则换之。所以为君之道在于慎选宰相。从来没有用开大会的方式，七嘴八舌的议论来处置国事的。民国以来的这些议员们，自以为是有学问有谋略、关心国家立身清高的正人君子，其实大多数人是用重金便可收买，用枪杆子便可以吓倒的伪君子、胆小鬼。袁世凯早已看穿了他们的灵魂，对这批议员们极为鄙视。老百姓骂他们为“猪仔议员”，袁世凯是完全赞同的，故而他要解散国会。为了敷衍局面，只得又成立一个参政院。这实在只是欺人耳目而已，他从来不把参政院放在眼里。他已知道日置益今夜拜访的目的了，不如干脆把藏在心里的这个念头挑明，探一探日本对此事的态度。

他又从小铁盒里摸出一支雪茄来，一边划洋火，一边以不经意的态度说：“公使先生，照你的说法，中国最好也像贵国一样，不行总统制而恢复帝制。”

“正是这话！”日置益立即予以明确的肯定。“敝国政府极希望贵国能早日出现一个与敝国相同的国体，并且希望大总统能顺天意人心登上皇帝之位。鄙人已奉令向大总统表示：只要将来的中华帝国与日本帝国保持友好亲善的关系，日本帝国将尽全力支持大总统先生的一切举措。”

原来，日本公使是来表明这个重大态度的，对正在向往天子宝座的袁世凯来说如同旱天之甘霖，他真想站起来抱住日置益，向他，并通过他向日本政府表示衷心的感谢，还要说明有了日本国的支持，他一定会很快地将国体转变过来的，那时再希望得到更大的支持。

但五十五岁的民国大总统，热血虽在炽烈地燃烧，头脑却还冷静。他知道，倘若向日置益表明了这番态度，无疑是向全世界公布了帝制自为的企图。自己曾经宣誓过永远捍卫民主共和制度，怎么能自己打自己的耳光呢？此事得从长计议。

袁世凯压住心头的喜悦，平静地说：“中国已实行总统制三四年了，不能再恢复过去的帝王制，且本人年纪也大了，也没有做皇帝的念头了，谢谢公使先生和贵国政府的好意。”

坐在旁边一直未开口的袁克定是深知父亲的为人的，人前演戏是他的拿手本领，对跟随自己多年的部下都难得说真心话，何况一个外国公使？日置益代表日本政府当面向他表明这个态度，此行的目的就已达到了，不必马上等他的态度。

袁克定含笑对日置益说：“公使先生的友好态度很使我们感激，中国是应该多多向贵国学习的。公使刚才提出的建议，家父是会认真考虑的。”

日置益明白袁克定的话中之话，遂起身告辞。

送走日本公使后，袁氏父子俩促膝谈心。

袁世凯向儿子交了底：“中国行共和制是不行的，必须行君主制，这一点我心里是明白的。但现在共和制已行了三四年，有许多人从中得了好处，若改变国体，会招致他们的反对。另外，我们有一个大敌人，那就是国民党。现在孙文、黄兴等人都在国外，他们随时都会伺机报复。不要小看了革命党，他们的力量很大。洋人，我和他们打了几十年的交道，深知他们的一举一动都是为了自己的利益，友谊之类的话都是假的，是引饵。日本公使的话不可全部相信。再说还有英、德、法等国，不知他们态度如何。国内各界的态度怎么样，你清楚吗？”

袁克定答：“大致试探了一下，军政两界绝大多数人都盼望父亲早正大位。”

袁世凯含着雪茄想了很久，说：“有两点，我要对你讲清楚。”

袁克定挺直胸脯说：“哪两点？请父亲赐教。”

“第一点，此事急不得。”袁世凯深深地吸了一口雪茄，再缓缓地吐出来。“要先造造气氛。”

袁克定点头说：“父亲指示得对。有贺长雄博士是日本最有名的宪政专家。他有一篇《论天皇制》在《东京日报》上登了出来，有人向我推荐，说此文对中国恢复帝制大有帮助。我准备叫人翻译过来，在国内几家重要的报纸上登一登。”

“哦，可以。”袁世凯的左手在沙发上轻轻地拍了一下。

“还有，美国著名政治学家古德诺博士下个月来中国。他是主张君主制的，我请他专门写一篇关于这方面的论文，也在报上登出来。”

“好！”袁世凯又在沙发上拍了一下。“古德诺是美国人，写这种文章比日本人更有说服力。不过，专用外国人不行，主要还得靠我们自己的人来做。”

得到了父亲的赞同，大公子兴趣大增：“我想这事叫杨皙子去做。”

“杨度这个人书呆子气太重，何况他已改变了过去的君宪主张了，现在又退回去，也不知他愿不愿意干。”

“他愿意干。”袁克定兴奋地说，“杨皙子的书呆子气是重，但他的官瘾更重。我跟他开玩笑，说帝制成功了，让他做宰相。他这段时期真的就以房玄龄、杜如晦自居，好像已经做了宰相似的。”

袁世凯笑了笑说：“杨度聪明，但有点聪明过头了。情绪易波动，兴致来了，热得可以烧开一壶水；兴致去了，冷得可以结成一块冰。上次让他住进纯一斋，他以为是要当国务卿了，每天给我上一个条陈。后来菊人做了国务卿，据说他关门谢客一个多月。杨度用用可以，当宰相不行，他不是大器之材。”

“父亲教道得对。像杨皙子这样的人才多得很，哪里就真的让他做宰相了。”袁克定说，“父亲刚才说的第二点是什么？”

“第二点，我不出面，这事由你去办。不到万事俱备，我不会公开宣布接受帝制，而且我还得时常否认有帝制自为的想法。这点你明白不明白？”袁世凯盯着儿子问。

袁克定没有父亲纵横捭阖的才具和吃苦耐劳的习性，却学到了父亲机巧权诈翻云覆雨的手段，对父亲的这第二点他心领神会，忙说：“父亲考虑的是。这件事，父亲完全不要出面，由儿子指使杨皙子、梁燕孙他们去办。到时候，父亲只管登上龙椅，接受文武百官的朝贺就行了。”

父子俩心心相印地谈了大半夜，为未来的袁氏王朝勾画了一幅美好的蓝图。

二　从秦汉到前清，哪个办大事的人不想做宰相

事情果然如袁世凯所料。不久，就是这个日本公使日置益，再一次面见袁世凯。这次他给袁世凯带来了一份礼物——他和他的政府所拟定的《中日友好条约》。

袁世凯将条约草本翻看了一下，条约共分五号。第一号四条，规定日本享受德国在山东的一切权益，其他国家不能再插手山东的事。第二号七条，规定旅顺、大连租借期和南满、安奉两铁路交还期均延九十九年。第三号二条，要求汉冶萍公司由中日合办。第四号一条，要求中国不得将沿海港口、海岸、岛屿租让给他国。第五号七条，要求聘用日本人充任政治、财政、军事顾问。全部条约共二十一条。

袁世凯看完这二十一条后，脸色大变。他清楚地知道，同意这个

二十一条，就意味着同意中国沦为日本的殖民地而不再是一个主权国家，他自己就变成一个日本卵翼下的儿皇帝。

日置益从袁世凯的脸上已看出他内心的为难，微笑着说：“大总统先生，日中两国亲善友好，这是贵我两国的共同愿望，但友好是要用实际行动来体现的。敝国政府将全力支持大总统先生在贵国恢复帝制，大总统也应该为敝国提供一些方便。倘若大总统不能签订这个条约，那只能说明大总统先生不要日中友好。如果这样，我们大日本皇军将奉命用武力来获取我们应该享有的权利。”

日置益的话再露骨不过了。假若不同意这个条约，不但不能取得日本对帝制的支持，而且还会导致日本向中国宣战。日本的军事实力，强大得连德国、俄国都不是对手，更何况中国！北洋水师全军覆没的前车之辙，袁世凯记忆犹新，李鸿章正是因此而弄得晚景萧条。若是一旦再与日本开战，他苦心经营了二十年的北洋军队就将被日本彻底打败。没有了这支军队，他袁世凯将凭什么统治中国？他的仇敌国民党一个早晨就可以将他驱逐出中南海，把他五花大绑推上断头台。不能得罪日本！

袁世凯正想表示接受这个二十一条时，转而又想，如此自己不就变成出卖主权的卖国贼吗？千秋万代让后人骂自己是秦桧式的人物，也是极不光彩的。他将条约再看了一下，细细地想：一、二号的十一条都是前清签订在先，不过是转换国家和延长期限，罪过不大。第三号中日合办公司，不能算卖国。只是第四号、第五号中的八条有点太过分了，简直是将整个江山都交给了日本，这件事不能做。对，跟他们讨价还价，有限制地签订。

想到这里，他对日置益说：“这是一件需要磋商的大事，请贵公使先和我国外交部商谈吧！”

正当日置益与中国外交部秘密商讨此项条约的时候，一家美国报纸获知这个消息，率先公之于报端。中国人民得知后无不义愤填膺，纷纷向政府提出严厉责问，并很快在全国发起空前规模的抵制日货运动，连北洋军内部也对此事表示不满，冯国璋联合十九省军事长官发表通电，请缨为国御侮。

袁世凯一面公开辟谣，一面绞尽脑汁，设想万全之策。他最后指示外交部将第五号七条与本项条约脱离，日后再议。第四号一条改为中国政府在“巩固国防建议案”中宣布。经过反复商讨，日本政府接受了这个修正案。五月九日这一天，算是中日双方都认定了这个“友好条约”。

先一天，袁世凯召集了政府高级官员们，把条约讨论的过程告诉他们。他在会上声泪俱下，一副万般无奈为国委曲求全的模样，表示决不做亡国之民，要求全体官员都把这次条约的签订视为中国的奇耻大辱，本卧薪尝胆之精神，做奋发有为之事业。会后，他又将这次讲话写成两道密谕发给各省文武长官，叫他们不要忘记五月九日这个惨痛的日子。又授意丁佛言撰写题为《中日交涉失败史》一书，印五万册秘密存放于山东。袁世凯对身边的人说，这次我们吃了大亏，将来翻了身，再公开发行这部书。

袁世凯的这番精彩表演迷惑了一部分政府高级官员，却没有得到中国人民的认可，大家都把五月九日定为国耻日，把袁世凯定为卖国贼。在日本的中华民国的真正缔造者孙中山，通过此事更加看清了袁世凯的真面目，他组建中华革命党来代替已经分裂的国民党，决心彻底推翻这个卖国的袁世凯政权。

在国内外中国人的一片指责反对声中，袁世凯反倒更认识到独裁专制的重要，他和一心要做太原公子的儿子心贴得更紧了，决定尽快推行帝制。

这时，美国哥伦比亚大学政治学教授古德诺在《亚细亚日报》上发表了《共和与君主》的论文，提出世界国体实以君主为优的论点，又着重论述了中国非行君主制不可的原因。一个实行民主宪政已有一百多年历史的美国政治学家，公然认为民主不如君主，这对刚刚离开君主尚只有三四年的中国遗老遗少们来说，无疑是一帖强有力的兴奋剂。一时便有不少人，或公开发表文章，或公开演讲，鼓吹还政于清室，掀起一股复辟清朝之风。

国史馆编修、王闿运在四川尊经书院的得意门生宋育仁在这股复辟风中最活跃。肃政厅的官员们弄不清这股风究竟源于何处，他们只得公事公办，上个建议，要求弹压复辟谬说。还政清室本不是袁世凯的意图，于是他把这个建议批给内务部查明办理。内务部便依令查办宋育仁，做出“议论荒谬，精神瞀乱，应遣回原籍，发交地方官察看”的决定。就这样，宋育仁被递解出京。

内务部调查处分国史馆的编修，居然连国史馆长也不打个招呼，令这位八十三岁的老人心里极不愉快。送宋育仁离京的时候，王闿运握着门生的手，老泪纵横，令所有送行的人怆然。王闿运由此而对袁世凯更增一分反感。

驱逐了宋育仁后，复辟风一时沉寂，报上又大谈起拥护民主共和来。袁克定见此情景不对头，给杨度出个“君宪救国”的题目，要他就此作一篇大文章。为便于更好筹办帝制，袁克定又送杨度一所房子。这所房子位于宣武门边的石驸马大街上，是上下两层的西式洋楼，很是宽敞阔绰。此时恰好黄氏刚生一个女儿，亦竹又挺着大肚子，即将临盆，家里又是请奶娘招呼，又是请裁缝给婴儿做衣服。静竹老病复发，医生也常来号脉送药。槐安胡同一片人马喧腾。杨度正思觅一个安静之处，遂欣然接受。

房间里的一切都布置得好好的，袁克定又将自己以前用过的一个漂亮小厮安排在这里，照顾杨度的生活起居。杨度觉得住在这里很惬意。他早就想写一篇大文章了。过去钻研多年的君宪，本就有许多话要对国人说，再加上这几年实行共和以来混乱的政治秩序，更为中国的君宪制提供了许多有力的反面佐证。无论是为国还是为己，作为一个研究有素的宪政专家，杨度觉得面对着中国国体这个大问题，自己应该有比洋人更为深刻透彻的分析。中国人对自己的国家选择何种体制都没有一份高水平的研究成果，还得仰仗洋人的鼻息，岂不可笑！

不过，杨度在酝酿这篇文章的同时也颇为脸红。自己虽然多年主张君宪，但在辛亥年那样一个关键时刻，又并没有挺身而出勇敢地捍卫这个真理，反而发表共和倡议书，又积极为袁世凯谋取民国大总统而奔走斡旋，从而招致别人的讥讽咒骂。时隔三四年，又改变共和的立场，重弹君宪老调，外间如何看待此事呢？不会说自己反复无常投机钻营吗？更有知内情的会说自己卖身投靠袁氏父子，甘为袁氏王朝的婢妾。想到这里，杨度不免又心虚起来。

他点燃一支洋式卷烟，又叫小厮给他倒一杯英国威士忌。他喝了一大口，将发虚的心强压住。心绪慢慢安定之际，他的脑子里再次浮现出碧云寺夜数罗汉的情景，浮现出明杏斋里师生对坐研究帝王之学的岁月，浮现出马王庙胡三爹的三次测字，他认为自己无论从才具，从命数，还是从机遇来看，都应有宰相之分。从唐内阁到孙内阁，之所以没有掌阁，乃是时候未到，时候一到必为宰相无疑。现在，应该说时候已到了。古往今来一切大事都是人做出来的，而人要做出大事，必须先要有其位，谋取宰相之位正是谋取为国家办大事的必备条件。有了这个位子之后，才可以从容施展自己的平生抱负和学问，将导致中国富强的宪政实行出来，将能执行这套宪政的人才起用出来，这不就是为国家做出了伟大的贡献吗？对于一个政治家来说，衡量他的价值，最终应当以他对历史做出的贡献为标准，至于这中间所使用的手段以及所夹杂的个人目的，是不应该作为主要的因素的。何况变更主张，其手段并不恶劣，至于想做宰相，这个目的也决不卑鄙。从秦汉到前清，哪个办大事的人不想做宰相？诸葛亮、曾国藩那样的圣贤都还想做宰相哩！

这样一想，杨度又想通了。他拿起笔来，郑重地将题目写好：君宪救国论。

“皙子，大作写得如何了？”袁克定满面春风地从外面进来。

“还没有动笔哩！”杨度指了指摊开在桌面上的稿子。“刚刚才把心里的结解开。”

“心里有什么结？”袁克定觉得奇怪。见小厮正给他端茶上来，猛然想起，心里说：“是的，真正是我粗心了，世间的男儿都爱美女，像我这种爱俊男的毕竟不太多。我应该给他安置一个妙曼美女才是。”

他接过茶杯，笑嘻嘻地说：“不要有什么结，安下心来写好这篇大文章，我再给你寻一个开心吧！”

杨度没有明白袁大公子的话中话，说：“我已解开了，不必再寻开心了，我们来谈谈这篇文章该如何写吧。”

“我正是为这个而来的。”袁克定得意地说，“我昨天突然想到了一个好方式，这篇文章采用枚乘体如何？”

“你是说用答客问的形式来写？”

“正是的。”袁克定放下杯子说，“近来报上登的那些谈论国是的文章都是死死板板的，从开篇到结尾议论发到底，一副铁着脸皮硬着喉咙教训人的姿态，让人见了生厌，读来乏味。昨天偶读枚乘《七发》，顿觉兴味大增。我想，皙子就是今日的枚乘，也来做一篇《七发》吧。我做客，提问；你做主，回答。一问一答，把个君宪救国的大道理通俗地说透彻，如何？”

“太好了！”杨度兴奋得神采飞扬，刚才谢安式的宰相庄重弃之脑后，露出枚乘式文人的本性来，“就开始，就开始，提哪几个问题，你想好了吗？”

杨度忙提起笔来，正要写，又放下：“芸台，你干脆坐到我对面来。”

“行！”袁克定高兴得一时忘记了大公子的尊严，自个儿端起椅子坐到杨度的对面。“我想好了几个问题，都是大家所关心的。没有提到的，你再补充。”

“好，你说吧！”杨度重新提起笔。

袁克定将思路略为梳理下，摇头晃脑地说：“我先这样问：皙子先生，民国成立迄今四年，赖大总统之力，削平内乱，捍御外侮，国已安定，民已苏息，自兹以往整理内政，十年二十年，中国或可以谋富强，与列强并立于世界吗？你就说：不然。若国家不思改弦更张，则富强无望。我再问：何以故？你再答：此乃共和之弊也。中国国民好名而不务实，辛亥之役必欲逼成共和，中国自此无救亡之策矣。我便惊问：何以如此？然后，你就将自己胸中的学问抖出来，大谈共和为何会使中国富强无望的道理。怎么样，枚乘老先生？”

“真有你的！”杨度大喜道，“我就这样回答你：共和以平等自由为基础，自由平等影响一切政治，尤以对军事影响最大。军事只能讲绝对服从，没有自由可言，一共和，则无强大军队，故强国无望。又共和将引起争夺大总统的动乱，数年一选总统，则数年一乱。国家一乱，富从何来？故共和富强无望。”

袁克定拍掌道：“答得好。我又问：那么共和立宪有望吗？”

“也无望。”杨度断然答，“中国人民智识低下，十成之中九成九的人不知共和为何物。中国百姓如同散沙，只有靠强有力的君主才能将散沙凝结起来。现在行共和制，中央无威望，官吏们皆存五日京兆之念。老实者但求无过，贪狡者乘机狗盗鼠窃以裕私囊。元首一职因常换人，故在位者亦无长久之心。这样一种泄泄沓沓的局面，何望能立宪？故立宪无望。”

“好啦，话说到这里就可以转弯了。”袁克定俨然一个老八股塾师似的。“共和否定得差不多了，下面再把君宪推出来。我来问：这也无望，那也无望，中国不就亡国了？你就答：不然，一行君宪则都有指望。”

杨度笑道：“正是这话，行君宪则国家有救了。中国数千年来政体皆为专制，但因为无好宪政，故积弱至此。此时若有英主出现，确立宪政，以与世界各国争霸，实空前绝后之大事业。那么此人即中国之威廉第一、明治天皇也。”

袁克定端起茶杯，一边饮，一边想。他想到自己的切身利益。“我再提一个问题：刚才说因为争夺大总统一位，国内将起战乱，现在约法规定大总统候选人已从三人之中挑一。如此则不应有内战。你如何回答？”

“这个也好答。”杨度不假思索说，“之所以定三人，就说明没有一个众望所归的人，若有，一人就行，何须三人？而我们现在放眼看中国，倘若大总统龙驭上宾，举世滔滔，还能再找出一个像大总统这样的人吗？没有一个这样的人，必然是你不服我，我不服你，三人之间必起争斗。历史上这样的情况多得很。而君宪则无此种现象出来。因为君王死了，只有太子即位。哪怕这个太子再不济事，但他身份所在，别人不敢觊觎。故皇位接替之时，国家大致安定，其原因就在此。所以中国一定要行君宪制，不能再行共和制。”

这几句话说到袁克定的心窝里去了，他霍然站起说：“皙子，这篇文章就这样写，我也不再提问了，下面由你自个儿提自个儿答吧！五天以后我来取。我相信你这篇文章必定会是一支百万雄师，将一切反对者镇压住，确保帝制顺畅通过。我一定为你在大总统面前请功。”

说完兴高采烈地离开了石驸马大街洋楼。

袁克定走后，杨度开始正式写作。他精神亢奋，思路泉涌，一肚子君宪学问，如同决堤的河水一样滔滔不绝地宣泄在纸笔之间。他把与袁克定的对答的几个问题加以拓宽掘深，以奔放而又严谨的文字将它们固定下来。然后再来几个一问一答，指出清室的立宪是假立宪，结果是悬立宪之虚名，召革命之实祸。民国初创的立宪完全操在民党之手，而民党之立宪也是假立宪，他们是借立宪为手段来达到革命之目的。又说，他与不少革命党首领交谈过，他们也认为今日中国人的智识程度不宜多行民权。既然如此，革命党是明知故犯，是欲借宪政来削弱政府的权力，使之不能统一全国，好为他们的第二次革命做准备。从南京政府取消到湖口起事，民党的一切行为皆是为达此目的。故前清之立宪弊在不诚实，民国之立宪弊在不正当。今后行君主立宪制，其立宪必要诚实正当。中国当今人民智识程度既然不高，则民权必然不可太大，要跟人民讲清这个道理。我们所奉行的应该是宁可少与，不可欺民。

杨度对自己所创造的“宁可少与，不可欺民”八个字十分满意。他认为自古误国者有两类。一类是腐败昏庸。这类误国显而易见，众皆愤恨。另一类是高调清谈。这类误国不大容易看出，有时还被认为是爱国。其实，将一种看似美好而根本不能实现的虚幻强加于国人的头上，只能使国人或坠入迷惘，或变为虚伪，其误国害民甚是不浅。作为一个政治家，诚实最为重要，欺骗最为不道德。望着这个杰出的“八字”创作，杨度仿佛觉得自己是古往今来最诚实的政治家。他十分得意地挥笔完成了全文，然后痛饮半瓶威士忌，陶醉在自我设计的“君宪救国”的梦境中！

三　发生在云吉班里的风流壮举

第五天上午，袁克定准时来到石驸马大街，杨度还睡在床上没有醒。桌上摆着一大叠手稿，这就是分作上、中、下三部分的万余言长篇论文《君宪救国论》。袁克定没有惊醒这位宪政专家，拿起手稿看起来。

杨度的字习的是北体，厚实大方，虽是手稿，却并不难认，不到一个小时，袁克定就将文章读完了。“真正是绝妙好文！”他从心里发出赞叹。

在这位太原公子看来，要在已实行四年之久，得到举国响应的民主共和制下再来谈君宪救国，简直是一桩大难事。这篇文章若是由自己来做，不要说五天做不好，就是五十天也做不好。因为这不仅需要渊博的世界性的宪政学问，而且还要具备像战国时代的策士们那样的巧舌如簧的辩论技巧，而这两者自己都没有。

睡得正香甜的宪政专家，他鼻梁的端正，唇沟的深陷，嘴唇的棱角分明，似乎比往日显得更为突出。袁克定心里想：看他这个模样，不像一个奸诈阴险的人，让这种人做宰相，君王用不着担心被欺蒙架空。倘若真的有朝一日登基做了皇帝，也不妨叫他做一任宰相试试。

“芸台，什么时候来的？”杨度醒了过来，一眼看见袁克定正望着自己。

“我来了一个多钟头了，你睡得好熟啊！这几天辛苦了。”袁克定将父亲笼络人心的那一套学得精熟，说起这种话来，言辞、神态都能用得恰到好处。

“文章已打好了初稿，你先看看吧！”杨度边说边穿衣服。

“我早拜读完了，真是好极了！可以说是民国建立这几年来第一篇好文章。”袁克定把散在书案上的文稿亲手拢了一下，以示对它的珍重。“晳子，我明天叫一个抄手来帮你誊抄。先在报上登出来，再印一万份单行本，发给政府官员们人手一册。不过，今天不谈这事了，我要兑现那天说的话，要重重地犒劳犒劳你。”

“请我上哪个酒楼去吃饭？”杨度来了兴趣。

“吃饭还在其次，我要送你一件妙不可言的礼物。”袁克定眉飞色舞地说。

“什么礼物妙不可言？”杨度已穿好衣服，神采奕奕地站在穿衣镜边整理衣帽。

“上车吧！我在车上对你说。”

袁克定将杨度带上一辆精美的胶皮双轮车，这是他在城内使用的专车，里面铺垫得舒适豪华。车上，袁克定将礼物作了介绍，原来这礼物乃是八大胡同里新来的一名美妓。

袁克定虽然并不太贪女色，但却是八大胡同里的常客，花酒席上的嘉宾。这是因为他的许多朋友经常泡在这座温柔窟里，而此处的老少女人们对这位京师第一公子殷勤献媚的水平，也大大超过了他家中的妻妾婢女。所以袁克定经常到这里来，一则会朋友，既说闲话，也谈政事，二则此处所特有的人间缱绻，亦能给他的心灵带来一种在别处得不到的舒坦感。

那天他看到杨度一人独处石驸马大街洋楼，就想到要给这位宪政专家觅一绝色青楼女子。他知道静竹、亦竹都出自八大胡同，料定杨度也有狭邪游之癖好，送这样一件礼物，是会得到非常感激的。

袁克定来到八大胡同，跟鸨母们打听。袁大公子要姑娘，哪个鸨母不来巴结，便都拖着他去看人。袁克定在几个胡同里转了十来个院子，看到的姑娘十之八九都平平常常，少有几个漂亮的，最后在云吉班里，他看中了一个十八岁的姑娘。姑娘是山东青岛人。青岛自古出美女，姑娘的确长得美，而且清纯雅洁，真像一支出污泥而不染的荷花，使那些浓妆艳抹、狐媚妖娆者在她的面前显得粗俗不堪。将这样的女子送给诗人才子，那真是天作之合。袁克定看好了，只要杨度满意，或包或赎，钱都归他出。

杨度一听，哈哈大笑起来。与他的风流老师一样，美丽的女人与宏伟的事业，在这位才子型政治家心目中从来都有同等的地位。他认为一个有学问有抱负又耽爱女色的男子与世俗间的嫖客是大不相同的。后者对女人，只把她看作玩弄的对象；而前者对女人，是把她作为情爱的伴侣。在杨度过去的岁月里，有两个他挚爱的女人。一个是至今仍瘫痪在床的静竹，一个是七八年来音讯杳然的东瀛女郎千惠子。

他爱千惠子的美丽、聪慧，在与千惠子相处的三四年间，他和她一直保持着最纯洁的友谊。正因为太爱她，而又不能娶她为妻，所以他不能刺伤她纯真的心灵。而静竹，则是第一个闯入他心中的女人。她以出众的美貌，超群的识见，使他倾倒，使他迷恋；更以她坚贞不渝的品格，使他爱怜，使他敬重。自从与静竹重逢那一天起，他就把静竹当作自己最亲爱的人看待。他对她的情感，要远远胜过发妻黄氏和如夫人亦竹。只是由于静竹的坚决拒绝，他才未与她正式拜天地，结为夫妻，然而在杨度的心目中，静竹才是他真正的妻子。至于静竹，则更是把杨度当作自己的整个生命。杨度对静竹又爱又怜又敬，他实在不愿意让她心灵上冷落孤寂。在静竹身体好的时候，他会到静竹的房里去，与她同床共枕，缠绵恩爱，静竹当然欣喜。亦竹也认为这是情理中事。黄氏进京后，得知静竹为丈夫苦苦等候十年终成痼疾的往事时，她明白静竹为自己的男人付出的有多大，她也同样怜她敬她，视她如同亦竹一样，对丈夫与她之间的关系也从不干涉。

杨度生活在这样贤惠通达的三个女人之中，感受到幸福满足。这些年来他从没有踏过八大胡同一步，也从不拈花惹草。此刻，坐在太原公子身旁的杨度，当八大胡同的旖旎香艳展现在他的眼前时，他仿佛看到了新朝宰相的尊荣重权也正在向他迎面扑来，他迷乱了，痴醉了，他的心飘飘荡荡地进入了另一个世界。

“袁大公子来啦！”当袁克定带着杨度刚踏进云吉班门槛，守门的老妈子便异常兴奋地喊起来。

“哎呀，大公子来啦！”班主翠玉急忙从屋里走出，满脸媚笑地说，“大公子，你终于来了，我家姑娘的眼睛都望穿了。”

又对着杨度说：“这位老爷就是您说的杨老爷吧！”

“是呀，是呀。”袁克定点头，“正是杨老爷杨皙子。”

翠玉两眼放射光彩，将杨度很快打量了一番，笑着说：“杨老爷，您真是一表人才，我家姑娘跟上了您，真正是她三世修来的福气！”

杨度见这个班主年纪在四十岁上下，浑身穿金戴银，耀彩发光，脸胖腰圆，只是五官倒也还端正，看得出年轻时颇有几分姿色。

翠玉将他们带进一间精致的雅舍，又是泡茶，又是上糖果瓜子，忙得脚底生风。

袁克定笑道：“别瞎忙乎了，正事都让你给耽误了，快叫姑娘出来吧！”

“好，我这就去叫！”翠玉说着，亲自出门叫去了。

袁克定对杨度说：“云吉班你以前来过吗？”

“没有来过。”杨度说，“其实八大胡同我也只是十多年前来过一次，这些年虽住北京，一直没有来过。”

“噢，是的吗？”袁克定有点不大相信。“我告诉你吧，这云吉班目前是八大胡同里最叫得响的妓院。这里还有一位姑娘名叫小凤仙，人虽算不得特别美，但聪明可是绝顶的，尤其是歌唱得好，听她歌一曲，如同听仙乐。”

正说着，翠玉把姑娘领进来了。那姑娘对着袁克定鞠了一躬，娇娇柔柔地叫了声：“袁大公子好。”

袁克定忙指着杨度说：“这位就是杨老爷。”

姑娘腼腆地对着杨度笑了一下，也鞠了一躬：“杨老爷好！”

杨度起身回礼，正眼看了一下姑娘。就这一眼，便被她吸引住了。这姑娘匀匀称称的，着一件浅绿色的上衣，笑时神态嫣然。杨度越看越觉得像初次见面时的静竹。时光仿佛倒退了十七年，江亭初会静竹的那一幕又出现在眼前。杨度不由得再看一眼：瓜子形的脸蛋，圆圆的眼睛，细细的眉毛，白白的皮肤。他突然又觉得这姑娘很像千惠子。十年前在东京田中寓所里见到千惠子时，她也正是这副模样。这时他恍然大悟，这姑娘之所以有如此的美丽，是因为她既有静竹的长处，又有千惠子的优点。杨度立时喜欢上她了。

老于观人的翠玉已从杨度的神态中窥视出他心中的情感，高兴得忙对姑娘说：“坐下，好好地陪杨老爷说话，杨老爷喜欢你哩！”

又转脸对袁、杨说：“二位宽坐，我去招呼厨房预备酒菜。”

姑娘挨着杨度坐下。

杨度问：“姑娘叫什么名字？”

“富金。”姑娘略为娇羞地回答。

“富金！”杨度轻轻地呼了一声。“好名字，谁给你取的？”

“翠妈妈给我取的。”多说了几句话，富金不再羞怯了。

“多大了？”

“十八岁。”

杨度心想：正好跟当年的静竹一样大。问她：“认得字吗？”

“认得几个字。”

这时翠班主进来，忙插话：“富金不但认得字，还喜欢写字哩！”

“真的？”袁克定吃惊地说，“这么漂亮的富姑娘想来字一定写得好，拿来给我们看看，这位杨皙子老爷可是鼎鼎有名的书法家哟！”

“我去替她拿。”班主要讨好大公子，忙又起身出门，一会儿抱了一大叠纸来说，“这都是富金写的。”

袁克定和杨度一页一页地翻看。袁克定不懂书法，见一个妓女也能写这样规规矩矩的字，已是很不错了，一边翻一边说：“写得好，写得好。”

杨度细细地看着：字虽写得不太好，但一笔一画都还扎实，看得出是临过帖练过字的，难得一个沦落风尘的烟花女有这样的雅兴。他从心里赞道：“不错，不错，再练练就可以跟柳如是媲美了。”

富金不知柳如是是谁。杨度告诉她，柳如是是明末金陵秦淮河上的名妓，不独长得漂亮，诗词歌赋更是做得好，字也写得有功夫。富金重重地点了点头，表示记下了。杨度看出这是一个好学的女孩子，心里对她又添一分喜爱。

富金说：“杨老爷，您是大学问家，又是书法家，您送我一副联语吧，我的房间里正缺一副哩！”

杨度说：“好哇，写什么呢？”

富金托腮思考。

袁克定说：“就来个嵌字联吧，将富金姑娘的名字嵌进去。”

富金喜道：“那太好了！”

“行。”杨度满口答应，心里琢磨着怎么写。一会儿，他说，“拿纸笔来吧！”

富金忙回房拿来纸笔。杨度蘸上墨汁，在洒金玉版纸上写下两行字：我富才华卿富美，兼金身价断金交。

袁克定念了一遍，惊道：“皙子真有七步之才，一下子便写出两个‘富金’来！”

富金想：人家嵌字联只嵌出一个名字，这位杨老爷却同时嵌出两个名字来，真了不起，而且对联中还表示出对自己的看重。又见杨度长得仪表非俗，心里甚是高兴，便靠紧杨度，一边仔细欣赏，一边说：“杨老爷，您的字有北魏碑体的风味，您一定是临过很多碑的吧！”

一股淡淡的清香向杨度袭来，他的脑子有点晕晕眩眩的了，眼前的姑娘似乎比新朝的宰相更有吸引力。他抬起头深情地望了富金一眼，说：“你能看出我的字有北魏碑体的风味，可见你看过不少字帖。”

翠玉插话：“正是杨老爷您说的，我们富金姑娘的闺房里有一大堆字帖哩！其他姑娘没事时绣花说闲话，富金则有滋有味地看帖写字，好像要考翰林似的。”

翠玉说着大笑起来，富金也不好意思地笑了。

翠玉又说：“就这样，富金看字帖的事就传了出去，便有人来云吉班兜卖字帖，富金一见好的就买。有次一个客人说他家有一帖叫做什么《韭花帖》的，是真迹，要卖给富金，他开的价吓死人。”

翠玉停了一下，问大家：“你们知道他要多少钱吗？”

不等别人开口，她伸出三个指头说：“三万银元。”

富金“咯吱”一声笑了，说：“这位先生以为我是大富豪，居然开得这样的口，我哪里买得起，我连三百元都拿不出呀！”

袁克定不屑地说：“不要理睬，这些人都是骗子！”

杨度问富金：“富姑娘，你知道《韭花帖》吗？”

富金说：“我看过一篇介绍字帖的文章，说《韭花帖》是天下第五行书。”

“《韭花帖》的地位这么高，我倒是不知道。”袁克定惊道。又问富金，“排在它前面的四大行书是哪些？”

富金想了想说：“第一自然是王羲之的《兰亭集序》，第二是颜真卿的《祭侄稿》。第三、第四我记不得了。”

“第三是苏东坡的《黄州寒食诗帖》，第四是王珣的《伯远帖》。”杨度补充。

“是的，是的，还是杨老爷的学问大。”富金拍手称赞，以一个小学生似的纯真态度问杨度，“杨老爷，《韭花帖》我没见过，那位客人开的价那样高，我也不敢叫他拿出来看。您一定知道《韭花帖》为何这般珍贵。您给我们说说吧！”

袁克定也说：“皙子，你就说说吧，我也不知道哩。我只知道《兰亭集序》呀，《玄秘塔》呀，没有听说过《韭花帖》。”

翠班主也来了兴致：“一幅字帖值三万银元，一定很不简单。”

杨度喝了一口茶，说：“这幅《韭花帖》是五代人杨凝式写的。他有一天午睡刚起来，觉得肚子有点饿。这时恰好皇上送他一盘韭花。杨凝式感激不已，随手写了一封谢折。谁知这封只有六十余字的短短谢折，后来竟成了传世之宝。”

翠班主“啧啧”两声后插话：“六十多字值三万银元，一个字差不多值五百块银洋了。今天若再出一个这样的人，他赚的钱会堆成山。”

袁克定笑道：“这你就不知道了，写字画画这玩意儿，都是人死后才值钱，人若活着，他的字画就卖不起价。”

又转过脸对杨度说：“杨士琦早几天送我一幅中堂，夸口说，这幅中堂若拿出去卖可卖一千块银元。我说值是值一千块，不过得有个条件。他问什么条件。我说你得赶快去死，死了说不定就可卖一千块银元了。他听了我的话后哈哈大笑。”

众人都跟着袁克定笑起来。

“大公子的话是有道理的。”杨度继续说，“人死了，不能再有新的出来了，原有的就值钱了。越到后来流传下来的就会越少，那就越值钱。当然，本身要好，这是先决条件。这份《韭花帖》就恰好具备这两个条件。”

杨度又端起茶杯。富金起身，亲手拿起茶壶给他续水。她的柔如胰脂的手指碰着杨度的手背，杨度突然有一股浑身酥软的感觉，说起话来情致更浓烈了：“杨凝式是五代的名书法家，官做到少师少保，人称杨少师。为人狂放不羁，故又有一个绰号叫杨疯子。他的字写得好，但轻易不作。五代时战乱频繁，安心读书习字的人本来就不多，有大成者就愈少，即便有一些好字画，也遭战火焚毁，流传下来的极少。所以作为五代字的代表，杨凝式的字就显得愈加珍贵。杨凝式传世的字也仅只这幅《韭花帖》。到了宋代时，这幅帖就有很高的声望了。苏东坡称赞他的字笔力雄奇，有二王、颜、柳之余韵，为书中之豪杰。”

袁克定说：“既然这样珍贵，那就压点价把它买过来吧！”

杨度说：“就不知此人收藏的是不是真迹。”

富金说：“杨老爷，听人说名贵字画，后人都喜模仿，所以辨别真假最是困难。这个帖子是不是真迹，您怎样辨别呢？”

杨度尚未答话，翠班主坐不住了，说：“那个兜卖的人就住在这里不远，我打发人去叫他带来，请杨老爷来辨别。你们先坐在这里喝酒说话吧！”

袁克定笑着说：“早就该上酒了，你快去张罗吧！”

很快，一桌丰盛的酒席摆在雅舍里。富金趁着上菜的空隙回房换了装出来。只见她头上加了一支大号黄金凤头簪，上身穿一件黄地金花织锦衣，显得很有点珠光宝气。翠班主让富金陪他们喝，自己去安排人叫卖字帖的。

“杨老爷，我刚才问您的事，您还没回答哩。”富金一边给杨度斟酒一边说。

杨度望了望喝了两口酒后面孔微红的姑娘，觉得她真的就像一朵盛开的牡丹，脑子里蓦地浮起李白的“云想衣裳花想容”的名句来，眼前的富姑娘恰是一位百花想容的美人。她有一种静竹、千惠子所缺少的艳丽之美。如果说当年静竹、千惠子那种清纯之美，与胸怀大志而无官无爵的一介书生正好相默契的话，那么富金的这种艳丽之美，则恰好符合一心想佩相印握重权的新官僚的需求。

杨度将富金斟的酒一饮而尽，富金赶紧又给他斟上。他又端起一口喝下，富金却不给他斟了。

杨度问：“你为何不斟了？”

富金略带嗔容地说：“我怕你喝醉了，不给我说《韭花帖》了。”

杨度笑道：“这才喝了几杯，就醉了？我是武松，酒越喝得多，劲头越足。”

说着顺手抓着富金的手臂说：“快斟，快斟！”

袁克定见状乐道：“皙子是海量，喝不醉的。”

富金无法，只得给他斟上。他喝了一半，放下杯子说：“鉴别字画，这里的学问大着哩！你一时半刻也听不出个名堂来。只是这《韭花帖》的流传中有一段故事，所以容易鉴别。”

听说还有一段故事，大家都来神了。富金有意将凳子移过去，紧靠在杨度的身边，又掏出一条用浓香熏过的绣花手帕来为杨度擦嘴唇。

袁克定打趣道：“还没喝交杯酒哩，就这样亲热了，也不怕冷落了我！”

富金说：“我去把小凤仙叫过来陪大公子。”

袁克定忙摇手：“不要再叫人了，我是开开玩笑的。还是听皙子讲故事吧！”

杨度见富金对他格外的殷勤，一颗春心早已荡漾起来，含情脉脉地望了一眼又媚又娇又温柔的姑娘，神采飞扬地说：“五代结束后，赵匡胤坐了天下。赵匡胤是个莽夫，不喜欢字画，可他的儿子、有名的八贤王却酷爱与文人交往，对金石书法篆刻都有兴趣。杨凝式的孙子为讨好八贤王，将祖父的《韭花帖》送给了这位王子。八贤王一见非常喜爱，重赏了这个不肖子孙。后来八贤王的堂弟登了基，八贤王又将它作为贺礼送给了堂弟。从那时起，《韭花帖》就被锁进深宫，成为只能供皇帝一人赏玩的御宝。尽管王朝更替，都城迁移，《韭花帖》一直作为宫中珍品被很好地收藏着，后来传到清朝乾隆皇帝手上。这位乾隆爷是个文治武功俱佳的十全帝王。他爱吟诗作赋，一生写了十万余首诗。又爱书法，走到哪里就在哪里题字。因爱书法，便爱字帖。他在乾清宫里专辟了一间小房子，取名为三希堂。他常在三希堂里观赏临摹历代名家法帖。那时上书房里有个名叫蓝筠的翰林精于书法，专门替乾隆收管字帖。他最珍爱杨凝式的这幅《韭花帖》，久而久之，便起了窃为己有之心。”

富金听到这里，心头为之一缩，说：“皇上喜爱的东西，能窃为己有吗？他就不怕杀头？”

杨度说：“要是让皇上查出来了，不但是本人要砍头，而且还要株连到别人。这个蓝翰林当然明白此中的干系。他不能明盗，只能采取偷梁换柱的办法。他天天临摹《韭花帖》。十多年后，他临摹的《韭花帖》已到了形神兼备足可乱真的地步。趁着乾隆晚年不再常练字的时候，蓝翰林便偷偷地以摹本换下了杨凝式的真迹，把它偷运出宫，藏于自家。从那以后《韭花帖》又回到了民间……”

“杨老爷，收藏《韭花帖》的先生来了。”翠班主进来，打断了杨度的故事。

大家都转过脸来，只见翠班主身旁站了一个三四十岁的中年汉子。那汉子双手捧着一个薄薄的小木箱，颇有点派头地挺立着，并不向两位坐着的显赫人物弯腰打躬。

杨度问那汉子：“是你要卖《韭花帖》？”

那汉子答：“是的。我因做生意折了本，想卖掉它再起炉灶。”

杨度又问：“你的《韭花帖》是真迹？”

“当然是真迹。”那汉子不屑地说，“不是真迹，我敢开三万银元的价吗？两位老爷想必是行家，你们可以鉴定。”

袁克定说：“把它取出来给我们看看吧！”

那汉子走前一步，将小木箱打开，从中取出一幅装裱得极为精致的字帖来。袁克定、富金、翠班主都围拢去看。

杨度仍坐着不动，继续问那汉子："先生贵姓，你这幅字帖是从哪里得来的？"

那汉子回答："我姓冯，这幅字帖是祖上传下来的。听先父说，家曾祖有个极要好的朋友。这个朋友晚年无儿无女，穷困潦倒，全靠先曾祖周济他。临死时，为感谢家曾祖，他将祖上传下的这幅《韭花帖》送给了先曾祖。先曾祖爱字画，懂得它的价值，珍藏在家中，不让外人知道。又叮嘱子孙，说这是传家之宝，不要轻易出手。我若不是走投无路，也不会三万元就卖了它。"

杨度又问："你知道你曾祖的那个朋友姓什么吗？"

冯姓汉子答："听说姓蓝。姓蓝的祖上是翰林，所以家里有这东西。"

袁克定、富金一听"姓蓝"、"祖上是翰林"的话，便都会心地望着杨度一笑。

杨度说："咱们看字吧！"

大家又都细细地看起来。这字帖为麻纸，长宽约在八寸左右，共七行，帖子的前后都盖满了各种各样大大小小的印章，有的已看不清楚，有的则清晰可辨。

富金端详了许久。字是写得好，但到底好在哪里，使得它有这么高的身价，她却说不出。她对杨度说："杨老爷，你给我们讲讲吧！"

袁克定也说："皙子，我不懂字，但我看王羲之的《兰亭集序》，一看就知道好，但这幅帖我看了半天，也看不出它怎么好法，你来启发启发吧！"

杨度笑了笑说："《韭花帖》初看时，的确不能得其神妙，但越看越会觉得韵味无穷。我给你们略为说说吧！"

杨度右手食指在字帖上轻轻地指点说："《韭花帖》首在章法

好。书法上的章法基本要求是知白守黑，疏密有致。这幅字行距字距都较疏，但字体结构紧密。这是其一。另外，字本身也讲究虚实。比如说，‘寝’‘蒙’这两个字是上虚下实，‘翰’‘报’两字右虚左实，这种用白醒黑的手法，使全篇产生了一种开阔空灵的意境。”

富金按杨度的指点再来对照看时，果然觉得全篇疏密相间、虚实相生，意境真的显得开朗而灵动。于是忙点头说：“正是正是。杨老爷，经您这一指点，我是看出味道了。还有什么别的妙处吗？”

杨度见富金稍经指示便能入境界，很高兴，分析书法的劲头更足了：“《韭花帖》还有一个妙处，便是善于变化字的结构。包世臣说少师结字善移部位，他讲的就是这个结构变化。比如这个‘谢’字，是左中右结构的字，一般的写法是三部分均衡，而杨少师却把左边的‘言’写得很大，占了一半的位置，而中间的‘身’与右边的‘寸’收缩得很紧，也只占了一半。这样，在打破均衡之后，变成了一种不均衡之美。这种不均衡，若运用得恰当，则比均衡更显得美。”

富金把“谢”字再细细地看了看后，拍手笑道：“果然这个‘谢’字比通常的‘谢’字要好看得多。《韭花帖》的味道真的出来了！”

杨度说：“还没有哩，你要将它置于案头上，慢慢地看它一年半载，才会体味出来。”

卖主一听这话，忙说：“这位杨老爷真正是法眼，把《韭花帖》的章法结构分析得再好不过了。的确，不要看它只有六十来个字，里面的奇奥无穷无尽，每天看它一遍都有新的收获。姑娘，你就买下吧！”

富金笑道：“看看罢了，我哪里买得起！”

杨度问：“富姑娘，你真的喜欢吗？”

富金说：“这样的宝贝，我怎能不喜欢？”

卖主见有了眉目，便说：“姑娘若真的喜欢，看在这位老爷是行家的分儿上，我少收二千，就作二万八吧！”

杨度说："不要你少，就三万，我买了。富姑娘，送你做个见面礼吧！"

富金一听，瞪大了眼睛："杨老爷，你不是说笑话吧，三万银元买这帖子值得吗？"

"值得，值得。"杨度神态自若地说，"只要姑娘喜欢就值得。"

卖主大喜过望："杨老爷，您是一个大豪杰，我冯某敬重您！"

说着便向杨度深深地鞠了一躬。

袁克定心里也吃了一惊。连他这个挥金如土的大公子都觉得昂贵了，杨皙子的这个气概他简直难以想象。

话刚一出口，杨度便立即想到眼下手头还没有三万银元的现金哩。但既已在心爱的姑娘面前说了，就不能反悔，现在只能拍电报去长沙，叫华昌公司速汇三万元来。

杨度给卖主立下一张字据，叫他半个月后来石驸马大街取钱。卖主信任地留下了《韭花帖》。

富金这时才看出，眼前的这个杨老爷，真是个不惜万金买笑的伟男子。这一夜，杨度便宿在富金的绣房里。云吉班里的头号红牌姑娘，使出千万种风情来款待这位不平常的嫖客。

不久，杨度以三万元买《韭花帖》送妓女的风流壮举便传遍京城，有人戏谑他为"杨韭花"，他也洋洋自得地接受了这个雅号。

后来，这桩风流壮举越传越远，终于传到了蓝翰林的家乡浙江金华县。蓝翰林的后人得知后哑然失笑。原来，蓝翰林当年冒着杀头之险偷出来的《韭花帖》一直珍藏在他们蓝家里，传了六代而至今完好无损，杨度花三万元买下的不是真《韭花》而是假《韭花》确凿无疑。蓝家后人写了一封信寄到石驸马大街，杨度看后也并不怎么后悔。他认为真真假假、半真半假、以假冒真的事世上多得很，全在于当事者如何看待。只要富姑娘相信它是真的，它便是真的，即便它千真万确是假的也无所谓。三万银元买了一幅假字帖，而换来姑娘的一颗真心，这就值得！

杨度只要有空便去云吉班和富金相会，把云吉班看成是自己的家，至于槐安胡同那个真正的三代同堂的家庭，他反而淡忘了。前几天，袁世凯任命他为国史馆副馆长。能与老师一起长国史馆，杨度很得意。这天，他正在云吉班和富金打牌闲聊天，小厮余三兴冲冲地走进来，笑着说："杨老爷，大喜了，刚才总统府来人，说总统给您颁了一块大匾，马上就会派人送来，快回去接匾吧！"

"真的？"杨度一跃而起，"咱们赶快回去！"

说罢连招呼也来不及打一声，便急匆匆地出了门。富金见他有了总统的匾便忘记了她，心里顿觉冷冷的。

四　袁世凯题赠的金匾高高悬挂在杨度的厅堂上

杨度刚回到石驸马大街洋楼，门外便响起"噼噼啪啪"的鞭炮声和"噹噹"的报喜锣声，接着是一队豪华的马车驶近。从马车队里相继走下政事堂左丞杨士琦、总统府秘书长张一麟、内史夏寿田等人。两名政事堂低级官员托着一块高约二尺、宽约四尺的亮堂堂的大匾。杨度站在大门口迎候，老远就看见了匾上四个鋈金大字：旷代逸才。大匾再向前移两步，杨度又看清了左下角的一行小字：袁世凯题。"题"字下面还有一方端端正正的白文篆印。杨度知道这是袁世凯亲笔题赠的，心里欣喜异常。

杨士琦跨前一步，张一麟、夏寿田紧随在后，走到杨度的面前。杨士琦大声说："国史馆杨副馆长接令。"

杨度一听，不自觉地双腿跪下，就像当年臣子恭接圣旨似的。

杨士琦展开策令，朗声念道："国史馆副馆长杨度多年来勤劳国事，研习宪政，于国于民，多有贡献。兹特授该副馆长勋四位，并颁赠'旷代逸才'匾额一方，以酬劳勚而策激励。此令。中华民国总统袁世凯。"

杨士琦念完后，弯下腰来双手扶起杨度，满面堆笑地说：“皙子，恭喜你了。大总统亲笔题赠匾额给你，这在民国尚是没有先例的事。用一句前清老话来说，这真正叫做异数殊恩啊！”

说罢打着哈哈笑起来。

杨度望着杨士琦干瘦的黑脸上浮起的奸笑，想起他在袁世凯的面前进谗言，坏了自己国务卿美梦的往事，心里顿起厌恶，暗暗地说：杨士琦，想不到也有你到我面前来送匾的一天吧，有朝一日我做了宰相的话，连个侍郎都不会给你！

想到这里，他昂起头来傲然地说：“杨左丞，辛苦你了，就请你将大总统的这方匾挂在我的厅堂正方吧！”

说完也不理他，亲热地和张一麟、夏寿田打起招呼来。

杨士琦心里虽不是味道，见袁世凯如此器重他，也不便得罪，便命令抬匾的人进厅堂挂匾。他略为坐了一下，自觉趣味不大，便拉着张一麟先告辞出门。杨度留下夏寿田，细问袁世凯赠匾的缘由。

原来，袁克定将《君宪救国论》拿走后，马上呈送给父亲。袁世凯将这篇万言策论仔细地读了一遍，激赏不已。杨度说出了他心底里想要说的话。他要说的话，一则不能说出，二来也难以自圆其说。然而在杨度的笔下，理论充足，说服力强，堂堂皇皇一片为国为民的苦心，简直令人肃然起敬。他当即决定由段芝贵在武汉印二万份，装订成小册子，县以上的官员人手一册，并由政事堂发个秘密通令，命令他们好好研读，写出读后体会，上交给各省巡按使，由各省巡按使再将情况综合上报政事堂。为了表彰杨度所做的贡献，除特授勋四位外，袁世凯还亲笔写了“旷代逸才”四字，命政事堂制成大匾颁赠。

袁世凯自知书读得不好，轻易不舞文弄墨，但偶尔灵感来了，也有惊人之作。他在山东巡抚任上时，费县有个年轻的女子，过门不久丈夫便得了病，后来病势日趋沉重，只剩奄奄一息了。这个女子决定跟丈夫一起去死，便吞下金块。第二天女子死了，却不料丈夫从那天起病情大为好转以至于痊愈。这位年轻女子的事迹被乡民四处传扬，地方官又上报省城。袁世凯得知后也颇为感慨，心里寻思着要为她挂一块匾，遂叫身边的幕僚们拟字。幕僚们拟了三四条，都是些陈言套话，他不满意。最后，他自己提起笔来，写下“一死回天”四个大字。这四个字确实用得好，幕僚们都自愧不如。

袁世凯为颁赠杨度匾额的题字也想了很久。“旷代逸才”这四个字，既表达了他对杨度才学的高度赞赏，也甚合杨度此时国史馆副馆长的身份。

杨度望着经过修整加漆而变得颇为大方庄重的这四个大字，心情很是激动。他感激袁世凯对他的《君宪救国论》的高度评价，更从这种评价中看到未来的辉煌前景。前清时期臣子得到皇上封赏时照例要上谢恩折，而今的大总统很快就要变为皇上了，也应该以谢恩折来表达自己的一片忠心。想到这里，杨度提起笔来写道：

> 为恭达谢忱事。奉大总统策令：杨度授勋四位，给予匾额一方。旋由政事堂颁到匾额，赐题“旷代逸才”四字，当即敬谨领受。伏念度猥以微材，夙承眷遇，受命于危难之际，运筹于帷幄之中，愧无管、乐之才，幸遇于唐、虞之盛，谬副史馆，方惭溺职，忽荷品题，惟祓饰之愈恒，实悚惶之无地。幸值大总统独膺艰巨，奋扫危疑，度得以忧患之余生，际开明之佳会。声华谬窃，反躬自疚弥多；皮骨仅存，报国之心未已。所有臣感激下忱，理合恭呈大总统钧鉴。

写完后，他重读一遍，自觉通篇措辞得体，只是在“所有臣感激下忱”一句上停留片刻，最后还是将“臣”划掉，换上自己的名字。眼前不称臣，似乎更合宜些。

正在玩味之际，余三过来说：“有两位客人来访。”

“是什么人？”杨度随口问。

现在，前来道喜祝贺的人络绎不绝。聪明的人都知道，袁世凯这一空前之举，已将杨度抬到迈越一切人的地位上。杨副馆长的超擢已是迫在眉睫了。略知内情的人更清楚，杨度与袁克定之间有非同寻常的结合。这种结合，必将给未来中国以最大的影响力。所有这些人，都要赶在此刻奔趋杨府，为自己日后预留地步。想起前些年的门可罗雀到今日的门庭若市，帝王之学的传人更痛切地感受到权势的重要性。

五　孙毓筠为即将建立的机构取名筹安会

“皙子，老朋友来了都没有空见面了吗？”

还没等余三来得及回答，两位客人便高声说着话大摇大摆地走了进来。这两人，一个是孙毓筠，一个是胡瑛。

九年前，孙毓筠因人告密，被两江总督端方逮捕，杨度从东京寄来托保信。孙毓筠因此而感激杨度。辛亥革命爆发后不久南京光复，孙毓筠被释放，立即被安徽革命党人迎回皖省任都督。孙毓筠的皖督没有做多久便被免职。免职后孙毓筠来到北京，又在杨度的安排下和袁世凯见了面。袁世凯与孙家鼐很熟悉，一向对这位状元宰相表示钦佩。孙毓筠既然是孙家鼐的族孙，在袁世凯的心目中，他便与其他革命党人不同，又加之杨度从中关说，见面交谈之后，孙毓筠便取得了袁世凯的信任。约法会议成立时，袁世凯任命孙毓筠为议长，后又任命为参政院参政。去年，孙毓筠组织宪政研究会，致力于宪政研究，与杨度往来更为密切。

胡瑛在辛亥革命后自封湖北军政府外交部长。因为他为革命立过功，坐过牢，又口才极好，军政府对他的自封予以承认。于是二十三岁的胡瑛便成为中国有史以来的第一任外交部长。胡瑛做了革命政府的外交部长后却并不剪辫子，大家很觉奇怪，问他。他说革命尚未成功，我留下这条辫子大有用处，说不定我哪天去北京充当刺客还少不了它哩。南京临时政府成立后，孙中山任命他为山东巡抚。胡瑛乃一介书生，没有自己的军队，在山东呆不下去，无奈只得交出鲁督一职。袁世凯把他召进北京，先任命他为陕甘经略使，后又任命他为新疆青海屯垦使，都是些徒有虚职而无实权的名目。胡瑛借考察日本垦政之名再次去东瀛。国民党二次革命时，他因在日本没有参与，袁世凯打发一个亲信到东京请胡瑛回国。胡瑛在日本也没有混出个名堂来，便回到北京再领新疆青海屯垦使虚衔。胡瑛回京时，杨度专门派人去迎接他。他们之间断了多年的友谊又续上了。

胡瑛尚不到三十岁，对这种身居高位而无实权的处境颇不满意，仍然渴望干一番轰轰烈烈的事业。孙毓筠虽年过四十，但他平生抱负极大，也不甘于此时名曰风光而实为寂寞的高级幕僚生涯。胡瑛和孙毓筠两人相同之处很多。除同为不满现状极思作为这点外，他们都是革命党元老，都为革命吃过苦，坐过牢，辛亥革命后都做过一省都督，又都没有参加国民党的二次革命。这些共同点使得孙胡二人成为新时期的知交。

他们常常在一起交谈，有许多共同的认识。他们都认为辛亥年的革命虽然把满人推翻了，但没有满人皇帝的这几年，中国并没有进步。革命党不能控制全国局面，被视为最有力量的袁世凯也不能控制全国局面。革命成功后，革命党内部分裂，党人争权夺利，曾使他们十分失望。而袁世凯当大总统的这几年，政治上的混乱，各省将军、巡按使的跋扈坐大，一点也不亚于满人当权的年代。革命前所盼望的民主宪政制度的建立、国家的安定富强，不是越来越近，而是变得越来越遥远模糊了。

冷寂的政治处境，再加上对国家的担忧，使这两个老资格的革命家心境颇为苍凉。他们都看出了眼下这个大一统局面的维持，全靠的是袁世凯个人的威望和他的铁腕，倘若袁世凯一旦死去，国家便会立刻陷于群龙无首互不买账的分裂之中。热心国事，喜当天下大任的禀赋促使他们常常思考一个问题：如何才能防患于未然，到底用什么办法能使中国真正走上富强的道路？

前天，他们都得到了一本印装考究的小册子，这就是杨度所写的《君宪救国论》。他们认真地读完之后，都觉得杨度此时重提君宪救国旧话，并非完全没有道理。

近年来已成为宪政专家的孙毓筠深刻地认识到治理国家的关键，在于尽快建立完善的宪政制度，并且切实地遵循宪政制度办事。至于这个国家是民主制还是君主制，并不是关键。也就是说政体才是一个国家的实质，而国体只是外在的形式。选择哪种形式作为国体，则要依据这个国家的国情而定。中国实行了两千多年的君主制，老百姓习惯于在真命天子的神圣光环照耀下过日子。这种国情与日本最为相似，故中国最宜学日本的天皇制。共和以来的各种混乱，恰恰证明失去神圣天子后百姓心态的不平衡。

孙毓筠的这个观点得到胡瑛的赞同。两位革命家一致认为，辛亥年的革命也是对的，没有错，因为这场革命把满人推翻了。满人不能再做汉人的皇帝，这是全国人民的心愿。如果还是由满人做皇帝领道宪政，这个宪政是不能建立的，因为人民在情绪上不能接受。要实行君宪制，这个君王也只能由汉人来做。

昨天，由袁世凯亲题“旷代逸才”的匾额颁赐到杨府的消息传开后，长期活跃在政坛的两个朋友已看得非常明白了：杨度的这篇大作是奉袁世凯之命而写的，所谓的君宪救国，其实就是由袁世凯做皇帝来救国。

既然中国宜实行君宪制，既然这个君王只能由汉人来做，那么环顾当今天下，除开袁世凯，还有谁够资格充当这个角色呢？他们决定在事情尚未完全明朗的时候，便去表示自己的支持态度。他们相信，凭着自己革命元戎的身份，既可以使恢复君宪这个设想得到大多数曾拥护革命的人的理解，又可以在君宪制建立后取得新朝的重要位置，改变眼前冷落的政治处境，而在自己取得高位实权后，又势必能为宪政的建立做出重大的贡献。于国于民于己都有利的事，为什么不干？

杨度正思量着如何报答袁大总统的破格褒奖，并尽快地把袁氏王朝筹建起来的时候，得到这两位资格又老功勋又大的革命家的支持，他心里该有多么的高兴。他突然想到，应该赶快建起一个机构！

“就叫做筹安会吧，取为国家的安定筹谋划策之义。”孙毓筠兴奋地说。

“行，这个名字好！”杨度立即赞同。

胡瑛也表示同意。

杨度思考片刻后又说：“这个会仍按我过去倡办的国事共济会、共和促进会的形式来办，即进行学术性的讨论，号召全国关心国事的人来探讨究竟是民宪好还是君宪好。我们当然是主张君宪的，但也要容许别人发表不同的意见。”

胡瑛说：“既然是学术讨论会，那还得请一两个有名望的学者来参加。”

“经武说的有道理。”杨度点头，又问孙毓筠，“少侯，你说呢？”

孙毓筠说：“应该，应该。”

胡瑛说：“当今最有名望的学者，首推严几道先生，而且他多次说过中国不宜共和的话。”

“严先生如能参加，自然会给筹安会大为增色。”孙毓筠说，“还有一个人，此人名叫刘师培。如果他也能参加，那筹安会的学术味会更浓。”

刘师培虽只有三十一二岁，却是一个声名久播的人物。刘师培字申叔，号左盦，江苏仪征人，从他曾祖父那代开始世代治《春秋左传》，又研究训诂音韵。到了刘师培的手里，这两门学问的研究达到了集刘氏家族大成的地步。他十九岁中举，曾充任学部谘议官。刘师培醉心种族革命，曾改名光汉，在报刊上发表过许多排满的文章，影响很大。他参加过光复会，与蔡元培、陶成章、章太炎的私交都很好。一九〇七年，刘师培夫妇东渡日本，一起参加了同盟会。后来又转而信仰无政府主义，再后又与两江总督端方搭上了关系。第二年，刘师培夫妇回国，端方聘请他为两江督署文案兼三江师范教习。端方奉命赴四川镇压川民的保路风潮时被所统士兵枪杀，刘师培则为资州军政分府拘留。

辛亥革命成功后，章太炎发表保刘宣言，称他为方孝孺式的读书种子。蔡元培亦发表赦刘通信，赞扬他学问渊懿，通今知古。于是孙中山致电资州分府，叫他们释放刘师培。刘师培被释放后，立即受山西都督阎锡山的聘请充当晋署顾问。阎锡山又向袁世凯保举，袁世凯便邀刘师培进京，任命他为教育部编审，参政院参政，授为上大夫。刘师培从资州被释后便倾大力于学问，著作一本一本地出版，成为京师著名学者。

孙毓筠补充："我在端午桥督署里多次与刘申叔谈过话。此人虽不修边幅，又性情偏激，但学问真的做得好，我很佩服。"

杨度对孙毓筠说："那好，你既是申叔的老朋友。他那里，就由你去说。严几道先生那里，我去征询意见。"

胡瑛说："我也有一个朋友，湖南安化人。上海光复时做过淞沪总司令，民国成立后，孙先生又任命他为光复军北伐总司令。"

"哦，我知道，你说的是李燮和。"孙毓筠插话，又问胡瑛，"他现在也在北京吗？"

"他正在北京赋闲。"胡瑛说，"前几天我们还见过面，他对我发牢骚，说现在是谁也不服谁，还不如再捧出一个皇帝来，反而服帖了。"

大家都笑起来了。

"这是英雄所见略同。"杨度说，"这样说来，李柱中那里，就归经武去联系了。"

第二天，杨度将与孙毓筠、胡瑛发起建立筹安会讨论国体的想法告诉了袁克定。袁克定很支持，并表示立即上报总统，又说三个人少了，还要多联络几个志同道合的同志。杨度又提出了严复、刘师培、李燮和。

袁克定说："这三个人都是有影响的人物，尤其是严复，若能把他请来，你们这个筹安会的名望就会大为提高。不过，这老头子性情既高傲，脾气又古怪，只怕是不大好讲话。皙子，这可就要看你的本事了。"

杨度说："我从未与这个老头子打过交道。我也听人说他自视甚高，认为自己是当今中国第一号西学人才，包括张香涛、郭筠仙、王紫诠、郑陶斋等人都不能与他相比。"

袁克定说："此老脾气也怪得很，最喜欢与人抬杠。大家都说东，他就偏说西；待到大家都说西了，他又偏要说东。"

杨度笑了起来。

袁克定接着说："就拿他与家父的关系来说吧！家父在直督任上时，他在北洋水师学堂任总办。家父看重他的西学，想延揽他进直督幕府。他却说，袁某人算什么，他怎么配延请我！此话传进督署，大家都很气愤，倒是家父度量大，说自古来才子都有几分狂妄，我也不跟他计较。那一年家父无故削职，举世都是攻击，他却盛赞家父是国家的栋梁之才，清廷此举乃自毁长城。家父知道后说，又陵先生此时能说这样的话真不容易。待到民国成立，革命党要推举家父做总统时，他又发怪论了。说家父练军纪律不严，没有练出一支强大的军队，只养出一批骄兵悍将，又说家父无科学头脑。民国二年宁赣作乱，黄兴、李烈钧对家父发难时，他又说话了，说当今之世，平情而论，只有袁某人能当元首，别人还坐不稳哩！你说这老头子怪不怪？"

杨度笑着说："是个大怪人，不过也是一个大直人。他说大总统培养了一批骄兵悍将，这话也不错，冯国璋、段祺瑞这些人也的确是悍将。"

袁克定素来讨厌冯、段，他对这话没意见，便说："所以总的来说，家父还是很看得起他的，你一定要把他延揽进来。"

为了投合严复的脾性，也为了不在他的面前说外行话，杨度把过去读过的严译名著《天演论》《群学肄言》《原富》等又重新翻阅了一下。又找出一些十多二十年前的旧报纸，如《直报》《国闻周报》《新民丛报》等，将严复发表在这些报纸上的文章泛览了一遍。准备充分后，杨度穿戴整齐，去国子监周学胡同严宅游说这位又陵老先生。

六　严复说华风之弊，八字尽之：始于作伪，终于无耻

在中国近代史上，严复可算是一位有着重要地位的人物。他是福建侯官人，祖上世代业医。十四岁父亲病故，家贫不能再读书，遂去报考沈葆桢创办的福建船政学堂，以第一名的成绩录取，被目为神童。四年后毕业，被派往军舰上实习。二十四岁那年，他和萨镇冰、刘步蟾、方伯谦等三十人一同被派往英国海军学校留学。三年后回国，被李鸿章调到天津，任教于新创办的北洋水师学堂。在该校先后任总教习、会办、总办等职整整二十年。

庚子年，严复避八国联军之难去上海，参加了由唐才常等人发起的保国会，并担任副会长。以后历任京师大学堂附设的译文局总办、复旦大学校长、教育部名词馆总纂。辛亥革命前一年，清廷赐严复文科进士出身，又赏海军协都统衔。民国成立后，袁世凯先后任命他为京师大学堂总办、总统府高等顾问、约法会议议员、参政院参政。

严复的最大功德是翻译了以《天演论》为代表的一大批西方名著，把“物竞天择”“适者生存”等一整套西方理论引进中国，对中国思想界有着振聋发聩的作用。当时几乎所有有志之士都如饥似渴地阅读严译名著，这些译书使他们的视野为之开阔，耳目为之一新，生气勃勃的西学知识给了他们认识中国改造中国的最新工具。

中年时代的严复严厉地批判中国的传统学问和传统制度，但近十余年来他逐渐地改变了过去的偏激态度，对传统的学问和制度有了一个更高层次的认识。历世愈久，他对中国的国性民质愈看得深刻。

他今年六十三岁了，因患气喘病，常常住进洋人医院治疗。他身体虚弱，很长时间不能执笔为文了，通常的消遣是看书、打麻将。这些日子里，他寻思着要给儿孙留下一个遗嘱，将自己一生的摸索所得留给后人。

要留下的话很多。作为一个全面引进西学的思想家，一个曾经猛烈抨击中学的叛逆者，他认为首先要留给子孙的应是这样的信念：中国必不亡；旧法可损益，必不可叛。这个信念是他深研中国和外国、中学和西学几十年后所最终确立的，后人一定要记住，以免重走弯路。《天演论》的译者到了晚年却要立下“旧法不可叛”的遗嘱，看起来似乎不可能，然而它却真实地存在着。

盛暑来了，别人都觉得炎热难耐，严复反而比平时要舒畅点。气喘病怕的是寒冷，越热越不碍事。他把卷读了一会儿杜诗，忽觉自己也来了诗兴，便放下书，抽出一张水印花笺来。望着对面墙壁书架上摆着的一大排凝聚了自己毕生精力的西学著作，想起这些年来的国事蜩螗，晚年所面临的现实竟与中年时期投身翻译事业时的抱负相距是如此的遥远，他真有点心血白费之感，本来略为宽松的心境又凝重起来。他沉思良久，终于写下一首七律：

> 四条广路夹高楼，孤愤情怀总似秋。
> 文物岂真随玉马，宪章何日布金牛？
> 莫言天醉人原醉，欲哭声收泪不收。
> 辛苦著书成底用？竖儒空白五分头。

他放下笔，把诗再念一遍，不觉轻轻地摇了摇头。

“爹，有人来访。”长子严璩走到父亲身边，随手递过去一张名刺。

严复看那名刺上写着：国史馆副馆长参政院参政勋四位湘潭杨度哲子。他把名刺往桌上一放，吩咐儿子：“你对他说我气喘病又犯了，不能见客，请他原谅。”

严璩知道父亲的脾气，不再多问，便出了门。

严复虽与杨度同处京师，同为参政院参政，却从未见过面。这是因为严复这些年来一直多病，深居简出，很少外出。袁世凯给他的职务，诸如高等顾问、约法会议议员、参政院参政等，他的态度是统统接受而不参与其事。不过对于杨度其人，他还是了解的。正因为了解，所以他对杨度没有好印象。倒不是他看不起杨度无才学，也不是看不起杨度辛亥年背弃自己过去的学说转而趋附时尚，严复本人也有过否定自我的经历，对此他可以理解。他是认为杨度太热衷于名位了，把权势看得太重了。

严复一生对名位权势很超脱。戊戌年，他对康梁的维新变法是支持的，并当面向光绪帝直陈变法自强、出国考察的建议，但政变后祸未及于他，他依然做他的天津水师学堂总办。这原因是他未进入维新新贵们的官场。袁世凯罗致他，他不去，也是因为他不想与权位沾上边。杨度争当交通总长、想做国务卿这些事，严复都有所风闻。他觉得杨度与他走的是两条路，道不同不相与谋。

一会儿，严璩又进来说：“客人讲他有祖传秘方专治气喘病，请爹允许他进来见一面。”

严复为气喘病苦恼甚久，听说杨度能治病，马上改变了主意，要儿子让他进来。

杨度在客厅里刚坐下，见里屋走出一位皮肉松松胖胖、鼻梁上架一副金边镜片、嘴唇上蓄着一字形黑白相间短髭的老头子，便知道这就是名满天下的又陵老人了。他站起来恭敬地说：“杨度拜见严老先生！”

严复随便挥了挥手，面无表情地说：“坐下吧！”

什么寒暄也没有，待杨度刚一坐下，严复便说：“杨皙子先生有治气喘病的祖传秘方，请说说，是什么方子。”

杨度其实根本没有什么祖传秘方，他只是借此进门，好与严复攀谈。他扯了一个谎："家母十年前也患有很厉害的气喘病，后经一个族叔的治疗，现在基本上断了根。这位族叔开的方子乃是我杨家祖传的，只因我不喜医道，故未详细过问。今日方知老先生您也有气喘病，我一定去把这个秘方讨来。"

"你的族叔在哪里？"严复见杨度自己并不知这个祖传秘方，心里已有三分不快。

"族叔在湘潭乡下老家。下个月我有一个亲戚要回湖南，我叫他带封信去，请族叔把秘方寄到北京来。"杨度煞有介事地回答。

严复心里想：这小子原来是在耍弄我，于是板起面孔说："这么麻烦，算了吧！老朽体弱，不耐久坐，杨先生见我有什么事，就请直说吧！"

杨度暗思：这老头子果然不大好打交道。他是早作了准备的，便压下心中的不悦，做出一副笑脸来说："也没有什么大事，只是最近又将老先生的译著《天演论》重读了一遍，依然如十多年前读时一样，触动很大，获益良多。"

到严复面前来谈读《天演论》《群学肄言》体会的人太多了，严复也听惯听腻了，遂淡淡地说："这都是过去的事了，老朽现在为病所苦，对此一点兴趣都没有了。"

"《天演论》的价值没有过去，它仍在启迪着关心国家命运的中国人。"杨度不为严复的冷淡而在意，兴致浓烈地说，"物竞天择，永远是宇宙间的真理，亿万年都不会变。我们中国人倘若自己不争气，最后也逃脱不了被淘汰的结局。最近我重读《天演论》，又加深了这个认识。"

见杨度的态度挺认真恳切的，严复不便立即下逐客令，只得敷衍两句："你是什么时候初读这本书的？"

"不怕老先生见笑，我读这本书已经较晚了。"杨度微微笑了一下说，"我是在光绪二十九年秋天第二次去日本时，在横滨梁启超寓所里读的。一读之后我就被它迷住了，与梁启超讨论了好几天。梁启超也是极佩服老先生的。”

严复欣赏梁启超，见杨度谈起这段往事，便问：“你是什么时候认识梁启超的？”

杨度答：“早在光绪二十一年，我在京师会试时参加了康梁发起的公车上书，那时就与梁启超结识了。二十四年，梁启超来长沙办时务学堂，我又专去长沙看望他，还就《公羊传》中的一些疑问与之切磋。”

严复斜靠在红木圈椅上，头略微点了点。

“我今天来拜谒老先生，是想就《天演论》里的一个问题向您请教。”严复一副提不起神的样子使杨度颇为沮丧，倘若在以往他必定会立即告辞了，但眼下负有重大使命，不管这个老头子是如何的冷淡，他也要想办法使他变得热乎起来。他要将这几天钻研《天演论》的一个大发现说出来，他相信这一定会引起严复的兴趣。

若是十年前来家请教《天演论》，严复一定会很高兴地和来人高谈阔论，但这几年来，一则对世事的灰心，二则身体衰弱，严又陵先生对这种谈话并不热心了，他应付式地问一句：“你要谈这本书里的什么问题？”

“严老先生，我虽不懂英文，但我在日本读过日文的赫胥黎的这部著作，日文版的书名叫做《进化论与伦理学》，与您译的‘天演论’一名有区别。”

“你说得不错。”严复说，“赫胥黎这书的原名是日本人所译的这个意思。”

“我先前不理解为什么您用‘天演论’作为书名而不采用原名，后来我渐渐地明白了。”杨度黑亮的眸子放射着光彩，这情形颇像二十年前坐在东洲明杏斋里似的。“我后来读过达尔文的《物种起源》和斯宾塞的《群学肄言》，发现赫胥黎是一位忠诚的达尔文主义者，但他又与达尔文的思想有所不同。他赞同达尔文的自然规律，却不同意把这种规律引向社会伦理关系，他认为人与动植物有着大不相同之处。人能征服自然，人能胜天。而这一点，老先生您是不能全部赞同的，您更趋向于斯宾塞的社会达尔文主义，斯宾塞将达尔文主义普遍化。您对斯宾塞很崇敬，但又不能完全接受他的观点，因为斯宾塞的理论为一切侵略者的行为作袒护。您是一位真诚的爱国主义者，您译西人的著作，其目的是在于唤醒中国人，为了中国的独立和富强。您不能容忍列强侵凌中国瓜分中国的强盗行为。所以您最终还是更趋向于赫胥黎，把他的书译过来，并加上自己的按语，启示国人，又指出赫胥黎的不足之处。并有意不用其原名，也就是不赞成赫胥黎将自然界和人类社会分割开来，故用'天演论'三字来包括这两部分的内容。老先生，我这个理解对吗？"

严复用心听完了杨度这段长篇陈述，心里暗自惊奇：《天演论》出版二十年了，不计其数的人和自己谈过这部书，但像杨度这样通过书名的比较来看出自己翻译过程中的良苦用心，并通过达尔文、赫胥黎、斯宾塞的比较来窥探自己思想的读者，还从来没有一个。这个杨皙子，真不可小看，难怪有这么大的名气，难怪他一心想当国务卿。看来此子不是凡才。

严复不自觉地将腰板伸直了一下，精神显然有所增加："你刚才说的话有些道理。赫氏颠倒了一个本末关系。他认为人之所以相互结为群体，是因为人心善的缘故。其实不然。人之相结为群体，是天择的结果。在漫长的岁月中，结为群体的人的力量增强了，就存在下来了。反之，不结成群体的人抵抗不住自然灾害，就淘汰了。在物竞过程中证明了群体的重要，然后才有巩固群体的道德观出现，即善心的出现。所以，竞争、优胜劣汰、适者生存的自然进化规律同样适用于人类种族和社会。不过，赫氏也有他非常可取的一面，即人毕竟还是有别于动植物之处，通过自立自强是可以改变现状的。所以我还是最看重赫氏这部书。"

得到了老头子的赞同，招来了他的兴致，杨度游说的第一步成功了。他有意再将老头子的兴致提高："老先生，您能同意我的看法，这是对我的极大鼓励。我们中国人目前需要的正是这种认识，既看到优胜劣败的严酷事实，同时又要相信自己是可以转劣为优转败为胜的。我最喜欢《天演论》最后的那几句诗，您译得真是太好了。”不待严复的答话，杨度便自个儿背起来，“挂帆沧海，风波茫茫，或沦无底，或达仙乡。二者何择，将然未然。时乎时乎，吾奋吾力。不竦不戁，丈夫之必。”

这几句诗一背，果然大大引发了严复的兴头。毕竟是自己一生心血结成的最为得意的硕果，面前的这个后辈既对这部书如此的珍重，又有这么强的思辨能力。作为一个睿智而深刻的思想家，一个热情而冷静的爱国者，严复能拒绝与优秀后辈的深谈吗？他正要打叠精神与杨度好好谈下去，却不料一阵咳嗽，使他的胸部又疼痛起来。严璩忙从书房里出来，帮助老父抚胸擦背。

杨度见状，忙起身说：“老先生，我的秘方虽一时不能寄来，但我有一个医术极高明的德国医生朋友。我明天请他给您瞧瞧如何？”

严复信西医胜过信中医，德国医术之精是他素所佩服的，遂点头答应。

第二天上午，杨度通过袁克定，将袁世凯的保健医生德国人希姆尔博士请来严宅。希姆尔久闻严复大名，对他很尊敬，且两人又能用英文流利交谈，更增添了几分亲切感。希姆尔仔细地对严复进行诊断，给他打了一针，又留下一小瓶药丸，约定三天后复诊。

三天后，杨度又陪同希姆尔来了。希姆尔又给严复打了一针，又留下一小瓶药丸。就这样，杨度陪着希姆尔来了五次，给严复打了五针，吃下五小瓶药丸。严复的气喘病大为好转，精神也奋发多了。这次，他主动约杨度，愿与他作一次深谈。

杨度应约而来，严复亲自泡了一碗上等武夷巖茶招待他。

“老先生，二十年前您在《辟韩》那篇文章里说，苟求自强，则六经且有不可用者，况夫秦以来之法制。前两年您又积极提倡读六经。您为什么到了晚年又改变了中年时的看法呢？”寒暄几句后，杨度有意将话题引进自己所设下的圈套。

比起半个月前来，严复不仅气色好多了，而且兴致也浓烈多了。他爽快地回答了杨度提出的问题："二十年前，我看到西方文明进步的一面多些，对中国传统学问中的精微一面看得少些。随着时间的推移，尤其是去年欧洲爆发的大战，我愈来愈看清了，欧洲三百年来之进化，其实只做到'利己杀人寡廉鲜耻'八个字。再对照看看孔孟所倡道的仁义道德，在人格培养方面，西方和中国相比简直有天壤之别。西方在技艺方面的进步确乎大大超过中国，但他们忽视人格的培养，而人格的培养才是最重要的。我提倡读经，意在以孔孟之教来化育中国民众的人格。"

"哦，我明白了，老先生，您是把人格的培育置于技艺研习之上的。"

"对于个人而言，可以用'人格'二字来表明其人的特性；对于一个国家而言，数万万人合起来则形成一种特性，我近来用了一个名称来表达，叫做国民性。"

"国民性"，杨度掂量着这个新名词，觉得这三个字组合得很好。

"国民性即大多数国民所表现出来的一种共性。"严复补充说明。"我跟你说一件事。光绪三十一年，张翼以开平矿务局的讼事约我一起去了趟伦敦。孙中山先生那时刚好在伦敦，听说我来了，就来拜访我，跟我大谈排满革命。他把革命描绘成救中国的万应灵药，我不以为然。我说，以目前中国国民品格之劣，智识之卑，即使用革命来除弊病，从甲身上除掉了，又会在乙身上发生，从丙身上泯灭了，又会在丁身上出现。当今之急务不是革命，而是普及教育。教育普遍了，民品变优了，国家的面貌才会从根本上改变。孙中山先生说，俟河之清，人寿几何。你是思想家，我是实行家，我是决计要实行革命的。"

杨度插话："巧得很，也是光绪三十一年，我在东京与孙先生也有一场辩论。孙先生主张暴烈革命，我主张渐次改良。孙先生主张民主共和，我主张君主立宪。我们辩论了三天三夜，谁也说服不了谁。老先生，听说您也是不主张民主共和的。”

“是的，我素来不提倡民主共和。”严复将头上黑白相间的长发用手指梳理了一下，说，“民主共和是要在一个国民性相当优秀的国度里才能实行得好。打个比方来说，人要长大了，成熟了，才能判别是非，独立办事。年幼时不成熟，没有独立处事的能力，就只能依靠有才干的大人来呵护，来指道。美国、法国这些国家国民性比较优秀，他们可以行民主。中国的国民性低劣，好比不懂事的小孩子，君王是带领他们的大人。故中国不宜行民主，只宜行君宪。”

见严复自己钻进了圈套，杨度很高兴，忙说：“老先生真不愧为中国人中的先知先觉，您真是把中国的国情看得入木三分。我一向主君宪制，辛亥年全国民情汹汹，都说要行民主共和，我那时拗不过大家，改变立场也主共和。共和实行了四年，国家没有起色，更谈不上立宪。袁大总统深谙中国民情，知民主不行，但又不能拂逆一部分人的好意，遂明行共和，暗取专制。这其实是在作伪。”

严复说：“二十年前我就说过，华风之弊，八字尽之：始于作伪，终于无耻。”

杨度忙说：“您概括得精辟。这样作伪下去最终必变为无耻。我和几个朋友商议，与其假共和真专制，不如干脆行真专制，摘掉民主的假面具，重行君宪制。”

严复吃了一惊：“你说什么？”

杨度说得更明白了：“我说我们主张改国体，变民主共和制为君主立宪制。”

严复摇摇头说：“这怕不行。民主共和制已行了四年，皇帝早已废除，这时又来再提君主立宪，岂不是笑话？国事非同儿戏，岂容一变再变。”

杨度说：“我们先在学术上研究，发动大家来讨论，什么意见都可以发表，赞成也行，反对也行，各抒己见。”

“在学术上讨论讨论，那倒不是不可以的。”严复拿起茶几上的一把折扇，打开来轻轻地摇着。“我向来主张学术上要宽松。战国时期就是因为环境宽松，才有诸子百家出来，奠定了中国文化的基础。以后历代统治者钳制学术自由，文化上也就没有多大发展了。即使是民主共和制有千般万般好处，有人说它不宜，要行君宪制，也要让人家说话。”

“对，对，正是您这话！”杨度见谈话很投机，忙趁热打铁。“袁大总统很赞成我们组建一个团体来讨论国体问题，还特地说严又陵先生中西学问都很渊博，德高望重，一定要请他参加。我这是奉袁大总统之命，特来恭请您参加这个团体的。”

书生味十足的严复直到这时才明白，为何杨度过去从不往来，这段时期如此殷勤，原来是奉了袁世凯的命来请我参加他们的团体的。他心里颇为不快。倘若杨度不抬出袁世凯来，他或许会参加，现在他反而不愿参与了。

“这些事还是你们后生辈去弄吧，我今年六十三了，又衰病如此，怎么能参与？假设我年仅天命，又或者虽过花甲而未病，我跟着你们再风光一回，即使杀身亡家也无所谓。”

杨度说：“大家都说您是烈士暮年壮心未已。听了您刚才的话，我更有这种感觉。我们其实不敢多劳动您，只要您肯赏脸参加，赞同行君宪，就是给我们很大的支持了。”

严复不明确表态，却提出一个问题来：“你们要改用君宪，一定是心目中有了一个英明的君主。这个君主是谁呀！”

这还要问吗，这老头子是真不明白，还是故意装傻？杨度这样想过后，认真地回答：“当今中国，还有谁能坐这把黄龙交椅呢？当然是袁大总统了，这是天心所归民心所向的呀！”

严复的脸色刷地变了，坚决地说：“袁项城做总统还勉强说得过去，做立宪制的君王，他不够格。”

杨度没料到老头子会如此坚决地反对袁世凯做皇帝，愣了一下问：“老先生，为什么袁大总统不能做皇帝呢？”

严复严肃地说：“若是让袁项城做历史上的一般帝王也未尝不可，但现在要让他做立宪制的君主，他不是那块料。不是说他没有宪政方面的学问，那不要紧，你们这班子人可以帮他制定。我说的是他没有宽阔的胸襟和容人的气度。”

“袁项城不行，什么人行呢？”杨度试图以此来堵住老头子的嘴。

严复说：“要说中国的皇帝料，上上之选是汉光武帝、唐太宗，降格以求，则曹操、刘裕、桓温、赵匡胤也还算可以，其他人就不配论了。”

杨度心里冷笑道：老头子说的这些都是不着边际的话。这等迂阔的人，想必也不能办成什么事，倘若不是看在早年的名声上，根本犯不着在这里磨嘴巴皮。心里虽这样说，口里的话还是客气的：“老先生，您的话固然不错，但汉光武、唐太宗毕竟历史上不多见，宋、元、明、清都没有出过这样的皇帝，王朝也照样建立，照样巩固。何况许多人都说过，袁项城就是今天的桓温。按您的标准，他也可以做个中等君王，为何不可以辅佐他做个皇帝呢？”

严复冷笑：“袁项城比起桓温来不啻差之千里！”

说着又摇起折扇来，一副十足的老名士派头。

杨度跟不少大名士打过交道，知道对付这种人一是捧，二是镇，双管齐下，方可奏效。

他于是挺直腰板，敛容正色道：“严老先生，二十年来，随着《天演论》的广泛传播，您也名满海内外，千千万万有志于国事的读书人，从《天演论》中学到了许多古来所未有的新知，因而对您的崇仰，近世以来几无第二人可比。我当年在日本留学时，留学生们都说出国前所有的新学知识几乎都是从严译名著中得来的，又说无侯官严先生，则无中国之新学。于此可见您对中国的影响之大。”

杨度说到这里注意看了一眼严复，只见他停止了摇扇，脸上露出微笑。显然，他是爱听这种话的。

“严老先生，”杨度接着说，“中国之有立宪，完全是受西方的启示。中国要想强大，亦非得学习西方走立宪的道路不可，舍此别无出路。但不幸的是，四年前革命党惑于对中国国情的了解，大部分国民甚至包括袁大总统在内，出于对朝廷的失望和对革命党的信赖，匆匆忙忙地在中国选择了民主共和的国体。此国体实行了四年，有识之士都已看出它不符合中国的国民性，然既已实行，再要改变是非常困难的事，但我们几个人决定为了国家的长远利益迎难而上。老先生负西学泰斗之望，一言九鼎，且早已英明地看出中国不宜行共和。所以我们恳请老先生以国事为重，以自己的信仰为重，不嫌我们人微言轻，不惧世人不负责任的指责，参加我们发起的这个学术团体，并出任理事长，随时给我们的行动以指道。”

严复说：“老朽说话办事，向来只认真理不恤人言。明说吧，你们发起的这个团体，我并非不愿参加，只是我不愿意捧袁项城为帝。”

杨度心想，只要他肯列名筹安会便是胜利，于是说：“袁项城身为总统，多少人想巴结尚且找不到门路，您受他的格外器重，却不愿违心地讨好他。您的这种风骨令我钦佩。”

杨度再捧了严复一下后郑重地说：“老先生，请恕我说句直话，您若因为不同意袁项城为皇帝便不参加选择国体的讨论会，晚辈以为这与您几十年来以国家民族为重的一贯态度略有背离。中国应改变国体行君宪制，与拥立袁项城为帝是两回事。首先要解决国体问题，其次才来谈拥立谁为皇帝。国体的选择是个大是大非的问题，至于立谁为帝还可以再讨论。在大是大非上老先生一向态度分明，我们也希望老先生在晚年再为国家和人民做件好事，明确表示自己的态度，以廓清民众的疑惑而坚定智者的心态。定下君宪制后，我们再来商讨谁为君主的事。我看袁项城固然可成为候选人，孙中山、梁启超、黎元洪、徐世昌，甚至严老先生您，都可以成为候选者，到那时再取决于国民的公意。”

严复笑起来了，说：“皙子先生你真会说话，老朽连官场都不愿进，还想做皇帝吗？老朽最相信曹孟德那句话，做皇帝等于被架到火炉上受燎烤，那日子是绝对不好过的。当然，老朽不想做的事，天底下想做的人多得很，那时再看天命属于谁吧！”

杨度说：“老先生这话最是说得好，天命不可违。天命属于谁，我们就尽力拥戴他；天命不予，强推也是空的。”

严复说：“皙子先生，今天话说得很多了，我也累了，要休息了。你们如果硬要老朽参加你们的团体，那就列个名。不过我得事先声明两点：一是我决不做什么理事长之类的头领；二是你们开会也好，其他活动也好，我都不参加。这没有别的原因，因为老朽重病在身，无力应付，尚望各位见谅。”

杨度起身说：“老先生肯列名，已是我们的光荣，也是国家的大幸了。至于其他一切，我们都完全遵照您的意见。”

七　梁启超公开宣布：复辟帝制一事，哪怕全国都赞成，我也断不能赞成

孙毓筠游说刘师培的事进行得十分顺利，几乎是一拍即合。刘师培是个聪明绝顶的人，也是个图实利不重节操的人。他在北京虽有许多头衔，却无一实职，著书立说又卖不了几个钱，经济上比较拮据。刘师培的老婆爱交际好打扮，花费很大，常抱怨丈夫没本事，使得她在人前人后无脸面。

刘师培这些年是够气沮的了。他十八九岁便投身政治，前前后后弄过不少名堂，先是醉心秘密暗杀，后来又参加革命排满，再后来又办社会主义讲习所，最后又鼓吹无政府主义，皆一无所成。他与别人共事也难以协调。他与章太炎因为既是革命者又是学问家，原本很

好，后来因为章说了他老婆的闲话而两人闹翻了。他对孙中山起先很是尊敬，不久又参与倒孙活动，大肆对孙进行人身攻击。他很早就参加光复会，以后却又和光复会首领陶成章大闹别扭，甚至暗中对陶进行盯梢侦察。到了最后好不容易看准了端方，谁知端方死于非命，自己也冤里冤枉地被关了起来。

自认为负绝世之才，混迹政界十多年，却一无所得，眼见别人一个个高官厚禄趾高气扬，刘师培已够自惭了，经老婆这样一抱怨一奚落，他更加颓丧。孙毓筠一说起筹安会，刘师培立刻敏锐地意识到这是在为袁世凯做皇帝鸣锣开道了，而袁的皇帝是一定可以做得成的，到那时新朝建立，论功行赏，至少可以入阁做个实权在握的总长。刘师培满口答应。他只提一个要求：从筹安会开办费中预支五万银元，他要用这笔钱去讨好自己漂亮的老婆。孙毓筠说这好办。刘师培便这样进了筹安会。

比起刘师培来，李燮和的进入，则让胡瑛多费了些口舌。

李燮和曾是一个勇敢的革命家和激烈的反袁派。早在十一年前，三十刚出头的湖南安化人李燮和参加了黄兴的华兴会。华兴会失败后，李燮和流亡上海，结识了陶成章，参加了光复会。不久李去了日本，在黄兴的介绍下加入了同盟会。刘道一等人发动萍浏醴起义时，李燮和与胡瑛、孙毓筠一样也回到国内，准备参与这次起义。起义很快失败了，他辗转去了南洋。在南洋以教书为业，并在华侨中秘密从事反清活动。在陶成章掀起的倒孙风潮中，光复会南洋支部负责人李燮和也积极配合倒孙。广州起义中，李燮和捐弃前嫌，热心为黄兴募款，并回国欲参加起义。但起义旋告失败，他逃回湖南老家。不久武昌起义爆发，受黎元洪之命，他前往江南策划湘籍军警起义。

李燮和与上海青帮大头目陈其美一起发动上海起义。上海光复后，他被推举为起义军临时总司令。他原以为可当上沪军都督，却不料此职被陈其美夺去了。李愤而去吴淞，自称吴淞分府都督，不受陈其美的辖制。那时江苏一省同时出现五个都督。章太炎建议李去都督号，改称光复军总司令，李接受了。

南京临时政府成立，孙中山任命李燮和为光复军北伐总司令。那时正是南北议和之时，革命党中无论是同盟会还是光复会的首领们，都倾向于拥立袁世凯为推翻清廷后的民国大总统，独李燮和坚决反对。他在《时报》上发表一封给孙中山的公开信，指出革命党不应与北方停战议和，议和已使革命党内部出现了争权夺利的不良现象。此风若蔓延，将有可能使革命党重蹈洪秀全的覆辙。李燮和还明确指出，从甲午之战、戊戌维新、义和团运动到目前的武昌起义，这一段历史已充分证明袁世凯是一个玩弄权术反复无常的小人，决不可信任。

然而后来时局的发展完全与他的愿望相反，孙中山退位，袁世凯当上了大总统，他的北伐理想也成了一场春梦。总司令当不成了，他再次回湖南。宋教仁血案后，他从湖南来北京参与调停。袁世凯聘请他为总统府高级顾问。

袁之不计前嫌的举动，使他颇为感动，孙中山的退位使他失望，黄兴、李烈钧的二次革命也使他失望。李燮和比较来比较去，还是认为袁世凯才真正具备干大事的气概，能够稳定中国局势的目前还只有袁一人。

胡瑛对他说起筹安会，准备再推出一个皇帝来，李燮和感到突兀，不想参与。后来想到，若是拥戴袁做皇帝成了功，向袁求个湖南巡抚，整个中国管不了，把家乡湖南按照自己的意愿来治理也不错。有个十年的时间，湖南一定可以治理好。

他把这个想法跟胡瑛说。胡瑛拍拍他的肩膀，笑道：“老兄的胃口不算大，当个湖南巡抚是绝对没有问题的，包在我身上！”

但李燮和对袁世凯并不信任，要求袁给他一个十年湘抚的亲笔字据。胡瑛觉得为难，告诉杨度。杨度与袁克定商量。袁克定说我来替他写。于是袁克定给李燮和立了个字据，偷偷地将老子的印章盖上。李燮和得了这纸保证，放心了。他怀着做十年湘抚的美梦参加了筹安会。

现在是六个人了。孙、胡、李是民主革命的元戎转而支持帝制，这是有相当号召力的。严复是中国第一号西学大师，拥有千千万万的崇拜者，他也支持帝制，可见帝制应推行。刘师培的名声虽不太好，但他的学问大得很，如此大学问家支持帝制，可见帝制是有根据的，这些人袁克定都满意，但他还想再添一个人。此人便是袁大公子一向崇敬的梁启超。

梁启超的才气、学问、识见、资历自然是不用说了，除这些之外，他现在还是进步党的领袖，拥有一个实力很大的政党。若梁启超也支持帝制，那这个帝制是绝对无疑可以在中国恢复了。袁克定跟杨度商定后亲自给梁启超发出一封请柬：定于七月七日乞巧之夜在小汤山宴请文化界名流，恳请任公大驾光临，并有专车接送。

梁启超一向不大与袁克定往来。在他看来这位大公子并无真才实学，却又热衷政事，他心里有点瞧不起。但袁克定的特殊身份，又使得同样热衷于政事的梁启超不敢得罪。何况这次大公子出面是邀请名士饮酒谈风月，他怎好不去？

傍晚时分，德国小轿车载着梁启超来到小汤山，杨度出来迎接。自从袁世凯向杨度颁赐“旷代逸才”匾额后，梁启超更看出了杨度与袁家的关系。此时此地见到杨度，他并不觉得意外。刚进客厅，袁克定便出来热情地打招呼，大家坐下喝茶聊天。一会儿，一个服饰鲜美貌如倩女的男仆出来，请大家入席。梁启超有点纳闷：其他人呢？他们怎么不出来见个面打个招呼呢？来到后花园，只见花木丛中有一张圆桌，桌上已摆满了各种杯盘菜肴，桌边有三张高背红木靠椅。袁克定客气地请梁启超入座。

梁启超奇怪地问：“其他人呢？”

袁克定笑道：“没有其他人了，我只邀请你和皙子两人。”

梁启超想：皙子如今已成了袁家的人了，这么说来，他今夜就只邀请我一人了。这位芸台公子请我来做什么呢？

袁克定举起酒杯说："今夜是七月七日，传统的乞巧日。月色明媚，风清气朗，二位都是当今的大才子，大忙人，平时难得有空，今夜我做个东请二位来小汤山休憩片刻，谈谈天，叙叙旧，也是一番人生美好的情趣。来，我们先干了这杯，再慢慢地边喝边聊。"

大家都一口喝了杯中的酒。

梁启超笑道："大公子如此雅兴，真令人高兴。你的小汤山别墅我还是第一次来，楼阁如此精美，花园如此清幽，又配上这月色佳肴，今宵可谓良辰美景俱全。"

杨度说："我与卓如有两次难忘的饮酒，一次是戊戌年在长沙，一次是癸卯年在横滨。"

梁启超说："是呀，提起来仿佛如在昨天，却都是十多年前的旧事了。岁月过得真快呀！"

袁克定说："二位是多年的至交好友了，但愿今夜是你们之间第三次难忘的饮酒。"

"只有在一起饮酒谈话，才最令人难忘。"梁启超说，"怪不得李白说古来圣贤皆寂寞，惟有饮者留其名。"

三人都笑起来。

杨度说："我们前两次饮酒，蔡松坡都在场。这次芸台兄不知道，不然今夜也请他一道来就好了。"

袁克定说："是呀，我可是不知道蔡松坡与你们二位还有这么一段情谊。不然的话，今天非把他请来不可。"

"松坡不善饮。"梁启超说到这里，突然想起了什么，略停片刻后说，"何况这些日子他心情不好，说不定请他，他也可能不来。"

"他遇到什么事了？"袁、杨一齐问。

"他们夫妻吵架了。"

袁克定说："据说蔡夫人最是贤惠，她怎么会跟松坡吵架？"

"不但夫妻吵架，连母子都闹翻了。老夫人站在媳妇一边，指责儿子的不对。"

“这是为什么？”杨度放下了筷子，好奇地问。

“哎，这是松坡自己不检点。”梁启超以师长的口气说，“松坡过去一向持身甚严，不料进京后被一班子阔少带坏了，最近常常去八大胡同，说是给云吉班一个名叫小凤仙的迷住了。”

小凤仙交上了蔡锷，怎么没听富金说起过？杨度在心里说。

“哦，这真是新鲜事，想不到松坡这小子外表正正经经的，骨子里也懂风流。”袁克定乐道。他对此等事最有兴趣，且按下正题不说，先听听这段艳事吧！“任公，你是他的先生，他与小凤仙的事，你一定清楚。这里没外人，说出来给我们听听！”

梁启超点起一支烟，一只手慢慢地理着稀疏的长发，脸上微微地笑着。原来，蔡锷混迹八大胡同结交小凤仙，完全是他们师生共同策划的一场大戏的前奏。

蔡锷来到北京后，并没有达到袁克定和杨度所预期的效果，他遭到了北洋系权要的排挤，袁世凯也对他不太信任，虽处统率办事处办事员的高位，实际上并无一点权力。时间一久，他发现自己呆在北京，如同一只被锁在金丝笼里的鸟雀，心中十分苦闷。梁启超很能理解这位抱负不凡的学生的心情，劝他毋烦毋躁，安心供职，等待时机。不久前，他得到了一册《君宪救国论》。读了这篇文章，再联系到京师其他动向，他已经摸到了当前政治的最敏感处。就在这个时候，梁启超也读到了《君宪救国论》。梁启超以他特有的敏锐，早在此文出来之前，便已从各种迹象中看出袁世凯有帝制自为的企图。今年春天，他回广东为父亲祝寿，回京时绕道去了南京，与冯国璋谈起这事。冯对袁想做皇帝的心思甚是不满，并表示，倘若袁做了皇帝，他们之间二十多年的交谊就算断绝了。从冯的态度中梁启超看出，袁一旦称帝，北洋旧系就会分裂。袁早已结怨革命党，之所以仍能站稳脚跟，就凭着北洋系。到那时，革命党就会以一个最好的借口来报昔日之仇，北洋旧人也不会支持，外遇强敌，内遭分裂，袁世凯还不彻底垮台吗？

师生俩人在这件事上取得了一致的看法。梁启超为学生谋划：必须尽快离开北京这个是非之地回到云南去，但要袁放其出京，决不是一件易事，先宜以放浪形骸自甘堕落来消除袁的猜忌，然后趁放松戒备时伺机出京。于是便有了蔡锷逛八大胡同的事出来。

蔡锷结识了小凤仙后，发现小凤仙不仅色艺双全，且通情达理，善解人意，很多方面超过了自己的妻子。蔡锷爱上这个风尘女子，假戏真做起来。这样便招致了蔡夫人的不满，老夫人也看不惯。蔡锷不能向她们泄露天机，又想到借这个机会把她们逼回湖南去更好。自己孤身一人在北京，遇到合适的时候抬脚就走了，也省得有后顾之忧。

当梁启超看到今夜只有他们三人时，他便猜到了宴饮的真正目的，他正要借此模糊蔡锷的形象，为下一步的行动铺下道路，便笑了笑说："松坡本来对戏院妓寮从没兴趣。有一天几个朋友对他说，你住北京，不看京戏，不逛八大胡同，等于白住了。松坡到底年轻，血气正热，禁不起别人的诱惑，先是去园子里听戏，不料一听就上了瘾，赞不绝口，说京戏是最好听的音乐。那些朋友说，你去去八大胡同吧，去了你就知道，八大胡同的女人是最好玩的女人。"

袁克定禁不住插话："松坡怎么看？"

梁启超答："自从结识了小凤仙，他真的就完全赞同了这些朋友的说法。其实，这是他的见识不广。"

袁克定笑道："正是的。咱们任公见的女人多了，自然不会像蔡松坡这样死心眼儿。"

一句话说得大家都笑起来。

袁克定无意中说了一句实话。一代人杰梁启超在这方面也并不是很检点的。流亡日本时，有几个既艳丽又有才情的东瀛女子倾慕他，常与他往来。近来他又与一个名叫花云仙的名妓关系密切。夫人比他大好几岁，对此事采取宽容的态度，所以夫妻之间从来没有发生过争吵。

见引火烧身了，梁启超忙转移话题。他望着杨度说："晳子，我好久没有去看壬老了，听说他对国史馆不满意。你这个副馆长要好好襄助恩师。”

杨度说：“湘绮师近来常发脾气，有两件事他最恼火了。”

“两件什么事？”梁启超问。

“一是许多人都要往国史馆里钻，或是托人关说，或是毛遂自荐，狗屁不通的人，一个个都自吹有马、郑之学，韩、欧之才，弄得湘绮师哭笑不得，说一个清华之地倒变成名利渊薮了。外面的人钻山打洞要进来，已延聘的一批编修却又不安心在馆里做事。因为财政部每个月都不按时拨款来，等到十天半月后来了，又总要短三成五成的。这便是湘绮师的第二个烦恼。他说编修们天天向他讨钱，好比县太爷向差役索求逃犯似的，八十多岁的人了，还受这个耻辱，何苦来着！”

湘绮老人这个自嘲的比喻打得新奇，把大家都逗乐了。

袁克定说：“我听人讲，国史馆的权都握在壬老的女仆周妈手里。皙子知道吗？”

杨度当然知道老师与周妈的关系，也知道周妈贪财好货的脾性，但他不能在外人面前说起这些有关老师的不光彩的事，便摇摇头答：“我这个副馆长只是挂挂名而已，从来不去，也不知究竟。不过，想必湘绮师不会让周妈插手馆里的事。”

梁启超笑道：“皙子不要为老师辩护了，壬老与周妈之间的关系，可是眼下京师文人们茶余饭后最为时髦的谈资啊！”

袁克定也听到了不少有关这位老名士与周妈的绯闻，但话题若转到这上面，只怕是说到天亮还说不完，煞费苦心地把梁启超请到小汤山，尽说些这种风流艳事，岂不是舍本逐末？必须就此打住。他举起酒杯，对梁启超说：“不要难为皙子了。他一个做学生的，岂能议论老师的房闱之事？喝酒吧！”

又对杨度说：“来，不要误了喝酒的大事。”

杨度明白，喝了一口后问梁启超：“卓如兄，你近来在忙些什么？”

“还不是忙着为《大中华》杂志撰稿的事。”今年正月，中华书局筹办的《大中华》杂志出版，聘梁启超为总撰述，与之签订了三年的契约。梁启超估计袁克定会有什么事要他办，他是不愿卷入袁氏帝制自为的漩涡中去的，便预先打下埋伏。“陆费逵这人精得很，尽想从我身上多榨油水，稿子安排得紧紧的，弄得我一天到晚脱不了身。”

陆费逵是中华书局的总经理，袁克定、杨度与此人也很熟。

袁克定说：“陆费逵前不久来约皙子写一篇关于国体的文章，眼下关于国体的事众说纷纭。”

“共和国体已实行四年了，不是很好吗，为何还要议论国体呢？”梁启超故作惊讶。

“共和国体虽已行四年了，但弊端丛生，有识之士皆认为中国不宜将共和制推行下去。”袁克定转脸望着杨度说，“皙子你是这方面的专家，你跟任公说说。”

杨度说：“早在日本时我们一起研究中国的制度，大家都认为中国应向日本学习，走君主立宪的道路。想必卓如兄一定还记得。”

梁启超说：“我一向是主张君宪制，不赞成革命的，这点与皙子的看法一致。但辛亥年革命成了功，共和制度既已建立，全国都接受了这个选择，我当然只能服从民意，故回国来襄助大总统。皙子，你对共和的拥护比我积极得多哩，又是发表宣言，又是南北奔走，你是共和的功臣。”

梁启超有意点出辛亥年杨度的表现，杨度听了脸上一阵发烧，幸而月光底下大家都看不清。他喝了一口酒，压住心头的羞惭，说：“我那年赞成共和，也是一时失了定见，随了大流。现在看来，共和实行了四年，正好反过来证明我们过去的主张是对的。”

梁启超做出一副诚恳的神态问杨度：“请问共和制有哪些弊端呢？”

杨度从口袋里掏出一本《君宪救国论》来递了过去："我近日写了一本小册子，里面分析了共和之弊，君宪之优，还请卓如兄你巨眼纠谬。"

梁启超双手接过，装出从来没有见过的样子说："皙子真行，什么时候写了这部大著，我得好好拜读。"

袁克定说："还是皙子对国事研究得深，我从这本书里得到不少启发。"

杨度说："共和弊病，简言之，一为不可能建立强大的军队，二为不可能建立有威权的政府，三为野心家开启了竞争最高首脑之门。总统选举之年，必将是国家大乱之年，数年一选举，数年一大乱，中国则永无宁日。第四，国家一乱则给外国列强干预中国提供了口实。"

"哦！有这样严重吗？我可没有想过哩！"梁启超像是自言自语。

袁克定望着梁启超说："卓如先生，你是中国第一号政治学家，家父一向推崇你。今日请你来此晤面，也就是想当面问问你，你对当前的形势如何看，中国究竟宜行共和，还是宜行君宪？"

酒席吃到这个时候，主菜终于上来了。梁启超觉得这个态他很难表。他当然是反对推翻共和复辟帝制的，因为这是逆人心而动，必不会成功。但他又知道袁氏父子做皇帝心切，杨度也在一心谋取新朝宰相之位。此时给他们头上泼冷水，定遭他们的反感，万一像前向拘囚章太炎那样将自己秘密扣押，就会影响与蔡锷商定的大计。

想到这里，梁启超举起杯子放到嘴边，慢慢地说："你们知道，我一向是研究政体而不甚致力于国体的。我认为一个国家的关键在立宪，真正有一个好的宪政，不论是共和制也好，君主制也好，都可以导致国家强盛；反之，若不能立宪，则无论哪种国体都是空的。目前中国的症结不在哪种国体，而在于速行宪政。"

袁克定逼问："任公，你说说，欲保证中国速行宪政，是行共和制好呢，还是行君主制好呢？”

面对着大公子咄咄逼人的气势，梁启超颇难招架。他放下酒杯，摸了摸宽阔光亮的前额，看着早已变凉的满桌山珍海味，迟疑良久后说：“这样吧，我回去好好读读皙子的这本大著，然后我再公开表示自己的态度。”

“也好。”杨度知梁启超心里为难。他不想追逼，因为这不是一句口头上的承诺就可以起作用的。他对梁启超说，“卓如兄，近来我和严又陵先生、孙少侯、胡经武、李柱中、刘申叔几个人发起了一个研讨国体的学术团体，亟盼我兄也能参与。”

“行，行。”梁启超忙说。“皙子是提倡君宪救国的，又陵先生也公开说过共和制不宜中国，想必其他几位也是和你们持相同主张。我回去后一定细细读你的大著，如果你说服了我，我当然会参加你们的学术团体。你还记得那年在时务学堂的举杯明誓吗，只要有利于国家，我们都要互相支持。”

杨度笑道：“痛快！我一向知道卓如兄是一个痛快人，筹安会等着你来领道哩。”

袁克定知道再硬逼，梁启超也不会明确表示态度，他心里生出一个主意来：“春上任公回粤为令尊大人祝寿，据说寿典很隆重热闹，我事先不知道，也没有送礼，很是对不起。令尊高寿几何，身体想必很康健？”

梁启超说：“多谢大公子关心，家父今年六十六岁。托大总统洪福，身子骨尚好。”

袁克定说：“六六大寿，是人生一大喜事，我这个做晚辈的应当补礼。”

梁启超说：“不敢当，不敢当！”

袁克定起身走进内室，一会儿出来，手里拿着一张支票，对梁启超说：“这是一张二十万银元的支票，请任公不要嫌少，就算我的一点心意。明年把老先生接到北京来住，我为他老人家祝寿。”

梁启超不料袁克定有此举，背上冒出一层冷汗，他收也不是，不收也不是，只得说："大公子盛意我只领了，家父生日已过，就不必再破费了。若大公子执意要表示的话，待明年家父到了北京，我请大公子在小汤山别墅家园里办几桌酒如何？"

袁克定说："明年的事明年再说。这张支票，任公务必请收下。"

杨度也劝梁启超收下，梁启超只得勉强接过。

这一夜，小汤山袁宅客房里，梁启超一夜没合眼。心里想：袁克定、杨度拉自己入伙的心迹已暴露无遗，贼伙不能入，贿赂不能收，而且还要在报上公开发表一篇堂堂皇皇义正词严的声明，与他们划清界限，我要做顺应时代潮流的功臣，决不做倒退复辟的罪人。

第二天一早，梁启超将二十万支票扔在枕头上，然后坐上德国小轿车回到城里。他在天津有一座宽绰的洋楼，当天下午，便带着家小离京去了天津。

几天后，梁启超一生中最为光彩的文章之一《异哉所谓国体问题》在《京报》上赫然登出，力斥帝制之非，表示即使四万万人中三万万九千九百九十九万九千九百九十九人赞成，他一人也断不能赞成的斩钉截铁的坚决态度。同时又发表一篇《上大总统书》，规劝袁世凯决不可行帝制做皇帝，否则背信弃义，必为友邦所讥，为国人所诟。但愿袁以一身为开中国将来新纪元之英雄，不愿袁以一身作中国旧奸雄之结局。

《异哉所谓国体问题》及《上大总统书》两文如同两颗重磅炮弹炸在中国政坛上，在全国各地引起惊天动地的轰鸣。冯国璋特地从南京赶来北京，当面问袁世凯到底有没有改国体自做皇帝的打算。

袁世凯断然否定，十分诚恳地说："华甫，你我都是自己人，你还不了解我？我是绝对不会做皇帝的。你想想看，我如今和皇帝有什么区别？说穿了，做皇帝无非可以传子孙，而做总统只一代为止。我根本没有把位子传下去的想法。我的长子是个残废人，六根不全，还能登九五之尊吗？老二想做名士，只好吟诗作赋，给他个排长我都不放心，还能把国家交给他吗？老三是个土匪，老四是傻子，老五只够做个教书匠，其余那些儿子都年幼不懂事，哪一个都不是管理国家的料子。华甫，你是读书人出身，应该知道中国历代的帝王家都是没有好下场的。明崇祯临死时愿世世代代不投生帝王家，是所有末代王朝皇帝的心里话。我每读史至此都很恻然。我今年五十七岁了，我袁家从曾祖开始，连续三代没有人活过六十岁的，我还有几年在世上可活，我会将这份罪孽留给子孙吗？”

冯国璋说：“总统说的是肺腑之言，只是将来您功德巍巍，到了天与人归的时候，推也推不掉。”

袁世凯坚决地说：“我决不会做那种傻事。我有一个儿子在英国伦敦读书，我已叫他在那里置一点产业。如果到时有人硬逼我做皇帝，我就出国到伦敦去，从此不问国事。”

冯国璋见袁世凯说得如此恳切，就不再说这件事了。

袁世凯拍拍冯国璋的肩膀，亲热地说：“华甫，你现在中匮乏主，我家里的女教师周砥学问好，人品端正，正好做你的内主，只是已过了三十，年纪稍大点。你如不嫌弃的话，就娶过去吧！”

冯国璋早就听说袁府内眷有一个长相好文章也做得好的女教师，他去年死了太太，也是需要一个主妇，听了袁世凯这么一说喜不自胜，满口答应。冯国璋离开北京后，逢人便说袁项城一定不会做皇帝，现在有人提倡君宪救国，那不是他本人的意思。

袁世凯打发冯国璋后，随手批了一张八十万元取款单作为筹安会的开办经费。梁启超和进步党的反对并没有起什么实际作用，袁克定和杨度依然我行我素。

八月的京师秋高气爽，正是一年中最好的时节。这一天，“筹划国家治安会”的招牌，正式在石驸马大街洋楼大门上悬挂起来。有袁大公子的暗中支持，有八十万元巨款作为后盾，筹安会的成立仪式举办得隆重而气派，不仅杨度本人过去所发起的“国事共济会”“共和促进会”不能望其项背，就连这些年来京师商界的集会也远不可比拟。政事堂以下各部各院各局无一缺漏地送来了贺匾贺联，张作霖、倪嗣冲、段芝贵、阎锡山等一大批拥有实力的地方军阀都打来了贺电，前来祝贺的达官贵人、巨商富贾，各界名流、报刊记者络绎不绝，把个宽阔的石驸马大街堵得水泄不通。特为从长沙前来就职筹安会办事处主任的方表，指挥一个庞大的招待系统应付各方来客，忙得团团转。除严复外，筹安会发起人中的其他五位都出席了成立仪式，在一片热气腾腾中接受大家的恭贺。

下午，春华楼、京华楼、萃华楼三家酒楼全部被筹安会包了下来，各路嘉宾在这里品尝荟萃了全国各地特色的珍馐美食，在觥筹交错醺醺欲醉之中高谈共和制的不适宜、改行君主制的必要和紧迫。入夜，大家又都涌向吉祥戏院，京师时下最跑红的花旦鲜灵芝主演的《玉堂春》吸引了满座酒醉饭饱的看客。诗癫易哭庵多次带头鼓掌喝彩，时不时地站起来高喊“干娘”“干娘”的，出尽了风头，招来众多的笑骂戏谑，也使筹安会成立之日的兴头达到了沸腾的顶点。

第二天，京师各大报均以头版头条位置发表《发起筹安会宣言书》。宣言书一打头便说：“我国辛亥革命之时，中国人民激于情感，但除种族之障碍，未计政治之进行，仓促之中制定共和国体，于国情之适否不及三思。一议既倡，莫敢非难，深识之士虽明知隐患方长，而不得不委曲附从，以免一时危亡之祸。故自清室逊位，民国创始，绝续之际，以至临时政府正式政府递嬗之交，国家所历之危险，人民所感之痛苦，举国上下皆能言之。长此不图，祸将无已。”

接着举了近来南美中美共和各国始于党争终成战祸的例子，又引用古德诺的话：世界国体，君主实较民主为优，而中国尤宜采用君主国体。

宣言书最后说：“我等身为中国人民，国家之存亡，即为身家之生死，岂忍苟安默视坐待其亡，用特纠集同志组成此会，以筹一国之治安。望国中远识之士鉴其愚诚，惠然肯来，共相商榷，中国幸甚。”

过了几天，京师各报又在显著位置登载了一则筹安会启事。说本会成立以来，要求入会者繁多，形势迫不及待，故简化入会章程。又推举杨度为理事长，孙毓筠为副理事长，严复、刘师培、李燮和、胡瑛为理事。

筹安会成立之始这一系列非同凡响的举动，在京师官场学界引起了许多人的疑惑：中国的学术团体向来都是冷冷寂寂的，除开圈子里的几个人自命清高自我陶醉外，社会照例是不大理睬的，无任何气势可言。这个筹安会既是个发挥学理的团体，何来如此气焰，怎么可以这等阔绰？

国史馆里的众编修们也如此悄悄地议论着。这批饱学而不失几分迂腐气的书生，常常有倡办学术团体切磋学问的想法，无奈银钱短缺人心不齐而又常常告吹。对于那位挂了副馆长的名而从不到馆视事的筹安会理事长，编修们个个是既艳羡又眼红。这个神秘莫测的旷代逸才，究竟凭着什么本事赢得袁大总统的如此垂青？

这背后的一切，只有年迈而精神依旧矍铄的馆长心里清楚。学生眼前所做的事业，正是他几十年心血凝成的学问的重大实践。只差一步，他本人一生孜孜以求的崇高目标，就要由弟子来达到了。本来，作为帝王之学的研究大师，作为平生以管、乐、诸葛自许的国士，湘绮老人应当为杨度今天的出息而由衷欣慰，并应全力支持。但是，他没有这样，他正在为学生的狂热的行动捏着一把汗。在他看来，学生面临的并不是成功的高峰，而是失败的深渊！他寻思着要对这个书痴做一番规劝。

八　国史馆的饷银居然被周大拿去赌博

王闿运来北京充任民国政府的国史馆长已有三四个月了，这些日子里他做了几件事。

一是罗致了七八名前清翰林出身的宿学，如宋育仁、柯劭忞、曾广钧、钱筠等人为编修，再加上五六名进士、举人出身刻印过诗文集的为协修，这十几个人都是他认可的人才。他将他们的简历上报，请总统任命。袁世凯照他的呈报全批了。其他上百个各方推荐的人物，他一概拒之门外，既不接见，也不作答复。这些人天天眼巴巴地望着国史馆的回信，既急又怨。

二是委派办事员。周妈为办事员头目，周大负责门房打扫，赖三负责采买巡夜。后来采买事多了，赖三不愿再巡夜，便由周妈引来一个跛脚孤老头子打更守夜。跛子守夜，遇到盗贼，如何追捕？这是周妈的打算。因为跛老头不要工钱，只要有三顿饭吃就行了，周妈把这份工钱据为己有。

三是给所有人员定薪水，给馆里定开支，然后据此造概算，每月约费九千二百元。周妈说干脆来个整数一万吧。于是他向财政部上报，每月需拨经费一万元，必须在初三前送到馆里。

办完了这几件事后，他就觉得无事可做了。

编修、协修们第一次开会，大家兴头很足，纷纷表示要不辜负总统和馆长的厚望信任，要把平生学问都抖出来，为修好中华民国的国史尽力。末了，大家恭请老馆长谈谈自己的意图及安排。

王闿运一直咕隆隆不停地吸水烟，不说一句话，脸上时不时地露出几许冷笑。这时，他捧着那把跟了他近一个花甲的铜水烟壶，慢慢吞吞地说："各位老前辈，各位先生，老朽请你们来，一是因为各位都是才学满腹的人物，我们好天天见见面，在一起谈谈诗文，谈谈学问。二是我看各位在国变之后，大多数都失去了先前的俸银，银钱上都很拮据，藏八斗之才而有饥寒之迫，天道于斯文太不公。我请诸位来，是为你们支一份薪水，谋一个饭碗。"

内中的确有好几个编修、协修正是缺衣少食之辈，听了这话，便都向老馆长投来感激的目光。

"至于馆里的事，我看诸位不必多想。民国成立了几年？有几件史料值得收集？有几件事值得记之于史乘？除开争权夺利、寡廉鲜耻之外，无事可记。”

众人都瞪着大眼望着这位老名士，心里无不嘀咕：老头子怎么说出这样的话来？他既然是如此看待民国的，又何必出山当民国国史馆长？大家都觉得不可理解。

王闿运站起身来说：“瓦岗寨、水泊梁山也值得修史吗？诸位今后想到馆里来就来，不想来就在家里读书睡觉，每月初五来领薪水就是了。”

中华民国在它的国史馆长眼里，竟如同瓦岗寨、水泊梁山一般，倘若此话传到袁大总统的耳朵里，他不暴跳如雷吗？不要做事又拿薪水，天下到哪里去寻这等美差？众人听了王闿运的话，既好笑又舒坦。

从此以后，编修、协修们再不提收集史料、撰写文章之类的话了。曾广钧便常常找易哭庵去听戏饮花酒，也常常去碧云寺找虽年老但精神尚好的演珠法师，和他谈禅说诗。柯劭忞便在家一个劲地写他的《元史》，他下决心要将自己的名字挤进班固、范晔、陈寿的行列中去。其他人或在家诗酒自娱，或出外游山玩水，几个月过去了，关于中华民国的国史竟没有一个字。

这个情况不知由谁报到袁世凯那里。袁大总统传出话来，定于月底来国史馆视察，届时要将各种材料都展示出来。编修、协修们慌了，一齐来到馆长书房，请馆长火速出题目，他们加班加点也要赶出几篇文章来搪塞。

王闿运见他们一个个急得这样，笑了笑说：“各位都回家去，平时做什么依旧照样做，袁大总统那里我自有办法应付。”

大家只得退出书房，心里都忐忑不安，尤其那几个将国史馆视为衣食父母的老夫子更是着慌：倘若大总统怒而撤销国史馆，到哪里去寻一份养家糊口的俸银？

王闿运背着手在书房里踱了半天步，终于想出个主意来了。他提起笔给袁世凯写了一封信：

项城大总统世侄阁下：

近闻有人建议总统亲来国史馆审查国史，此鲰生之议也，窃以为不可。昔唐文宗欲观《起居记注》，起居舍人魏谟谏曰："《记注》兼书善恶，陛下只需尽力为善，不必观史。"元文宗欲到奎章阁看国史，编修吕修诚阻曰："国史记当代人君善恶，自古天子无取观者。"唐文宗、元文宗皆因谏阻止步，史官赞之。大总统英明智慧远胜两文宗，望能弃小人之愚见，行明君之公义，罢国史馆之行而尽力为善。千秋史册，自当有大总统一页佳录。

闿运顿首

袁世凯看了这封信，觉得王闿运说得有道理，倘若此事传扬出去，本来是正常视察，却变成逼迫国史馆隐恶扬善文过饰非，反为不美，遂传令取消。

整个国史馆都松了一口气，但馆长王闿运的气却没有全松。因为今天已是十四了，八月份的薪水还没拨下。开馆三四个月来，没有一个月是按时拨款的，总要七八天后才姗姗来迟，而且无一月是足薪，拿到八成就算大吉了。

每过初五，老夫子们便来馆里索薪，经管此事的周妈很烦，就像欠了他们的债似的。王闿运一生自己从不理财，更不借债。这国史馆长，好比前清翰林院掌院学士，虽然没权，却是最为清华高雅之职，没料到反倒成了负债的头儿。你说王闿运恼火不恼火？

来到京师后就大失所望了，又加之这一着，更使他心灰意冷。明天就是中秋节了，许多人都等这份薪水去过节，脾气暴躁的钱筠已向馆里讨过几次了，昨天还口出不逊。周妈转告给王闿运，他听了越发不舒服。

正在这时，周妈面带喜色地进来说："老头子，财政部派人送薪钱来了！"

"你收下了吗？"王闿运略为宽慰地问。

"收下了。"周妈点头。

"送来多少？"

"只有五千，比上个月还少一千。"

"财政部真是混账！"王闿运气得骂起来。"小小的国史馆每个月只要一万元，还要月月短缺，没有钱就莫办馆，装这个门面做什么？"

"老头子，财政部的差役还等着要收条哩！"周妈提醒。

"不给收条！送半截钱，还好意思要收条吗？"别看王闿运八十三岁了，发起火来依旧调门很高。

周妈呆呆地站着，不知如何是好。

"好吧，你叫他进来吧！"停了片刻，王闿运气色和缓多了。

周妈出门把财政部的胖差役领了进来。

"你们周总长要我给他写幅字，说了好久了，你今天给他带去吧！"王闿运慢条斯理地说着，一边铺纸提笔。

"是，是。"胖差役哈着腰说。

王闿运想了想，在一张两尺多长六七寸宽的宣纸上写下了白居易的《暮江吟》："一道残阳铺水中，半江瑟瑟半江红。可怜九月初三夜，露似珍珠月似弓。"

王闿运写完后自己折好交给胖差役，说："你拿去吧！"

"王馆长。"胖差役接过后恭恭敬敬地说，"部里招呼过，请您写一张收据。"

"这就是收据。"王闿运指着胖差役手里的《暮江吟》。

"这就是收据？"胖差役大惑不解。

"你回去告诉周总长。"王闿运听了胖差役的话，想想也是，民国政府的总长们有几个是脑子开窍的，说不定这个周总长也弄不明白此中的含义，不如干脆点破。“国史馆的薪水是一万，他给了我五千，我回他个‘半江瑟瑟半江红’，表示已收下了他的一半，并提醒他还欠了我的一半。九月初三，请他连下个月的薪水一道补给我。”

胖差役替财政部送了几年的银钱，从没有接过这样的收据，这真是一个古怪而有趣的大名士。他也不好和王闿运争辩，只得收下这幅书法去向部里如实禀报。

周妈拿了支票带着赖三取回五千元银洋，正打算一份一份地分开。周大过来了，悄悄地说：“娘，我跟你商量个事。”

“什么事？”

这个与他糊涂爹一个样的儿子，从来不懂礼貌，说话都是粗门大嗓的，没有这样秀气过。想是周家祖坟开坼了，突然变得斯文起来。周妈觉得很稀罕。

“这五千银元先借我十天，我保证十天后还你，一个子不少。”周大颇为神气地拍了拍胸脯。

“这不行。”周妈断然拒绝。“这是馆里的薪水，已经迟发十多天了，那些老夫子们天天来讨。明天又是中秋节，怎么能再迟十天？”

“要么，借我五天。”周大贪婪地望着这堆银元，不忍离开。

“五天也不行。”周妈望着儿子发呆的眼神，问，“你借去做什么用？告诉娘。”

周大说：“我一个朋友爱好赌博，过去老是输。最近他托人从外地做了一副装有机关的骰子，百呼百应，跟别人赌，包赢不输。我不相信，他当面试了几次，次次都灵。他对我说：周大，我现在就是没钱，你借我一笔钱，越多越好，我赢了钱和你三七开。昨夜我借他五十元钱，他果然赢了。那小子讲义气，不但把五十元本钱还给了我，还当场给我十五元。娘，如果这五千元借给他做本，不要几天，我就能坐得一千五百元，多好的机会呀！不过要快，再过几天，那小子的机关被人一识破就弄不成了。娘，借我五天吧，五天我也可以赚七百八百的，到时我孝敬你老一百元。”

周大这番话把周妈说动了。只借几天，就能赚回七八百，的确是难得的好机会。财政部拨款，月月推迟，明天就说款子未到，迟五天发下去也不碍事。于是把五千银元全部借给了儿子，千叮万嘱要他五天后一定如数归还。周大捧着这堆白花花的银洋，欢天喜地跑到赌友那里去了。

不料隔墙有耳，娘儿俩的合计让跛脚老头听见了。跛老头讨厌周家母子。周大老是欺负他，在他面前凶神恶煞似的。周妈则尽量克扣他，一天三餐给他的是残汤剩水。守了两个月的夜后，他想问周妈要点零花钱。话刚出口，周妈就劈头盖脑地骂他贪心，得寸进尺，若再开口要钱就走人。跛老头能走到哪里去呢？只好忍气吞声地呆着，心里却记下了仇。

听了她们娘儿俩的话后，跛老头喜上心头：“好哇，拿馆里的钱去赌博赢钱，我要告发！”

第二天一早钱筠又来索薪水了。周妈不耐烦地说：“就你问得急，财政部不拨款，我哪里有钱？你家里是不是有人等着钱去买药吃呢？”

大过节的，受周妈这一骂，钱筠好不晦气。他是前清翰林院编修，放过两任乡试副主考，也算威风过的，怎么受得了这个乡下老妈子的气？加之他对王闿运用上炕老妈子家里的人做办事员早就很反感，于是借这事与周妈争吵起来。吵了几句，钱筠觉得自己身为编修与一个老婆子吵架有失身份，便憋着气走了。跛老头偷偷跟上去，对钱筠说：“钱老爷，财政部的饷昨天就关下来了。”

“真的？”钱筠停住脚步。

“我还敢骗您吗？我昨天亲眼看见财政部的胖差役送来支票，周妈和她的姑爷把银洋取了来。”跛老头有根有据地叙说。

“那周妈怎么说没有发？”钱筠肚子里的气又上来了。

“实话告诉您吧，钱老爷。”跛老头压低声音，在钱筠耳边说，“财政部里关下的饷银让周大拿出赌博去了。”

“岂有此理！”钱筠咬着牙关叫起来，他真担心，万一赌输了，怎么办？“你知道周大在哪里赌吗？”

“知道。就在蛐蛐胡同里一个绰号叫破天星的家里赌。”跛老头说完后又四面瞧瞧。“钱老爷，您可不要说是我讲的。”

钱筠心里狠狠地骂道：“拿财政部关的饷去赌博，不仅害了我们，也犯了国法，我不能容他们！”

他赌气跑到巡警部一个做副司长的老熟人那里去告发。巡警部立即派了三个巡警赶到蛐蛐胡同，正遇到他们赌得起劲，便将周大、破天星及另外两个赌徒连同赌注一齐带到巡警部。

断黑时周大还没回来，周妈着急了，便打发赖三到蛐蛐胡同去打听。周围邻居告诉赖三，破天星家给端了，人都带到巡警部去了。

周妈这下吓呆了，既担心儿子坐班房，又担心五千银洋被没收，一向狐假虎威的周妈此时什么主意都没有了，唯有哭哭啼啼地向王闿运交代一切，求老头子救一把。

王闿运听了后，真是又气又恨又急。国史馆出了这等事，岂不丢人现眼？周大坐牢活该，王闿运不怜恤，他着急的是怕五千银元被没收。倘若真的被没收了，他如何赔得起？万般无奈，他记起了巡警部里有个做司长的是自己学生的学生，便只得叫代懿持着他的名刺去找找看。

这个再传弟子也还顾太老师的面子，几经调停后，将五千元薪水发回国史馆，主犯破天星罚款二千元，看在王闿运的面子上，周大从轻发落，罚款三百元。

出了这件事后，王闿运的心绪更坏了。又听人说，巡警部的罚款少部分上交国库，大部分落入了私人的腰包。所以他们抓赌博积极，一律以罚款处置，搜出的钱多则多罚，实在榨不出油水的只好少罚。关押禁闭一类的刑罚，他们早就不用了。没有钱进，还得天天照看，岂不自找麻烦？

后来又得知是钱筠告的密，王闿运甚是生气，他没有想到一个翰林出身的编修竟卑劣至此，便寻了个借口将钱筠辞退了。那钱筠离了国史馆后，大讲国史馆被悍妇村夫所控制一类的话，弄得王闿运在京师的名声颇为不好，他渐萌退志。

前些日子，杨度专门来国史馆与老师谈了半天话，历数共和制度之不宜，决心复辟君主制，又将发起筹安会的事也跟老师说了，请老师指点。王闿运一向是不赞成民主共和的，但现在要复辟君主，显然是抬出袁世凯来做皇帝。对这个世侄总统，王闿运失望得很，连个国史馆的薪水都要扣成迟发，哪是一个发皇的政府模样？做总统，已经积怨甚多，再来个帝制自为，岂不授人以柄？

王闿运面对着一肚子热情的学生不好多说什么，只送给他四个字：少静毋躁。又郑重其事地指出：不要老往八大胡同里钻，要时常回家去看望老母妻儿，家里对他已是大有抱怨了。这些情况是代懿告诉父亲的，代懿这段时期去了几趟槐安胡同看叔姬。王闿运真想好好教训教训杨度，但话到嘴边又停住了。

杨度迷恋富金久不归家的秘密终于保不长久，给揭穿了。那是上个月的事。

九　静竹为皙子亵渎了他们圣洁的爱情伤心

这一天，静竹对亦竹说：“今年老琴师过八十大寿时不在北京，不知现在回来没有，你抽空到丹花那里去一下。若回来了，就约几个先前的姐妹一起去给老人家补个寿。老人家这一生也怪可怜的。”

十多年前，正是跟着这个老琴师去江亭玩，才邂逅皙子，结下这段缘分。老琴师后来也亲自教亦竹月琴琵琶，亦竹也感谢他。十年前，老琴师离开了八大胡同，在西直门外一所乡间茅舍住下，靠过去的微薄积蓄生活，日子过得清苦。间或也有几个旧日弟子去看看他，老人见到她们很高兴。

每年过生日那天，亦竹便会约了丹花等人一道去给他做寿。只要身体略好点，静竹也跟她们一起去。这一天，老琴师总要捧出那把跟随他几十年的磨得亮光光的琵琶来弹着，她们便倚声唱曲，尽拣些欢快的曲子唱。吃过寿面后一起围着桌子说话，尽挑些当年横塘院里的喜乐故事讲。老琴师和她们都是苦命人，苦命人难得的是欢乐。平时不见面，好容易寿庆日子重相聚，还能再把苦水倒出来吗？哪怕是明日的痛苦会紧接着昨日的痛苦，今日也要让它隔断一天！

丹花在二十七岁那年也从良了，嫁的是一个五十多岁的从山东逃荒来到京师的补锅匠。补锅匠人倒不坏，就是脾气差，又爱喝酒。只要这天多赚了两个钱，便会喝得烂醉，醉迷中便会诉说他心中最苦恼的事：丹花嫁给他几年了，居然一男半女都不给他生下。说得气急时便要打丹花。丹花不能告诉他自己的过去，只有哭，哭得伤心的时候会晕倒过去。待到补锅匠酒醒了，又去劝丹花不要哭了。两个落难人便这样时醉时醒、时哭时笑地凑合着过日子。

“亦竹，恭喜你了，你家皙子做了大官，听说又要讨小了。”丹花热情地接待昔日的小妹妹，说了些闲话后，突然冒出了这样一句。

“你听哪个说皙子又要讨小了？”亦竹大为吃惊地问。

“怎么，你们还不知道？”丹花见亦竹这副神态，知道杨度是瞒着她们的，心里不禁后悔起来：不该多嘴！

“好姐姐，你告诉我，皙子又跟谁相好了？”亦竹央求着。

“我也是听人家说的，说皙子跟云吉班里现在挂头号牌的富金姑娘打得火热，也不知是真是假。”丹花说得吞吞吐吐的。

亦竹心情非常痛苦，她已无心再跟丹花谈为老琴师补寿的事了，匆匆赶回家，把这事告诉静竹，静竹也大感意外。过了一会儿，她说：“我想皙子不是那号人，也可能是别人瞎说的，你明天自己到云吉班去问问。”

第二天，亦竹急急忙忙赶到陕西巷。她离开这块地方已有十来年了，班子里的人都不认得她了。她随便问了一个看门的老婆子。刚提起杨度的名字来，那老婆子就大谈起杨老爷是如何的大方慷慨，用三万银洋买了一幅字帖送给富金姑娘的故事来。老婆子说得眉飞色舞，唾沫四溅，却不料一字字一句句像无数根钢针般刺着亦竹的心。

这一夜，静竹、亦竹瞒着黄氏夫人和老太太，抱头痛哭了半夜，又各自瞪起眼睛失神了半夜。亦竹为丈夫抛弃家庭另求新欢而痛苦，静竹则为皙子亵渎了他们之间圣洁的爱情而伤心。失眠的时候，静竹想起了很多很多。

她想起了十七年前他们的江亭初识、潭柘寺定情。她想起接下来的五年睽违，她虽然时常想念那个湖湘才子，却又不敢相信他是真心地爱着自己。不料五年后心上人再次出现在北京，他的痴情，他的纯真，熔化了姑娘那颗本来滚烫却被世俗冷却了的芳心。一个沦落风尘的美丽女子，金钱和地位对她来说都不是贵重的东西，她无比爱恋无比珍惜的就是男人的这段情，因为这恰恰是她的生活中所缺乏的。为了酬谢这段真挚的爱情，她心甘情愿洗去铅华，远离锦绣，为她的心上人守一辈子空房。

老天有眼，终于让他们重逢在西山。情意深厚的郎君又接受了她的安排。她虽然没有正式的名分，也没有正常的夫妻欢乐，但她知道她的心上人也是把她放在心上的。名分是次要的，床笫之欢也是次要的，一个女人，尤其是一个曾被别人当作玩物的女人，难道还有比获得了一个男人的真心相爱更幸福的吗？

她其实并不盼望皙子做什么大官，也不盼望皙子做出什么惊天动地的大事业，潭柘寺里说的那几句豪言，不过是对失意中的情郎一个鼓励罢了。她唯愿的就是这样天长地久地厮守着，直到白头。但是近半年来，皙子变了，变得对家人越来越没有情感了，对她也冷淡多了。他跟袁家大公子打得火热，一天到晚做他的新朝宰相梦，并常自豪地声称他为中国寻回了走向富强的最好道路。静竹早就听说过袁家兄弟都不是好东西，现在果然被这个大公子引入了邪路。先是长久地不回家，现在居然公开去八大胡同与别的女人鬼混，还用三万银元买一幅字去讨那女人的欢心。而家里，从老太太到小女儿，哪个不是过着节俭的日子？

“皙子呀，你变心了，也变庸俗了，你辜负了我对你的一片深情，也辜负了我为你所做出的常人不能理解的牺牲！”静竹心里这样默默地念着。

第二天清早，叔姬打开信箱，意外地收到了胡汉民给杨度一封未封口的信。叔姬看后气晕了。

对袁世凯恨之入骨并在日本和广东聚集倒袁势力的胡汉民，以十分尖刻的语言对杨度倡道君宪救国、办筹安会等作了讥讽斥骂。胡汉民称杨度为卑劣愚谬的嗜利之徒，拥袁称帝如教猱升木，将必不能逃民国之诛。信的末尾几句更是尖锐：“夫卖文求禄曲学逢时，纵其必得，犹为自爱者所不屑，况由足下之道无往而非危。民国确认足下为罪人，袁家究不以足下为忠仆。徒博得数十万金一时之挥霍，而身死名裂，何所取哉！”

叔姬没想到她的亲哥哥她心中的偶像，竟会遭到别人如此的奚落。她痛恨胡汉民的无礼，也为哥哥的处境而忧虑。她近来从报上看到了筹安会的宣言，也听到了一些有关复辟帝制的风声。她对国体没有研究，凭着直觉，她认为共和既已实行了三四年，也没有必要再退回去了，何苦为别人做皇帝去拼命卖力？她对代懿一直不冷不热，却对夏寿田的单恋越来越深了，她很想跟夏公子单独说说话。

静竹也看到了胡汉民的信。她读后脸热心跳，痛楚地想着：皙子呀皙子，你混迹于污垢之中，剪断了联结我们纯洁爱情的纽带，成了爱情的背叛者，此事尚属小；你为袁家效力，无视国民的共同抉择，沦为国家的罪人，这事可就大了！

但杨度既然不回家，也就不知道家人为他的担忧。即使他回家去，此时静竹的规劝也好，叔姬的担心也好，都不能使他勒马转舵，他的自我感觉非常良好：大丈夫办事，贵在看准了目标，便要力排众议奋勇前行，哪怕眼前困难大如山，危险深似海，也要跋涉过去。先生已是八十多岁的风烛老人了，当年用志天下的豪情有所减退自可理解，且让他老人家去颐养天年吧，帝王之学看我来替他付之现实！

肃政厅里也有不明白的人，上章纠劾筹安会。劾章送到总统处，袁世凯亲自批曰："筹安会乃学术团体，以研究国体为宗旨，不必干预。"这道批示下来，就是最迂腐的人也知道筹安会的背景了。

忽而又有人在筹安会办事处门前大骂六君子是违背民心嗜利乞权的政客，帝制决不能复辟。一派义愤填膺的架势。

杨度一打听，原来此人是李燮和的胞弟，新近从湖南来到北京，住了半个月尚未觅到谋食之处，遂借骂筹安会出怨气。杨度对李燮和说："令弟来会里做个办事员吧，给方表当助手，月支大洋一百五十元。"

李的胞弟一听立即不骂了，当天便上任，鼓吹帝制的劲头比乃兄还要大。

杨度看穿了大多数反对帝制的人其实是出于眼红，不愿眼睁睁地看到头功被别人夺去而已。他反而因此更坚定了非要成功的信心。

也有不少人洞悉时局，不甘心功劳都让筹安会抢去。于是便有梁士诒联合张镇芳等人成立全国请愿联合会，有段芝贵联合龙济光、汤芗铭等十四省将军密呈袁世凯，请速正大位。

梁士诒为交通银行总经理，与外国财界有密切联系。他财力雄厚，党羽众多。张镇芳也是家财万贯。他们可以提供丰厚的金钱，袁氏父子自然欢迎他们参与。袁克定常常出席他们的会议，与他们商定策略。很快，袁大公子与请愿会的关系大为密过筹安会。

至于段芝贵等十四将军的密电，袁世凯更视之为真正的力量。袁克定给他们回电，应允帝制成功后将予重爵重赏。

杨度、孙毓筠等看到他们一凭金钱，一凭刀枪，势力强大，咄咄逼人，自思若不采取紧急有效的措施，到时头功真的会让别人夺了去。于是筹安会加紧在京师及各省发展会员。此策很得力，短短半个月，由六个理事所发起的小会便扩大为有万余会员的大团体了。不能再按正常程序作学术讨论了。绝顶聪明的刘师培建议干脆来个投票表决，最为简单快捷。杨度认为此法甚好，立即采纳。投票结果，全体筹安会会员一致赞成速行帝制。

这个局面的出现使杨度非常兴奋，便亲自起草，向代行立法院的参政院上请愿书，请求不开国会而设一时机较速权限较大的民意机关，以此来解决这个国体问题。上了请愿书后，没几天，他又在报上公开发表第二次宣言书，再次鼓吹废共和行君宪为中国今天唯一正确的道路。

鉴于筹安会内部投票表决之简易可行，他想到不如来个全国民意大投票，一下子便把这个问题解决了，岂不最好？但全国的投票，必须在各省将军、民政长的领道下才可以操办，筹安会如何能办此事呢？筹安会乃学术团体，也没有这个权力支派各省的文武大员呀！此事必须有袁克定的支持才行。

杨度来到大公子府第。家人告诉他，大公子这几天正在跟一位异人查勘皇城风水，此刻要找到他，只可上正阳门一带去。

这是个什么异人，杨度也想去见识见识。

十　正阳门城楼上，郭垣对袁克定谈北京王气

雄壮的正阳门城楼上，一个矮矮小小的中年汉子正在指点皇城，对着踌躇满志的袁大公子侃侃高谈。此人正是绍兴日者郭垣。

郭垣祖上三代都做师爷，但他却无意做刀笔吏，一门心思沉醉于占候卜筮之学，浪迹江湖三十年，广结天下各色人等。去年经人介绍，郭垣攀上了袁克定。袁克定对他的这一套学问很是看重。

筹安会万余会众一致赞同帝制，十四省将军密电拥戴，全国请愿会的建立，以及从各地传来的拥护君宪的消息，使得袁世凯相信帝制自为的宏伟计划正在顺利地进行。他已在心里考虑新王朝的一系列大

事了：国名、年号、都城等等。

国名就叫中华帝国。这是杨士琦的建议，只需将中华民国的“民”字改为“帝”字即可，既简单又准确。杨士琦有过人的聪明，这个建议很好，袁世凯欣然采纳。年号拟了几个，但都不太理想，尚须从容考虑。至于都城，当然就是北京了。袁世凯对北京有特殊的好感，他不愿离开北京。但许多人都说北京城的王气正在泄漏，应该赶紧补救。袁世凯一向相信命数气运，他认为此说有理。倘若不是王气泄漏，满人的皇帝为何做不下去了？是应该查勘一下，泄漏王气的地方在哪里。袁克定将郭垣的本事告诉了父亲。袁世凯为了验证，要儿子带这个日者去看看项城袁氏祖坟。

为了严格保密，也为了测试的准确，袁克定突然将郭垣带上火车。在漯河车站下车时，袁克定都没有告诉郭垣要到哪里去。第二天一早坐上马车前往项城老家。直到第三天上午出现在坟山上，袁克定才告诉郭垣是来看祖坟的。

袁氏祖坟是一个气势庞大的陵园。袁甲三大发时，朝廷封赠他曾祖、祖、父三代为大夫，他趁此机会大修祖坟。他死之后亦归葬祖茔，规格更高。自袁甲三之后，袁家世代簪缨，子孙繁盛，故而坟墓也很多。袁克定命族人把所有墓碑都遮盖，叫郭垣看坟气。郭垣在袁家祖坟上上下下前前后后看了三天，最后指着一座规格并不高的坟墓说：“此坟有异象，墓主人之子贵不可言。”

“什么样的异象？”袁克定问。

郭垣说：“此坟外形来脉雄长，经九叠而结穴，且每叠山上都有加冕。”

“何谓加冕？”

郭垣指着远远的山峰说：“大公子请看，从那座兔耳似的山峰数起，到此坟最近处的馒头形山峰止，每座峰上都有一堆突出物，犹如峰上之顶。这种峰上之顶在地学上称之为加冕。”

袁克定顺着日者的手指望去，果然见每座山峰顶上都有突出部分，有的是岩石，有的是土堆。

郭垣继续说："此种景象正应九五之象。大公子请再看来脉的两边，左右护卫，层层拱立，犹如藩王诸侯侍立两侧，形成此坟的天子气象。如若不信，还有一个检验处。此坟底下有一道流泉，汇于明堂，此为龙泉。《诗》曰'相彼阴阳，观其流泉'，建都重流泉，筑墓亦重此。你们可在周围五丈处掘下去试试看。"

袁克定吩咐族人在坟边挖掘。当掘到一人深的时候，果见一股泉水冒出来。族人惊异，忙揭开墓冒，原来此墓葬的正是袁世凯的生母刘氏。

当袁克定把此事原原本本禀报父亲时，正在做皇帝梦的袁世凯惊讶不已。他要儿子亲自陪着这位异人查看皇城。

此刻，袁克定正在仔细地听郭垣的议论。

"中国的王气由塞外分两支入中土。一支发自东北长白山，蜿蜒西行，由山海关进入内地，结穴北京，于是有辽、金、元、明、清八百年皇运。一支发自祁连山，蜿蜒东行，由嘉峪关进入内地，结穴秦中，于是有长安六百多年皇运。余气向南，凝聚在洛阳，成东周、东汉、北朝之皇运。现在长安王气已绝尽，北京王气已疲沓，中国王者立都最好在洛阳。若在洛阳建都，当有三百年天下，然目前不合适。北京王气尚余，可先在北京登基，再迁都至洛阳。目前宜在洛阳建立陪都，况且五岳以居中之嵩山最为贵重。袁家起自嵩山之东南，正宜在嵩山之西北建都为宜。"

袁克定心想：在洛阳建陪都，工程浩大，目前无力举办，好在北京尚有正气，先登基再说，至于建陪都一事，且留待子孙去办吧！遂点头说："郭先生说的是，不过眼下北京要办的事是哪些呢？"

郭垣答："眼下最要紧办的就是我们所站的这座正阳门。"

"正阳门建筑得牢牢实实，看不出有哪些需要改造的。"袁克定疑惑地看着这位神仙似的异人。

"大公子有所不知，这正阳门，关系着北京的气运最为紧要。"

“哦！”袁克定的全部精神都被这句话给吸引过去了。

“中国城府之气运，关键在城门。城门建筑得宜，则气聚、气畅、气旺；若建筑失宜，则气散、气滞、气衰。北京作为皇城，城门更显重要。我遍勘内外各门，关系皇家气运者，首在正阳门。”郭垣面色严肃地说，“正阳门非国丧不能开，开则泄气。”

“为何国丧开时又不泄气呢？”袁克定对气数之学一窍不通，但又很有兴趣，想借弄清这个疑问来入门。

“人死之时，都有一团黑气笼罩全身，凡人此气薄，帝后死后此气要比凡人浓厚十倍百倍。若在平时，正阳门打开，则皇气外泄。国丧时，帝后梓宫运出正阳门，其黑气浓厚，如同一团大棉絮似的将门洞堵住。梓宫一出门，立即封门，皇气不会外泄。”

“哦！”郭垣解释得很有道理，袁克定明白了。他还想就“气”这一点再请教。“郭先生，请问这种气随处都有吗？”

“是的，大公子说得对，随处都有。”郭垣认真地给他解释，“山有山气，地有地气，人有人气。比如说，前面的一座山包，其中有无珍宝，脚下踩着的这块地，适宜建何类房屋，眼前站着的一个人，他的吉凶祸福如何，都能从气上辨明，但这种气通常人都看不见。”

袁克定被他说得动了心，问：“要怎样才能看得见呢？”

“这就难了。”郭垣凝视着袁克定。袁大公子觉得他的两眼中射出的是不可测试的目光。“简单地说，一靠禀赋，二靠师传，三靠修炼，四靠学问，五靠阅历。”

“要这么多的条件！”袁克定脱口而出。

“是的，正因为如此，故能成大事者极少极少。就像我，也只是在过了四十五岁后才渐渐地看得明白，断得准确。大公子要是有兴趣，我今后慢慢对您说。”

这门学问绝对深得不得了，当然不是一两句话就能说清楚的，袁克定想想也是，便说：“好，言归正传吧，请你继续说正阳门。”

“因为怕皇气外泄，所以正阳门不开。前清皇帝最敬重的是西藏的达赖、班禅，就是他们来了也不开门，只是高搭黄轿，让他们越过女墙而进。”郭垣继续说，“我接连几天三更时分登上正阳门，发现新朝与正阳门关系更大。”

“为何？”袁克定顿时警觉起来。

郭垣郑重地回答：“我站在正阳门城楼上遥望南方，红光贲起，直压北京。正阳门为北京正南门，挡住南方红气全靠的是它。眼下南方红气如火如荼，正阳门必须改造，否则压不住。”

袁克定不自觉地向南边眺望。眼底下除鳞次栉比的房屋、纵横交错的街衢、熙来攘往的人流外，他没有看到一丝红光，但他相信郭垣的话是对的。因为复辟帝制最大的反对者是革命党，革命党的领袖大部分都是南方人。就连非革命党并久已驯服的梁启超都公然反对帝制，梁是道道地地的粤人，可见南方的红气确实对北京的皇权压力很大。

袁克定想到此，急切地问：“如何改造法？”

“首先宜改造外郭两偏门，将它们移入内城，于内正门两旁洞开两巨门，以便出入车马，紧闭内墙正门，使之不接南方旺气。”郭垣转过脸来，以手指着北方说，“其次，宜增高正阳外城前门敌楼。明清两代敌楼门洞设有七十二炮眼，合七十二地煞之义。炮眼东西南北四出，有镇压四方之意。但地煞之旨虽备，天罡之理却无闻。现在宜在南向正面最高处洞开两圆眼，直射南方，此为天眼，专灭天火。明年圣主登基，大公子再来楼上看看，南方红光必然大为削弱。”

袁克定心想：南方的红光我一点都没看出来，更无论增强削弱了，不过既然自己看不出，也只有相信他了。

“第三，”郭垣接着说，“宜将正阳门所有门扇、窗棂、楹柱全部由红色改漆成黄色。”

“这又何故？”袁克定不解。

郭垣一本正经地说：“民国尚红，故其红黄蓝白黑五色国旗以红居首，所谓以火德王也。民国建自南人之手，南方丙丁火，红气旺烈，故遥望南方红气勃勃。由民国改为帝国，宜以黄代红，即以土镇火。前清立国二百六十余年，正阳门两次遭火，都给国家造成大动乱。乾隆四十五年火焚正阳门城楼，乃有嘉庆、道光白莲教之变，用兵二十年，灾及数省。到了咸丰朝又出现长毛、捻、回之乱，祸害东南半壁河山，再加之列强入侵京师，帝后逃奔热河。前清王朝因为这把火而由盛转衰。光绪二十六年，正阳城楼再次遭火，义和拳民大乱北方，八国联军蹂躏京师，帝后又一次出逃。这把火终于导致前清由衰到亡。按之史册，复之当今，火实在关系北京王气太密切。正阳楼改漆黄色，以土镇火，乃当务之急。”

郭垣此番话讲得有根有据，合情合理，不由得袁克定不相信。他正要再问下去，一眼瞥见杨度走上城楼，忙打招呼：“皙子你来了，我正与郭先生在查看正阳楼哩！”

杨度见郭垣人虽瘦小，但两目精光四射，知他不是俗辈，便笑着说：“我正要见见郭先生，听听郭先生的高论。”

袁克定向郭垣介绍了杨度。郭垣说：“杨先生习的是孔孟大学问，我这是旁门左道，想必杨先生不能包容。”

“哪里，哪里！”杨度说，“占候卜筮之学，若是没有根底，想学都学不到哩！”

说到这里，他想起夏寿田曾对他说过史册上记载南海地势尚有不足之处，但不足处在哪里却并没有讲，且问问这位郭先生，也可试探试探他的深浅，便问道：“郭先生，前人都说南海形势最好，宜建正殿，你认为如何？”

郭垣转向北面，朝紫禁城方向望了一眼，说：“南海位置上应天躔，青龙白虎朱雀玄武四围包括，理气井然。以峦头论，青龙方面似嫌微略，宜培高东面小山，使之与西边白虎湖水相对称，则全福无遗了。”

杨度听了这番话，心想此人真有学问，不可小觑，正想问问他帝制复辟是否一定成功、复辟之后国运是否隆盛等大事，只见政事堂一个年轻低级官员从城楼脚爬上，对袁克定说：“总统要找大公子和杨先生议事。”

杨度本来是想跟克定商议各省请愿事，现在见总统召见，不如干脆请示总统更好。

袁克定对郭垣说：“今日郭先生对改造正阳门和南海所献方略都很好，请先生先回馆休息，夜间我们再谈。”

道别之后，袁克定和杨度匆匆下了正阳门城楼，直奔中南海。来到居仁堂，见袁世凯与张謇正在高声谈话。在张謇面前，克定、杨度都是晚辈，便在一旁坐着听。

张謇笑着说：“克定和皙子来必有要事，我就不多谈了。我只想问一句，眼下京师流言纷纷，都说你很快会将共和改为君宪，自己穿上龙袍做皇帝了，真有这事吗？”

袁世凯漫不经心地端起桌上的杯子说：“季直先生，我们相交三十年了，你还不相信我，我会做那种事吗？中国不宜于办共和，应该改行君宪。这个看法，中外不少人士都有。美国的古德诺博士、日本的有贺长雄博士都是在世界享有盛誉的政治学家，一处在共和制下，一处在天皇制下，他们都认为对中国而言，君主胜过民主。在我们国内，严又陵先生号称西学大师，孙少侯、胡经武、李柱中等人都是革命元戎，他们也认为欲求中国长治久安，非君主不可。但这些话都让他们去发表好了，我受诸位委托办共和，已郑重宣誓过，我怎会改变？”

杨度猛一听这话，心里一紧：难道大总统换了主意，不变国体了？便肃然谛听下去。

“季直先生，辛亥年你来洹上村找我，叫我顺民意出山。我就说过在中国办共和也是可以的，如今我做了四年总统，还能出尔反尔，废掉共和吗？”袁世凯以一副至诚的面孔说，“季直先生，你我相交数十年，我对你说句心里话吧！若万一人心改变，四万万民众都厌弃共和主张君宪，那我袁某人当然也只得顺从大家的意愿，将国体改回去。但有一句话必须讲在先：皇帝宝座，我是决不登的。”

张謇说：“国体既然改回去，你由总统转皇帝，也顺理成章，你为何不做？”

“季直先生，你这话不对，不能说顺理成章。”袁世凯正色道：“若以传统一系，好比罗马教皇那样，则中国的皇帝应属孔子之后，七十六代衍圣公孔令贻最适宜，退一步而说，混成旅旅长孔繁锦亦可。若以革命排满而论，则中国的皇帝应属大明朱家之后，内务总长朱启钤、直隶巡按使朱家宝、浙江将军朱瑞都有做皇帝的资格。”

张謇已听出，这位平素以严肃著称的大总统正在跟自己开玩笑，不如索性顺着他的话将玩笑开得更离奇些。老状元公笑着说：“要说让朱家人做皇帝的话，岂止他们几个，还有专治偏头风的郎中朱友芬，擅长演风骚女子的伶人朱素云，他们都有许多支持者，也有做皇帝的资格。”

袁世凯拍着手掌大笑道：“说的好，说的好，凡姓朱的都可以做皇帝。倘若有人说张邦昌那个儿皇帝也做得不错，要寻他的后人继位的话，那季直先生你就是顶合适的了！”

袁世凯这个突发而来的灵感令张謇虽不舒服，亦无从发怒，只得附和着袁世凯的笑声大笑起来。

张謇告辞出门后，袁世凯脸上的笑容已一丝不见了。他对着儿子和杨度说：“你们刚才听出来了吗，这个老头子其实是反对君宪制的。你们不要以为改行君宪会很顺利，像张謇、梁启超这些大名士都是很有影响的，他们很能蛊惑人心，不可掉以轻心。我今天特意找你们来，就是告诉你们一件事。有人告发，蔡锷常常去天津找梁启超，而且棉花胡同近来有不少形迹可疑的人出现。皙子，你要去劝蔡锷与其师划清界限，顾全大局。蔡锷长期在西南军界，他在那边有势力，要注意他与那边的联系。张、梁等人再有影响，只不过动动嘴巴，摇摇笔杆，做的是秀才事，成不了大气候；倘若蔡锷怀有异志，动起刀枪来，那才是真正的祸害。”

袁世凯这几句话，说得杨度紧张起来。蔡锷是他推荐的。原本是要这位年轻的将军做护法尊神，若反而站到反对帝制一边，那岂不要坏了大事！于是说：“总统放心，蔡锷这人我了解，我担保他决不会唱反调。”

“你凭什么担保？”袁世凯盯着杨度问。

“蔡锷在日本时，明确地对我说过，他心目中最理想的国体就是日本的天皇制。他出身农家，为人正直重感情。多次对我说过，总统这样器重他，以国士之礼待他，他一定要尽忠报答总统。他说的是真心话。”杨度见袁世凯的脸色略有松弛，接着说，“蔡锷的实力在云南，而云南将军唐继尧已经在段芝贵的密电上签名拥护帝制，这表示云南军界支持总统，同时也说明蔡锷是拥护帝制的。”

袁世凯轻轻地点了点头：“你说的也有道理，但棉花胡同近日出现的人仍使我怀疑。你不妨叫在京的滇人去试探一下蔡锷的心思。”

“好，我立即去办。”杨度答应。他想起了自己的事，说，“有一事想请示总统。”

“啥事，你说吧！”袁世凯挥了挥手。

杨度说：“改变国体，用开议会的方式不妥，因为各省议员来京聚集，很费时日。”

袁克定插话：“还有一点，那些议员老夫子都是倾向共和的，请他们来投反对票，是自找麻烦。”

“正是这话。”杨度继续说，“不如再组织一个国民会议，采取筹安会内部投票的方式，以投票来表决国体。不过，国民会议要各省重新推选人员，筹安会不能下命令给各省将军、巡按使，故请总统下命令。”

袁世凯说：“我这个做总统的怎能下这个命令，你没有听到我刚才跟张季直说的话吗？这样吧，克定，你去办，你给各省打个招呼。”

袁克定忙答应。

袁世凯又说：“重开国民会议也难，不如在各省开国民代表会议，就在本省投票好了，这样省事。”

杨度立即说：“如此最好，事情会办得又快又圆满。”

这时夏寿田进来对袁世凯说：“严范孙先生特为从天津赶来，说有要事觐谒总统。”

“哦，严先生来了，好！”

袁世凯对严修极为敬重。那年他罢官回籍，百官都回避，唯独严修与杨度亲到车站送行，一直送到卢沟桥。袁世凯是个恩怨分明的人，民国成立后，教育总长的人选，他第一个就要安排严修。但严修以正在天津办教育实业为名婉言谢绝。袁见他不就实职，又送他参政院参政头衔，严修又不受，理由是：他与总统乃知交，不在乎职务有无；民国初建，有许多人在巴望着名位，总统宜以名位笼络这些人，他就不占这个名额了。这样一个一清如水的故人，袁世凯怎能不尊重？

当夏寿田正要转身出门时，袁世凯问：“严先生下榻何处？”

夏寿田答：“住在六国饭店。”

袁世凯略停片刻说：“午诒，你亲自坐我的金轮马车去六国饭店接严先生。就说按理我袁某人应去六国饭店拜访他，只是惊动太大，反而不便，委屈他来居仁堂一见。我要好好和他叙叙旧。”

夏寿田遵命出了门，杨度赶紧告辞，他要趁着这个机会，和夏寿田一起坐总统金轮马车去与严修见面。

十一　八大胡同的妓女为中华帝国取了一个动听的年号：洪宪

十天前，云南派出一个极为机敏可靠的年轻人来到北京棉花胡同，将一份密电码交给了蔡锷。凭着这份密电码，蔡锷与昆明方面联系了几次，确知他一旦到了昆明，云南军界全体人员将听从他的指挥，为保卫民国而高举义旗。蔡锷内心万分激动，外表则从容平和，一如既往。

接受梁启超的意见，他自己不再去天津了，改派一个十六七岁的小厮为他往来京津之间传递密信。梁启超为他制定了一个由北京到天津，再由轮船绕道日本，从越南进入云南的路线，叮嘱他务必稳定情绪，以平安离京为最高目标，为了国家和人民忍辱负重，虎口脱身。

蔡锷生性沉静稳重，这桩天大的事情藏在他的心里，表面上却像没有丁点儿事一样。

老母和夫人已被气回湖南老家去了，棉花胡同宽大的四合院除开主人外，只有一个看门的老头、一个做饭的伙夫和一个采买兼信使的小厮。在这三个下人的眼里，蔡将军是一个位高名重却胸无大志的军人。他顶喜欢的是八大胡同的姑娘小凤仙，常常带着那年轻的小妓女四处逛荡，上馆子，进戏园，一个堂堂总统府陆海军办事处的办事员、昭威将军、参政院参政，一个三十四岁前途无量的少年高官却不知爱惜自己的地位名声，也不知收敛点隐晦点，经常大模大样地携带妓女招摇过市，这三个下人很不能理解，他们暗中议论过，发出由衷的惋惜。

蔡将军还嗜好打麻将，常常邀人来家里打，一打就是一通宵，而且他的麻将伙伴经常换。这三个下人也不能理解：蔡将军的麻将打得并不高明，输的时候多，赢的时候少，却为何如此兴致不衰？

有一天深夜，蔡锷独自一人从八大胡同回家。进了棉花胡同后，发现前面有两个巡夜的更夫在穷极无聊地说话。一个说，蔡锷身为将军，除开嫖妓女打麻将外就没有别的事做了，这种人处高位，这个民国真没有指望。另一个说，袁大头身边尽是一批这样的人，听说他还要做皇帝，真是癞蛤蟆想吃天鹅肉。先前说话的那个更夫笑起来了，说，老弟，你说得对，袁大头我见过，腿短腰粗头圆，就是一只活脱脱的癞蛤蟆。到了家门口，蔡锷高叫门房开门，那两个更夫回来一看，吓得一溜烟跑了。

但蔡锷很高兴，这说明他的装扮成功了，也说明袁世凯的帝制不得人心。

昨天晚上，云南在京将校举行联谊会，他也参加了。联谊会开到一半，有人主张上书总统府，拥护将共和制改为君宪制。蔡锷地位最高，大家请他第一个签名。蔡锷不假思考，欣然在请愿书上签下了自己的名字，接下来六十多个云南军官无一遗漏地签了名。蔡锷将这份请愿书带回了寓所，准备将它呈献给总统。

看门的老头进来禀报："杨皙子先生来了。"

蔡锷听了，略作番思考后走出房间，径直奔向大门，正好迎上了杨度。

"皙子兄，好久不见，今天怎么想起到我这里来了。"蔡锷十分热情地打招呼。

杨度笑道："时常想起要来，总是瞎忙，抽不出空。"

二人在会客室里坐下，蔡锷向杨度递了一支进口洋烟，自己也点燃了一支。

杨度问："一向还好吗？"

蔡锷边吐烟边答："我一天的生活七字可概括：听戏游玩打麻将。"

说罢大笑起来。

杨度也跟着笑，说："过去军旅生活太辛苦了，休息一段时期也好，说不定不久又要大忙了。"

蔡锷听出了杨度话中之话，接过话头说："皙子，到大事成功时，你可要给我派点实事哟！"

蔡锷这句有意说的玩笑话，却不料让杨度听后热血沸腾起来。日本士官学校的三杰之一，成就卓著的云南都督，大总统格外赏识的年轻将军，今天竟然说出这样的话来，分明是将自己看成是未来的开国宰辅了。

筹安会理事长不觉飘飘然起来，大言荦荦地答道：“松坡，以后叫你做个陆军大臣如何？”

见蔡锷笑而未答，又补充道：“要么干脆设个国防部，陆海空三军都管起来，你就去做第一任国防大臣！”

“好，好！皙子，你说话要算数！”蔡锷爽朗地笑起来。

“当然算数！”杨度自豪地说，“假若当不了国防大臣，你只管找我算账。不过，松坡，你也要表示表示。”

蔡锷忙说：“我正要给总统献上一份礼物哩，你来了最好，就托你带给他。”

“什么礼物？”杨度问，“总统富有天下，还要你的礼物吗？”

蔡锷从内室里拿出一张纸来笑着说：“他虽富有天下，这个礼物还是会要的。”

杨度接过一看，原来上面写着“云南军界请改共和为帝制上袁大总统书”。他心里高兴，再看后面一大堆字迹各异的签名，排在最前头的是两个醒目的大字：蔡锷。笔力刚劲洒脱，可见签名者当时毫不犹豫，且对此事的成功充满信心。

杨度拍着蔡锷的肩膀说：“松坡，这真是一件好礼物，大总统现在要的正是它。有了这个，国防大臣是绝对跑不了啦！”

蔡锷十分兴奋，说：“皙子，你今天有空吗？”

杨度说：“我本来没有空，但你若有什么事，我会抽空帮你办。”

“不要你帮我办什么事，我想请你玩一天。”蔡锷将烟灰轻轻地弹进精致的鱼形玻璃烟缸。“明天是小凤仙的生日，我们今天为她暖暖寿。你如果愿意的话，马上派一辆马车去云吉班，把小凤仙和富金一起接出来如何？”

杨度有三天没有去八大胡同了，正想着富金哩，何况他还从来没有跟小凤仙一起玩乐过，蔡锷有这等美意，就是再忙也得奉陪呀！

他笑着说：“我今天算是来得巧极了，赶上了凤姑娘的暖寿日。

这样吧，不要叫她们过来了，我们过去！”

“这样更好！”蔡锷说完便招呼车夫套马。

云吉班的看门人早就熟悉了蔡锷的马车，车子刚到陕西巷口便高喊起来：“蔡将军来了！”马车走近门口，见蔡锷后面还有杨度，又高喊：“杨老爷也来了！”

院子里的小凤仙和富金两人都听见了喊声，忙对着镜子拢了两下头发，便快步走出门来。翠班主也笑容满面地迎上去。

皮肤略显得黝黑的小凤仙虽说不上很漂亮，却自有她的动人处。她挽着蔡锷的手，对杨度说：“杨老爷，你好几天没来了，富金都望穿秋水了！”

富金挥打着手帕，嗔道：“你以为别人都像你，蔡将军一天不来你就吃不下饭！”

蔡锷笑着说：“你们都是情种，怪不得皙子和我都被你们迷住了。我们一起先到小凤仙的房子里坐坐吧！”

于是四人都到了小凤仙的房间。房子不大，收拾得很整洁，窗台上两盆茉莉花开得正旺，满屋里飘浮着一股淡淡的清香，除妆台衣柜外，这间房子里有一件别的姑娘家绝没有的东西：正面墙壁上斜挂着一把宝剑，长长的红丝绦从剑柄一直垂到木地板上，给这间红粉闺房增添了一股英武之气。

杨度指着剑赞道：“早就听说凤姑娘有侠女之称，果然不错。”

小凤仙舒心地笑了，漾起两只小小的酒窝。她走到宝剑边，轻柔地托起红丝绦，充满着爱意地说：“这是蔡将军送的，我最喜欢它！”

蔡锷说：“凤仙说她最景仰梁红玉，我就送她这把剑。”

富金拍着手掌笑道：“凤仙是梁红玉，蔡将军就是韩世忠了！”

蔡锷说：“富姑娘说得好，皙子即将成为卫国公，那你就是红拂女了。”

富金说：“我没有凤仙的福气。”

杨度走到富金的身边说："你怎么没有这福气？我看你的福气好得很，过些日子我就把你从云吉班里赎出来。"

"那太好了！"富金就盼着这一天，转念又说，"翠妈妈会要很多钱的。"

"不要紧，随便她要多少钱都给她！"杨度英雄气十足地说。

小凤仙也想赎身，但蔡锷目前怎么能赎她。他怕小凤仙也就势提出此事，忙转过话题问小凤仙："你知道皙子今天到你这儿来是为了什么？"

小凤仙望着富金说："杨老爷哪里是到我这儿来的，他是来看我们富姑娘的呀！"

杨度说："别这样说，我今天来云吉班，主要不是为了她，而是为了你。"

小凤仙笑道："哟，杨老爷居然给我这大面子！"

蔡锷说："凤仙，明天是你十九岁生日，皙子和我特地来为你祝寿的。"

富金对小凤仙说："正是的，还是你的面子大，皙子还没有替我做过寿，倒先替你做起寿来了。"

杨度说："明年六月，我和松坡，还有凤仙，一起来为你做寿。"转脸对小凤仙说："寿星婆婆，你说这个寿如何做法？"

小凤仙托着腮帮子想起来。

蔡锷说："我提议，先到牛街清真馆去吃烤全羊，再去听戏。广和楼现正唱的《汾河湾》，谭鑫培的薛仁贵，王瑶卿的柳迎春，当今中国的第一对好搭档。"

小凤仙说："全羊太腻了，不如到虎丘阁去吃苏菜，清爽些。"

富金说："《汾河湾》没看头，到三庆班去看梅兰芳的《贵妃醉酒》吧！"

蔡锷说："好好，都依你们的，先吃苏菜，再看《贵妃醉酒》。"

杨度说："吃饭听戏都是好主意，但我还得给寿星婆送件礼物才行。"

小凤仙眼睛一亮："杨老爷，你要送我什么礼物？"

杨度说："上个月我就许了一件貂皮大衣给富金，今天我们一起先到大栅栏去，买两件貂皮大衣，一件送寿星婆，一件送富金。"

小凤仙、富金一齐起身说："最好最好，我们赶快去吧！"

四个人分坐两驾马车，一路叮叮当当地来到前门外大街，路过瑞蚨祥绸缎铺门前，杨度猛然想起一件事，忙吩咐停车。

富金说："这是瑞蚨祥，不卖皮衣。"

杨度说："下车吧，我带你们去看一样东西。"

蔡锷带着小凤仙也下了车。

四个人一起走进瑞蚨祥。店伙计见来的两个男人气宇轩昂，两个女人珠光宝气，知不是一般人，忙殷勤招呼。

杨度问："你们老板呢？嗯？"

店伙计连连打躬，说："老板在楼上，我这就去叫。"

一会儿，一个五十多岁肥头大耳衣着考究的人从楼上慢慢走下，那伙计跟在后面。

这人走到杨度面前说："鄙人姓孟，是这里的老板。先生有什么事？"

杨度说："大总统的袍服在哪里缝制，你领我去看看！"

孟老板一听这话，两只小眼睛睁大起来，停了一会儿说："对不起，先生，朱总长有命令，大总统的袍服不能让外人看。"

杨度说："外人不能看是对的，我不是外人。"

说着掏出一个大红小折子出来，递给孟老板。孟老板接过，打开一看，上面有一行烫金字：中华民国参政院参政杨度。

啊！此人就是筹安会理事长杨度！孟老板大吃一惊。他是个与高层人士广有联系的商人，知道眼下的筹安会是个炙手可热的机构，它的理事长杨度是个通天大人物。孟老板不敢怠慢，双手递回大红折子，连连说：“杨大人，小人有眼不识泰山，刚才多多得罪，请进客厅喝茶。”

杨度指着蔡锷介绍：“这位是蔡将军。”

蔡锷面无表情地点点头。

孟老板并不知道蔡将军是个什么人物，但既然是与杨大人一起来的将军，也绝非等闲。他对着蔡锷鞠了一躬，说：“请蔡将军赏脸，一道进客厅喝茶。”

大家都进了客厅。孟老板亲自给四人沏了茶，十分热情，又连连赔不是。

闲聊了几句，杨度说：“领我们去看袍服吧！”

孟老板将大家带进一间绣房里。绣房中间是一张大绣床，绣床上四五个清秀的年轻女郎围坐在一件硕大的袍服边。孟老板叫女郎们暂时出去一下，对杨度等说：“这就是大总统的袍服。”

大家注目细看。这件明黄色缎面料袍子上已用五彩丝线绣满了红日、海水波浪，正中一条金黄色飞龙昂首翘尾，五爪张狂，双目奕奕，鳞甲辉煌。

富金失声轻叫道：“呀，这不是龙袍吗？都快完工了。”

孟老板说：“前身基本绣好了，正在赶绣后身。杨大人放心，不会误期的。”

蔡锷一直盯着，没有做声，心里想：龙袍都偷偷地在做了，袁大头是看准皇帝一定做得成了。

小凤仙说：“皇帝不是早就推翻了吗，还做什么龙袍？”

孟老板没有理会小凤仙的话，指着龙袍说：“无论面料里料，还是各色丝线，都是选的全国最好的材料，连刚才那几个绣女，都是专门用高价从苏州聘来的。龙袍上的一千零八十颗珍珠全是从暹罗进口的。”

又特意指着绣龙的两只大眼珠说：“暹罗还没有这样大的珍珠，这两颗是从波斯进口的。”

大家顺着孟老板的手指看龙的眼睛。两颗珍珠，大如鹅卵，的确非凡品。蔡锷出身农家，一向节俭，看在眼里，骂在心里：这两颗珠子不知要花多少钱，就凭这点也不能让他做成皇帝！

杨度问蔡锷："龙袍绣得如何？"

蔡锷点头说："绣得好，比前清皇帝穿的还要阔气。"

孟老板得意地说："蔡将军好眼力！瑞蚨祥为清廷做了几十年的龙袍，没有一件比得上这件的。"

这件龙袍是袁克定叫内务总长朱启钤负责监制。杨度听说内务部和瑞蚨祥的老板合伙做假，龙袍上的珍珠多是赝品，那两只眼睛是从日本买的假珠子。

杨度死死地盯着龙眼睛，但他看不出假在哪里。孟老板看着杨度的神态，心里发虚，背上渗汗。

"孟老板，这龙眼睛大概有问题吧！"杨度盯了半晌，板起面孔冒出一句话来。

孟老板一惊，很快又安定下来，满脸堆笑："杨大人，您说这珠子的问题在哪里，是小了，还是颜色不对，您指出来，我去换！"

杨度一听这话，心里已明白八成，冷笑道："问题在哪里，你们自己清楚，要是聪明的话，早早换掉，下个月我再来看。"

边说边出了绣房。孟老板弯着腰跟在后面，一个劲地说："杨大人不满意，我一定换，直到换到您满意为止。"

"好吧，我们走了，你们好生绣吧！"

"请杨大人和蔡将军稍稍留步。"

孟老板说着，走进一扇小门里。一会儿出来了，手里捧着两个小小的圆形金丝绒盒子，笑着说："两位夫人亲来敝店视察，敝店不胜荣光，这点小礼物请两位夫人赏脸笑纳。"

说着将盒子打开，每个盒子里放着一对金戒指一对金耳环。小凤仙和富金都不敢接。孟老板再三请她们收下。

杨度说："既是孟老板的好意，你们就收下吧！"

小凤仙、富金这才收下。孟老板一直把他们送出大门口。

杨度说："对面是全聚德烤鸭店，我们先去吃烤鸭吧，吃了烤鸭再去买衣服。"

大家都同意。走进全聚德，店小二把他们带进一个整洁的单间雅座，很快便将酒菜端了上来。

蔡锷笑着对杨度说："这个孟老板是初次见面，他为何送这么重的礼物？"

小凤仙也说："我们今天沾了杨老爷的大光了。"

杨度边喝酒边说："你们知道，做这件龙袍的预算是多少钱吗？"

两个妓女都摇头。

"八十万。"

包括蔡锷在内，三个人的六只眼睛都瞪得跟刚才的龙眼珠一样大。

"光那对龙眼睛就是三十万。"

杨度轻轻的一句话，再次将众人镇服。

"有人告发，说这两颗珠子是假的，只用了三万元，内务部庶务司的人和瑞蚨祥的老板把余下的二十七万贪污瓜分了。"

"啊，有这等事！"大家不约而同地叫起来。

"我今天就是去看看这假珠子的，但我看不出，只敲了一下，老板的神色不对，肯定是假的。这两个小盒子就是敲了一下的结果。"

杨度夹起一片焦黄嫩肥的烤鸭塞进嘴里。

小凤仙问："他们还会换真的吗？"

杨度冷笑道："钱都让他们私分了，哪里还能换真的？过会儿孟老板就会跟内务部的人商量对策，待到我下次再来时，老板多半会对我说，龙袍已经内务部验收珍藏起来，不在瑞蚨祥了。"

富金问："那你还会去查看吗？"

杨度放下筷子，说："我哪里还会去查看！何况我又不是内务总长，这事不归我管。”

小凤仙问：“杨老爷，你会向总统告发吗？”

杨度哈哈笑道：“凤姑娘，你真天真，我又没有真凭实据，告发什么呀？告发不成功，反将朱启钤和内务部的人都给得罪了。再说又岂止一个内务部，哪个部哪个衙门不贪污中饱？财政部向外国银行借款，洋人给他们塞红包，一塞就是一百万二百万的，利息便从三分变成四分，九五交款就变成九零交款，比贪污两颗珠子的钱多得多哩！况且总统制龙袍的八十万又是哪个的钱？还不是老百姓的血汗钱！八十万全部用在他一人身上，和他用一半别人贪污一半有什么区别？”

蔡锷边听边点头，心里想：就这几句话说得中听。看来皙子还没有糊涂到顶，今后还有救。便说：“皙子说得对，何必多管闲事。”

“是呀，我正事还办不完，哪有闲心管他们。”说着，略带醉意地望着富金说，“真有空，我还不如陪着富姑娘打牌听曲子哩！”

小凤仙和富金都笑了起来。

蔡锷说：“我倒想起有几件正事，皙子你要认真考虑下，以备总统的垂询。”

“什么事？”杨度又端起了酒杯。

蔡锷用小银勺慢慢搅动桌上的鸭骨汤，说：“比如哪天总统问起你来，皙子呀，咱们这个朝代的年号叫什么呀？咱们登基的金銮殿叫什么呀？还叫太和殿吗？你这个宰相怎么回答？”

蔡锷学着袁世凯的口吻问着，小凤仙一旁抿着嘴笑。

杨度说：“松坡，你想得还挺周到的嘛！年号叫什么，这是件大事，至于太和殿要不要改名我倒还没想过，看来你是宰相的好料子。”

说着大笑起来。

蔡锷说：“宰相都是文人做，没有武人做宰相的。”

富金说：“你们俩一文一武，正好辅佐袁大总统登基做皇帝。”

杨度忙举杯说：“富姑娘这话说得好。松坡，我们俩干了这一杯，今后一文一武精诚团结，做袁大总统的左右手，做中华帝国的两根顶天柱。”

蔡锷心里冷笑，嘴上说：“将相和，国家兴。干杯！”

一杯酒喝完后，都放下杯子，富金给他们斟满。

“年号叫什么呀，你心里有数吗？”蔡锷又挺关心地提出了这个大问题。

杨度说：“我还真的没想好哩。”

富金说：“现在街头巷尾的小孩子们唱儿歌，说什么‘家家门口挂红线’，我看不如就叫‘红线’最好，听起来顺耳，而且也让孩子们给叫熟了。”

杨度笑道：“真是女儿家说的话，哪有朝代用‘红线’二字做年号的，岂不让人笑掉大牙！”

富金不服气地说：“红线怎么啦，难道红线就只有女儿家喜欢，男人不喜欢？袁大总统龙袍上的太阳还不都是用红线一根根绣出来的？倘若他真的能像我们女儿家一样，用红线给国家绣出一派明媚阳光来，才是好皇帝哩！”

蔡锷说：“不要小看了富姑娘，她这话说得很在理。‘红线’这个字是好。不过皙子说的也有道理，年号用这两个字的确不大方。我有个主意，用这两个字的音，换两个别的有派头的字。”

富金很高兴：“蔡将军，你说该用哪两个字代替？”

蔡锷想了一下说：“这样吧，‘红’字用副总统黎元洪的‘洪’字。‘线’字最好替代了，我们拥立皇帝的目的是为了君宪，干脆用君宪的‘宪’字。”

“洪宪。”杨度念了一遍。蓦地，脸上放出光彩来，欣喜地说，“松坡，你这两个字换得最好了。‘宪’字绝妙不要说了，这‘洪’的意义也好极了。”

蔡锷说：“我只是随便说说，不及细想，皙子是学问家，你把

‘洪’字朝深里给我们讲一讲。”

杨度正正经经地说：“《洪范》五行之义，为帝王建号之基。天数五，地数五，五百年后必有王者兴。大明洪武开国以来至于今日，恰好合五百年之数。此五百年中，为外族与汉族消长之运。前有洪武驱胡元，后有洪秀全抗满清，辛亥年武昌起事，由黎元洪副总统领率，而清人禅位，汉人江山光复，此大功实由袁大总统合成。今大总统改国体建年号，‘洪’字乃最吉祥之义，故‘洪宪’二字最好，我明天就将此二字呈献给大总统。”

富金快乐极了，大声说：“若是总统采纳了，晳子，你一定叫国史馆的人记上一笔，就说这个年号是我和蔡将军两人共同取的。”

蔡锷赶忙说：“不要写上我的名字，这是富姑娘一人的创造。”

小凤仙一直没开口，见三人都笑得很开心，她冷冷地抛出了一番话：“你们为何这样热心再捧出一个皇帝出来？皇帝是开金口落圣旨的，说的话再也不能改变。倘若你们今后哪天遇上他生气了，说声砍你们的头，那时我看你们如何对待。是让他砍了算了，还是叫他收回成命？若是你们甘心做奴才，让他砍了也算了；若想平平安安过日子的话，我劝你们最好不要捧他出来做皇帝。”

如同一杯滚水里掉进一块冰，众人的情绪骤然冷了下来。蔡锷白了一眼小凤仙，小凤仙扭过脸去不睬他。杨度起身说：“好了，烤鸭也吃了，闲话也说了，我们给寿星婆买衣服去吧！”

大家走出全聚德，进了一家俄国人开的皮衣店。小凤仙的情绪立即高涨起来，她和富金兴致勃勃地挑了半天，最后杨度付出一张三千银元的支票，为小凤仙买了一件黑褐色貂皮长衣，为富金买了一件银灰色狐皮短衣。下午在虎丘阁吃了苏菜，夜里在三庆班听了梅兰芳的《贵妃醉酒》。

夜深分手时，蔡锷握着杨度的手说：“晳子，谢谢你今天给小凤仙的生日带来快乐。请转告大总统，不管东南西北哪个地方有反对帝制者敢于闹事，蔡锷将带兵前去征讨。”

杨度从蔡锷硬挺的手中感受到一种真正的力量：军人的力量。

十二　袁克定破釜沉舟，要把帝制推行到底

第二天日上三竿，杨度才醒过来，吃完早饭后，他郑重拿起笔来给袁世凯写了一封信。一则建议年号定为洪宪，二则建议将前清的三大殿太和、保和、中和改为体元、承运、建极。三则建议总统府改名新华宫，中华门相应改为新华门。

正写着，一男一女匆匆走了进来，杨度抬起头来一看，原来是夏寿田和杨庄。他心里暗自奇怪：叔姬不和代懿一起，怎么倒和午诒一起到我这儿来了？猛然间想起当年叔姬为午诒所赠宫花而病了半个月的事，难道他们之间旧情未断？

没等杨度开口询问，夏寿田神色慌急地说："皙子，大事不好，总统改变主意了。"

"什么！总统改变什么主意？"杨度已意识到是帝制事，但嘴上却不自觉地发出疑问。

"哥，夏公子说总统要取消帝制的打算了。"叔姬对即将五十岁的夏寿田仍用"夏公子"来称呼，饱含着她对铭心刻骨的初恋的一往深情。"嫂子们都说，你最好再到日本去避一避风头。"

这是怎么回事？杨度丈二和尚摸不着头。他急着催夏寿田："你快说说！"

叔姬代哥哥给夏寿田泡了一杯茶。她端起茶杯走到夏寿田身边，温柔地说："你把今早在我们家里说的话，再细细地说一遍吧！"

夏寿田喝了一口茶，心绪平静下来。他不时转换目光，一会儿看着杨度，一会儿看着叔姬，将这几天总统府里的事叙述出来。

大前天，他用袁世凯的专座金轮马车将严修接到中南海，袁世凯在纯一斋亲热地会见了这位多年不见的故友，夏寿田坐在一旁陪同，以便随时照应。

严修近六十岁了，瘦瘦的中等身材，清癯的面孔上架一副黑边深度近视眼镜，给这位品行方正的教育家增添了几分学术威严。他并不多寒暄，话说不了几句便进入正题。

“慰庭兄。”袁世凯已经做了四年大总统，这位不通世故的学究仍用先前的称呼叫他。袁世凯抽着雪茄面带微笑，他显然对这个称呼不恼怒，甚至还觉得亲切。“近来我在天津常听人说，你要废除共和制，恢复君主制，自己登大位做皇帝了。我来见你的目的，就是要当面问问你，究竟有这事没有。”

袁世凯平和地说：“这都是谣传，没有这回事。”

严修扶了扶眼镜，说：“听你亲口否定这种说法，我就放心了。慰庭兄，说心里话，我在一姓天下生活了五十多年，官也做过二十多年，要说再行帝制，对着新皇帝山呼万岁，我并不反对。从我个人来说，还习惯些。”

袁世凯笑道：“你说的是实话，我也和你一样，对过去那一套总觉得顺些，现在许多事都别扭，做起来碍手碍脚的。”

严修从袁世凯这两句话中，已摸到了老朋友的内心世界。“慰庭兄，不是我当面捧你，要说做皇帝，今天中国只有你最合适。”

袁世凯忙摇手：“范孙兄，你这话言重了。我无德无才，岂敢南面称孤？”

严修浅浅一笑：“但可惜的是，你没有抓住好时机。”

袁世凯停止抽烟，身子向着严修前倾几分，专心听着。

“第一个好时机是辛亥年复出时。当时革命军在东南数省组织政权，已夺去了满人的半壁江山，那时排满复汉是全国人民的呼声。你蒙冤遭贬，隐退洹上，人心大多同情，复出之时，举世瞩目。”

冷冷清清凄凄惨惨离京回籍的那个风雪之晨，又浮现在袁世凯的脑中。就是在那样的时候，眼前的故人顶着巨大的压力前往车站送行，他心里再次涌起感激之情，因而对严修的话也就格外听得入耳上心。

“当时你拥有强大的北洋军，又乘破汉口克汉阳之军威，举手之间武昌可下。夺回武昌后再挥师北上，驱逐胡虏，光复汉家山河，开基立业，建一代新朝，那是一件顺天心合民意的大好事。全国拥戴，绝无异辞，即使有人不满，也不过螳臂当车，不堪一击。”

袁世凯的心动荡起来：严修的话不错。南克武昌，北攻京师，号令天下，建立新朝，并非难事呀，当年怎么啦，竟没有这样做，是让共和迷住了心窍，还是不愿背欺侮孤儿寡妇的奸雄的恶名？

“当时没有这样做，此为失机一。”严修不紧不慢地继续说，“癸丑年，正是大乱初平人心思定的时候，黄兴、李烈钧等人却为了一党私利挑起战争。你居政府合法首脑的地位，坚决果断一举削平了宁赣之变，底定长江，慑服四方，那时你的民望达到了顶点。倘若趁热打铁，改国体，践帝位，也定然会得到万众拥戴。但可惜，此机又未抓住。”

袁世凯的心再次摇荡。他后悔当年没有强行将严修从天津接到中南海来，置之以三公之位，待之以国师之礼，朝夕商讨国事，拨乱纠误，也免得这样一个好机会又白白丢掉了。

“民国成立至今已历四载，你多次向世界和国人表示坚决推行共和，不使帝制复辟。此种思想已深入人心。”严修接着说，“近闻杨度等人办筹安会，鼓吹君宪，还玩什么投票表决国体的把戏。这哪里是在筹一国之治安，实在是无事生非乱国害民！杨度等人真是一批包藏祸心的蠹虫。慰庭兄，你应像当年对待革命党那样，对筹安会这班人严厉处置，绳之以法。”

袁世凯凝神听着，默不作声。严修有点动气了，他又扶了扶眼镜，歇了一会儿继续说：“我只听说自古以来建国立朝，皆举兵以得天下，未闻以文章而得天下的。有这个先例的，只一个新莽，然很快就消亡了。现在杨度等人打着筹安的幌子，挟芸台以蒙蔽你，外人不知道，还以为这都出自于你的主意。看在我们相交二十多年的分上，我特地从天津来规劝一句：共和必不能否定，帝制决不能复辟。这不只是为中国，首先是为了你，为芸台，为袁氏子孙的平安无事。慰庭兄，我告辞了。”

袁世凯送走严修后，独自一人在办公室坐了很久。天快黑时，他诚恳地对夏寿田说：“严范孙是我的患难之交。他一生研究学问，致力教育，人品正直，不慕名利。别人的话我都可以不听，他的话我不可不听。午诒，看来筹办帝制的事要停下来。”

夏寿田听了，半晌作不得声。他第一个想法是要把总统的这个思想转变马上告诉杨度。

次日上午，夏寿田在南海边小石子路上遇到政事堂秘书长张一麟。张一麟悄悄地把夏寿田拉到一棵老槐树下说：“杨皙子是你的好朋友，你要他赶快停止筹安会的事，总统昨夜心里很乱。若杨皙子硬要逼他下火坑，一旦出了事，杨皙子就准备做晁错，以一人头谢天下吧！”

夏寿田惊道：“有这样严重吗？”

张一麟说：“怎么没有，你以为我是在吓唬他？杨皙子现在是热昏了头，连袁寒云的小妾都不如，她的头脑还清醒些。”

夏寿田听出他的话里有话，便问：“仲仁兄，你听说袁府出了什么事吗？”

“我告诉你一件事吧，袁寒云的小妾薛丽清前两天离开了袁府。”

“就是那个唱昆曲的戏子吗？”夏寿田说，“听人说，她长得很漂亮。”

“她不但漂亮，还给袁寒云生了个儿子。”张一麟压低着声音说，“袁寒云将薛丽清带进袁府，刚开始薛丽清觉得这是过去帝王住的地方，很稀奇，住了一年后她厌倦了，因为府里只有规矩没有生气。上个月，袁寒云诗兴发作，写了一首名为《感怀》的七律。”

夏寿田问：“诗是怎么写的？”

张一麟略为想了一下后吟了起来：“乍着微棉强自胜，阴晴向晚未分明。南回塞雁掩孤月，西去骄风动九城。驹隙留身争一瞬，蛩声吹梦欲三更。绝怜高处多风雨，莫到琼楼最上层。”

“诗写得不错。”夏寿田赞道。

“诗是写得不错，但祸事接着就来了。”张一麟向前后左右望了一眼，见四处无人，才继续说，“这诗传到芸台的耳中，芸台说寒云这首诗是讥讽父亲的。”

“怎么会是讥讽总统的呢？”夏寿田不明白。

“芸台说，要害在最后两句。最上层是什么，不就是皇帝吗？莫到最上层，就是要袁家莫做皇帝。理由是高处多风雨，隐喻政局不稳。芸台到总统面前一挑唆，总统生气了，将寒云禁闭半个月。薛丽清说，还没有登基做皇帝哩，亲兄弟之间就起坏心眼了，倘若有朝一日大公子登了位，那还有克文的命吗？自古来皇子内部的残杀比普通人还厉害，不如早点离开为妙。薛丽清就这样离开了中南海。你去告诉杨皙子，把皇帝捧出来后，不但对中国有害，可能对他自己也不利。”

杨度听完夏寿田这段详详细细的叙述，吓得心惊肉跳。

夏寿田说：“昨天我找了你一天不见人，今天一大早就到槐安胡同去找你。叔姬说你多时不回家了，就把我带到这里来了。”

叔姬说：“哥，袁克定与袁克文的冲突，不就是当年曹丕曹植的旧事重演吗？伴君如伴虎，还是离他们远远的为好。”

杨度木然坐着，不发一声。

夏寿田说：“你看如何办，要不要先去找一下克定。我只请了半天假，我要回总统府去了。”

杨度说：“谢谢你了，你回去吧，我再想想。”

又对妹妹说：“你也回去叫大家放心，我是不愿做晁错的，也不会再到日本去。”

待夏寿田和杨庄走后，杨度将自己关在房间里，一支接一支地抽烟，脑子里紧张地思考着。

这几年与袁世凯接触多了后，杨度渐渐看出袁世凯原来是个官场上最好的戏子，他可以将与内心深处截然相反的神态表演得真诚动人，不露半点破绽。关于帝制，他先后对冯国璋、张謇等人所表示的态度就是属于此类的杰作。而夏、张所说的这两天袁世凯的心思纷乱，杨度相信，这很可能是表里一致的反映，也就是说，严修以其品德和雄辩打动了袁世凯。袁很有可能会接受严的劝告。倘若如此，这几个月的心血就白费了。新朝宰相也便没有了，多年来钻研的帝王之学再次变为泡影，不但将给历史留下一段遗憾，而且还会给后人增添一个笑柄。应该让袁世凯信心坚定地把帝制推行下去，不能因严修的几句话就改变了主意。杨度想到这里，霍地起身，要去面见总统，陈述自己的政见。

但就在掐灭烟头的瞬间，他又猛然想起，万一帝制遭到普遍反对，袁世凯一定会推卸责任，抛出替罪羊，那么自己就会真的成为晁错。他颓然坐下，又慢慢地重新点燃一支烟。他默默地抽了很久，最后决定采纳夏寿田的建议，把这个情况告诉袁克定，由大公子出面去劝说乃父。对！这是个两全其美的主意。

袁克定此时正在小汤山。杨度雇了一驾两匹马套的快车，风急火燎地赶到小汤山。当他把这个突变慌慌张张地告诉袁克定时，不料袁大公子淡然一笑地说：“皙子，不要紧，我自有办法保证家父不会改变主意，该做的事，你们依旧去做。”

看到袁克定这副镇定自若胸有成竹的神情，杨度的情绪顿时安定了许多，便把年号和改名的事简略地说了下。袁克定高兴地说：“‘洪宪’这两字做年号很好。有人对我说，用文定或武定，我对他们说，现在是商量大总统的年号，轮到我登基时，再用‘定’吧！”

说罢大笑起来，杨度也跟着笑了，心里想：袁克定这样能沉住气，看来是个干大事的人，莫非他真有储君的福分？

袁克定从抽屉里拿出一叠纸来，对杨度说：“你看看吧，这是几个省国民代表大会打来的拥戴电。”

杨度接过来一一翻开看。这些拥戴电是湖南、湖北、山西、云南、浙江、安徽、黑龙江、河南、广东、江西十个省的国民代表大会打来的，一致表决拥护帝制，取消共和。看到这些电报后，他心里更加安定了。筹安会成立尚不到两个月，就有差不多一半的省以全省人民的身份支持君宪制，这是多么令人兴奋的现象。难道这十个省的人民的意志，还抵不过一个书生的议论吗？怪不得大公子稳坐钓鱼船！

不过，当他仔细欣赏这些电文时，却有一丝不快涌上心头。原来，这十份电报的结尾都是相同的："谨以国民公意，恭戴今大总统袁世凯为中华帝国皇帝，并以国家最上完全主权奉之于皇帝，承天建极，传之万世。"十份电报全都以这四十五个字为结束，一字不差。显然，这是照抄不误的一段公文。这段公文是谁发下去的呢？是梁士诒的国民请愿会，还是袁大公子本人？杨度深以此种做法不妥。这些都是历史档案，倘若后人查阅起来，岂不露出了马脚？这明摆着是由上而下的命令，而并非由下而上的请愿嘛！

袁克定全然不把这点当作一回事。他笑道："怪不得你的老师说你是书痴。这些东西留什么档案，到时付之丙丁，一把火烧了省事！"

杨度总觉得不妥，但既已如此，也就罢了。他把电报还给袁克定，说："这就是你保证总统不改变主意的根据吗？"

袁克定说："这只是一个方面，还不是主要的。"

"主要的呢？"

"到时再告诉你吧！"袁克定神秘地一笑。"咱们坐车进城吧，我明天要采取紧急行动。"

第二天，一个凶神恶煞般的汉子推开六国饭店严修的住房，对这位斯斯文文的教育家厉声训道："我奉袁大公子的命令警告你，你在总统面前大放厥词，干扰国策，已犯了大错。若还要在北京作乱的话，大公子决不会轻易放过你。"

说完也不留下名字就走了。

严修先是吓蒙了。待人走后，他细细一想：这是袁克定派来的人无疑，因为不行帝制，他就不可能当太子，所以要迁怒于我。哎，原是为了他们父子好，想不到反而恩将仇报，何苦来哩，让他们自作自受吧！严修悄悄离开六国饭店，望着宫殿巍峨的中南海叹道：“袁慰庭呀袁慰庭，你一世英明，可惜栽在自己的亲生儿子手里！”他匆匆搭午班车回天津去了。

与此同时，中南海居仁堂总统办公室里，袁氏父子正在密谈。

袁克定对他父亲最为清楚，十省国民代表会议的表决固然给他带来欣慰，但严修一席话给他造成的心病，不是这帖药可以彻底医治好的。袁世凯最看重的是洋人的态度，洋人中他又迷信德国、英国和日本。德皇威廉二世关于帝制的建议是他动心的起因，与英国公使朱尔典的亲密友谊，使他相信可以通过朱尔典得到英国政府的帮助。对于日本政府所提出的二十一条无理要求，委屈接受的最终目的也是为了换取这个东洋强国的支持。德国现正忙于打仗，自顾不暇，无心管中国的事，这是袁世凯所知道的，近一段时期，他关注的是英国和日本对此的反应。袁克定的手里正是拥有此法宝。

一件是德国驻英国使馆代办，袁克定那年在德国治腿病时所结交的好友施尔纳，日前给他的一封私人信件。他拿出给父亲看。袁世凯不识德文，叫儿子把大意讲一下。袁克定说，施尔纳的信是这样写的：英国国会议员向外交部提出责问，说外交部对华政策不妥，不应插手中国目前关于共和与帝制之争。外交部发言人说，袁世凯的中华民国政府是得到人民拥护的合法政府，它正面临着国体重新选择的问题，大英帝国政府严守一贯的立场，即尊重他们的选择，政府没有今后也不会插手其间。

克定告诉父亲，施尔纳通报这个情况后指出，这是英国政府支持中国改行帝制最明朗的外交语言。果然，袁世凯听了这话后脸上露出了一丝笑容。

第二件是前两天收到的来自日本的《东京日报》。袁世凯在朝鲜十二年，略识日文。他拿过报纸自己看。头版头条登的是日本首相大隈重信最近对新闻界的讲话。大隈重信说：中国国民的政治思想极为贫乏，对于究竟应该实行君主制或共和制，均在所不问，只要国内和平生活安定即可满足，因而大多数人民对于恢复帝制事必不反对。又说袁世凯不失为中国现代一大伟人，其皇帝自为，任何人亦不致引以为怪。

德国代办的信和日本首相的讲话给袁世凯一颗定心丸。他对儿子说：“英国、日本的支持是至关重要的。不过，严范孙先生的劝告也有道理。我今天上午已命杨士琦去参政院宣读了我就时局对全国的宣言，其中主要说的就是国体一事。这是宣言的副本，你可以看一看。”

袁克定拿过副本迅速地浏览了一遍。大部分话都是老生常谈，实质性的话只有几句：“改革国体，经纬万端，极宜审慎，如急遽轻举，恐多障碍，本大总统有保全大局之责，认为不合时宜。”

“父亲，”袁克定说，“儿子以为这不碍事。宣言尽可公之于报端，到时各省都一致投票表决赞成帝制，那时父亲再发表一个宣言，说俯从民意，顺应舆论，不得已勉为其难做皇帝就是了。”

袁世凯的顾虑基本上打消了，他吩咐儿子：“你们去办吧，要多注意国际动向。”

有了父亲这句话，袁克定的气势更壮了。他想：严修的话只是对父亲当面说的，影响不大，影响大的是杨士琦在参政院代读的时局宣言。如果此时不表示一个破釜沉舟的坚决态度，那么筹安会、请愿联合会以及各省的心腹们便会由怀疑而产生动摇，由动摇而导致分裂，即将到身的龙袍便会给吹走。不行！必须消除不良影响，鼓舞士气，乘胜奋进，直到把中华帝国建立起来为止！

第二天，袁克定召集杨度、孙毓筠、梁士诒、张镇芳等人在北海离宫开会。袁克定在会上慷慨激昂地说：“中国办共和办了四年，弊病丛生，国不安宁，有识人士在碰壁后终于明白君宪才是中国真正应当选择的国体，筹安会诸君子发起学术讨论，经过辩论，道理越来越清楚。请愿会诸君子发动京师各界及普通百姓行动起来，为请求君宪早日实行而敦促政府诸公。各位都很辛苦了，都取得了很大的成果。不料在我们并力奋进之时，有心怀叵测之徒攻击君宪，危言耸听，企图混淆是非，扰乱视听，死命保住共和僵尸。这些人不唯是总统的敌人，也是我们全体人民的敌人！”

袁克定说到这里，气上胸头。他站了起来，戴着白手套的右手支在精光闪亮的德国造不锈钢拐杖上，左手挥舞着：“杨士琦在参政院代读的宣言，不是对君宪制的否定，而是总统对我们的告诫。告诫我们要审慎，不能轻举妄动。大家要理解总统的心情。总统受全民所托，肩负国家的安全，这副担子有多么沉重！何况国体是一国之本，牵涉到全局，不仅于我们自己切身有关，而且世界各国也都在密切关注着。总统怎能不慎而又慎？”

杨度、孙毓筠不住地点头，梁士诒沉着脸，张镇芳悠闲地抽着雪茄，其他人都懔然听着。

“所以，大家不要被宣言书上的话所疑惑，以为总统改变了主意。我明确地告诉各位，总统昨天亲口对我说，他是全国人民的公仆，他尊重全国人民的意愿，倘若全国人民都要求实行君宪，都要求他做皇帝的话，他一定要接受这个意愿，改行帝制，亲登大位。”

杨度脸上露出了笑容，其他人也都松了一口气。

袁克定加大嗓门继续说：“我告诉大家两个好消息，一是已有十个省打来了电报，这十个省的人民一致赞成君宪，拥戴总统登位。二是英国政府和日本政府都有权威讲话，支持中国自己的选择，不干涉中国内政。”

“哦，原来他手中的法宝是英日两国的支持！”杨度明白了袁克定最终说服父亲回心转意的原因，他的心更加踏实了，决定明天就去把富金赎出来。云吉班的翠班主把富金当作一棵摇钱树，又见杨度是个出手大方的大红人，开价要四十万银元。杨度一时拿不出这多钱，八十万的筹办经费顶多只能挪用十五万，再七凑八凑可以凑出五万。翠班主说杨老爷马上就要做宰相了，先拿二十万把富金带出班，当了宰相后再交二十万。开会前杨度还在犹豫，万一帝制办不成，今后二十万何能补齐，不如暂不赎。现在他已下了决心，明天上午先交二十万，把富金从陕西巷接出来，既兑现了诺言，又能天天和她在一起。宰相美人，全归了自己，其乐何比！

这时，胖墩墩的张镇芳从口袋里掏出一封信，走上前递给表侄，说："克定，你看看，这是早两天在请愿会里发现的匿名信。"

袁克定接过看了一下，脸色立即变得铁青。他将信撕碎摔在地上，厉声叫道："这一定是革命党弄的鬼，不要被他们吓唬住！说什么若行帝制没有好下场，取消帝制，就可保袁氏子孙无事吗？一派胡言乱语！帝制已到了这个地步，谁要是能担保取消帝制袁氏家族永远没有危险，则姓袁的不做此皇帝！"

说着，袁克定瞪大眼睛盯着大家，又扬起手中的钢拐杖吼道："试问，谁能担保？"

大家面面相觑，都不知说什么为好。

袁克定心想：一不做，二不休，今天干脆使点绝活出来，让那些反对帝制的人心里也有个怕惧。他将钢拐杖朝青砖地狠狠一戳，叫道："我袁克定改帝制是改定了，谁也不能阻挡。哪个敢来试试，我就这样对待他！"

说完，猛地提起拐杖走到窗户边，将窗户上的五彩玻璃一块一块地捅碎。破碎的彩色玻璃片掉到青砖地上，发出一阵阵使人心悸的声音。大家都被大公子此举给镇住了。

张镇芳走过去，拉住他，以表叔的身份劝道："克定，不要生气了。革命党都是无赖之徒，不要跟他们一般见识。"

谁知张镇芳越是劝，袁克定越是来劲。他推开表叔，抄起桌上那只一尺多高明代弘治年间烧制的青花瓷瓶，朝着对面那座大穿衣镜掷去，嘴里嚷道："革命党无赖，老子比你还无赖！"

随着嚷叫声，离宫里发出“哐啷”一声巨响，明代传下的瓷瓶和日本进口的穿衣镜同时变为粉碎。帝制心腹们都吓得颤抖抖的。

杨度与袁克定相交近十年了，一向都以为这位大公子温文尔雅，没有想到他发起怒来也有这等霹雳手段。是的，外柔内刚，刚柔相济，才是做大事的材料，袁克定人才难得。与别人的战栗相反，筹安会的理事长对未来的太子投射的是赞赏的目光。

十三　皙子，早日奉母南归，我在湘绮楼为你补上老庄之学

北海离宫会议澄清了帝制派心腹们的疑虑，大大增强了他们成功的信心。

杨度和筹安会诸人关起门来，开始草拟各种诏书。

梁士诒和请愿会的同仁们则大筹资金，并走入社会，广为发动各界组织各色请愿团，士农工商自不必说了，就连下九流也不放过。继盐商、酒商、布商、珠宝商请愿团成立后，京师乞丐请愿团、娼妓请愿团也堂而皇之地举起小旗子在大街上游行，表示拥护帝制，拥护袁皇帝，令过路行人掩口哂笑不止，酒楼茶馆又增添了绝好的谈资。

内务总长朱启钤也不甘落后，他干脆办起了一个名曰大典筹办处的组织，公然操办起筹备登极大典的各项事宜来。皇帝龙袍在日夜赶制，皇后、皇妃、皇子、公主的袍服也在赶紧设计之中。瑞蚨祥的孟老板打出五十万元的红包来，上自朱总长，下至走脚跑腿的职员一一打点遍，把所有宫廷吉服制作的业务全部揽了过去。当年那个气死八指头陀的礼俗司白副司长则用重金买通总长，包办了烧制宫中御用瓷器的任务。他借口用前代瓷器为蓝本，将原清廷文华殿中所藏的不少珍贵古代瓷器运出，在江西景德镇烧制了大批宫中日常使用的瓷碗、瓷杯、瓷砖。以后他又将宫中原瓷器卖给洋人。这位白副司长由此发了横财。

至于总长朱启钤更是获利无数。朱启钤的第三个女儿是个追逐

时髦喜好招摇的人，仗着父亲的权势，在京师极为活跃，俨然为轻薄女郎的领袖。在朱三小姐的带领下，一批官家女公子争艳斗侈，竞尚奢靡。袁世凯对这种风气看不惯，暗中授意肃政厅批评。于是肃政史夏寿康秉承旨意，上了一道名曰“奏为朝官眷属妇女冶服荡行越礼逾闲，宜责成家属严行管束，以维风化而重礼制事”的呈文。袁世凯原拟借此整饬官府，却不料被王闿运看中，引作自己离京避祸的护身符。

王闿运一到京师，便对袁世凯貌似礼遇、其实冷淡的态度不满，采取一种玩世不恭的对策来办国史馆，后又遇到国史馆经费不能按时发足的尴尬局面，加之宋育仁无故遭遣等事，他的心情很不愉快。前向周妈母子私自用饷银赌博牟利惹出案子来，王闿运更是恼火。眼下京师为复辟帝制事闹得沸沸扬扬，而出头操办此事的人，又是自己寄予厚望的学生。王闿运坐在国史馆里冷眼看世界，越看越不对味。他曾经叫代懿把杨度找来，希望学生不要走得太远了。杨度对帝制成功信心十足，并怂恿老师以耆宿硕望的身份带头上劝进表。湘绮老人对此哑然失笑。

在王闿运看来，帝制已不可能再复辟，袁世凯也将当不成皇帝，而他又不能劝说这个年侄总统回心转意，甚至连自己一手培养出来的学生都不能悬崖勒马，再加之这个国史馆长做得如此窝囊。既然这样，还留在京师做什么，不如回到云湖桥去，眼不见心不烦，岂不安宁多了。何况近来身体也常有不适之感，已是八十四岁的人了。古话说，七十三，八十四，阎王不请自己去。随便哪天都有自己去的可能，何苦要双脚伸直在京城，让儿子们费尽千辛万苦再运回老家？

一想到死，湘绮老人心里又不平静起来。八十余年人生岁月，转眼就将这样过去了。“高堂明镜悲白发，朝如青丝暮成雪”，真正是一点不假呀！虽说是学富五车，著作等身，桃李满天下，诗名传海内，但老人平生的志向岂在此！安邦定国，拯世济时，像管仲那样九合诸侯一匡天下，像魏征那样辅佐贤君整治世道，那才是他的人生抱负、处世理想。然而生不逢时，一次次的努力都以失败告终，好不容易为帝王之学找到了一个志大才高的传人，而这个门生却又天性沉稳不足躁竞有余，更重要的是他也没有碰到一个好的时代，没有遇上一个可成大事的非常人物。

帝王已被推翻，想恢复帝制的人又不得其时不得其人，看来帝王之学永远只能是一门束之高阁的学问了。“哎！”湘绮老人长长地叹了一口气。

赖三送来一封家信。这是大儿子代功写来的。信上说，湘绮楼遭了秋雨，又添了不少罅漏。这两天天气好，齐白石正带着几个木匠泥瓦匠在修理。又说《春秋诸侯表》一书终于完成了，等父亲审订后拟请人雕版印刷。

看完信后，湘绮老人又增一番感慨：还是齐璜这人本分厚道，已经是出了大名的画师了，仍不改木匠本色，空闲时总是拿锯握刀地做细木活。自己也是五十多岁的人了，在老师的面前依旧是谦卑恭侍，不像皙子这样自以为可以做宰相了，老师的话也听不进了。先前总以为杨皙子、夏午诒这些人是光大师门的高足，看来，真正成就一番大事业的，或许还是这个木讷其外灵秀其内的齐木匠！

《春秋诸侯表》一书终于成功了，也亏代功多年来孜孜不倦的努力。这个题目是他给儿子出的，本来他自己可以写，但他有意让给儿子，希望儿子写成这本书，并通过这本书的写作摸索出一套行之有效的治学路数来。湘绮老人很高兴，儿子总算争了气。代懿、良儿这几个月也都有进步。儿孙们向学上进，这是垂暮之际的湘绮老人唯一的自我安慰了。

前几天，老友吴熙从湘潭城里寄来一封信，对他开玩笑说，四十多年前，曾侯去世时，你送的挽联曾袭侯不愿挂出来，然而上千副挽联没有一副有你的实在公允。现在我也给你写了一副挽联，也有不恭之处，但自认为恰如其分，想趁着你未死之前过过目，点个头，好让代功他们挂出来。挽联是这样的：文章不能与气数相争，时际末流，大名高寿皆为累；人物总看轻宋唐以下，学成别派，霸才雄笔固无伦。

湘绮老人轻轻地读了一遍，浅浅地笑了。挽联的确做得不错，气势奔放，评价也客观，不愧为出自相知多年的好朋友笔下。老人一生写过数不清的挽联，对于平民百姓，他不惜说几句好话，挣得死者家属的欢心，但越是对那些名大位高的人物，他越是慎重对待，力求实事求是，不媚不谄。所以他的挽联自成一格，高标时俗。老人自信，就凭那些挽联，他的名字也可以传下几十百把年。

他知道自己一旦作古，亲朋好友、门生故人的挽联也会不少，但此中能有几副挽得恰到好处就难说了，不如自己生时先来挽一下，也算是对这个世界作个最后的交代。

湘绮老人端起铜水烟壶抽起来，半眯着眼睛认真构思。他没有半点自挽的悲哀，心中充塞的是诗人的才气和志士的执着。他要向世人说出自己作为逝者的遗憾和对来者的殷切期许。他终于放下铜水烟壶，拿起玉管羊毫在白纸上写出两行字：春秋表已成，幸赖佳儿传诗礼；纵横计不就，空余高咏满江山。

昨日又传出风声来，说明年元旦将举行登极大典，所有政府官员、参政、大夫以上者皆须称臣上颂表，并到太和殿行三跪九叩之礼。王闿运实在不愿给那个年侄总统行君臣之礼，他急着要寻一个理由立即辞职南归。今天看到政事堂公布夏寿康这道整饬官眷风规的呈文，耄耋老翁突然来了常人不及的灵感。他想起“君子不苟洁以罹患，圣人不避秽而养生”的古训，决心效古之自爱者以秽德自掩的故事，将夏寿康这道呈文借来为己所用。他思索了一下，提笔写了一份辞职书：

呈为帷薄不修妇女干政无益史馆有玷官箴应行自请处分祈罢免本兼各职事。闿运年迈多病，饮食起居需人料理，不能须臾离女仆周妈。而周妈遇事招摇，可恶已极，至惹肃政史列章弹奏，实深惭恧。上无以树齐家治国之规，内不能行移风易俗之化，故请革职回籍，以肃风纪。

写完后他又看了一遍，自己还满意。前几天《日知报》载文讽嘲他将国史馆大权拱手让与周妈，现正好以此为由，离开这座乌七八糟的京城。承认有玷官箴，谅那个年侄总统既不好指责又不能挽留。

他把周妈唤进来，要她三天之内将行李准备好，以便回湘潭去。

周妈惊问："老头子，官做得好好的，为什么要回去？"

王闿运笑着说："这官做得有什么好？"

"又不要做事，又能支薪水，还能给我们母子郎崽谋一份收入，到哪里去找这样的官做？"

周妈挤眉弄眼神秘兮兮地说："老头子，你知道吗，满城都在传说总统明年要做皇帝了，要大赦天下，大赏功臣。你是他的年伯，说不定他要封个侯给你哩！"

王闿运见这个村妇愚昧得可爱，便笑着说："好哇，我们先回湘潭过年，过了年后再来北京讨封吧！"

周妈笑逐颜开地收拾东西去了。

行装且由周妈去整理，自己可不必管，但馆务总得交待一下吧。他又提起笔来，拟了一个条谕：本馆长有事回湘，馆中事务拟令门人杨度代理。如杨不得暇，则请曾老前辈代理；如曾老前辈不暇，则请柯老前辈代理；如柯老前辈不暇，则请颜老前辈代理。好在无事可办，谁人皆可代理也。此令！

停下笔后，他自己也不觉失声笑了。语句看起来有点调侃的味道，但每个字都落在实处。杨度身为副馆长，当然应该代行馆长职务。但杨度现在忙于扶袁世凯登基，哪有时间过问国史馆这个冷曹，那自然只得请曾广钧、柯劭忞、颜念渊等人代理了。曾、柯、颜都是光绪朝点的翰林，比自己钦赐的翰林早好几科，不称他们为老前辈称什么？至于"无事可办"一句，更是大实话。

代懿要守着叔姬，盼望她回心转意，不愿跟老父回家，良儿也不想离开繁华的京城，王闿运只得带着周妈母子郎崽回去。他原打算悄悄地一走了之，不想与杨度、夏寿田告别，但他的辞呈既要送给总统，就自然不能瞒过内史夏寿田。夏寿田将此事告诉杨度，杨度也深为奇怪，两人一齐来劝说老师收回辞呈。但王闿运去志已决，断不改变，他们也无可奈何。

于是叔姬也来看望公公，叮嘱老人家一路多多保重。王闿运见代懿、叔姬总不能和好如初，心里老结着一个疙瘩。当后来他得知午诒常去槐安胡同，又联想到午诒至今仍单身一人，并不接夫人儿女来京师，老人猛然间悟得了什么。他本想就此事问问叔姬本人，但他太疼这个才华少见的媳妇了，不忍心刺伤她。

叔姬把一大包路上吃的点心送给公公。老人接过，伤感地说：“叔姬，我这次离开北京回湘潭，说不定就是我们翁媳之间最后一面了。”

叔姬忙说：“你老人家怎么说这样的话？硬硬朗朗的，有一百岁的寿哩！”

“我也不想活那么久。”王闿运摇摇头说，“我对你说句心里话，在四个儿媳妇中，我最疼爱的是你，想必你也知道。”

叔姬点点头，眼圈有点红了。

“代懿不争气，没有出息，他配不上你，这点，爹心里明白。”王闿运的语声有点哽咽了。“不过，代懿心不坏，他是实心实意对你好的。看在这一点上，也看在你们儿子的分上，我死之后，你莫和他离婚。”

叔姬的眼泪水簌簌流了下来，想起远在湘潭的儿子，心中异常的痛苦。王闿运两只昏花的老眼一直盯着媳妇，盼望她表个态。叔姬本想和代懿离婚，但看着年迈的公公这副乞求之相，她终于软了下来，心里说：没有办法，这就是命！她无可奈何地点了点头。

“好孩子！”王闿运无限欣慰地说，“这我就放心了。”

十二号傍晚，王闿运就要离京回湘了。这天中午，杨度、夏寿田做东，在四如春饭庄为先生置酒饯行。代懿叔侄要监督行李上车不能来，叔姬身子不舒服也没来。王闿运穿着一件枣红色缎面开气长棉袍，在周妈的搀扶下赴了学生的酒会。

他刚一落座，便对杨度、夏寿田说："我老眼昏花，看字不清了，刚才路过长安街，怎么见原来的中华门改为新莽门了。是谁主张的，改成这样不吉祥的名字？"

新莽，在历代史册上都用来作为王莽创立的新朝的称呼。王莽欺负孤儿寡妇，所建立的新朝得之既不正大光明，为时又只有短短的十五年，在历史上是一个极不光彩的朝代。袁世凯身为前清的总理大臣，将三岁的小皇帝推翻，自己做了民国的总统，当时许多遗老遗少都将他比之为王莽。现在又要做起皇帝来，除开他的帝制心腹们外，大家都说他是名副其实的王莽了。王闿运说这句话是有意指桑骂槐，杨度、夏寿田这样的聪明人如何能不明白？他们也不好责备老师，便只得赔着笑脸。杨度招呼着老师坐好。

夏寿田说："你老看错了，那不是新莽门，那是新华门，总统府已更名新华宫，故大门也相应改为新华门。"

"哦，哦，是这样的。"王闿运接过茶房递来的热毛巾，擦了擦眼睛，说，"我是老不中用了，这大的字都看不清了。"

夏寿田说："你老很康健，我们还不知活不活得到这个岁数，即使活得到，怕也是耳聋眼花走不动了。"

这几句恭维话，让湘绮老人很高兴。普天下的女人都喜欢别人说她漂亮，普天下的老人都喜欢别人说他身体好，这大概是有人类以来便有这种心理，千秋万代都不会改变的。

老人兴致高涨起来，说："早些日子广钧对我说，梁士诒的门人把慰庭家的世系考证清楚了，说他是袁崇焕之后。你们听说吗？"

杨度摇摇头。

夏寿田说："是梁士诒的幕僚张沧海查出来的。他找到了证据，说袁崇焕遇害后，第三子为避难从东莞迁到项城。从此有了项城袁家，所以总统为袁崇焕之后。张沧海并建议尊袁崇焕为肇祖原皇帝，建立原庙。又说三百年前，满清因行间害袁氏而夺汉人天下，三百年后清室因立袁氏而将天下归给汉人，所以总统登大位是天意。”

王闿运冷笑道：“慰庭自己认可了？”

夏寿田说：“总统说，立原庙，上尊号，留待他日，目前以配祀关、岳较为得体。”

王闿运摇摇头说：“慰庭这小子真是昏了头，竟然乱认起祖宗来了。他老子和我相处的时候，只吹嘘他家是袁安之后，以四世三公为荣耀。袁安是汝阳人，与项城相距不远，还挨得上边，所以我没有揭穿他，让他去吹牛。慰庭连他老子都不如，广东的东莞和河南的项城相差几千里，说什么迁徙云云，真个是胡扯。是袁崇焕的后人就可以做安稳皇帝了？”

杨度听了老师这番话，脸上涩涩的，很不自然。

谁知老人喝了几口酒后，谈兴甚好，又笑着说：“冯梦龙的《笑史》上有一则笑话，你们看到没有？”

杨度忙问：“什么笑话，先生说给我们听听。”

王闿运抹了抹满是胡须的嘴巴，说：“那一年陈嗣初太守家居无事，有一个慕名者来访，自称是林和靖的十世孙。陈嗣初笑了笑没有做声。说了几句话后，他取出《宋史·林逋传》来，叫客人看。那人读到‘和靖终身不娶，无子’这句时脸红了，起身告辞。陈太守说慢点走，我送一首诗给你：和靖当年不娶妻，如何后代有孙儿？想君自是闲花草，不是孤山梅树枝。”

满座大笑。王闿运即席发挥：“袁崇焕根本无儿子，只有一个女儿，又哪里会拱出个第三子迁项城的事来？如此说来，袁慰庭不也是闲花草了吗？”

“新莽门”、“闲花草”，八十多岁老人的创造力联想力之强，令杨度由衷佩服，不过他也很纳闷：为何亲自将帝王之学传授给自己的先生，现在竟然如此反感帝制，如此揶揄即将登位的年侄总统呢？一定要请他将心里话都倒出来。

杨度想到这里，双手举起手中的酒杯，起身说：“先生，我敬你老一杯，祝一路顺利回到云湖桥。”

王闿运坐着不动，只是把杯子略举了一下说：“我抿一口，领了你的情，你坐下吧！”

杨度坐下后说：“先生，你老今晚就要坐车南归了，学生今后想经常求教也难了。有一件事，学生心里一直不十分明白，请你老赐教。”

王闿运放下酒杯：“什么事，你说吧。”

“先生，”杨度庄重地说，“二十年前，学生从京师罢第回乡，和午诒一起拜在先生门下，先生将王门的最高学问帝王之学传授给学生。从那时起，一直到光绪二十八年首次东渡日本止，八年期间，学生追随左右，刻苦钻研，在先生亲炙下渐渐走进帝王之学的堂奥。先生对学生期望甚高，而学生也自以为得了先生的真传。后学生再次东渡，在日本又一住四年，努力学习西学。学生将先生所教和东瀛所学冶熔汇合，终于确立了君主立宪的信仰，虽在辛亥年受潮流所迷而有过动摇，但这几年随着中国政局的变化，对君宪信仰更趋坚定。学生正欲将一生学问付之实践，既可道中国入富强之路，又可将先生平生抱负变为现实。学生本企望在此关键时刻能得到先生鼎力支助，却为何先生反而对此事表现冷淡，甚而反对呢？学生心里颇有点委屈之感。学生是宁可遭事业不成之责，也不愿负背叛师门之罪。望先生鉴此诚心，为学生拔茅开塞，拨雾指迷。”

王闿运伸出一只干瘦的手来，缓慢地梳理着已全部变白了的稀疏胡须，注目看着周妈将枣泥和肉末一匙一匙地舀进他面前的瓷碟中，长久不开口，席上的气氛顿时冷了下来。

“皙子把话说得这样郑重。”沉默一段时间后，王闿运满是皱纹的脸上微露一丝笑意，终于开口说话了。“你们难道没看到这半年多来，我是如何办国史馆的吗？”

杨度、夏寿田都觉得先生虽然没有接触到刚才的提问，但显然他的这句话将会引出一段有趣的内容，于是以极大的兴趣听着。

“你们知道我是如何处世的吗？老子说挫其锐，解其纷，和其光，同其尘。庄子说树大木于无何有之乡广莫之野，仿徨乎无为其侧，逍遥乎寝卧其下。和光同尘，逍遥无为，这是老庄处乱世之方。千百年来，此方颠扑不破。唉！”王闿运叹了一口气说，“也怪我过去关于这方面的学问没有对你们讲过。”

王闿运用筷子挑起一点枣泥在口里细细地嚼着，说：“我王某人其实有两门最高学问，即帝王之学和逍遥之学。世事可为则奉行帝王之学，世事不可为则奉行逍遥之学，用汉儒仲长统的话说就是，逍遥一世之上，睥睨天地之间，不受当时之责，永保性命之期。二十年前，你们都还年轻，老夫虽然年过六十，早已奉行逍遥之学，但仍对寻觅帝王之学的传人痴迷不悟。故对你们，尤其是皙子，总是道以帝王之学，不言逍遥之学。毕竟帝王之学功在天下苍生，逍遥之学只为一己之葆真养性而已。现在看来，倒是我应该多给你们传授些老庄养生全性的学问了。可惜我又要回湖南了。”

夏寿田说：“不要紧，总统批示的是准你老回家过年。如果你老愿意，过年之后天气暖和了又再来；即使不来，我们明年再请假回湖南，那时再听你老传授老庄的学问。”

“行，我等着你们回来听我讲老庄。”王闿运满含深情地说，“我近来常常梦见我们师生当年在东洲切磋学问欣赏湘江桃浪的情景，梦境的四周总是碧波荡漾桃花灼灼的，你们也一个个都是英气勃发的翩翩美少年。”

杨度被老师的一片深情所感染，说：“是呀，我这一生最美好的岁月就是在东洲度过的，真想时光倒流才好。”

好容易轮到周妈可以插上一句话了，她咧开大嘴笑道：“那时候我的精力也好，天天为你们煮饭烧茶也不觉得累。皙子一来明杏斋就和先生高声谈话，一通宵不睡觉，老头子那时也和年轻人一个样。”

夏寿田感触地说：“杏坛讲学，洙泗诵书，那情景才是人间最圣洁最高尚的图画。这个世界，无论官场还是商场，都难找一块干净之地。”

“午诒这话说到我心坎里去了。”王闿运无限欣慰地说，“不过，话又要说回来，对年轻人只能授帝王之学，老庄逍遥之道也是要到中年以后才能接触，我的教授方法并没有错。我这半年办国史馆，用的都是逍遥之道。说穿了，就是不做事，不做事才是唯一可取的，越做事则离正道越远。有的事，任你怎么努力也不能成功。我原希望你们，尤其是皙子能效法我，但没有做到，于是只有采取冷漠的态度。”

“先生，”杨度插话，“照你老刚才所说，学生这几个月来做的事，抑或是背离了正道，抑或是毫无成功的可能？”

王闿运端起桌上的茶盅，喝了一口，思索片刻说：“皙子，你也是不惑之年的人了，这些年又活跃在枢要之间，你应该比老朽要懂得更多。老朽对当今政局所要发表的意见，大概都是隔靴搔痒的废话。”

夏寿田、杨度一齐说：“正要听先生的指教。”

“要说你们改共和为帝制，我原本没有什么不同意之处。我一向对你们说，中国只能行专制，不能有民主。人人都做主，实际上是人人都做不了主，这个世界就一定会乱得一塌糊涂。”

这几句话甚合学生们的胃口。杨度破例为老师夹了一块酥软的蛋糕。

“但可惜，你们也和做先生的我一样，是不逢其时，不遇其人。”王闿运转了语气。“所以，我估计你们的努力是白费的，我甚至担心会惹起众怒。”

“惹起众怒，”这是张一麐“当今鼂错”的另一种说法，杨度已不感到惊恐了，只是有一点他始终不能明白，共和转君宪，总统变皇帝，既有军队的拥护，又有各省国民大会的拥戴，再加之有德国、英国、日本的支持，为什么湘绮师总觉得此事必不可成呢？他想起戊戌年老师在东洲小岛上对几千里外京师政局的惊人判断，尽管现在老师衰老了，但他有丰富的政治阅历，而且身居京师，他一定有其特别的看法。痴情于新朝宰相的帝王之学传人，仍需要老师的智慧。

王闿运又一次拿起毛巾擦了擦双眼，继续说："胡汉民在报上发表文章，说袁慰庭是个反复无常的小人。严范孙面谏慰庭，说他坐失了两个好机会，而现在共和已深入人心。胡、严可谓反对帝制的代表人物，他们的理由也有代表性，但是他们都没有看出一个最要害的原因。正是因为它，才使得袁慰庭做不了李渊、赵匡胤。"

一向有惊世骇俗之论的湘绮师，看来又要发表异于常人的高论了，两位弟子凝神听着。

"要说这个最大的障碍的设置者，还得要追溯到曾文正。"

这话怎么说起，杨度、夏寿田都不明白。

"当年曾文正拯乱世，扶倾危，天天处在争斗之中。那时他身边有一个绝顶聪明的幕僚，此人不是我湖湘才俊，而是江苏智者赵烈文。他看出了曾文正在十分的争斗中只有三四分是与长毛斗，倒有六七分是在与祖宗成法斗。"

与祖宗成法斗？杨度、夏寿田都瞪大了眼睛。

"这个祖宗成法是军权财权归于朝廷，各省不能分润。曾文正办湘军，兵由将挑，将由帅定，粮由饷买，饷由自筹。这种做法完全与祖宗成法背道而驰。但事急势危，不得不如此，曾文正把朝廷的权夺到自己的手里。到了战争后期，湘军各路统帅个个仿效，遂形成了军中之军的局面，不但朝廷不能调遣，连曾文正本人也指挥不动了。到长毛平定论功行赏时，全国十八个省有十三个省的督抚是湘军将领，而这些督抚都有自己的军队，俨然一个个独立王国。赵烈文看出了这个局面所带来的恶果，悲叹藩镇割据又会重演了。到了后来，李少荃的淮军有过之而无不及。经过几十年的演变，渐渐地成了定制，也就酿成了中国政治的最大弊病。”

王闿运喝了口茶，歇一口气后接着说：

“袁慰庭办北洋军，用的也是曾文正、李少荃的老法子。二十年下来，他手下的主要将领，如冯国璋、段祺瑞等人也都形成了自己的气候。而且中国现在的军队并不全是北洋派系，张之洞在湖广，刘坤一在两江，岑春煊在两广都练了新军。后来，在辛亥之役、癸丑之役中，各省都督又都乘机建立了自己的武装力量。从湘淮军以来，各省行政长官都有自己的军队，这已是见怪不怪、常规常例的事了。袁慰庭明为北洋派的鼻祖和统帅，其实他能调动的军队已经很有限了。在共和制度下，大家都名为主人，或可相安无事，一旦他要做君父逼人家做臣子的时候，这些人便服不下这口气了。皙子、午诒，你们明白了吗，袁慰庭做不成皇帝，其原因乃在萧墙之中。我老了，不愿再在北京亲眼目睹这场残杀，我要回湘绮楼去读我的《逍遥游》去了！”

王闿运发下的这通大论，把两个弟子镇得无言可说。夏寿田顿增一番历史知识，杨度则仿佛有大梦初觉之感：先生说的这个道理，自己压根儿都没有想到呀！“宪法之条文，议员之笔舌，枪炮一响，概归无效”。自己的这句名言，眼看就会在各省军阀的枪炮声中兑现了！

代懿进来说，行李都已装上车，卧铺也已安置妥当，请父亲大人到车上去休息。大家于是离开酒馆，上了马车，来到前门车站。在众人的簇拥下，湘绮老人登上了开往汉口的夜班车。

薄暮降临的时候，站台上亮起了昏暗的煤气灯。突然，车头响起巨大的轰鸣，在一声拖长的鸣叫声中，笨重的铁壳车厢开始移动了。湘绮老人猛地从卧铺上爬起，将头伸出窗口外，用沙哑的嗓音对着月台上挥手告别的杨度喊道：“皙子，早日奉母南归，我在湘绮楼为你补授老庄之学！”

杨度被先生的这番情意深深地感动了。他重重地挥着手，大声回答：“你老多多保重，我会回来的！”

冒着冲天烟雾的蒸汽车头拖着灰黑色的长长的车厢，“呼哧呼哧”地向南方驶去，杨度呆呆地站在月台上目送着。很久很久了，他仿佛还看到老师那颗须发皆白的脑袋依旧挂在窗外，似乎还在声声叮嘱他：“皙子，早日奉母南归……”

第三章 / 小红低唱

一　千年前的《推背图》上便已载明袁克定要做皇帝

王闿运离京后，帝制活动日甚一日地开展起来。眼看着新的一代王朝就要在中国诞生了，拥有巨大财力的梁士诒、张镇芳等人，极不情愿让杨度、孙毓筠等一群书生夺去拥戴新主的头功，他们抛出大量金银，驱使鬼神为之推磨。全国请愿联合会机构庞大，会员众多，没有多久，它的气焰就大大超过了筹安会。

被世人戏称为六君子的筹安会六个发起人，其中严复的列名本是极为勉强的，筹安会成立后的一切活动，他概不与闻。刘师培近来在音韵研究上忽来灵感，他废寝忘食于书斋中，急于把灵感变为成果，会中之事他也尽量不接触。胡瑛、李燮和更习惯于大轰大嗡，细致琐碎的事不耐烦多做。于是，只剩下杨度和孙毓筠两个君子在忙忙碌碌。为了表明他们对立宪的重视及与一班趋炎附势的政客相区别，他们两人又合计着在石驸马大街洋楼大门口加挂一块牌子：宪政协进会。筹安会中的大型活动减少了，加之请愿联合会又着意引诱，于是筹安会的会员们便纷纷改换门庭，摇身变作请愿联合会的人。

大典筹备处的朱启钤、袁乃宽等人更是卖力，继用八十万元缝一件龙袍之后，又用五十万元做了一顶平天冠。冠上四周垂旒，每根旒上悬珍珠一串，冠檐缀大珠一粒。用十二万元刻新朝玉玺一颗。玉玺四寸见方，上镌“诞膺天命，历祚无疆”八个字。用六十万元制金印五颗，用四十万元做雕龙御座一把。另外还制有御案、古鼎、古炉、宝屏、宝扇等。他们声称为了节省开支，登极及祀天所用的仪仗、卤簿等就不重做了，临时向前清皇室借用。就这样，他们造的报账单上各项开支加在一起共有两千万元。明眼人都知道，至少有一半的银元落入到各个环节办事人员的腰包中去了。

在热热闹闹的鼓吹、挥金如土的筹办的同时，民国政府中一批要员都采取了不合作的态度。国务卿徐世昌以患病为由请求辞职，袁世凯不准，他便干脆迁出中南海移居蝴蝶胡同，声称养病不办公事。清史馆馆长赵尔巽以闭门家居表示不满。教育总长汤化龙、总检察长罗文干、参政院参政熊希龄等纷纷辞职出京。在他们的带领下，一时间北京官员们以辞职、请假为风气。政府不得不派出巡警把守前门车站、交通孔道，对出京官员严行盘查。

京师这种倾向，使杨度心里颇为不安，而尤为不安的是，近日来他在《顺天时报》上看到日本朝野对政府支持中国行帝制事普遍反对。反对派说袁世凯并没有全盘接受二十一条，不是日本的朋友，且此人一贯反复无常，言而无信，即使他接受的部分条款，今后也不会兑现，何况中国国内对帝制复辟的看法不一，袁世凯也不一定做得成皇帝。《顺天时报》是日本外务省在中国办的一家华文报纸，在新闻界影响很大，袁世凯很看重它，每天都要浏览一下。

日本的支持，是袁世凯帝制自为的一个重要原因，眼下日本朝野的反对，会不会使他动摇呢？倘若袁世凯本人不想做皇帝了，那么一切不都是瞎忙乎吗？杨度终于耐不住性子了，他来到兵马司胡同找袁克定商议。

“皙子，你不要担心，老爷子根本不知道这些。”当杨度说出《顺天时报》上的文章时，被帝制美好前景鼓舞得飘飘然的太原公子，笑拍着杨度的肩膀说。

“你将《顺天时报》封锁了，不让它进中南海？”杨度知道袁世凯从不外出，只要报纸不进总统府，他就无从得知。

“那怎么行！中国人办的报纸，他可以不看，有时还说办报的人是无事找事。但这份日本报纸他却是每天非看不可，而且对报上的文章很重视。”袁克定边说边给杨度端来一杯咖啡。

“总统既然天天看，那怎么可能不知呢？”杨度颇为疑惑了。

“你想想看，这是为何？”

袁大公子跷起二郎腿，脸上浮起一股难以测度的笑容。前些日子，他用二万银元私自铸了一颗镌有“皇大储君”四字的玉印，材料用的是碧润温滑的和阗玉，三寸见方。这件事，他不但没有跟老子说，连杨度、梁士诒等人也都瞒了，是袁乃宽替他一手包办的。袁克定之所以不张扬此事，这中间有一个缘故。

替袁府公子做皇子服的瑞蚨祥绸缎铺的孟老板，设计了几种不同的款式。每种款式中的十六套皇子服，无论是嫡长子袁克定，还是不到两岁的庶幺子袁克有，只有大小的区别，没有花样的不同。袁克定看后心中不舒服，暗思自己是当然的太子，太子的服饰怎能与其他皇子的一样呢？他自己不好挑明，便把这几种款式送给父亲审看，并特意指出，同一种款式中应有所区别。袁世凯同意儿子的看法，他亲手圈定了一种款式，并指明长子、二子、五子的胸前图案为麦穗形，与其他的十三套胸前的牡丹形图案不同。

袁克定见了父亲这个批示，心里冷了好长时间。无疑，在父亲的心目中，储君的候选人有三个，联系到父亲常说自己是六根不全的残废人，袁克定猜想未来皇位的继承人很可能是二弟克文、五弟克权两人中的一个。想到这里，袁克定不觉对这两个庶弟仇恨起来：自己辛辛苦苦谋来的这座江山，最后竟然落到没有出一点力的别人手里，这口气能咽得下吗？

袁克定知道，自古以来这样糊涂的父皇是不少的，李渊不就是一个吗？要学太原公子就一定要学到底！于是袁克定私自刻下这颗玉印，表示志在必得的决心，并且要在适当的时候向克文、克权摊牌：识相的，自己让开；若不识相，李建成、李元吉就是榜样！

“我想不出。”杨度想了一会儿后摇了摇头。与这位袁大公子相处几年了，杨度知道此人鬼点子不少，更加之他身旁有一大群智囊帮他出主意，谁知道会弄出个什么鬼点子来瞒过他那位精明过人的老子的。

“你看看这个吧！”袁克定得意地从抽屉里拿出几张报纸来递给杨度。

“这不就是《顺天时报》吗？”杨度一眼看见了报头。

“你仔细看看，跟你平时看的《顺天时报》有什么不同。”

有不同？杨度深为奇怪，都是《顺天时报》，还能有不同吗？他细细地看了起来。先看报头，没有发觉丝毫不同之处。再看编排式样、字体，与平日所看的《顺天时报》也都一样。他想起昨天的第一版上有一块大文章，是陆军部一个名叫村山五郎的大佐写的。文章用激烈的言辞，对大限重信首相暗地支持中国复辟帝制的行径进行抨击。正是因为看了这篇文章，才急于要跟袁克定谈《顺天时报》的事。杨度找到了昨天的报纸，前前后后看了两三遍，都见不到这篇文章，见到的反而是陆军部支持首相决策的言论。杨度大为纳闷起来：“这是怎么回事，难道有两份《顺天时报》？”

“你说对了，是有两份。”袁克定笑着对杨度说，“老爷子看的是这份，北京城里那份他根本看不到。”

“这份报是怎么来的？”

“我告诉你吧，只是你一定要替我保守秘密，什么人面前都不能透露一丁点。”

袁克定对杨度说出了这个秘密。

半个月前的一天，深得袁克定信任的绍兴日者郭垣喜气洋洋地来找袁克定。他一进袁克定的房间，便马上把门窗都关得严严的，神秘兮兮地小声说：“大公子，你一定可以做成皇帝，这在一千多年前就已经定了！”

“这话怎讲？”袁克定一时摸不着头脑。

“《推背图》上早就写明了呀！”郭垣从衣袋里摸出一本薄薄的发黄的书来，一边说，一边翻。“四十三象里说得清清楚楚的。”

《推背图》是一本在中国民间流传了很久的书，相传是唐朝袁天罡、李淳风两人合编的。一段一段地写，每段配一个卦名，一个图像，再加上几句话。因为有图像，所以一段也叫做一象。编到第六十象时，李淳风推了推袁天罡的背说“算了吧，不要再编了”，袁天罡就此止住，并给这六十象取个总名叫《推背图》。据说《推背图》上的话，在后代都一一得到应验，因而这本书在民间很有神秘性。

“四十三象是怎么写的？”袁克定兴致高昂地看着郭垣一页一页地翻。

终于翻到了四十三象。只见上面画着两个人，一大一小，像是赶路，又像是逃难。像下有几句话：君非君，臣非臣，始艰危，终克定。

“克定！”袁克定一眼看到了自己的名字出现在书上，又惊又喜。

郭垣神情肃然地说：“袁、李二位千年前所预料的一幕正在当今上演。君非君，指的是，大总统明明是君，却又不叫皇帝，这就是君非君。同样的，百官也就臣非臣了。恢复帝制一事，刚开始会遇到一些艰难，最后则整个江山都属于大公子克定您了！”

袁克定听后心怦怦跳着：看来这是天意了！他紧紧地抱住郭垣的肩头，激动地说：“郭先生，大功告成后，我一定重重地酬谢你！”

郭垣说："大公子有什么事要我办，我赴汤蹈火不辞。"

《顺天时报》这几天接连登了几篇日本朝野反对中国帝制的文章，袁克定正为此事而不安，他深恐父亲因此而动摇帝制自为的信心。于是请郭垣帮忙出主意，如何消除《顺天时报》将有可能造成的对袁世凯的影响。当得知袁世凯每天一定要看这张报纸时，郭垣出了一个主意：再造一份《顺天时报》，一切都与真的那张一样，当天报上所有的文章都照登，只把不利于帝制的文章删去，空缺部分补上自己写的拥护帝制的内容。

袁克定虽觉得此举颇为冒险，一旦识破了，将有欺父欺君之罪，但在"终克定"的鼓舞下，他決心铤而走险。不说假话，怎能办成大事！

从第二天开始，中南海里所有的《顺天时报》，便全部是由袁克定所控制的印刷厂里发出来的，真正的《顺天时报》一份也不能进去。在一篇篇虚假的拥戴文字的糊弄下，袁世凯帝制自为的感觉十分好。

"真有你的！"杨度在佩服称赞之余，不免在心里想着：中华帝国，真的可以用欺骗蒙哄的手段建立吗？

"皙子，你来得好，有一件事正要你来办。"

"什么事？"杨度放下手中的假《顺天时报》，瞪着双眼望着面前这个胆量并不亚于当年李世民的今日太原公子。

"全国各省区的国民代表大会对国体的投票已经结束，一千九百九十三张票全部赞成君宪。过几天参政院将受各省国民大会的委托，向大总统恭上推戴书，推戴书的草稿已拟好了，你先看看。"

袁克定将散乱在茶几上的《顺天时报》整理好，重新放进抽屉里，随手将推戴书的草稿拿了出来。

杨度接过后很快浏览了一遍："这是哪个才子写的？写得不错嘛，我看可以用，不需作什么改动了。"

“这是杨士琦写的。”袁克定淡淡地说，“好是好，但较空洞，没有把总统的丰功伟绩写出来。这尚在其次，最主要的是没有讲清楚总统对国体的转变态度。那年就职誓词上说抵死捍卫共和，永不让帝制复辟，现在为什么又接受拥戴登基做皇帝，这个过程没有写清楚。”

杨度想，这的确是个大事，誓词上那番向全国全世界宣布的话，距今不到四年，真可谓墨汁未干，言犹在耳，现在又来自我否定。这该怎么向世人解释呢？

“杨士琦是写不好这个过程的，因为他自己没有这个亲身经历，而你可以写，因为你当初也是积极主张共和的，现在又积极主张帝制。你自己是怎么转变的，清理清理，写出来就行了。你说呢？”

袁克定盯着杨度看了一眼。这一眼，把杨度的心看得急跳起来。他似乎觉得袁克定在审讯他，审讯的潜台词是：你自己是怎么出尔反尔、变化无常的？一种羞惭感在他的心里慢慢升起。

自己是怎么改变的？一半是出于对国家和人民的负责，一半是想捞取新朝宰相的资本。这种心思已经是不能和盘托出了，至于袁世凯，他的心思只有一种，即建立他个人至高无上生杀予夺的威权，建立万世一系的袁氏王朝。而这，能公之于世吗？

杨度颇觉为难地说：“杏城写的这个推戴书也是费了很多心血的，何况他位居左丞又死爱面子，不用他的，他会不高兴的。”

“用，他这份推戴书一定用。”袁克定果决地说：“皙子你饱读历史，应该知道自古帝王即位都是三推三让的。总统登基，怎么可以只有一次推戴呢？杨士琦的这份算是一推，总统就来个一让。这第二次推戴就由你来写，总统再来个二让，接下来再三推三让，最后才是总统祭天践位。这才堂堂皇皇，光明正大。皙子，再没有谁的文章能超过你了，你就写吧，三天内写好。除写清楚转变过程外，还要敷陈总统的功绩。”

文章是不好做，但既要当新朝的宰相，再难做的文章，也要做它个锦团绣簇，否则今后怎么能服得了众呢？

回到石驸马大街洋楼后，杨度便关起门来构思这份第二次推戴书。他要把自己这几十年间所练就的做文章的浑身解数都使出来，做好这篇为新朝奠基的雄文。

他设想文章分为两个部分。前半部分为袁世凯唱颂歌，后半部分为袁世凯作辩护。前半部分颂歌又分两部分，即功业和德行。

袁的功业是显赫的，这部分好写。他很快便写出经武、匡国、开化、靖难、定乱、交邻六大功业来。至于德行方面，他难以下笔了。世间都说袁世凯是借革命党来压清室孤儿寡妇，又借清室孤儿寡妇来邀功于革命党的奸佞。杨度心里十分清楚，袁世凯正是这样一个人。称之为奸雄，可以当之无愧，表其盛德则纯为欺世。欺世就欺世吧，事情做到这个地步，也只得如此了。

杨度咬断了几根笔杆后，终于也写出了后半部分来。称赞袁世凯对清廷洵属仁至义尽，而终于不能保全，乃历数迁移，非关人事，至于为皇室争得了优待，实为“千古鼎革之际，未有如是之光明正大者”，把袁世凯打扮成为一个比商汤、周文还要高尚的圣君。

最难着笔的是辩护词了。他冥思苦想，没有其他更好的托词，只能从循民意这个角度来入手。凑来凑去，他也写出了一段文字来：

> 至于前次之宣誓有发扬共和之愿言，此特民国元首循例之词，仅属当时就职仪文之一。盖当日之誓词，根于元首之地位，而元首之地位，根于民国之国体，国体实定于国民之意向，元首当视乎民意为从违。民意共和，则誓词随国体为有效；民意君宪，则誓词亦随国体为变迁。今日者，国民厌弃共和趋向君宪，则是民意已改，国体已变，民国元首之地位已不复保存，民国元首之誓词当然消灭。凡此皆国民之所自为，固于皇帝渺不相涉者也。

当时以共和为国体是民意，现在改以君宪为国体也是民意，元首惟民意是从，至于责任，则由国民自负。文章是做得圆滑，但杨度心里明白，所谓国民公意，究竟代表了几成国民，那就很难说了。

终于把这份第二次推戴书写成了，犹如卸掉了一副千斤重担，杨度长长地舒了一口气。他觉得这是平生做得最为艰难的一篇文章！倘若第三次推戴书再要自己来写，即使绞尽脑汁、搜索枯肠也难以对付了。幸而袁世凯读了这份推戴书后十分满意，他无意仿效古礼，不需要第三次推戴，便同意接受民意。

杨度得知后很是兴奋，他赶紧告诉孙毓筠。孙毓筠也很激动，便提出由他们二人以宪政协进会正副理事长的名义，上一道促袁世凯登极折。

自然，这道折子也由杨度来写。这种文字好写，不要具体内容，拣些好听的话铺排起来就行了，杨度略作思考便一挥而就。其中几句，如“汉高即位于戎衣方卸之时，明祖登极于兵事未平之日。临朝受贺，丕开王会之图；定分正名，益见天心之眷。盖欲昭南面垂裳之治，当速行北辰居所之仪”等工整的对偶句，直让前任革命元勋赞叹不已。

杨度兴犹未尽，想起湘绮师虽已离京，但仍挂了国史馆长的名，也应该有一份劝进折。尽管老先生不赞同袁世凯做皇帝，但现在大势已成，以他的名义上个折子，他知道后也不会骂人的，倘若新皇上今后封他一个侯伯爵位，说不定他还有大慰平生之感哩！

袁克定既然相信《推背图》，想必他的老子也相信谶语。杨度翻箱倒箧找出了一本二十年前在天桥书摊上买的《明谶》，从中觅到了一句“终有异人自楚归”，又在劝进折里加以解释：“项城即楚故邑，其应在公。”袁世凯看了这份劝进折果然高兴。

民国四年十二月十二日，经过二推二让后，中华民国的大总统袁世凯终于接受了参政院的推戴。短短的几天里，他颁布了一系列重大的决定：定国号为中华帝国，改明年为洪宪元年，太和殿改名为承运殿，中和殿改名为体元殿，保和殿改名为建极殿。

又申令旧侣黎元洪、奕劻、载沣、世续、那桐、锡良、周馥，故人徐世昌、赵尔巽、李经羲、张謇，耆硕王闿运、马相伯等十三人不称臣。其中徐、赵、李、张四旧友并特颁嵩山照影各一张，名曰嵩山四友。这四友除不称臣外，还享受乘朝舆、肩舆、临朝设矮几、每人岁费二万元，赏穿特种朝服等优礼。

又封黎元洪为武义亲王，封冯国璋、段芝贵、张勋等为一等公，封汤芗铭、阎锡山、唐继尧等为一等侯，封曹锟、靳云鹏等为一等伯，封朱庆澜等为一等子，封许世英等为一等男。

杨度虽没有得到五等爵位之封，但他不失望。他知道自己的大封是在太子登位之时，而不是此刻，此刻是要让那些老朽及兵痞子们得到好处，用以换取他们对帝国的支持，自己今后一匡天下的日子还长着哩！

正当袁氏父子和杨度沉浸在帝制成功的喜悦中时，西南边陲一道通电敲响了短命的洪宪帝国的丧钟！

二　看到蔡锷拍来的独立通电后，袁世凯大骂杨度是蒋干

袁世凯接受帝位十天后，夏寿田将一封由云南将军唐继尧、巡按使任可澄署名的特急电报，送到了即将登基的洪宪皇帝眼前。袁世凯看完电报，不觉大吃一惊。原来这封电报用坚定而恳切的口吻规劝袁世凯改变主意，不要食言背誓。否则，此间军民痛恨已极，万难镇抚。并赫然列出杨度等十三名祸首来。除筹安会六人外，其余七人为大典筹备处及国民请愿会中的头目朱启钤、段芝贵、周自齐、梁士诒、张镇芳、雷震春、袁乃宽，请大总统将此十三人明正典刑，以谢天下。限二十四小时予以答复。

云南乃边隅之地，滇军不过万余之众，袁世凯在一阵惊慌之后立即镇定下来。当年黄兴、李烈钧以革命党之气焰煽动宁赣数省闹独立

尚未成功，何况区区唐、任之辈能成得了什么气候！袁世凯命令夏寿田以政事堂的名义复电云南：“此电想系他人捏造，未便转呈。”

三天后，从昆明再来一电，宣告云南独立，公然指责袁世凯乃背叛民国之罪人，已丧失元首资格。公开独立之事已让袁世凯痛恨了，更使他痛恨的是这封电文的署名中除唐、任外，还加上一个名字：蔡锷。

袁世凯气得甩掉电文，在办公室里来来回回快步走着，粗重的皮靴声震得整座大楼在发颤。他一辈子都在戏弄别人，几乎次次得手，从来没有人能够戏弄过他。而现在，他身为一国之尊，却让一个比自己儿子还要年轻的湖南蛮子成功地戏弄了，他怎能不火，怎能不恨？“蔡锷呀蔡锷，抓起你来，我非要食肉寝皮不可！”袁世凯在心里狠狠地骂道，牙齿咬得格格作响。蔡锷是杨度介绍进京的，可见杨度不是好东西。袁世凯想到这里，不觉将仇恨转到了杨度的身上。他大声对夏寿田吼道：“你把这道电报交给杨度，这家伙，简直就是蒋干！”

杨度看完这封电报后，人几乎要瘫倒在地。他压根儿也没有想到，蔡锷竟然会玩出这样一场把戏来。

上个月，蔡锷亲自去了一趟天津，与梁启超一起制定了一套周密的计划。一天午后，蔡锷雇了一辆黄包车，带着小凤仙在北京街头闲逛。黄昏时他悄悄溜进前门车站，这时梁启超的家人已早买好车票在等他了。一出天津站，梁府家人便把他带到日租界同仁医院一间预约的单人病房里。几天后，他和留日本时的同学、士官三杰之一的张孝准一道乘船赴日本。

到了日本后，蔡锷给袁世凯写信，说近年来喉头时常发炎，受日本友人之邀已来日本就医。又说先与友人游览几个地方，并借以选择医院。蔡锷写了十多张明信片，明信片上一一载明行程，交给张孝准，叫张在日本旅游，每到一处，则给袁寄一张。明信片尚未寄完，蔡锷便乘船经香港、河内进入云南。

云南滇军内部早已被袁的倒行逆施所激怒，只是苦无威望素著的领袖出头。蔡锷一到昆明，便受到滇军的热烈欢迎。唐继尧、任可澄都曾是蔡的部下，自然拥护他。这时，李烈钧及贵州都督戴戡等人也都到了昆明。他们决定在昆明首倡义旗，捍卫神圣的民主共和制。蔡锷提出先礼后兵，这便是二十二日以唐、任名义的规劝电。遭到袁的拒绝后，大家义愤填膺。蔡锷激动地说："我们与其屈膝而生，不如断头而死。我们起兵讨伐袁贼，所争者不是个人的权利地位，而是四万万同胞的人格。"

滇军全体将士一致表示服从蔡锷的指挥，为四万万同胞的人格与袁世凯决一死战。滇军遂改称为护国军，分为三军，第一军总司令蔡锷，第二军总司令李烈钧，第三军总司令为唐继尧。第二天，蔡锷便带着第一军共三千余人北上四川战场。一路上士气高昂，连战连捷。

蔡锷的这个意外动作太令杨度沮丧了。他赶到馆娃胡同，要已赎身离开妓院的富金速去云吉班一趟，把小凤仙找来问明情况。富金回来后告诉他，小凤仙早在半个月前便请长假回东北老家去了，临走时给班里留下一句话：请转告杨老爷，不必为洪宪皇帝过于卖力，说不定费力不讨好。

听了富金这番话后，杨度如梦方醒。原来沉迷妓院、打牌听戏、积极拥护帝制、去日本养病，这些统统都是蔡锷精心安排的假象。这些假象不仅迷惑了自己，也迷惑了袁世凯，从而使得他能轻易地从袁的囚笼中飞出，顺利潜回云南。蔡松坡呀蔡松坡，老谋远虑、深藏不露居然到了如此地步，你真正了不起！想着，想着，杨度竟然对蔡锷发自内心地敬佩起来。

敬佩之后接下来便是恼怒。想当初，和袁克定计议保举蔡锷由滇入京，原是为了让他执掌军权，希望他在由共和向帝制的转变中，做平叛镇乱的金刚，充捍卫新皇的长城。谁料到，他竟然不做金刚做恶魔，不为长城为洪水，首揭反旗，倡乱天下，而且全然不顾多年的交情，竟敢把自己列名为十三太保之首。蔡松坡呀蔡松坡，你真正是翻脸不认人，心肠比铁还硬比冰还冷！

杨度又想，蔡锷走上这一步，自然是受其师梁启超的影响，但袁对他将信将疑，到后来还暗地指使人借故搜查他的家，无疑更把他逼上了反路。倘若袁世凯坚信不疑，引为心腹，给他陆军总长的实职，将全国军队都交付给他，蔡锷何至于离心离德远走云南！显然，错不在引进，错在未予重任。杨度决不承认自己是蒋干，而且他相信蔡锷以云南一隅来对抗中央，是绝对成不了事的。

然而，袁世凯和杨度都错看了形势，低估了蔡锷和他的护国军，低估了全国人民厌弃专制的情绪。

袁世凯派往西南的中央军队并不能遏制护国军节节胜利的军威，护国军伸张正义的行动受到人民的普遍敬仰和支持。一个月后，贵州宣告独立。与此同时，梁启超在日本人的帮助下，历尽风险，由海路经香港、越南进入广西。几天后，广西宣告独立，原广西将军陆荣廷自任广西都督兼两广护国军总司令，任命梁启超为总参谋。

贵州、广西的相继独立，不仅给袁世凯以重大打击，而且也震撼了北洋军内部。坐镇南京的江苏将军冯国璋，早就对袁世凯帝制自为一事强烈不满。他的不满，一是因为袁世凯耍弄了他。去年，他曾很认真地就此事当面问过袁，袁也很认真地表示永不做皇帝。冯当时完全相信了袁的话，并广为袁作辩解。可是不到一个月，袁便背信弃义，冯如何不气？二是冯也暗暗做过民国总统的梦。袁在日，他自然不敢僭越。袁死后，北洋系中他便是老大了，总统当然非他莫属。现在改为帝制，他便永远只有做臣子的分了。对袁这个贪心不足的举措，冯早就老大不高兴了。眼看着蔡锷的义旗越举越高，这个高足便仿效他的老师，将袁辛亥年的故伎来一番重演。

冯国璋与江西将军李纯、浙江将军朱瑞、山东将军靳云鹏、湖南将军汤芗铭取得联系，用联名形式致电袁世凯，劝他取消帝制，惩办祸首。冯国璋将他的小集团置于中央政府与护国军之外的第三方，他本人则成了第三方的领袖，一面凭借蔡的影响来压袁，提高自己的声望，一面又利用袁的力量来压蔡，组建自己的帮派。冯欲扩大小集团，将五人联名的密电拍给直隶将军朱家宝。不料朱家宝却将这封密电交给了袁世凯。

自从云南出事以来，一向健壮的袁世凯便感到身体不适了。先是精神懒散，食欲不振，继而对姨太太们的兴趣也越来越淡薄了。他早就患有膀胱结石症，这些日子开始频频尿血。想起袁家自曾祖以来连续三代寿不过六十，五十七岁的洪宪皇帝心里顿生悲凉。朱家宝送来的联名密电，简直如同一把利刃直捅他的心窝。蔡锷反叛，他并不害怕；滇、黔、桂三省独立，他也不害怕；他害怕的是北洋内部的分裂。北洋军是他的命根子，命根子上出了问题，便一切都完了。一世枭雄突然发觉自己没有力量了，他用冰冷的双手抓起侍立在一旁的夏寿田的手，有气无力地说："午诒，我昨夜看见一颗巨星掉了下来，这是我生平所见的第二次。第一次是辛丑年，不久李文忠公便死了，这次轮到我了。"

夏寿田望着双目失神的袁世凯，安慰道："陛下放心，冯华甫跟随您二十多年了，他是不会背叛您的；即算是他们同情西南，还有十多个省哩！"

袁世凯的手慢慢地恢复了热气，沉吟良久，说："有一件事我始终不明白，《顺天时报》天天登日本朝野支持我们行帝制，为什么日本公使和俄、英、法三国公使一起要求我们缓办帝制？周自齐到日本去，本是说得好好的事，为何他们又改口呢？"

夏寿田也觉得奇怪，他也弄不清这里面的蹊蹊在哪里，只得说："日本政府向来狡诈贪婪，也可能他们是想借此捞取更多的利益。"

袁世凯轻轻地摇着头说："内外都不支持，看来这个帝制还是不办算了。"

夏寿田心想：眼下这个乱局，怕不是不办帝制就可以平息得了的。嘴里却依旧安慰："陛下放心，一切都会好的，据说陈宧的军队早几天还打了一场胜仗哩！"

“唉！”袁世凯长长地叹了一口气，微微地闭上了眼睛。

夏寿田将手从袁世凯的手中抽出来，轻轻地退出了办公室。

夏寿田刚走，三小姐叔桢拿着两张报纸走了进来。叔桢是三姨太金氏所生，今年十七岁了。她长得漂亮，又聪明伶俐，颇得父亲的喜欢。袁世凯办公时，是决不允许内眷进办公室的，妻妾子女们也都严守规矩，从不来打扰。但今天，叔桢要向父亲禀报一个重大的发现，便顾不得这个规矩了。

“你怎么来了？”三小姐刚走到身边，袁世凯便睁开了眼睛，不悦地说，“我在办公，你出去玩。”

“爹，我有件要紧的事对您说。”叔桢在父亲身边站着，神色颇为认真。

“什么事？”袁世凯觉得奇怪，她会有什么要紧事情？女儿家最关心的莫过于终身大事。叔桢早已定好了杨士琦的侄子杨毓珣。毓珣很知上进，现正在日本帝国大学读书，常有信来，杨家也时常走动。这件事是不需叔桢本人费心的，除开这，她还会有什么别的事呢？

“爹，给您看一样东西。”叔桢将一张满是皱痕的报纸递给父亲。

“这是《顺天时报》，我天天都看的。”袁世凯瞟了一眼，没有伸手去接。

“我知道您天天看这报，我请您看我这一张嘛！”叔桢撒娇似的把报纸硬塞给父亲。

袁世凯对儿子们要求很严，在儿子面前他很难有笑脸，儿子们见了他都很害怕。但他对女儿们则较宽，常说女儿在娘家是做客，不要太苛刻。他聘请有学问的女教师住在家里，教女儿们读书，但她们读得好不好，却从不过问。他对女儿们只有一个要求，不准随便外出，硬要出家门的话，则要由兄弟们陪伴。

袁世凯将女儿塞过的《顺天时报》扫了一眼，头版头条的大字标题是：袁氏帝制四面楚歌。他大吃一惊，看日期，是前天的。前天的报纸他记得，那上面是绝没有这篇文章的。袁世凯刷地起身。

“爹，你是去找报纸吗？”机灵的三小姐已经猜到了父亲的心思，忙把手中的另一张《顺天时报》递给父亲。“不要去找了，我已经核对过了。这是总统府里发的前天的报。”

袁世凯一把抓过报纸，先看看日期，不错，正是前天自己看的那张，明明白白没有这篇文章。再看其他内容，却又都一样。他颓然坐下，问女儿：“你这张报纸是从哪里弄来的？”

“是春兰从外面带回来的。”

春兰是服侍金氏和叔桢的丫鬟，北京本地人。袁府的规矩，家在北京的丫鬟，每个月可回家住一个晚上。

“春兰昨天回家去看爹妈，我叫她带一包五香酥蚕豆给我。今上午她回来，给我一包用报纸包的蚕豆。我吃了几颗，突然看见了这篇‘四面楚歌’的文章。我吓了一跳，怎么，居然有人敢骂起爹爹来了？读了几行，心里想，这样的文章从没见过呀，一看报头，是前天的《顺天时报》。我把前天的《顺天时报》找来一对，没有这篇文章。我给弄迷糊了，这是怎么回事，为什么同一天的《顺天时报》会不同？有人在报上骂爹爹，这还了得，所以我要急着告诉你。”

袁世凯听了女儿的话后，心里甚是恼怒。这明摆着是两张不同版面的《顺天时报》，联系到日本公使的态度和拒绝周自齐赴日一事，显然从外面带来的那份是真的，府里这张是假的。是谁有这样大的胆子，敢造假报来哄骗我？查出来，非要砍掉他的头不可！他努力压住心头的怒火，对女儿挥了挥手说：“我知道了，你出去玩吧！”

叔桢走后，袁世凯按了一下电铃，夏寿田应声进来。袁世凯阴着脸说：“午诒，你看看这两张同一天的《顺天时报》吧！”

夏寿田拿起报纸看了看，立即看出了问题，惊问：“这两张报纸怎么会不同？”

“府里的《顺天时报》每天是谁送来的？”

“过去都是报馆雇的当差送的，这段时期是大公子家的茂顺送的。”

莫非是克定弄的鬼？袁世凯马上意识到这点，命令夏寿田：“你快去把克定叫来！”

一会儿，袁克定急匆匆地走进父亲的办公室。见父亲板起面孔坐在桌边，桌上摊着两张《顺天时报》，袁克定立时胆怯起来，两条腿不由自主地抖着，嗓子似乎也不顺畅了：“爹，您，您叫我有，有啥事？”

看到儿子这副神态，袁世凯完全明白了。他怒火冲天，用力一拍桌面，大声吼道：“你看看，你做的好事！”

说罢，手一抹，两张报纸被推出桌面，直落到袁克定的脚跟。袁克定低头一望，正是《顺天时报》。他颤颤地拿起来一看，脸立即黑了。他知道事情已经败露，要想取得父亲的宽恕，只有认错知罪，蒙哄推卸是绝对不可能的了。

“儿子错了，儿子该死！”

“你这个畜生！”

袁世凯顺手抄起身边的藤手杖，朝着克定劈头盖脸地乱打起来。三十九岁的袁大公子低着头，笔挺挺地站在父亲的面前，任凭父亲的毒打，既不躲避，也不申辩。

“你这个瞒天欺父的家伙，老子宰了你！”袁世凯一连打了七八下，仍不解恨，继续死劲痛打儿子，口里骂道，“你这个毁家坏事的丧门星，袁家要败在你的手里！”

打着打着，袁世凯忽然一阵头晕，脚一软，跌倒在地。

“爹！”袁克定十分恐惧，顾不得自身的疼痛，忙把父亲抱起放到躺椅上。

“爹，爹！”袁克定失声喊道。

袁世凯睁开眼睛，见儿子满脸泪水跪俯在身边，心里生出一股疚意来。他有气无力地对儿子说：“去把徐老伯请来，我要撤销承认帝位案……”

三　究竟是人生不宜久处顺境呢，还是顺境原本就是诱人堕落的陷阱

袁世凯以为他宣布不做皇帝，西南方面便会止戈息兵，全国也会再一致维护他的国家元首的地位。岂料护国军并不买他的账，提出了几条和议条件：袁世凯退出总统之位，可免去一死，但须逐出国外；诛帝制祸首杨度等十三人以谢天下；大典筹备费及用兵费六千万，应查抄袁及帝制祸首之财产赔偿；袁之子孙三世剥夺公民权。袁世凯自然不能接受这种条件，于是战争并没有停息。

不久，浙江宣布独立。一个多月后，袁世凯寄予重望且与袁克定拜过把子的陈宧在四川宣告独立。几天后，湖南将军汤芗铭又宣布独立。袁世凯立即派唐天喜率部前去镇压。唐天喜跟随袁世凯几十年，是袁的忠心家奴。唐临行时向袁表示要誓死效忠总统。谁知一到湖南，他见民情激奋，汤芗铭的力量比他强得多，便立即投靠了汤。消息传到中南海，袁世凯如遭五雷轰顶，连叫数声“唐天喜反了，反了”后，便昏迷不醒了。

袁世凯已卧床一个月了，近来又连续五六天不能导尿，身体已虚弱至极。袁克定见父亲昏迷过去，知已无望了，便赶紧要夏寿田将徐世昌、黎元洪、段祺瑞、杨士琦等人请来，安排后事。夏寿田说：“皙子说他好久没有见到总统了，很是惦念，也叫他来与总统最后见一面吧！”

已从太子梦中醒悟过来的大公子点了点头。

杨度的心绪十分苍凉悲哀，他窝在槐安胡同家里，已经整整两个月足不出户了。自从袁世凯宣布撤销帝制，杨度对荡平护国军维护帝制的期望便彻底破灭了，但他君宪救国的信仰却并没有破灭。两个月来，他对自己近年来的行事做了一番细细的反思。他坚信不是君宪制不对，而是袁世凯非行君宪的明君。袁的最大错误是逼走了蔡锷。倘若重用了蔡，哪来的云南反对：倘若云南不闹事，何至于有今天？他

也坚信自己一番为国为民的苦心，终究会得到世人的认可。他在辞去参政院参政的呈文中，一面表明自己的心迹，一面发泄对袁的无可奈何：“世情翻覆，等于瀚海之波；此身分明，总似中天之月。以俾斯麦之霸才，治墨西哥之乱国，即令有心救世，终于无力回天。流言恐惧，窃自比于周公；归志浩然，颇同情于孟子。”

这篇呈文公开发表后，便有《京津太晤士报》的记者来槐安胡同采访。他神态安闲地对记者说：“政治运动虽失败了，政治主张绝无变更。我现在仍是彻头彻尾君主救国之一人，一字不能增，一字不能减。中国之时局，除君宪外，别无解纷定乱之方。待正式政府成立后，我愿赴法庭躬受审判，虽刀锯鼎镬，其甘如饴。”

这个谈话披露后，更招致舆论界一片痛诋，都骂杨度是一个冥顽不化十恶不赦的帝制余孽。甚至有人主张立即予以逮捕，枭首示众，以为至今仍坚持帝制者之儆戒。杨度心中虽有些恐慌，但知道毕竟还是袁世凯在做总统，决不会有人闯进槐安胡同来抓他的。谁知强壮如虎的袁大总统，一说病，便马上不可收拾了。

杨度怀着十分复杂的心情来到中南海居仁堂，这里的气氛阴冷凝重。夏寿田把他领进袁世凯的卧室，病榻四周站着十来个人，一律肃然，房子里一点声音也没有。德国医生希姆尔正在给袁世凯打针，镊子碰撞铁盒子发出的声音，显得格外尖厉刺耳。谁也没有去理会杨度，只有杨士琦用阴暗的眼光瞥了他一眼，他立时觉得身上有一块肉被刀切掉了似的。

他悄悄走到床边。袁世凯闭着眼睛躺在床上，原先圆胖的脸已经消瘦了，肥厚的嘴唇也变成干瘪瘪的，唯独两撇黑白相间的牛角胡须依旧粗硬地翘起，仿佛不愿倒下总统的威风似的。望着袁世凯这副模样，杨度心中甚是悲怆。戊戌年小站初次晤面，至今已是十八年过去了。十八年间，就是病榻上的这个人，凭借手中的军队，升巡抚，晋总督，入军机处，又因为这支军队而招嫉遭贬。三年后奇迹般地复出，位居总揆，斡旋南北，捭阖朝野，居然当上了民国的总统，又过了八十多天皇帝瘾。真可谓挟风雷，驱鬼神，是当今中国的第一号强人。十年来跟着他，试图凭借他的力量施展平生抱负，这原本是没有错的。倘若他能重用自己，由自己来组阁主政，从从容容，用十年二十年的时间把宪法实施好，把国家治理好，到了国家强大了，百姓富裕了，那时总统功德巍巍，天下归心，再由自己出面，率领百官，恳请他为了国家的长治久安金瓯不缺，将共和改为帝制，那将是水到渠成、瓜熟蒂落之事。国体虽变，政体不变，上下相安，四夷不惊，岂不甚好！只可惜他用庸才而不用人才，使得大公子不安，自己也有怨气，匆匆忙忙地把事情提前办了，弄得天时不遂，人和不成，好事反而变了坏事！袁项城呀袁项城，你精明一世，只因为不用我杨度而弄到如此结局，也害得我今后难以处世为人。这些尚在其次，最主要的是使国家失去了一个不可复得的机会！你撒手走了，留下这个即将大动荡大分裂的烂摊子如何处置？

“总统醒过来了！”有人轻轻地说了一声。

杨度见袁世凯睁开眼睛，目光无神地将围在四周的故旧僚友们都看了一眼，脸上无任何表情。杨度看到袁世凯的目光望着自己了，他真想喊一声“总统”，但又叫不出口。他觉得袁世凯在盯着自己时，嘴巴微微动了一下，好像有话要说。一会儿工夫，目光又转过去了，袁世凯望见自己的嫡长子袁克定了。

袁克定走前一步，正要握着父亲的手，只见袁世凯吃力地将右手略微抬起，无目的地指了一下，嘴巴又动了动，终于轻微而又清晰地吐出一句话来：“他害了我！”

袁克定一惊，不敢把手伸过去。他意识到父亲至死也没有忘记《顺天时报》的事，这句话中的“他”，一定指的是自己。

杨度也猛然一惊，总统莫不是在说我？是我把蔡锷竭力引荐到北京来的，最终反掉帝制气死总统的恰恰是这个蔡锷。“他”，不就是被总统骂作“蒋干”的我吗？

徐世昌、黎元洪、段祺瑞等人也都吃了一惊：这个害死了大总统的“他”，究竟是谁呢？是不是也有我的一份？

本来就令人窒息的气氛中更增添了几分恐怖。

说完这句话后，袁世凯又闭上了眼睛，从此再没有开口了。延至第二天上午十时，他终于永远闭上了双眼，为袁家寿不过六十又增加了一代人证。

袁克定给父亲穿戴上了准备登基用的龙袍朱履平天冠。袁世凯生前没有做成正式皇帝，死后却穿上帝王服去向阎王爷报到。继任的黎元洪则以大总统的礼仪，为袁举行隆重热闹的丧典。在上千副挽联中，有一副竟丈贡缎上的挽联最为引人注目，它以笔力浑厚的书法、措辞微妙的内容，向世人表达了挽者本人的一腔怨愤：

> 共和误民国，民国误共和？百世而后，再平是狱；
> 君宪负明公，明公负君宪？九泉之下，三复斯言。

挽联左下角署名：湘潭杨皙子。

袁世凯死了，护国军方面自然不便来北京鞭尸焚柩，只得把惩办帝制祸首十三太保的事再次提起，并声言如不拘杀这十三个人，决不与北京政府达成和议。

黎元洪本来就讨厌袁世凯称帝，他拒不接受武义亲王之封，就是对帝制的公开反对。对惩办祸首之事，他自然赞同。正准备按护国军提出的名单一一捉拿，却不料说情担保的电报一封封飞到他的桌上。

首先是袁克定从洹上村墓庐打来电报，为他的表叔张镇芳和他父亲的老部下雷震春讲情。黎元洪既然礼葬袁世凯，自然也不便拂逆服中的大公子的意，回电准予将张、雷二人从帝制祸首名单中划去。接下来，冯国璋为段芝贵、袁乃宽讨保。冯现在是北洋系的老大哥，黎要巴结他，当然要给他这个面子。于是段、袁的名字也划掉了。然后，李经羲打电话给黎，说严复、刘师培人才难得，不宜关进牢房。严复的名望素为黎所知，刘师培的学问也让黎的幕僚们佩服，这样，严、刘也不通缉了。

黎元洪见四方都来保人，想想自己也要趁此机会保几个才好。寻思本人乃是靠着革命党的力量才有今日的尊荣，又何况革命党潜在的力量很大，说不定哪天一声喊，会又从四处冒出，须预先留个后路。他便以己身做保人，将李燮和、胡瑛的名字划掉，本想连孙毓筠的名字也一块去掉，只是孙为副理事长，目标大，保不得。

十三太保，去掉了八个，其他的如梁士诒、朱启钤、周自齐、孙毓筠四人都有人出来为他们讲情说好话，唯独杨度，普天之下无一人为他说话，相反地，报纸上连篇累牍地刊登骂他的文章，斥责他由骚动的进步主义的鼓吹者一变为君宪制拥护者，再变为民主共和的策士说客，三变为帝制复辟的祸首，真是个反复无常、卖身变节的无耻文人。有的文章还揭发他一贯嫖娼宿妓，多年前就从八大胡同里拐走了两个女人，如今又仗势霸占云吉班的红牌姑娘。为了讨好这个烟花女，竟然贪污公款，用三万银元买了一件冒牌字帖送给她，还用四十万元赎出来金屋藏娇，千真万确是个无品无行的风流荡子。又申讨他在全国一片反对声中，仍然坚持帝制不改，与潮流为敌的罪行，是一个不折不扣十恶不赦的头号祸国贼首。“杨度”二字，已被钉死在耻辱柱上。

这样一个人，还有谁敢来为他讨保说情呢？

槐安胡同杨宅，满天阴霾，死气沉沉。

李氏老太太和黄氏夫人向来不看报纸，也基本不外出，对世事的变化不知其详。但西南边打仗、洪宪年号取消、袁世凯死了这些大事还是知道的，又见皙子两个多月不出门。婆媳俩也知道杨家遭到厄运了。李老太太便一个劲地烧香拜佛，祈求菩萨保佑。黄氏则在心里念叨着，盼望丈夫平安无事。亦竹知道丈夫已陷在逆境之中，她也不会说太多的宽慰话，便只有事事顺着他。作为这个大家庭的实际主妇，十来个人的吃穿日用都由她做主，她一天忙忙碌碌的，也没有多少时间去苦恼。这个家庭中有两个女人的内心最为痛苦，一个是叔姬，一个是静竹。

叔姬本不太过问国事，在与代懿感情破裂独居哥哥家的这几年里，她只是借书籍诗词来抚慰心上的伤痕，来抒发她那似乎永远是可望不可即的既遥远又近在咫尺的幽怨的爱情。但这段时期来，她却密切地关注着外部政坛风云。她叫何三爷把京中所能见到的报纸都买下，凡是指责哥哥的文章，她一篇都不放过，读后再剪下来分类保存。叔姬是个聪慧而情感专一的女人，又是一个胸怀较窄而执拗的女人，她看准的路她要顽强地走下去，她看定的人，她要固执地维护着。在这个世界上，她的心中只有两个男子。她初恋的情郎夏公子，她终生不渝地偷偷地爱恋。她心中的偶像亲哥哥，她排斥一切地全盘信任。她并非认为哥哥的事业一定伟大，相反，她并不太赞成帝制复辟，也从不羡慕达官贵人的权势气焰，她只是对哥哥有一种深厚的骨肉之情，她希望哥哥顺遂发达，希望社会能容许哥哥尽情地展示自己的才智。她不能容忍有人用恶毒的语言诅咒哥哥，甚至连一句批评的话都容不下。她知道哥哥正当心事沉重之际，无情绪做事，于是自觉地替哥哥收藏档案，哥哥总有一天会用得上的。

至于静竹，则更是沉陷在极度的伤感中。静竹的伤感是复杂的。皙子的事业没有成功，他固执己见地走上了一条与潮流不合的道路。当年改变君宪信仰，转而支持共和时，他也面临着世人的指责，从而引起苦恼。作为一个普通女人，静竹绝没有什么政治信仰，她也绝对谈不出该以什么方式来救国的大道理。但是，作为一个从苦难中熬过来的薄命人，她从本能上感觉到共和要比专制好，至少老百姓在名义上算是国家的主人。这几个月里，皙子却狂热地从共和功臣又退回到君宪老路上去了。眼下，在他碰得头破血流神情沮丧的时候，尽管在理智上，静竹也知道应该去劝慰劝慰他，但在感情上，她已经唤不出当年那份温馨了。在她看来，自从皙子迷上帝制复辟后，不仅在政治信仰上入错了门，而且从人生价值的取舍上来说，他也走上了邪道。在静竹的心目中，皙子是一个清清纯纯重情重义的男儿，他在这个世界上是会靠自己的人品才具做出一番事业来，他会珍惜自己的初衷，会始终如一地爱自己曾经爱过的人，同时也会爱惜自己这个用爱情建立起来的家庭。即使做官，也会清清白白堂堂正正地做一个好官，在外面为百姓办好事，回到家里来是个好丈夫、好父亲。槐安胡同这个特殊家庭组合的前些年，皙子基本上是静竹想象中的正派书生，但这一年来，他几乎完全变了样。

这种变样还不只是表现在沉溺于云吉班，以及后来为富金赎身置为外室，这尚在其次，在静竹看来，主要的是皙子的心变了。他的心里已没有她们姊妹的重要位置了。这明显地体现在他对亦竹的冷漠，对自己的疏淡。

静竹记得，这一年来皙子几乎没有跟她亲亲热热说过几次话。偶尔回家来了，也只是在她的房间里站一会儿，既不关心她的病情，也不多谈外间的情况，只是一个劲地说他忙，说了几句不冷不热的话后便匆匆走了。至于梳妆台上那块绿绸包的拜砖，他甚至连眼角都没有瞧一下。

静竹每每夜半醒来，想起这些事，便会揪心般的难受，眼泪止不住地会浸湿大半个枕头。这时，她常常会打开绿绸，拿出那角拜砖来，失神地看着看着，脑子里杂乱无章地遐想。她真的不明白，为什么先前那样一个满腔抱负满腹才情的书生，一旦在官场得意，便会很快晕头转向，甚至连自己对着佛祖起下的誓言都会忘记，连自己倾心所爱的女人都会抛弃。究竟是官场这个地方不能进呢，还是皙子本人经不起权势的蛊惑？究竟是人生不能久处顺境呢，还是顺境原本就是一口诱人堕落的陷阱？

有一点，静竹是很清楚的，那就是她平生所追求的理想破灭了。既然如此，活在这个世上也没有多大的意义了，还不如离开为好。她借口病已好，停止吃药几个月了，她自己心里明白，她的生命力正在一天天地减弱。这一点，包括亦竹在内，槐安胡同的其他人都没有觉察出来。

当然，槐安胡同里痛苦最大的，莫过于他的主人杨度了。袁世凯死了，袁克定带着一大群孤儿寡妇回洹上村守丧去了，袁氏王朝的谋士们或被通缉，或龟缩蜗居，已经风流云散销声匿迹了，帝制复辟是彻底失败了。作为帝制余孽中的首犯，杨度一直在痛苦的反省之中。

面对着眼前的现实，一个巨大的疑惑使他始终难以解答。积极鼓吹帝制，固然有想当新朝宰相的一层原因在内，但扪心自问，想为国家谋求一个长治久安的国体的愿望也是很强烈的呀！只要是一个正视现实的人，几乎都不会否认这样的事实：皇帝退位共和诞生这四五年里，中国一天也没有安宁过，不要说宪政没有建立起来，就是连维持社会正常运转的起码秩序都没有建立起来。过去都说只要把满人的朝廷推翻了，中国就一定会强盛起来，但这几年没有皇帝了反而更乱。袁世凯讨厌革命党，革命党更仇恨袁世凯，那些不属于革命党体系的人也不服从中央政府。这不明摆着是中枢缺乏应有的震慑天下的权威吗？恢复皇权正是恢复权威，而由汉人来做皇帝，正是又有权威，又从异族的手里摆脱了出来，岂不是两全其美！杨度相信，正是因为此，才会有筹安会的宣言得到各省当政者的支持，也才会有全国一致地拥戴袁世凯做皇帝。但是，为什么当蔡锷在云南那么一喊，便会引起举国震惊呢？蔡锷手下只有三千多人，整个滇军也不过万把人，为何他们就敢与中央为敌，又居然屡败前去征讨的北洋劲旅呢？还有，陆荣廷、陈宧、汤芗铭这些人为何那么快就宣布独立响应云南呢？蔡锷是不得重用，积怨在胸，陆、陈、汤这些人都是极受器重而又铁心赞成帝制的呀，人心之变为何如此迅速？

在国外方面，日本的态度也使他百思不解。明明是竭力劝袁世凯行帝制，为何转眼之间又坚决反对呢？一个自己行君宪而强大的帝国，却不愿它的邻国仿效，难道说日本政府存心不愿意看到一个强大的中国出现？难道说当初的劝说，是设下的圈套，有意引起中国的内乱吗？

当初说行帝制，袁克定一倡议，举国都拥护；而今说捍卫共和，蔡锷一发难，又举国都赞同。莫非说，中国各省的当政者都无头脑，只知人云亦云、看风使舵？抑或是中国的政坛上还有另外一些深层奥妙，自己压根儿就没有摸到过？投身政治活动二十余年的帝王学传人，在这场滑稽剧般的变局中，几乎懵懵然了。

不久，由新总统黎元洪签署的通缉令发表了，原来的所谓十三太保去掉了八个，只剩下五个，又莫名其妙的加上三个，他们是原内史监内史夏寿田、原大典筹备处办事员顾鳌及《亚细亚报》主笔薛大可。此八人“均着拿交法庭，详确鞫讯，严行惩办，为后世戒，其余一律宽免”。

夏寿田见了这道通缉令真是哭笑不得。在整个帝制复辟期间，他只不过是一个忠于职守得总统信任的内史而已，既非策划者，亦非活跃分子，像他这种身份的人都要被通缉的话，那通缉令上的名单至少要列百人以上！他来到槐安胡同诉苦。

杨度苦笑着说：“这是因为你的内史一职是我推荐的，别人又都知道你是我的多年挚友，把你列进来，无非是要加重打击我罢了。这也是落井下石的一种。”

夏寿田明白这中间的究竟后，心情平静下来，说：“皙子，那我们该怎么办呢？”

杨度说：“你一人在京，现在又因我丢了官职，我看你干脆搬到这里来住算了。我这里人多，热闹点。”

夏寿田尚未答话，一旁的叔姬听了忙说：“这样最好，夏公子你明天就搬过来吧！”

先前天天去总统府办事，忙忙碌碌的，晚上一人看看书，听听留声机里的西皮二黄，也不太寂寞。这段时期无事可干了，天天一人闷在家，十分冷清，见叔姬这样热情欢迎，夏寿田向她投来感激的目光。叔姬见到这道火热的目光时，心里怦怦跳个不停。

杨度接着说：“午诒，你在我这里住着，不必理睬他们，我一人去法庭投案，并向法庭说明你与帝制事毫不相关，通缉你是没有道理的。”

夏寿田感动地说：“要去我们一起去，大不了坐几年班房。我们一起坐，又可以像当年在东洲那样，同处一室，早早晚晚谈诗论文了。”

叔姬听了这话，心里激动极了，暗暗地说，夏公子，有你这句话，我这二十多年来的单相思就算得到酬谢了。她噙着泪花说：“你们都不要去，看他们怎么样，未必就到家里来抓人不成？真这样的话，到时我去跟他们理论，第一要抓的就是袁克定。帝制成功了，他就是太子，得的好处最大。他最积极，为什么不去河南抓他？其次要抓的是各省将军，他们都通电拥护，袁世凯还没登基，就给他们一个个封公封侯的，为什么不去抓他们？你们来抓两个书生，不明摆着是欺侮书生无权无势吗？”

叔姬这番话真是说得有理有据，杨度、夏寿田都点头称是。好在黎元洪也不像真要抓他们的样子，通缉令发出好些天了，也不见有人来槐安胡同执行公务。

安静几天后，杨度猛然想起富金来。好久不见她了，心里真的很想念，也不知她近来怎样了，看了通缉令后又是如何想的。他决定明天去馆娃胡同看看。谁知不去还好，一去让他气晕了。原来，他的藏娇金屋近日里已换了主人。

四　落难的杨度依旧羡慕宋代宰相赠妾与人的雅事

在大典筹办过程中，内务部礼俗司白副司长通过盗卖国宝获得数百万银元。这个奴仆出身的民国副司长，除爱钱爱权外，还爱女人。拥有这笔横财之后，他的第一个愿望就是要玩遍八大胡同的所有漂亮婊子。他一天一个，两天一双，居然脚踏实地地向这个目标努力。

白副司长在云吉班里玩到第四天的时候，翠班主终于看准了这是一个为女人舍得花大钱的嫖客，她要在这个嫖客身上敲出一笔大货来。

“白老爷，你可惜来晚了一步，我们云吉班里两个最有名的姑娘，你玩不到手了。”翠班主亲自给白副司长斟上茶，有意将酥软的腰子往他的肩膀上轻轻地一擦，一股浓香把他的脑子熏得晕乎乎的。

“哪两个姑娘，你说说！”白副司长伸出一只手来，死劲地搂着翠班主的软腰。

“这两个姑娘呀，她们出名，一是长得漂亮得不得了，”翠班主就势向白副司长紧挨过去，媚态十足地笑着说，“二是都有一个名气大的好主顾。”

“什么大名气的好主顾？”白副司长另一只手端起了茶杯，眯起两只细眼，不知天高地厚地说，“这世上有名的好主顾，还能超过我白某人吗？”

“一个是蔡将军！”翠班主忍住笑，有意提高嗓门。

“蔡将军？”白副司长惊道，“是不是在云南起兵的蔡锷？”

“正是他。”翠班主乜着眼睛问，“有不有名？”

“有名，有名！”白副司长心里想，原来蔡锷也是一个好色之徒！嘴上说，“那姑娘一定是跟他到云南去了。”

“没有。”翠班主的腰子离开了白副司长的手，再提起茶壶续上茶，说，“蔡将军是一人去的云南。”

白副司长猛地站起来，对着翠班主大声说：“这姑娘在哪里，你给我叫出来，蔡将军一夜花多少钱，我出双倍！”

“好样的！”翠班主赞道，“可惜，这姑娘回东北老家去了。”

“噢！”白副司长扫兴地坐了下来。

“不着急，白老爷。”翠班主笑吟吟地说，“还有个姑娘比那个姑娘更漂亮，他的主顾也有名。”

“谁？”白副司长又来了兴头。

“就是通缉令中那个头号祸首杨度。”与刚才一口一声“蔡将军”的神态大不一样，翠班主的口气里明显地带着鄙夷。

“是杨度那个家伙。”白副司长轻蔑地说，“他现在完蛋了，他的那个姑娘叫什么名字？还在北京吗？”

“姑娘名叫富金，曾经是我们云吉班里的头号红牌。她现在虽在北京，但白老爷你却见不到她了。”

“为何？”

“杨度将她赎出去了。”翠班主扭了扭屁股，在白副司长的对面坐下。“不过富金还没有跟班子里具结，杨度还欠了一半的银元哩！”

见还有希望，白副司长的血冲上了脑门，瞪起眼睛问：“富金的赎金多少钱？”

“四十万。杨度只交了二十万。”翠班主把话点明，“富金其实还不是他的人。”

漂亮的婊子，白副司长已经玩得不少了，但这样有名气的婊子还没玩过。白副司长心里明白，他虽有钱，但名却没有。京师里有名的人儿多啦，谁知道他一个礼俗司的副司长，何不借名婊子的名声来出名？今后京师官场商场上，人们准会议论杨度曾经相好的婊子现在归了内务部礼俗司的白副司长！如此，我白某人岂不就是人人尽知个个皆晓的大名人了！想到这里，白副司长兴奋极了。他一把抓起翠班主胖乎乎的手，斩钉截铁地说：“就照刚才说的价翻一倍，杨度用四十万元赎出的富金姑娘，我出八十万买下。麻烦你，三天之内把手续办好。三天后，我一手交钱，你一手交人。”

“好！说话算数！”翠班主真是喜出望外。

“老子说话还有不算数的？三天之后我不交八十万银元，你把我的‘白’字倒写起！”白副司长站起来，色眼迷迷地望着翠班主，“若是三天之后你不交人，那就对不起，你翠班主今后就得白白地陪老子睡觉，老子一个钱也不给！”

说罢，甩手走出了云吉班。

翠班主略微打扮下，拿起一块丝手帕捏在手里，兴冲冲地叫了一辆黄包车，直向馆娃胡同奔去。

富金这段时期，日子过得又冷寂又难受。洪宪皇朝破灭了，皙子的前途也给毁了。皙子再也没有过去的风流豪放了，在一起的时候，总是心事重重。这两个月来，他干脆连门都不登了。起先，富金很恨小凤仙和蔡锷，认为皙子是上了他们的当，到后来，她对皙子也有了怨气。

这怨气，首先来自于对孤寂的难耐。长年的妓院生活，使富金习惯于笙乐歌舞灯红酒绿，一旦冷清，她就不舒服。刚从云吉班里出来时，杨度常常带她赴宴看戏，晚上陪着她，听她弹琴唱曲。那时她觉得还不错。但后来她经常独守空房，便越来越对杨度不满了。她怨他太把事业功利看得重了，把情意看得太轻。她时常想：人生在世，只有短短的几十年，为什么不抓紧青壮年时期好好享受呢？吃喝玩乐是享受，男欢女爱是享受，心气平和地在家里呆着也是一种享受呀。她最怨皙子的就在这里，事业失败了，官位丢了，到外面酒宴歌舞不行了，难道不可以在家里读书写字，一起说说话散散心吗？为什么新朝宰相做不成了，就非要这样丧魂失魄似的厌弃一切呢？

她由此想到，皙子其实并非真心爱她，她住的这间房子其实并不是他的家。他缩在槐安胡同里，生活在他的妻妾儿女身边。槐安胡同，才真正是他的家。

富金猛然醒过来了，她其实不过是他的玩物。在他功名得意的时候，他需要她陪着玩乐，为他的生活增加色彩；当他失意的时候，也就失去对她的情绪，她也就理所当然地被他抛弃了。既然这样，还有什么必要死守着他呢？前几天，富金看到报上登载的通缉令，知道杨度不久就要被抓坐班房了，今后不但无人陪伴，就连吃饭穿衣的钱也断了来源。房东已经来催过几次，要付房钱。往后的日子怎么过呢？

就在这时，翠班主来到了馆娃胡同，给富金提起了白副司长。一个劲地夸白老爷有地位，有名望，家里堆着金山银山，人又长得英俊懂风情。若是跟着他，这一辈子荣华富贵享不尽。富金犹豫片刻后同意了。

三天后，翠班主将白副司长带到馆娃胡同。白副司长从头到脚装扮一新。富金见他虽没有皙子的倜傥潇洒，却高挑健壮，年纪也不大，比起许多嫖客来还要强几分，心里已自满意了。翠班主向白副司长夸奖富姑娘爱好高雅，喜欢临帖写字，还说起杨度用三万元买《韭花帖》送给她做见面礼的事。白副司长当场拿出一张十万银票来送给富金，说这是见面礼，日后还送你几十万做私房钱。又说爱临帖那更好办，乾清宫三希堂里堆满了乾隆爷生前喜爱的宝帖，过些日子带你去看，只要你喜欢，我都有法子弄出来送给你。这种通天本事，令富金大为惊讶。白副司长随即拿出八十万银票交给翠班主。就这样，富金归了白副司长，当夜他就宿在馆娃胡同了。

接连三天，白副司长为此广宴宾客。对所有的来宾，他都得意洋洋地介绍，这新娶的如夫人，就是过去杨度宠爱的云吉班头号红牌姑娘。来宾们便立即对这位白副司长另眼相看，称赞他艳福齐天。富金得知后，心里却泛起一阵隐痛。

富金毕竟真心爱过皙子，与他有过几个月恩恩爱爱的夫妻生活。今天，当看到皙子满脸忧郁地来到馆娃胡同时，富金的内心里有着深深的歉疚。她以加倍的柔情和皙子说着话，关心地询问他的身体和心情，劝他想开点。又特意问到他的家人，从李氏老太太一直问到刚出生不久的小女儿，尤其对黄氏和亦竹更问得细致。杨度心里很奇怪，过去富金从不问起他的家人，对于他的妻妾更是绝口不提。杨度知道这是女人与天俱来的妒心的缘故，所以他也小心翼翼地不在富金的面前说起他的妻儿。然而今天，富金主动地说起这些事，他有一种不祥的预兆。果然，富金终于说到了正题。

“皙子，看到报上的通缉令后，我心里很难受。你一直不到我这里来，我还以为你被政府抓起来了。翠妈妈也是这样认为的，她说杨老爷坐牢去了，家产都要被查抄，亏欠云吉班的二十万看样子是还不了啦。原先以为这二十万是绝对少不了的，所以她把新起的房子规模弄得很大。现在房子起好了，欠了很多钱，就等着这笔钱来还债。翠妈妈心里很着急，内务部的白副司长自愿拿出二十万来补这个亏空。翠妈妈感激他，要我在你坐班房的这两年陪陪他。我也没有别的法子可想了，只好答应。皙子，请你宽恕我，待你出了牢房后我再陪你。”

富金这番话，完全是翠班主编出来教给她的。她觉得用这样的话哄哄皙子，总比直说要好点，皙子听了也不会太难受。说完后，富金心里一阵悲伤，抽抽泣泣地哭起来。

杨度听了这话，惊愕得半天做不了声。真正是祸不单行，一个人倒起霉来，怎么就这样灾难接踵而来？连一个用重金赎出来的妓女都保不住了，还要眼睁睁地看着她投入别人的怀抱！一时间，杨度仿佛觉得天旋地转，浑身上下一丝气力都没有了。他将双臂支在桌面上托住腮帮，勉强使自己没有倒下去。

富金见状，哭得更伤心了，良心责备她不应该在此时此刻说出这样的话来。

突然间，杨度大梦初醒。富金算是自己的什么人呢？她本是袁克定在八大胡同里结识的妓女，由袁转而介绍给自己的。说是赎出来的嘛，四十万只交了二十万，也没有跟云吉班具结。自己既然交不出那二十万，别人代出了，她陪那人也说得过去。好比说去店铺买东西吧，带的钱不够，别人钱多，那就只得归别人，有什么值得特别难受的呢？

“富金，不要哭了，我不怪你。”

就在一边哭的时候，富金心里也在一边自我宽慰：这都是翠妈妈的安排，我能有什么法子呢？白副司长出得起钱，我也只得归他了。

“皙子，翠妈妈说，叫那个白副司长出四十万，把你那二十万还给你。”

进了鸨母手中的钱，好比送给猫嘴里的鱼，还有出来的吗？何况那钱本是筹安会的公款，从翠班主手里再拿出来，必定会弄得满城风雨，到时还是会被没收。杨度苦笑了一下，摇了摇头。

富金也知道那二十万翠妈妈是绝对不肯拿出来的，于是说：“那副《韭花帖》我还给你吧，你去把那三万元换回来。”

那副《韭花帖》早已被蓝翰林的后人证实为赝品，还值得三万元吗？何况那小子也早已无影无踪，上哪儿找他去？杨度又苦笑了一下，说：“送给你的东西哪有退还的理，留下做个纪念吧！”

富金心里充满了感激，自思这的确是个男子汉，可惜不该栽了跟斗，有心留他再住一夜，又怕白副司长来了不依，便说：“皙子，我到厨房去炒两个菜，陪你喝几杯酒，再唱两个好听的曲子给你听吧！”

猛地，杨度想起了宋代范成大赠妾给姜夔的故事来。有一次，著名词人姜夔将他自制的最为得意的两首歌词《暗香》《疏影》送给时为参知政事的范成大。范成大读后很称赞，命侍妾小红依曲而唱，姜夔自己吹洞箫伴奏。小红歌喉清亮，婉转动听。姜夔目不转睛地望着这个漂亮的小女子，竟然忘记吹箫了。范成大笑着说：“你这样喜欢她，老夫就送给你吧！”姜夔喜不自胜，连连磕头道谢，后来又作诗道：“自作新词韵最娇，小红低唱我吹箫。”

这段赠妾佳话久传文坛，被历代文人们津津乐道。落魄到了这种地步的杨度，还羡慕着当年范老宰相的风流豪举，心里想：我何不写它几首曲子来，让富金唱一唱，日后传出去，也是一段故事。宰相做不成了，且凑个赠妾曲，让后人将它与范老宰相赠小红的佳话相提并论，也算得上一种风光。

想到这里，杨度强压住心底深处的失落之痛，对富金说：“酒倒不必喝了，老歌子也不要唱了。你去化化妆，打扮得漂亮些，我在这里写几支新歌子，一会儿你唱给我听。我们好来好去，就这样分手吧！”

富金听后，心里又涌出一丝悲酸，点点头说：“好吧！”

厅堂里，杨度铺纸蘸墨，托腮凝思，酸辣苦甜，千百种情感一齐涌上心头，写写停停，停停写写。

卧房里，富金在换衣梳头，描眉敷粉。她知道今天是与皙子的最后一次聚会了，她要装扮得漂漂亮亮的，唱得甜甜润润的，以此来酬谢皙子几个月来对她的疼爱，来略为弥补点自己的过错。

半个时辰后，杨度的歌词写好了，富金也装扮停当了。她捧出一把月琴，光彩鲜亮地坐在杨度的对面，看了看歌词后，她挑了一个最为哀婉缠绵的调子配上。

“唱吧，富金，人生能有几回欢乐，咱们来个欢乐而别吧！”杨度硬起喉咙说着，努力从脸上挤出一丝笑容来。

富金满眼泪水，轻轻地点点头。随着一阵柔软的琴声响过，馆娃胡同宅院里飘起了富金绕梁不绝的歌声：

生长姑苏字小红，每歌红豆怨无穷。
落花自与枝头别，不任花枝只任风。

杨度端起茶杯，注目望着富金，眼前唱曲的，正是又一个传名千载的姑苏小红。富姑娘，宽心去吧，恶风吹来，一朵娇娇小小的花朵还能抵挡得住吗？

折花随意种雕阑，蓦地秋风起暮寒。
不信兴亡家国事，果然红粉尽相关。

过去读《长恨歌》，读《桃花扇》，多少次为红粉与国家之间的奇异相关而感慨唏嘘，想不到今日我杨皙子又为国乱香销添一个活生生的例证！

啼罢无端说旧盟，旁人窥视浅深情。
莫因别后悲沦落，犹念天涯薄幸人。

杨度放下茶杯，想起当初与富金说过的话：有朝一日做了新朝的宰相，要仿效汉武帝为陈皇后金屋藏娇的故事，建一座既豪华又清幽的香巢。可而今，自己竟然与“沦落”“薄幸”联在一起了。世事风云变幻，人生祸福难测。唉！

合浦还珠事已难，飘蓬分离两悲酸。
此行记取烟波路，岁岁年年梦往还。

富金唱到这里，语声哽咽，泪流满面。她再也唱不下去了，丢掉月琴，扑到杨度的怀里，大声嚷道：“皙子，皙子，我们还有团聚的一天吗？”

杨度也禁不住流下泪水来。他抚摸着富金满是首饰的头发，久久说不出一句话来。

第四章 / 由庄入佛

一 杨度在迷惘困惑中为恩师撰写挽联

杨度真正陷入了困境。首先是一切经济来源被断绝了。成了政府的通缉犯，自然也就没有俸银了。先前，供应他庞大开支的主要还不是俸银，而是湖南华昌炼锑公司汇来的红利。这一年来公司不景气，赢利极微，每次汇来的红利都是勉强凑起的。自从蔡锷在通电中宣布杨度为帝制祸首后，公司的股东们就趁这个机会不给他寄钱了。杨度对此亦毫无办法。一家老老少少十来个人，每天的开支不少，东拼西凑到了眼下，已经是走到山穷水尽的地步了。

再就是报上天天登谴责他的文章，敦促政府迅速逮捕帝制余孽，切不可心慈手软。还有一些小报的记者、茶楼酒肆里的有闲好事之徒，常常登门来问这问那，弄得杨度天天烦躁不安。更有一些不懂事的邻里小孩子，在仇人的教唆下，对着杨宅整日里大喊大叫，什么帝制祸首啦，袁氏走狗啦，真是不堪入耳。

杨度如处荆天棘地之间。他想离开北京。青岛原有一套房子，袁世凯一死，房子便被当地政府没收了。此外他再无其他房产。当然可以去买房，但现在一家人的日常开支都难以为继，哪有大宗的款项去买房子！这个时候，杨度不由得佩服起袁世凯来。袁当年罢职回籍，一大家子百余口人生活得优游自在，靠的就是他平日积累的庞大的银子在起作用。倘若当初那二十万银元不去赎富金，而是以杨钧的名义存入湖南的银行里，此时就派上大用场了，现在则是人财两空。荒唐，真是荒唐！

百无一策之时，他想起了千惠子临别时赠送的腰刀来。当时千惠子说过，滕原家族的这把特制腰刀，刀柄上的北斗七星是用七颗名贵的宝石镶嵌的，缓急之间可以变卖做个用途。

自从离开日本后，转眼间将近十年过去了，除开收到美津子的那封信外，杨度再也没有得到千惠子的一点消息。他猜想，千惠子一定是嫁给陪她出国读书的那个表哥了，那表哥大概也不错。既然已成家，出于对丈夫和小家庭的忠诚，千惠子也不想旧事再提、旧情重萌。杨度能够理解这种心情。无论是对千惠子本人，还是对滕原家族，对田中龟太郎老夫妇，以及对千惠子的小家，这种举措都是明智的，得宜的。杨度在心里始终深深地爱着千惠子。爱她，就要为她着想，希望她一生幸福。正是因为这，杨度也不再托人到东京和横滨去打听千惠子的近况；也因为这，杨度一直珍藏着这把腰刀，就是到了今天这般田地，他仍不愿意把这把腰刀拿出去变卖。

天无绝人之路。杨度在落难之时遇到了救星。这救星是个与他素无往来的人物——安徽将军张勋。

张勋是江西人，出身贫贱，小时做过曾国藩的朋友翰林学士许振祎家的书童。因为犯事，被许家赶了出来，无奈何在长沙投军吃粮，隶属于湘军宿将苏元春部下。打了几年仗，升了参将，后又被袁世凯看中，调到小站，充工兵营管带。再后随袁到山东，因镇压义和团卖力而升至总兵。又调北京宿卫端门，多次扈从慈禧太后。张勋虽不通翰墨，却长得仪表堂堂，很得慈禧的欢心。慈禧临死之前升他为云南提督。辛亥革命前夕，他任江南提督，驻浦口。革命党进攻南京，他死守雨花台不放，战败后逃到徐州。朝廷不但没有撤他的职，反而升他为江苏巡抚兼署两江总督、南洋大臣。以一书童出身的武夫而做到封疆大吏，张勋对朝廷感恩戴德。尽管民国建立了，大总统袁世凯对他信任有加，但他和他的武卫前军的大小官兵们一律不剪辫子，以示对清王朝的忠诚。于是，他的武卫前军被人们称之为辫子军，他本人则被称为辫帅。他对这种称呼欣然受之。

看到民国建立后这几年政局混乱人心不稳，张勋一直存着复辟清王朝的梦想。他设想着，若由他之手将被推翻的清王朝再扶起来，既报答了慈禧太后的恩德，又能操纵朝廷。作为一个功臣，将流芳百世；作为一个权臣，可以与伊尹周公媲美。那时，他在历史上的地位，必将超过孙中山、袁世凯。

张勋把这个复辟大业构想得十分美妙，因此他对主张君宪者素有好感。在全国都申讨帝制余孽的时候，他以前清大臣、洪宪一等公爵、安徽将军的贵重身份公开发表谈话。说无论主君宪还是主民宪，无非是一种政治主张罢了，既然是民主共和国，公民都有发表自己政治主张的权利，故筹安会等人无罪，不应该在帝制失败后追究他们的责任。他呼吁政府取消对杨度等人的通缉。

张勋的谈话在报上公布后，给杨宅老小及寄居在此的夏寿田带来很大的安慰。就在这时，张勋又以个人名义给杨度寄来一信，盛赞他是宪政人才，只是时运不济，无法施展。又请他入幕赞襄军务，还说天津有一座空宅，可以搬到那里去住。

处于政治失意、经济困顿之际的杨度，对张勋此举真有说不尽的感激。他回信给张，说接受好意，将家小迁到天津，但心绪不佳身体不好，暂不能赴徐州就任。张勋很大方，立即派人进京，将杨度一家接到天津海河边一座很有气派的洋楼居住，每月送三百元薪金，并不要求他去徐州。杨度一家连同夏寿田便在天津住了下来。

那时的北京政府，正是乱得一塌糊涂的时候。对外面临着与德国绝交的大问题，对内则既忙于与南方的军务院谈判，又忙于应付国会内部的派系纠纷。黎元洪的总统府与段祺瑞的国务院也因争权夺利而矛盾重重。在这样一个乱糟糟的政局中，谁还会认真对待那几个早已无权无势又声名狼藉的帝制余孽？抓起他们坐班房与让他们住在家里，于国家有什么不同？还有不少人心里嘀咕：这几个人拥戴袁世凯做皇帝固然不好，但现在这些共和制的执政者们又好在哪里呢？这样一来，人们对帝制祸首、帝制余孽的厌恨之情便大大减杀了。于是，有钱的梁士诒回到他广东三水老家，过着养尊处优的日子，发了大财的朱启钤在青岛别墅里逍遥自在，能讲一口流利英语的周自齐出洋周游列国，大家公子孙毓筠在寿州依然阔绰风光，好读书的顾鳌、薛大可在北京四合院里把卷吟诵，而杨度、夏寿田则在天津洋楼里平安无事地闲度岁月。

深秋的一天上午，杨宅收到一封来自湘潭老家的信。信是杨钧写的，向大家报告一个沉痛的消息：湘绮老人以八十四岁高龄，在云湖桥无疾而终。易箦前夕，老人依然深情地惦念远在北国的学生和媳妇，希望皙子和午诒切不可因政治失意而消沉，人生的真趣是多方面的：适逢其时，得遇其主，风云际会，轰轰烈烈地做一番经天纬地安邦济世的事业，固然是人生的幸运；若时运不济，未遇明主，平生抱负不得施展，或设帐授徒，或著书立说，或躬耕田亩，或优游林泉，尽皆人生的好选择；天伦之间，夫妻之间，师生之间，友朋之间，自有生命的真性情之所在；朝看旭日东升，夜观满天星斗，夏日泛舟荷莲，冬月踏雪寻梅，都可悟造化之精神，沐宇宙之惠泽。天地人群之间，处处都饱含着人生的极大乐趣，愿皙子、午诒好好体味。曾文正说得好，处世办事，全仗胸襟。有一个阔大的胸襟，则无论是处顺境还是处逆境，无论是得意还是失意，无论为将相公卿，还是做樵夫钓徒，都能享受到人生之乐；反之，尽管荣华富贵，也必有许多解不开的结，摆不脱的愁，郁郁闷闷地过了此生。老人十分遗憾不能为学生补上老庄之学了，期望他们自己研读《道德经》和《南华经》。又特为要杨钧转告叔姬，希望她也和哥哥、夏大一起读读老庄，扩大胸襟，夫妻能和好如初。

读完这封长信后，悲痛弥漫了整个杨宅。当天下午，杨家正厅为他们的姻丈恩师搭起了灵堂。李氏老太太、黄氏夫人、亦竹、静竹都在灵堂里向老人鞠躬默哀。叔姬换上重孝，为公公的突然去世哭泣不止。杨度、夏寿田穿上素服，在灯烛香烟之中对着灵牌跪拜叩首，祈祷老人在天之灵平静安妥。然后通宵坐在草垫上，为恩师守灵。

杨度悲伤地望着尺余高的暗红灵牌，二十多年来走过的道路，一幕一幕梦幻似的展现在他的眼前：

东洲书院明杏斋，湘绮师对初来投奔的学生讲叙王门的三种学问——功名之学、诗文之学、帝王之学；衡州城里马王庙，湘绮师带着弟子接过胡三爹托付的《大周秘史》；又是明杏斋书房里，一个蚊香熏得呛人的夏夜，湘绮师回忆了祺祥政变时期那些惊心动魄的往事；还是明杏斋，那个秋风秋雨愁煞人的通宵，湘绮师演说爱新觉罗家族的兴衰史；进京前夕，湘绮楼上，先生为荣任四品京堂的学生书写给袁、张的昔日诗篇；中南海里，湘绮师梦见宋襄公的调侃；离京那天在四如春餐馆里，湘绮师有意将新华门念成新莽门；前门车站，列车启动，先生在声声叮嘱：早日奉母南归，我在湘绮楼为你补上老庄之学……

由传授帝王之学到补上老庄之学，由力荐进京做官到敦促奉母南归，杨度就这样跟随着恩师走过了二十多年。今夜海河畔洋楼灵堂里，他对这二十多年来的历程深沉地反思着。

重子所传达的恩师临终前的这番话太有启发了。人生的真趣是多方面的，获得这种真趣，关键在于胸襟。这的确是仁者之言，智者之言。但杨度摆脱不了事业对他的困扰。护国战争期间，袁世凯去世之时，他仍然坚持君宪可以救中国的政治信仰，不是君宪负袁氏，而是袁氏负君宪。现在，当他将追随先生二十余年历程的起点和终点对照着思考时，不禁又有点茫然了。二十多年前，先生满怀期望把自己引入帝王之学中，又为自己跻身政坛最高层创造条件。二十多年后，先生戏弄当今的帝王，轻轻地抛弃了毕生探求的绝学，又叮嘱传人远离京师，回归江湖。这究竟是什么缘故？是帝王之学未遇必备的天时人和，还是帝王之学本身已不合时宜，为之奋斗了一辈子的先生心里早已明白，只是不愿自我否定罢了？

杨度在迷惘困惑中提起笔来，为恩师撰写了一副挽联：

旷古圣人才，能以逍遥通世法；
平生帝王学，只今颠沛愧师承。

他决定从明天起，遵师嘱，与午诒、叔姬一起就在灵堂里开始对老庄之学的研习。

几天后，从上海传来噩耗：中华民国的缔造者百战功高的黄兴，突然间胃大出血，溘然病逝沪上。杨度大为惊骇。黄兴才四十二岁，素日强壮，怎么会在这时离开他患难中的战友和真诚热爱的祖国？尽管宁赣之役后，黄兴与杨度彻底分道扬镳，但杨度对这位多年好友的品格和才干始终是尊崇景仰的。他并不以自己戴罪之身和为革命党人所恨为嫌，向上海黄克强丧事筹办处拍去了发自内心深处的惋惜：

公谊不妨私，平日政见分驰，肝胆至今推挚友；
一身能敌万，可惜霸才无命，死生从古困英雄。

唁电刚拍出，却忽然又响晴天霹雳：蔡锷在日本福冈医科大学附属医院，因喉病不治身殒。消息从东洋传来，震动了神州大地。

蔡锷眼下是四万万中国人民心目中最为伟大的英雄。正是凭借他的弥天大勇，西南边隅首举义旗，粉碎了袁世凯的帝制复辟梦，捍卫了神圣的民主共和国体，也捍卫了四万万中国人的人格尊严，人们敬慕他，爱戴他。他才只有三十四岁，英姿飒爽，风华正茂，中国的前途将要寄托在他的身上，他不应该离去呀！一时间，从京城到边徼，从都市到乡村，从立朝的政府高官到在野的革命党人，从士绅商贾到愚氓野民，举国为蔡锷英年早逝而悲恸，为中华民族失去了一个优秀儿子而洒泪。

杨度的心情极为复杂。蔡锷是他最为赏识的有为青年，他一心希望这位同乡做君宪制的护甲天神，却不料正是此人坏了君宪大事，起兵造反之时，还要把老友列为十三太保之首。这些，杨度都可以谅解：政见不同嘛！令他不能宽容的是，蔡锷反对帝制，可以公开表示，为什么要用一连串的假象来欺蒙耍弄一个多年好友、一个满腔诚意的荐举者呢？现在，固然共和是保住了，而国家并未走上坦途，人民并未得沾实惠。松坡呀松坡，百年之后我还会与你在九泉下做一番推心置腹的论辩。他也为蔡锷写了一副挽联：

魂魄异乡归，如今豪杰为神，万里山川皆雨泣；
东南民力尽，太息疮痍满目，当时成败已沧桑。

有小报登载，在北京的公祭大会上，小凤仙素衣白花，哭倒在蔡锷的遗像前，给她心上的蔡将军送了一副挽联：

万里南天鹏翼，直上扶摇，那堪忧患余生，萍水姻缘成一梦；
几年北地胭脂，自惭沦落，赢得英雄知己，桃花颜色亦千秋。

小凤仙特殊的身份，以及她与蔡锷配合默契，共同设下的那一环扣一环的迷袁圈套，给戎马英雄增添了许多艳丽的传奇色彩。这副挽联被广为传诵，在悼念蔡将军的成千上万副挽联中独领风骚，甚至连孙中山、梁启超的挽联都不能盖过它。杨度自知作为与蔡锷对立的帝制祸首，他的挽联是决不能公之于世的。他吟罢叹息无写处，只能记在自己的心里。

二　临终前，静竹劝杨度读读佛经

杨度天天与夏寿田研习老庄学说。老子的《道德经》，庄子的《南华经》，他们早在求学时代就读过多遍，而今在历尽世事功业受挫的时候再来读这两部空前绝后的巨著，更有许许多多的感慨。尤其是三十三篇《南华经》，意义深邃奇崛，行文汪洋恣肆，读来不仅能使胸襟开阔，并能时时感到一种美的享受。

这期间，徐州的张勋幕府常有信来，与杨度商讨君宪问题，并请他撰写有关君宪的文章。杨度认为张勋既有实力又主君宪，或许今后可以成为刷新中国政治的领袖人物，本已平静下来的心潮又开始躁动了。他给张勋幕府去过不少信，谈宪政，谈对国事的看法，有时也叫筹安会时的好友方表去徐州代他参加一些会议。

早在袁世凯死后不久，张勋就利用各种条件和机会，在徐州召开了有十三个省军政头领参加的结盟会议，张被推为盟主。这个徐州联盟俨然成了中央政府与西南军务院之外的第三个政治势力。张勋的辫子形象早就引起了康有为的兴趣。康有为这几年在上海主编《不忍》杂志，继续鼓吹他的保皇理论，又自任孔教会会长。康梦寐以求溥仪复位，这时便把期望寄托在辫帅身上。康与张一拍即合。张称康为文圣，康称张为武圣，相约以复辟清王朝为他们共同的圣人之业。经过长时期的酝酿准备，一个好机会终于让他们等来了。

黎元洪与段祺瑞的矛盾越来越激化，在国会的支持下，黎终于免去了段的国务总理之职。段不买账，通电各方，宣称免职令未经他副署，不能生效，由此引起的一切后果概不能由他负责。

几天后，安徽督军倪嗣冲首先通电宣告脱离中央。紧接着奉督张作霖、鲁督张怀芝、闽督李厚基、豫督赵倜、浙督杨善德、陕督陈树藩、直督曹锟相继宣布独立。张勋趁此机会以十三省联合会的名义电请黎元洪退职。

黎元洪陷于困境，请徐世昌进京调和。徐提出得先解散国会，否则不可着手。黎又请梁启超帮忙，梁以“退处海滨，与世暂绝”答复。众议院议长汤化龙辞职，许多议员不出席会议，国会已成瘫痪。新任命的国务总理李经羲因此也不敢就任。黎元洪一筹莫展。这时，张勋托人传话给黎，说只要请他进京，一切问题都可解决。黎遂邀张进京。

张勋的目的不在调停而在复辟。在勒令黎解散国会后，张带领五千辫子军开进北京。过几天，文圣康有为带着一大叠早已为溥仪代拟的古文诏旨进了京师，住在张勋的私宅里。

张勋进了北京后电邀杨度进京。杨度风闻康有为是这次行动的主谋者之一。康是一心要为爱新觉罗家族效忠的死硬派，与杨度的君宪主张并不完全一致。杨度和夏寿田商量后，决定暂不进京，在天津静观北京政局的变化。

康有为进京的第三天，北京城里一夜之间忽然挂满了龙旗。老百姓们都惊疑不安：已经五六年不见的大清国旗怎么又挂出来了，莫非皇上又要坐龙庭了？

正是这样。七月一日凌晨，在张勋、康有为等一班文臣武将的簇拥下，十二岁的溥仪再次登基做皇帝，宣布正式复辟。同时，一道道的复辟诏令接连颁布：改国体为君宪制，改国号为大清帝国。废止西历，奉夏历为正朔，改民国六年七月一日为宣统九年五月十三日。废除新刑律，恢复宣统元年颁布的旧刑律。

新内阁也公布了。张勋为政务总长兼议政大臣，洪宪帝制骨干张镇芳为度支大臣，雷震春为陆军大臣。接着便是委派各省巡抚、提督，授徐世昌、康有为为弼德院正副院长，授瞿鸿机、升允为大学士，封张勋为忠勇亲王，封黎元洪、冯国璋、陆荣廷为一等公。所有大清王朝一切礼仪概予恢复。

黎元洪原以为张勋是帮他调和政局的，却不料辫帅来这么一手，他写了一道起用段祺瑞为国务总理的命令，并责成段举兵讨逆，派秘书火速送到天津段的手里。在总统府里召开了一个应急会议后，黎化装躲进了日本公使馆。段祺瑞偕同梁启超连夜来到天津南郊马厂召开紧急军事会议，决定成立讨逆军总司令部，段自任总司令，梁等任总部参赞。

北京的这场变局不仅得不到杨度的支持，反倒使这个研究宪政十余年、一再声称忠于君宪信仰的旷代逸才猛然间清醒过来。张勋玩弄的这场君宪把戏，无非是借一个皇帝的名号来为自己取得宰割天下的合法权利。他以遍地皆是的大大小小的官职满足那些利禄之徒的欲望。至于废止公历，一切采用旧仪，起用一大批行尸走肉般的旧人，则完全暴露了张勋等人逆时代潮流而动的愚昧无知。这哪里是在行君宪，这简直是一场丑剧闹剧，是一次历史的大倒退，是野心家们挂羊头卖狗肉的大暴露。失败是毫无疑义的。

前清的君宪由于满人的极端狭隘自私而付之流水，洪宪的君宪由于袁世凯的用人错误而毁于一旦，这是第三次了。君宪制在英国、德国、荷兰取得了卓越成就，在日本更赢得了无比的辉煌，但在中国却是三次失败的记录。

回忆三次失败的历史，杨度对中国的君宪彻底失望了。因为张勋这段时期来与自己的特殊交往，他担心随着政变的失败，人们又会将矛头指向他，怀疑他在背后策划，应该在他们闹得最凶的时候公开表示自己的态度。

杨度给黎元洪、李经羲、冯国璋、陆荣廷及各省督军、省长以及张勋、康有为发了一个电报，指出由共和改君宪，其势本等同逆流，必宜以革新之形式进化之精神，才能得到中外之同情国人之共仰，使举世皆知此改变为求一国之治安，不为一姓之尊荣。而这次事变，完全与革新进化背道而驰，本人决不能赞同。最后，他以极为沉痛的心情向世人宣布：

所可痛者，神圣之君主立宪，经此次之牺牲，永无再见之日。度伤心绝望，更无救国之方，从此披发入山，不愿再闻世事。

他又将这份电报发给最近在广东成立的护法军政府首脑孙中山、岑春煊、唐绍仪、章士钊等人，向革命党人表示自己与陈腐势力彻底决裂的心迹。

正如杨度所预料的，张勋和他的辫子军根本不是段祺瑞和讨逆军的对手。双方只打了两次仗，前者便彻底败给了后者。溥仪傀儡小王朝仅只在中国历史上生存了十二天。七月十二日，北京城的龙旗重新让位给五色旗。

共和虽然再次战胜了帝制，但中国的政坛一点儿也没有平稳。围绕着黎元洪的总统、段祺瑞的总理、程璧光的海军总长、伍廷芳的外交总长等一系列人事问题，政坛上又展开了惯常的争斗倾轧。中国的政局，令中国四万万百姓头痛，也令世界文明国家的人民不可理解。杨度由极度的伤心终于到了完全的绝望，而这时静竹的病情又日趋恶化，更令他寝食俱废。

这一年多来，静竹因心情抑郁病情一天天加重了。自从湘绮老人死后，杨度开始研读老庄，心境平和多了，对静竹的关怀也多了。静竹心里得到不少安慰。但终因病势太重，药力不能济事，这一个月来她完全卧床不起了。在几次昏迷之后再度醒过来的时候，她回顾二十多年来与皙子之间的悲欢离合，分析皙子的才情性格，寻思着要为皙子在今后的岁月里挑选一条合适的道路。

静竹太爱皙子了，爱得铭心刻骨，爱得生死不忘。尽管皙子为他们之间的爱情生涯多添了一段不愉快的插曲，尽管她曾经哀叹圣洁的爱情之花已经凋谢，甚至想到以死了结。但现在面临死亡的到来，静竹却分外地眷恋生命，珍惜人间爱情，直至宽谅皙子的过失，希望他后半生不再受挫折，不再走弯路，平平顺顺，快快乐乐。

仔细思索很久之后，在一个万籁俱寂的夜晚，她用枯干的双手久久地拉着皙子，用深陷乏神的双眼久久地凝望着皙子，气息微弱地对皙子说："我已经不行了，得离开你，离开亦妹和孩子们，离开老太太、太太和叔姬姐了，我真不愿意离开呀！"

说着说着，静竹两眼中泪水涌泉般地滚出。

杨度死劲地握着她的双手，流着泪说："静竹，你不要这样想，你不会离开我们的，你还不到四十岁，今后的日子长着哩！"

"皙子。"静竹止住眼泪，轻轻地说，"我还不老，本来是应该留下继续陪你的。但我知道，我身上的元气已经耗尽，活不得几天了。我和亦妹说过好多次了，叮嘱她，在我走后一一定要好好地照顾你。当然，这话是多余的，亦竹对你的爱，并不亚于我。"

杨度点了点头。

"不过，"静竹略停片刻，又说起来，"亦妹这人我了解，在生活上她会很好照顾你的，但对你心上的事，她却体贴不够。因为她比较粗心，平时总是做得多，想得少。"

真可谓患难知己，静竹对亦竹的长短了解甚深。见静竹说话费力，杨度给她倒了一杯温开水。静竹喝了一口，又慢慢地说："这一年多来，你心上有极大的苦痛，我因病没有好好地与你多说话，现在想起来很觉难过。"

杨度想起那年由君宪转共和时，心里矛盾重重，就是因为静竹那番轻轻柔柔的话，使他重新获得勇气和力量。经过冷静反思后的杨度心里明白，这一年来静竹的冷淡，不是因为她的疾病，而是自己在错误中陷得太深的缘故。

他怀着真诚的歉意对平生真心所爱的女人说："静竹，我对不起你。那年在潭柘寺，我对着菩萨起下了誓言，今生今世要做个干出大事业的伟男子。可是二十多年过去了，由于我信仰的是一套在中国行不通的主张，白白耗费了心血，浪费了光阴。到头来，对国家无益，自己也一事无成。尤使我难受的是，没有让你看到我的誓言变为现实，给你带来安慰，带来幸福……”

杨度嗓音哽咽起来，几乎不能说下去。他想起静竹、亦竹独居西山苦等他五年，想起这十年间，她一直疾病在身，自己蹭蹬政坛，也没给她丝毫风光。杨度沉痛地说：“静竹，这二十年来，你为我吃尽了苦头……”

生命垂危的静竹感受到一股巨大的温暖，她承受不了这种突发的喜悦，只觉一阵难耐的晕眩，几秒钟后才睁开眼睛，清清亮亮的泪水从她虽失去光彩却依然美丽的丹凤眼中奔涌而出。二十年来的痛楚，有这一句话就足可慰藉了。心地善良的她反而对前向的冷淡自责起来。

“晳子，你不要这样说，何况我也没有受过多少苦；即使受苦，为了你，我也心甘情愿。我知道你一直为你自己信仰的失败而痛苦，其实这大可不必。”静竹又喝了一口水，继续慢慢地说，“男人的政治信仰，我们女人弄不太明白，但我有时想，这中间或许并没有什么对与错的区别。那几年我和亦妹在西山绣花。有段时期，我们绣的都是大红大紫、富贵吉祥的图案，自以为好卖，结果买的人少。于是我们改绣山水兰竹一类淡雅图案，买的人多了，但过两个月又不行，先前绣的大红图案又时兴起来。看来，不是图案本身的高下，而是逢时不逢时罢了。男人的政治信仰大概也差不多，逢时就行得通，不逢时就行不通。晳子你说呢？”

静竹把绣花和治国放到一起来比较，从女人的角度来看待男人的事业，话说得很有道理。天下事，无论大小，道理都是相通的，所以老子说治大国好比烹小鲜。只要禀赋聪慧，又勤于思索，就能从小事中悟出大道理来。一个多么聪颖的女人啊，可惜偏偏这般命薄如纸！

杨度抚摩着静竹冰冷的手说：“你说得对。我近来读老庄的书，心思开窍多了，我都想通了。正如你说的，大红大紫也好，淡淡雅雅也好，君主立宪也好，民主共和也好，无所谓好看不好看，中用不中用，全在逢时不逢时，逢时就好，不逢时就不好。我先前的折腾，就是因为没有看穿这点，我以后再不会那样了。”

“我知道你现在遵照湘绮师的教道，在补上老庄之学。叔姬姐来京后，也教我读过老庄，但我不太懂，倒是早年你讲的妙严公主诚心礼佛的故事给我很深的印象。好多年了，我总在想，妙严公主是金枝玉叶，想要什么有什么，她为何还要去拜菩萨读佛经呢？我后来请教过一些习佛的人，他们说读佛经拜菩萨时可以忘记世上的烦恼事。我想妙严公主虽是龙子龙孙，心里也一定跟我们普通人一样有烦恼，所以她要去拜佛；也一定在拜佛时心里安宁了，所以能几十年不间断。于是我在烦恼的时候，也便学着妙严公主那样不断念佛，果然心里要安静些。尤其是以后戴上密印寺法师送给你的那串念珠，再念阿弥陀佛时，心里越发有一静如水的感觉。”

“啊，有这样好？”杨度略带惊讶地说。他一时想起许多往事：密印寺，法源寺，总持寺，寄禅，智凡，道阶，还有慈悲庵里的净无。有一次，他很得意地拿出珍藏多年的那串松花玉念珠来，给静竹、亦竹讲起觉幻长老赠珠的故事。静竹高兴地说，这串念珠送给我吧！于是松花玉念珠就到了静竹的手里。原来以为只是拿它玩玩，殊不知她真的挂着它参起佛来，而且居然起了作用！

“皙子，我劝你今后不妨研习研习佛经，它一定可以解除你的烦恼。”

杨度突然记起那年觉幻长老说的一句话来。当时觉幻长老是这样说的：佛家与皇家，看似有天地之遥，其实不过一步之隔。居士年轻，趁着懵懂之年去放胆干一场吧，王霸之业做得疲倦了，再坐到佛殿蒲垫上将息将息，或许能于人世看得更清楚些。初听到这话时，杨度感到惊愕，现在回想起来，这个觉幻仿佛是先知先觉似的，他竟然早就看出了自己所做的事，都是懵懂之年的作为，而且一定会疲倦。现在，王霸之业果真做得疲倦了，何不到佛殿上去坐坐蒲垫，从佛家的角度来看透皇家呢？杨度点点头说：“好，我听你的。”

静竹的脸上现出很久以来没有的欣慰的笑容。说了这么久的话，她太累了，闭着眼休息一会儿，她终于鼓起最大的勇气，望着神情疲惫双鬓已生白发的心上人说："皙子，有一句话我一直不敢说，我怕你伤心。现在已到了这般地步，我不得不说了。"

"什么话？"一阵阴影罩住了杨度的心。

"皙子，我死之后，请你按佛门规矩，把我化掉，将骨灰装到一个瓦坛子里去，什么哀悼的仪式都不要，只将当年江亭题词的那把绢扇和潭柘寺里那角拜砖放进瓦坛子里，有绢扇和拜砖陪伴着我，我的灵魂就会安妥了。今后遇到方便，将我埋到我的父母身边，他们的坟墓在苏州阊门外……"

静竹再也说不下去了，眼泪水一串串地流淌着，她干脆闭上了眼睛。杨度越听越心颤，他终于抱着静竹枯瘦的身躯失声痛哭起来。

三　八指头陀的诗集将杨度引进佛学王国

几天后，静竹在病榻上安宁地与人世分别了。杨度悲痛欲绝，亦竹哭得死去活来。杨宅老小都对这个奇女子苦难的一生表示深深的痛惜。遵照静竹的遗嘱，她的遗体火化。亦竹从那套袁家所送的八宝瓶中挑出最漂亮的美人瓶来，把静竹的骨灰装进去，又从箱底寻出那把早年杨度题词的绢扇，去掉扇骨，用扇面包了那角拜砖，一同放进美人瓶里，然后用泥封死，就放在她的卧房里，以后再觅便带回苏州。

静竹死后，杨度精神恍恍惚惚很多天，脑子里时时刻刻都是静竹的影子。一会儿是江亭，静竹笑吟吟地坐在他的身边，看他在绢扇上题词，一边说："我看重的是词，不是榜眼。"一会儿是潭柘寺，他们俩在观音像前定情，静竹激动地说："皙子，你一定可以做出一番大事业！"一会儿是西山茅舍，静竹冷静地做出了最大的自我牺牲；一会儿是槐安胡同书房，静竹像哄孩子似的抚平他心上的愁结。

就在这样恍惚的时候，他的脑子里也浮现出东瀛的千惠子，浮现出云吉班的富金。这两个女人都曾经让他倾心过。千惠子美丽高洁，对他一往情深，但她终究拗不过她的家族，不愿为他做出牺牲。他们之间没有命运的联系，时过境迁，哪怕今后就是再见到她，大概也不会有太激烈的情感冲动。富金也美，也爱他，但她只是一个世俗妓女，连接他们之间的纽带不过是金钱权势而已。一旦无权无势了，她也就不是他的人了。这样的女人，即使先前再令他倾心，现在也没有挂牵的必要了。杨度越来越看得明白，在这个世界上，真正把全部爱情给了他，为他牺牲了一切，时时刻刻关心着他，与他同命运共荣辱的，正是这个出身低贱而骨格清纯的静竹。想到这里，杨度真心觉得对不起她。

二十年来混迹政坛，不要说帝王之学已成泡影，就是连一桩实实在在于国于民有益的小事也没有办成，离一个伟男子真正有十万八千里之遥。静竹她也有希望，也有理想，但屡受挫折，历尽磨难，然而她都能淡泊处之，不怨不尤，莫非正如她所说的，是心中有佛的缘故？湘绮师一面研习老庄之学，一面热衷帝王之业，可见老庄不能使人归于淡泊。这几个月里努力奉行老庄清静逍遥的说教，口口声声说丢掉帝师王佐之念，但成天这样唠唠叨叨的，可见此念并未在心里泯灭。觉幻劝我在蒲垫上将息，寄禅说我有慧根，何不舍老庄而入佛学呢？即使是出于对静竹的爱，也应该坐到菩提树下呀！

杨度的这个想法，大家都赞成。

拜了一世观音菩萨的老太太连连说：“早就该这样了。人活在世上，靠谁保佑？别的都靠不住，只能靠菩萨！”

黄氏夫人和亦竹都附和老太太的意见。

夏寿田说：“佛学是门大学问，只有钻研深透了，才会更好地信仰它。我看先得研读佛经。”

叔姬赞同夏寿田的观点。

杨度说：“我们一家连同午诒在内都做佛门居士。母亲和仲瀛、亦竹做修行的居士，我和午诒、叔姬做修心的居士。修行派不必读经，我们修心派则要像当年在东洲读孔夫子的书样，从今以后摒弃一切闲书，闭门攻读内典。”

大家都说好。

亦竹说：“你们闭门读经，我不反对，但饭总是要吃的，家里银元不足一百了，今后怎么办？”

自从辫子军复辟失败后，张勋便躲进外国使馆不露面，他的幕府无形中便散了，房子也好，每月三百薪金也好，都无人过问。亦竹又一次感到经济拮据了。

夏寿田说：“我还有点钱存在一家英国人开的银行里。我偷偷到北京去一次，取两千块钱来。”

杨度忙说：“不要去，万一被他们看到怎么办？你住我家，再没钱也不要你开支。我早想好了，八宝瓶还剩下七个，或当或卖都可以，够吃一两年的。”

过几天，亦竹将那七个瓷瓶卖了五千块银元，解了燃眉之急，大家的心都放宽了。于是，杨度、午诒和叔姬放下手中的《老子》《庄子》，在天津租界洋楼上，闭门读起佛经来。

刚拿起一本《华严经》，杨度便想起一桩大事来，这便是寄禅临终所托付的诗稿整理事。过去忙，无暇及此，现在正可以借这个机会，在这位佛学大师禅诗的导引下进入佛的王国。

杨度从柜子里拿出保存了七八年的寄禅的诗稿来。打开这些诗稿，他才发觉此事并不好做。一是杂乱。寄禅留下的诗两千多首，除已编好的《白梅集》《嚼梅集》《餐霞集》，其他的诗都还没有清理、分集命名。二是稿面不整洁。寄禅早年失学，字写得差，错字别字很多，到处是涂涂改改的。尽管如此，杨度仍觉得整理这位天才诗僧的遗作是学佛生涯中的美好享受。

世间万事万物都入了寄禅的诗，正如万事万物都入了齐白石的画一样。不同的是，万事万物在齐白石的画中都被赋予了生命的灵性，而万事万物在寄禅的诗中则都披上了神圣的灵光。杨度决定不以分集而以系年的形式，将法师两千多首诗编辑起来，标个总题：《八指头陀诗集》。他细细地阅读每首诗，改正其间的错字别字。偶有平仄韵律不协之处，他为之吟正；也间或有用典不妥之处，他为之改正，尽量做到无罅无漏。感觉到疲劳时，他便挂起那串松花念珠，按静竹所说的不断念“阿弥陀佛”。说来也真的奇怪，这串在沩仰宗祖庭呆过一百多年的念珠真的得了灵气，数了几百粒，念了几十句后，他便神清气爽起来。

诗集编好后，他又请午诒和叔姬分头誊抄一遍。二人都很仰慕八指头陀，欣然从命，把此事当作学佛的一门重要功课对待。

至于《三影集》，杨度则一人整理，一人誊抄，也不将它编进《八指头陀诗集》中去。他要为好友，也要为佛门保守这一段秘密。他想，今后这本《三影集》只能给一个人看，此人即净无；当然也要随缘，不可持着它去慈悲庵找净无。

就和当年研究帝王之学一个样，杨度对佛学的研究也抱着极为认真的态度，并立志要很快弄清各宗各派的经义，并在这个基础上创造出一门超越任何宗派高出历代佛祖的新佛学来。这门新佛学不仅可以为自己一人摆脱烦恼，而且能让世人都接受，都摆脱烦恼。如果这个目的达到了，对人世间的贡献则远远大于帝王之学的实现。

他为自己取了个虎陀禅师的法名。小时候，母亲给他取的乳名为虎伢子，盼望他虎虎有生气。四十年后，学佛时再用这个名字，他希望自己以学佛参禅来觉迷去伪返璞归真。他还给自己定下几条戒律：一不喝酒，二不抽烟，三不打诳语，四不动怒，五天明起床，静坐一个钟头。杨度一本正经地带着克己复礼式的虔诚，潜心于佛典的汪洋大海中。

当年去沩山途中，八指头陀给他讲的中土佛教史，他还大致记得，知道佛教传入中国后产生过许多宗派，其中天台宗、净土宗、律宗、密宗、三论宗、慈恩宗、贤首宗、禅宗等都曾经显赫过，后来所有宗派都日渐衰落，独禅宗长盛不衰。为了精研佛学，并为创立自己的新佛学打下基础，他决定先从已经衰落的其他宗派入手。

他将天台宗的经典《法华经》、净土宗的经典《无量寿经》、三论宗的经典《中论》《十二门论》《百论》、贤首宗的经典《华严经》、慈恩宗的经典《成唯识论》、律宗的经典《四分律》、密宗的经典《金刚顶经》都找来，日以继夜地一一攻读。

这些经典大都不好读不好懂，杨度耐着性子一页一页地啃。半年过去了，他虽然懂得了不少佛学知识，但于佛学的最高境界——无我，自觉仍有很大的距离。人世间一切矛盾、纠纷、争斗、仇杀，说到底无非“我见”“为我”而引起，倘若人人泯灭了“我见”，摒弃了“为我”，则所有这些不该有的现象，统统都会自然而然地消除，人人欢喜，个个安乐，极乐世界不就在眼前吗？

杨度想，以自己的灵慧和虔诚，学佛这么久了，尚不能进入无我境界，可见这些经典并没有给善男信女们提供一道通向无我的法门。这道法门在哪里呢？他在苦苦地思索着。

正在这时，北京政府鉴于各方吁请和自身的困难处境，做出了取消通缉政治犯的决定，发布了一个将“所有民国五年七月十四日及六年七月十七日通缉杨度、康有为等之案均免于缉究”的特赦令。也就是说，民国成立后两次帝制复辟活动的要犯们都不再受到法律追究，恢复他们民国公民的权利。这道特赦令给杨宅带来了很大的喜悦，他们决定立即迁回北京，因为无论从哪方面来说，北京都要强过天津。夏寿田自然和他们一起走。

这一夜，杨度又梦见了静竹。自从静竹去世后，杨度多次梦见她，但每次都影影绰绰的，也没有说话。这次却不一样。他梦见自己仿佛进了一座大山，已经是夜晚了，满天星斗，他仍在赶路。突然前面现出一盏灯火，走近一看，原来是一座小寺院。他心里想，这下好了，今夜就宿在这里吧。他敲了敲门。门开了，一个留着长发的中年女人出现在面前。这女人很漂亮，两只丹凤眼里满是亲密的笑意。哎呀！杨度猛地认出来，这不就是静竹吗，怎么会在这里遇到？他一把抱住静竹，静竹也紧紧地抱住他。静竹告诉他在此地带发修行已经半年了，天天盼望他来。他问这是什么地方。静竹说这是庐山，这座寺院叫做彻悟庵，你来到这里后，就一切都大彻大悟了。正说得高兴，他蓦地醒了过来。

杨度披衣而起，细细地回味这个梦，心里甚觉蹊跷。

天亮后他对亦竹说起，亦竹说："这是静竹托的梦。她的骨灰没有安葬在父母身边，她的魂魄就没有安妥。这件事我总挂在心头，要不我干脆回苏州一趟。我离开苏州二十多年了，也想回去看看，静竹的事也早办早妥。"

杨度想了一下说："也好，你把孩子也一起带着。母亲早就想回湖南了，我要仲瀛陪她回去。以后我也不住北京了，我和你一起住苏州。"

长住苏州，当然是亦竹的心愿，不说别的，柔软温和的吴音就比北京土语好听呀！

"搬过家后，我要到庐山彻悟庵去寻静竹。"杨度凝视着装有静竹骨灰的美人瓶说。

"什么，你去庐山寻静姐？"亦竹睁大眼睛反问。"皙子，那是梦呀，静姐哪里还可以寻得到？要是能寻到，我和你一起去寻！"

"我也知道，静竹已死，不会在庐山。但这个梦太怪了，说不定这是静竹在启示我，要我到庐山去一次。当年慧远邀集十八贤士在庐山东林寺结白莲社，创立了净土宗，陶渊明常去东林寺和慧远谈佛，我去朝拜一下净土宗的祖庭也是应该的。"

亦竹知杨度怀念静竹甚深，去庐山，无非是借以慰藉相思之心，当年他不是为祭奠静竹，一人在西山寻了半个多月吗？静竹是皙子的初恋，也是自己的恩人，亦竹当然不会有平常女人的醋意，反而为皙子的这种痴情而欣慰。

在搬家的事大致料理清楚后，亦竹带着孩子和那只美人瓶南下苏州，杨度则和母亲、仲瀛、叔姬及午诒回到北京槐安胡同。

一个月后，杨度离京远赴江西庐山。

四　一个万籁俱寂的庐山月夜，杨度终于领悟了佛门的最高境趣

庐山是长江边的名山。杨度过去多次乘船路过九江，都没有闲暇登山一游。他原本是一个极爱山水风光的人，但宦海颠簸，让他呛足了水，年轻时的豪情已十去八九。且此次来庐山带着的是浓厚的伤感情绪，与寻常的登山览胜有天渊之别。

杨度怀着一股无法排遣的惆怅，踏上了庐山的山道。正是仲夏天气，庐山树叶繁茂，一片新绿。流泉淙淙，鸟鸣嘤嘤，给静穆的大山增添了生气和欢乐。时时可见奇峰怪石突兀在眼前，刚走过几十丈远，回头望一下，它又突然幻化为线条柔美的层峦叠嶂。东坡居士那首咏庐山的名诗：横看成岭侧成峰，远近高低各不同。不识庐山真面目，只缘身在此山中。确确实实地道出了庐山峰岭的奇特。然而此时的杨度却丝毫感觉不出东坡诗口的意境来，他脑子里时时浮现的是二十年前的那桩往事。

二十年前，也是仲夏天气，他应静竹之邀赴西山潭柘寺之会。那时的他，青春热血为美好的爱情所激荡，可瞻的前途因崇高的憧憬而辉煌。“嘚嘚”的马蹄声如鼓点在欢快地跳跃，葱绿的西山如仙境般出现在眼前。青春、爱情、理想，人生最可宝贵最为闪光的东西交织在一起，组成了天地间最美妙的图画，最动听的乐章。

而眼下呢，同样是仲夏，同样是名山如画，同样是因为静竹而来，但今日与昨日相比，真可谓恍若隔世！

杨度就这样心事重重，脚步沉沉，目光呆滞，神情颓靡地走了一整天，四百旋山路只走了三分之一，便早早地借一个猎户人家歇息了。

次日一早再上山。临行时向老猎人打听彻悟庵，老猎人想了半天后摇了摇头。杨度也知道彻悟庵是没有的，但又对它怀着一线希望。常言说心灵相通魂魄入梦，说不定静竹的魂魄真的来过庐山，知道庐

山有一座彻悟庵。果真寻到了彻悟庵的话，一定要在庵中住下来，夜夜与静竹的芳魂相会！

又是一天的攀登，杨度来到了牯岭。牯岭俨然一个集镇，店铺房屋不少。杨度落下脚后即向人打听彻悟庵，问了几个人，都说不知道。旁边一个读书人模样的中年汉子说："庐山没有彻悟庵，倒是有个小寺院叫做泽惠寺。居士是不是听白了音？"

泽惠，彻悟，音的确有点相近，莫非是梦中听白了？杨度大喜道："是的，是的，就是泽惠寺！请问在哪里，离此地多远？"

中年汉子说："泽惠寺在香炉峰半腰上。香炉峰就是当年李谪仙看瀑布的那个山峰。"

汉子说到这里，竟摇头晃脑地吟起李白那首《望庐山瀑布》的诗来："日照香炉生紫烟，遥看瀑布挂前川。飞流直下三千尺，疑是银河落九天。"

"就在香炉峰上，那太好了！"杨度情不自禁地说。

"香炉峰离此不远，半日工夫就到了。不过，从山脚走到山腰，也要走半日。"中年汉子热情地介绍，"泽惠寺，是明朝中期建的。据说是一个商人来庐山参拜东林寺，在菩萨面前许下愿，说是若发了大财，则在香炉峰上建一座寺院。后来此人果然发了大财，便还愿建了一座寺院，取名泽惠寺，感谢菩萨恩惠了他。先前规模不小，年久失修，现在破败了。寺里住着一老一小两个和尚。老和尚早年也闯过江湖，中年后削的发。居士若去，他们会高兴接待的。"

杨度很感激这个博闻的汉子。在牯岭睡了一夜，次日早上带了些干粮，踏着茅草丛生的羊肠小路，朝香炉峰走去。

这一带更加冷寂。在到达山脚的整个途中，杨度没有遇到一个人，连远远的一个樵夫的背影也望不见。一路上走着，他时常有一种遗世独立之感。经过一番艰难的攀援，傍晚时分，来到一座小小的古旧的寺院面前。抬头一看，长满苔藓的青黑砖壁上有着三个墨迹暗淡剥蚀的字：泽惠寺。杨度又惊又喜，果然有这样一座寺院，若是今夜在这里遇见静竹就好了。

寺门虚掩着。刚要推门，一个十三四岁的光头小男孩走了出来，见到他，仿佛见到天外来客似的欢喜雀跃，很热情地请他进门，又对着里面高喊：“师父，有施主来了！”

喊声刚落，从里屋走出一个清清瘦瘦的老和尚来，满面笑容地对杨度说：“施主光临，请坐，请坐！”

“谢谢！”杨度说话间将四周略微打量了一眼。

这是一间小小的佛殿。正前方有一尊被香烟熏得黑黑的泥塑阿弥陀佛像，像座上有一横排大字：南无阿弥陀佛。杨度想：到底是净土宗的祖庭之地，现在还继续着净土宗的香火。除开这尊泥塑菩萨和几个香炉烛台蒲垫外，佛殿里几乎再无别的东西了。

空落干净一尘不染的佛殿，面带微笑慈眉善目的和尚。与尘世相比，这里的确有另外一番境界。

“施主是来庐山游玩的？”老和尚轻轻细细地问。

“不是。”杨度答。

“那么是来烧香的？”老和尚微觉奇怪，又问了一句。其实，从杨度进门的那一刻，他就看出来人不是香客。

“也不是。”

“哦！”老和尚大为不解地吃了一惊。

说话之间，小和尚端来一个粗泥碗，碗里盛着刚烧开的茶水，漂浮的茶叶又大又粗。杨度接过喝了一口，味道醇厚清香。

“法师，我借宝刹住几天，行吗？”

“行！”老和尚一口答应。“只是我这里没有东西可招待，吃的是红薯，咽的是腌菜。施主是富贵场里来的，怕住不惯。”

“我不是富贵人，住得惯，你们吃什么我吃什么。”

小和尚用瓦盆端来几只刚煨好的红薯，又从盐水缸里挟出几块腌泡的萝卜片来。老和尚说：“我与徒儿已经吃过了，你走了一天的路，想必很饿了，将就吃点吧！”

的确是饿了。杨度也不讲客气，大口大口地吃起来。好久没有吃过这种煨红薯了，他吃得很香甜。

吃完饭后天色全黑，老和尚燃起一支松枝，佛殿被扑闪扑闪的火光照耀着，增加了几分虚幻缥缈的色彩。闲聊了一会儿话后，杨度在小和尚的床铺上睡下。小和尚则在隔壁与师父挤一张床上睡。

也许是昨天太劳累了，天明时杨度醒来，发现昨夜睡得又沉又死，什么梦也没做。他有点遗憾。

杨度穿衣起床，走出寺门外，只见香炉峰被乳白色的晓岚环绕，显得既美丽又神秘。茅草绿叶，都像是刚从山泉里捞出来一样，青翠鲜亮，水珠欲滴。空气清新得使人心旷神怡。杨度在心里叹息：这么好的地方，除开两个和尚外再无人来居住享受，造化空将这一番情意赠送给人类了。又想：一个人若在这种地方住久了，世俗间的欲望自然会摒除得干干净净的。寺院多建在山上，看来原因就在这里。

吃早饭时，小和尚居然端出一瓦罐米饭来，又有竹笋、野菌等几个菜。杨度知道，准备这样一顿饭菜，于这对师徒来说是件很不容易的事。深山方外人的淳朴好客，使尘世竞技场上的失意客格外感动：应该以诚对诚！

吃完饭，老和尚并不再问起他来此地的目的，杨度却主动地告诉和尚。他没有说出静竹的名字来，只用“亡妻”一词代替，因为如此可以省去许多不必要的表叙。静竹在生时从来没有享受过这种名分，死后，杨度倒时时刻刻觉得自己这一生真正的妻子应该是她。

“施主，你是人世间少有的丈夫！”

只因死去的妻子的一个梦，这个汉子便从北京千里迢迢来到庐山，不怕劳累，不怕冷清，寻到这座一年到头几乎无人过问的破寺败院里来，都说这世界已经没有“情义”二字了，看来并不尽然。老和尚从心底里生发出对面前施主的敬重。但他很快又摇了摇头，说：“施主这番诚心虽可感，不过，这都是空的。”

“我也知道这是空的。”杨度不好意思地傻笑了一下，说，“我想我的亡妻大概是要我来庐山寻求某种启示。”

老和尚听了这句话后，凝神望了一眼杨度，点点头说：“庐山是座灵山，历代名士如陶渊明、李白、钱起、苏东坡都来此寻求灵气，但他们寻求的是世俗间的灵气。庐山又是一座佛山，历代高僧及居士们都来此寻求佛性。不知施主来此，是寻求世间的灵气，还是祖庭的佛性？”

“我来求佛性。”杨度立即回答。

“哦！”老和尚面露喜色，又问，“居士在家也读过佛经吗？”

“不瞒法师说，多年来我便在沩山密印寺、北京法源寺里接触过内典；这大半年来，什么事都不做，什么书都不读，专门读佛经，各宗各派的经典读过几十部。当然，在法师面前，这是班门弄斧了。”

“哪里，哪里！”老和尚很是高兴地说，“居士原来是位佛学广博的高士，善哉，善哉！老僧说来惭愧，佛经其实读得少。居士多年来与我佛门多有联系，想必认识八指头陀寄禅大法师？”

“认识，认识，他是我的同乡挚友。”

杨度将他与寄禅的交往简单说了一下。

“居士功德无量，功德无量。”听说杨度已为寄禅编好了诗集，和尚合十致礼敛容说，“居士既是寄禅大法师的挚友，又为我佛门立此大功德，老僧理应敬如上宾，只是泽惠寺寒碜得很，有辱居士光临。”

“法师客气了。”

杨度想，这个老和尚过去也是个闯荡江湖的人，世间的富贵繁华辛酸苦辣一定都经历过，现在能守着这个大山中的荒寺，心如死灰，真是非同寻常，想必他能给我以启示。

“法师，我来庐山是诚心诚意想得到佛性的启示。能在泽惠寺见到您，也是缘分，法师能给我以指点吗？”

“阿弥陀佛。”老和尚郑重其事地问，“居士有何见教？”

“法师，弟子少年时起便攻读孔孟之书，长大后习王霸之业，欲图一番大事，但屡屡遭挫，无尺寸之功可言。退后反思，深叹今世社会不自由不平等，一切罪恶无非我见，反身自问，也无一事不出于我见。弟子想，世间大事，最大的莫过于救人，而救人则须先救己，救己又首在无我。从此来考查孔学。孔子主张己欲立而立人，己欲达而达人，人我二相，显然对立。孔学不是无我之学。以此来考查老庄。庄子齐是非，一生死，仅能等视外物，无择无争，处于材与不材之间，保全一身小我，仍非无我之义。老子则以无为作有为，立用而不立体，纯是术家者言，与身心无关。早就听人说，佛学是主张无我的，弟子遂由孔转庄，由庄入佛，然学佛良久，亦未得无我之法门。请问法师，无我法门应该如何进？”

老和尚谛视杨度，静静地听完他这番长论，沉吟良久，说：“居士苦衷，老僧能够知道。老僧年轻时也有用世之心，皈依佛门之后，方知世事皆空，用心全无必要，于是下定狠心，一刀斩断命根。从此万缘皆尽，万念皆息。”

杨度心一动，说：“法师刚才说得好，一刀斩断命根。如能这样，的确断绝了一切俗缘，连同自我也会同时断绝，但这一刀如何下呢？”

“明空。”老和尚说，“即明白世间一切皆空的道理。”

见杨度尚未醒悟过来，老和尚说：“今天我们就说到这里，你去好好琢磨一切皆空、斩断命根的话。夜半子时，我们再接着谈。”

杨度心想，为什么要等到夜半子时才谈呢？他想起了《西游记》中孙猴子的师父半夜传道的故事，颇觉有趣，遂点头答应。

下午，老和尚小和尚或打坐参佛，或挑水劈柴，各做各的事。杨度一人独坐在寺外石头上，呆呆地望着莽莽苍苍的匡庐群峰，心里反复默叨着“一切皆空”“斩断命根”的话。也不知念了多少遍，到夜晚临上床时，他仿佛有种领悟之感。

“居士，请醒醒！”

也不知什么时候了，杨度被老和尚推醒，他赶紧穿衣起床。

老和尚说："我们到外面走走吧！"

杨度随着老和尚走出了泽惠寺。

啊！这是到了什么地方？杨度被眼前的景象弄蒙了。近处，古树老藤青草杂花，都在若隐若显似有似无之中；远处，白天可以看得见的牯岭天池，都被一层青灰色的绸纱所罩住。抬头看，一轮圆月正从云层里缓缓移出，满天星斗仿佛伸手便可以摘到。明月的清辉洒在庐山的各个角落。再定睛一看，又似乎觉得牯岭、天池依稀可见。四野无声，万籁俱寂，杨度仿佛觉得自己的一颗心与天地星月山石树木紧紧地贴在一起，又觉得它们也都有一颗心，与自己的心在一起跳动。慢慢地，他好像感到明月的光辉笼罩了自己，星斗的亮闪围绕了自己，香炉峰乃至整个庐山都在伸出千万双手臂来拥抱自己。天和地在渐渐靠拢，自身也渐渐地与它们——星月山石树木天地融为一体。杨度突然感觉到自己的灵魂在起跃，在升华，在腾飞，如罪人之出狱，如游子之还乡，如久病之痊愈，如大梦之初觉……

"居士，你要仔细领略，这就是世界，这就是宇宙，这就是时间，这就是人所能感受到的一切。它是色，又是空；它不是色，又不是空；它是心能把握的，又不是心能把握的；它是所有，又不是所有……"

"法师！"杨度四十余年的心智蓦然大开，心扉猛地透亮，胸臆间如同点燃起万道明烛，照耀着千道霞光。瞬时，他什么都明白了，什么都贯通了。"我懂了，佛已经启示了我。法师你听我说吧！"

灵颖、灵慧、灵性、灵光一齐汇集在他的脑中。他对着朗朗夜空、茫茫庐山，高声诵道："无心于事，无事于心，以无心之心了无事之事。行无所行，止无所止，作无所作，息无所息，来无所来，去无所去，生无所生，灭无所灭，心无所为，无所不为。一刀直下，斩断命根，前缘已了，后患不生。无心之境，境中无物，皓月当空，大彻大悟。"

老和尚拊掌大笑："居士，从此刻起，命根已被你一刀斩断。你已经脱去凡胎，立地成佛了！”

“是的，是的，我已经成佛了，成佛了！”杨度也拊掌大笑，对着夜空喊道，“静竹，你安息吧，我已经在庐山成佛了，我为你吟一首歌吧！”

一会儿工夫，香炉峰四周回荡起杨度幽冷的歌吟：

随缘游兮！世何途而不坦，身何往而不宜？放予怀于宇宙，视万物而无之。本无心于去住，实无择乎东西。或策杖于山巅，或泛舟于水湄。临清流以濯足，凌高冈而振衣。听春泉之逸响，挹夏木之清晖。枕溪边之白石，仰树杪之苍崖。柳因风而暂舞，猿遇雨而长啼。随白云以朝出，乘明月而夕归。借苍苔以憩卧，采松实以疗饥。随所取而已足，何物境之可疑。仰天地之闲暇，觉人世之无为。吟长歌以寄意，欲援笔而忘词。

老和尚听了这段歌吟后十分高兴，说：“居士是个绝顶聪明的人。许多礼佛的高僧一辈子尚不能参透此中奥妙，居士能见月明心，因空悟性，实在是前生有慧根。老僧也送居士一偈：六根六尘，清静圆明。即心即境，无境无心。所谓成佛，即见本心。汝心既见，汝佛斯成。”

杨度喜道：“法师，我真的成佛了？”

“真的成佛了。”老和尚正色道：“佛即智慧，佛即顿悟。居士慧心灵性，早已立地成佛。”

二人遂并肩在月光空蒙的香炉峰山腰上漫步。老和尚给杨度讲以空破有、有即是空的佛学大道理。杨度四十多年的酣梦仿佛彻底苏醒了。

为了穷究这门世界上最大最高的学问，杨度决定在庐山住一段时期。从次日起，老和尚便陪着他在东林寺住了下来。他一次也没有梦见过静竹，但万物既空，那么静竹及与静竹的情爱也是空的，梦不梦见，对于他来说已经无所谓了。他天天和老和尚及东林寺的高僧们探讨古今佛学精义，没有多久，便觉得自己已一通百通，不但完全从世俗中超脱出来，而且对传统佛学的研究有了新的突破。他认为自己已具备创立一门超越前人的新佛学的条件了。如同二十年前刚步入政界，便立志要做王佐之才一样，刚跨进佛学殿堂的杨度，便决心横扫历代佛祖，做中土佛学界的第一人。

秋风吹动庐山迎客松的时候，杨度告别了泽惠寺和东林寺，启程回京。临别时，他为众僧口占一偈：我即是佛，我外无佛。身外无心，心外无物。声色香味，和成世界。时无先后，地无内外。三世当时，十方当地。时间空间，一念之际。差别相起，名曰心囚。一切扫却，平等自由。此心无为，而无不为。天然一佛，无可言思。

杨度又对自己二十年来的经历做了一番清理，深为自己当年的执迷不悟而可笑，于是提笔写了两首诗分赠给泽惠寺的老和尚和东林寺的住持。

世事不由人计算，吾心休与物攀缘。
穷通治乱无关系，任我逍遥自在天。
成是侯王败匹夫，到头归宿总丘墟。
帝师王佐都抛却，换得清闲钓五湖。

两位法师对他的偈语甚是满意，看了这两首诗后却在心里摇头：还在惦念着穷通治乱、帝师王佐，看来他的内心深处仍没有脱胎换骨！

正当庐山的杨度自以为已证大道的时候，京师槐安胡同里，他的两位志同道合者却陷在情感的煎熬中。

五　叔姬把五彩鸳鸯荷包送给了心中永远的情人

当帝王之学的传人步着其师的后尘接二连三惨败的时候，出嫁二十年重返娘家的杨氏才女，却在寂寞之中得到了意外的收获。已届不惑之年的叔姬，这一两年来心中常常有一股微微的暖意在滚动，仿佛逝去多年的青春朝气又重新萌发了。她时时觉得生活中有一束阳光在照耀，抑郁多年的心胸又显得开朗起来。她心里明白，这一切都是因为有夏郎在身边的缘故。

从总统府内史沦为帝制余孽的夏寿田，一直保持着心态的平静。他本是一个没有多大事功欲望权力欲望的人，他的最大兴致不是做官，而是吟咏于诗书之中，寄情于山水之间。先前做内史，他无意利用这个重要的职务为自己谋取什么，现在丢掉了这个职务，他也没有觉得损失更多。将近五十岁的前榜眼公，历尽国乱民危、父丧妾死的人世沧桑后，更为自觉地服膺道家清静无为的学说，并自号天畸道人。皙子由庄入佛后，邀请他和叔姬陪伴，他也欣然依从。儒、道、释三门学问，历来是三峰并峙。前面两座峰都已入山探过宝，岂可置第三座于不顾？何况与他一起游这座西天灵峰的，还有一位世间难觅的才女。

夏寿田很是佩服叔姬的才华。当年东洲岛上，叔姬一曲《玉漏迟》压倒须眉的往事，一直深深留在他的记忆中。后来彼此南北睽违，联系不多，然心里总记得。三年前，夏寿田从西安回到北京，与叔姬久别重逢，二人都很快乐。以后夏寿田常去槐安胡同，与皙子谈国事的时候少，与叔姬谈诗文的时候多，越谈越觉得叔姬并非等闲。有时，他们也谈起婚姻，谈起家庭。夏寿田对叔姬心中巨大的悲苦甚是同情，他甚至为此感到内疚，因为叔姬和代懿的结合，是他第一个提出的，他后悔那时对他们两人都了解不够。

是敬佩叔姬的才华，是怜悯叔姬的处境，是救赎当初的过失，抑或是别的什么微妙的心思？夏寿田自己也弄不清楚究竟出于何种原因，他一直没有把陈氏夫人接到北京来，而槐安胡同却有一股强大的力量在吸引着他。

洪宪帝制失败后，他居然神差鬼使似的，没有在杨宅墙壁上再挂岳霜的《灞桥柳絮图》，也没有在案头上再摆上爱妾的玉照。这个细微的变化，杨家所有人都没有觉察出来，却给叔姬以极大的抚慰和满足。就冲着这，叔姬仿佛觉得照顾体贴这个落难的男子，是自己应尽的责任。

叔姬心里清楚，跟代懿结褵二十年来，不要说这些年了，就是刚结婚的那几年，她也没像一般多情的少妇那样，对自己的丈夫爱得疯狂，爱得深沉。她的脑海里总抹不去夏郎的丰采，心灵里总割不断对夏郎的绵绵思念。从日本回国后，夫妻关系中有了一道深刻的裂缝，叔姬更是常常捧起夏寿田送给她的那朵大红宫花，痴痴地望着它，晶莹的泪水悄悄滴在花瓣上。有时她也会从陪嫁的红木箱里翻出少女时代绣的五彩鸳鸯戏水荷包来，轻轻地抚摸着那两只游戏于莲荷中的鸳鸯。在万千愁结越结越紧时，她只有以抚枕痛哭来做一番暂时的解脱。

也真是老天不负有情人，十多年后，哥哥竟然与夏郎同官京师，而母亲又决定与嫂嫂同行北上，叔姬不顾丈夫的请求、公公的劝阻，毅然随母嫂来到北京，她要努力寻觅当年的温馨。然而，她失望了，因为夏寿田那时并不在北京，为一座孤坟而滞留西安。

好了，夏郎终于返回北京，能常常和自己叙旧聊天、谈诗论文了。尤其是这次的逃避通缉，从槐安胡同到海河洋楼，又从海河洋楼回到槐安胡同，叔姬感觉到夏郎是完全回到了自己的身边，因为那道由岳霜的遗物而筑起的樊篱已经拆除了。

代懿离开北京回湘潭前夕，一再请求叔姬和他一道回家。叔姬尽管很想念儿子，但还是硬着心拒绝了。儿子快二十岁了，不太需要她的照顾了，而夏郎却令她缱绻缠绵，难舍难分。

多少个旭日东升的清晨，叔姬对着窗外，凝视小庭院里的夏郎在屏息静气地练太极拳；多少个人静更深的月夜，叔姬披衣走进隔壁的房间，为灯下的夏郎添水续茶，叮嘱他早点安歇；多少个神清气爽的上午，叔姬和夏郎相向而坐，读佛经，参禅理；多少个暮色苍茫的黄昏，叔姬伴着夏郎，散步柳枝下，议汉文，说唐诗。在这种时候，叔姬心里充溢着甜蜜和幸福。她感激上天终于酬答了她二十多年的苦苦相思。她有时朦朦胧胧觉得过去的一切都是梦幻，而眼下才是真实的。她应该是从未嫁给王家做媳妇，夏郎也从未有过别的女人，才高气傲的叔姬和风神俊逸的夏郎，天地同时诞育他们的目的，便是为了让他们能比目遨游，比翼齐飞。有了这，今生还求什么！

秋风起了，葡萄架上的青叶渐渐变黄，叔姬惦念着远去庐山的哥哥，盼望他一路平安早日归来。这时，她忽然发现葡萄架边正一前一后飞着两只蝴蝶。前面的那只是黑褐色的，翅膀较大，上上下下的，飞得潇洒自如。后面的那只是粉白色的，翅膀较小，左左右右的，飞得飘逸优美。小庭院里很难有蝴蝶飞进来，何况时序已是初秋！

叔姬饶有兴趣地观看，看着看着，她的双眼模糊了，迷蒙了，面前出现了另一番景象：阳春三月，百花竞开，归德城外，山青青，水粼粼，一个少女在嬉笑着，奔跑着，追逐一只少见的蓝黑相间的大蝴蝶。一会儿，一个英俊青年帮着少女捕捉。他逮住了这只蝴蝶，但他跌倒了，满手掌都是血。少女从他手里接过蝴蝶，发现他的辫子异于常人的黑亮。就在那一刻，少女的心中涌起一股浓浓的春情，仿佛造化所孕育的迷人春意，瞬时间全部贯注了她的胸臆。

啊，二十多年了！二十多年的时光一眨眼便已过去，二十多年前的此情此景却永远不会忘记。为了留住青春年代的美好回忆，为了纪念那段铭心刻骨的情怀，叔姬决定精心精意地填一阕词。她选择了姜夔自制的音律最美的《疏影》作为词谱，标题定为《秋蝶》。

叔姬因身体多病，多年来已不做诗词了。她今天兴冲冲地铺纸磨墨，将词名写好后便托腮凝思起来。夏寿田一早便到琉璃厂寻书去了，母亲在厨房里帮黄氏嫂子洗菜做饭，何三爷早在去天津前就辞退了，故而大门一天到晚都关着。小小的四合院，静静的，一点儿声响都没有。

慢慢地，云层越来越厚，天色变得灰暗了。一阵北风吹来，夹杂着飘飘雨丝，洒落在地上，将几片枯萎的葡萄叶一起带下。沟边砖缝里的小草在寒风中抖索着，犹如乞儿似的可怜。定睛看时，那两只蝴蝶却不知何时不见了，庭院里顿觉冷落。叔姬觉得有点凉意，她赶紧将那件镶着孔雀毛的披肩披上，却依然不敌寒气的侵袭。她明白了，这寒气原来是从心里冒出来的，再厚的衣服也抵御不了。她想起易安居士晚年的作品来。那诗词中的意境与早年的迥然不同，尽是“寻寻觅觅，冷冷清清，凄凄惨惨戚戚”的味道，即便是“元宵佳节，融和天气”，她也会想到“次第岂无风雨”。唉，宇宙间的春天已经过去，人生的春天也早已逝去，再美好的回忆亦只是回忆而已，它哪里能够代替活生生的现实！现实是徐娘半老，血气已衰，再也不会是采花酿蜜的春蝶，而是躲风避寒的秋蝶了！

想到这里，一股无可奈何的悲哀感再也排遣不掉，笔底下流淌的竟是满纸淡淡的怨愁：

> 看朱又碧，叹四时荏苒，佳景非昔。纤影徘徊，似喜还愁，无言也自堪惜。娇娆意态宜妍暖，争忍听寒风萧瑟。暗销魂，粉退金残，恨入修眉谁识？　　凄寂青陵旧见，丝丝嫩柔柳，时又飞雪。本是无情，自解翩翾，忘却去来踪迹。当年幸入庄生梦，自不管露红霜白，且漫夸冷菊夭桃，一任春华秋色。

写完后，叔姬再吟诵一遍，竟然完全不是动笔前的初衷了。她叹了一口气，倒在床上昏昏睡了过去。

午后，夏寿田回来了。他今天在琉璃厂访到了一幅北魏碑的拓片，进门便径直向叔姬的房间里走来，要与她共同欣赏。

房门虚掩着。他推开门，只见叔姬睡在床上，正要退出，一眼瞥见书案上摆着一张诗笺。夏寿田拿起一看，正是叔姬上午所填的《疏影·秋蝶》。看完后心想：叔姬多年不做诗词，今日所吟，分明比过去更深一层意境，尤其这番“一任春华秋色”的道家真意更是难得。不要冷淡了她的秋兴，我来和她一首。

回到自己的房间，当年的词臣踱步沉吟半个时辰后，也以《疏影》为谱填了一阕《秋蝶》，分别在前后写上“庄大士吟正”、“天畸道人奉和”等字样，将它送到叔姬房间的书案上，与前阕《秋蝶》并排放着。

叔姬起床后，想把上午填的词再修改修改，走到书案边，立即被夏寿田的和词所吸引。她又惊又喜，拿起来念道：

疏阑一角，正晚烟欲起，凉梦初觉。幺凤独归，似识空阶，多情还近珠箔。海棠春半初游冶，直数到销魂红药。料越罗裙尽，金泥不分，秋来重着。　　夜夜杜陵双宿，年时待追忆，风景非昨。只有丛芦，舞遍荒汀，乱点无人池阁。玉奴解领繁霜意，定不怨粉寒香薄。纵画屏误了牵牛，犹有桂林前约。

不愧为二十年前的蟾宫折桂者，一阕《疏影》珠圆玉润，音协律美，读起来满颊芬芳，叔姬爱不释手，连诵了两遍，最后将目光紧紧盯在结尾的那两句上。

“纵画屏误了牵牛，犹有桂林前约”，这是什么意思呢？难道说夏郎当年也有那个心思，因为错过了时机，造成了终生的失误？而今天仍愿赴丹桂之秋约？想到这里，叔姬下意识地摇了摇头。归德镇时，夏公子与哥哥从早到晚说的是男儿大事，从没有一句涉及儿女私情，与“误”搭不上界。那么是现在的追悔？时至今日方才领悟到过去的婚姻是一种“误”？眼下牵牛虽已早谢，仍有桂子在飘香，他要以秋实来弥补春华之不足？叔姬又不自觉地摇了摇头。夏郎寄居杨家一年多了，彼此虽融洽，却从没有出格的表示。这样说来，他只是在填词，在奉和，在咏秋风中的蝴蝶，此外别无深意？

心思细密、才情充沛的叔姬坠入了自己织就的情网之中。她决定测试测试下。

四十出头的杨庄着意将自己打扮了一番。脸上薄薄地施上一层白粉，再搽一点浅浅的胭脂，涂上口红。眉毛很好，无须再描了。白皙的耳坠上配上一副素雅的梅花形珍珠耳环，光洁的头发上再插一把深红色的环形牛角梳。再换上一件朱紫色夹衣，披上那袭镶着孔雀毛的披肩。打扮停当后，叔姬对着穿衣镜前前后后打量了一番，心里颇为满意。除开眼角边有几道细细的鱼尾纹外，浑身上下，似乎跟二十年前刚出嫁时没有多大的差别。一股失去多年的自信心顿时涌出。

接下来，她又把房间收拾了一下，书案排得整整齐齐的。整个房间，充溢着一种淡雅和谐宁馨温暖的气氛。看着这一切，她心情甚觉愉悦。蓦地，她想起了两件重要的东西，忙从箱子底层翻了出来：一是夏郎送的那朵大红宫花，一是做女儿时绣的五彩鸳鸯荷包。二十年了，它们都依然光彩如新。抚摸了很长时间后，她将宫花搁置在书案正中，而将荷包藏在抽屉里。

夜色降临人间时，夏寿田应邀来到叔姬的房里。明亮的烛光中，一向朴素矜持的叔姬今夜光彩照人，含情脉脉，令夏寿田又惊讶又激动。谁说四十岁的女人是豆腐渣，此刻的叔姬，不正是一朵依然迷人的鲜花吗？他真想大声地说一句“你真美”，嘴唇动了几下，终于没能说出口。

“夏公子，你请坐！”

从归德镇初次见面时起，一直到现在，无论夏寿田的身份官衔如何变化，叔姬总以“夏公子”三字来称呼他。夏寿田最喜欢听这种称呼，它亲切脱俗，而且让他听后总有一种青春焕发的感觉。

“叔姬，今上午在琉璃厂，我觅到了一幅北魏碑拓片，虽是残缺，却弥足珍贵，我想请你看看。推开你的门，你正在午睡，我刚要退出，瞧见了你新吟的《疏影》，读后情不自禁地和了一首，还望你赐正。”

吃晚饭时人多，夏寿田不便多说话，刚坐下，便兴奋不已地说了一大串。

叔姬微笑着说：“你是词臣出身，填的词，我哪敢赐正呀！有你的这阕《秋蝶》，我的《秋蝶》大增光彩了。”

夏寿田听了很高兴，说：“历来咏春蝶的多，咏秋蝶的少，可惜翰林院早撤了，不然的话，这两阕秋蝶词会在翰苑诸公中传诵开的，特别是你的那句‘当年幸入庄生梦，自不管露红霜白’，真是词坛佳句。”

叔姬笑道：“再好也比不上你的‘纵画屏误了牵牛，犹有桂林前约’呀！”

叔姬说着认真地看了夏寿田一眼，只见他脸上微露一丝不自然的笑容，于是揶揄道：“夏公子，你这大概是借蝶自喻吧。谁是你当年的牵牛，如今的桂林又在哪方？”

叔姬今夜的特别喜悦，使夏寿田有点出乎意外。将近五十岁的前榜眼公饱阅世事，练达人情，从踏进门槛看到叔姬精心打扮的那一刻，就发觉她心绪非比往常。相处一年多了，唯独今夜不同，显然是因为这阕和词的缘故，而和词中的诗眼正是“纵画屏误了牵牛，犹有桂林前约”这两句。如此说来，长期与丈夫分居的她，与自己震荡的心灵有所共鸣？

这两句词究竟写出了一种什么心态呢？是无端揣测，还是借物喻志，词人自己也难以说得清楚明白。可能是咏秋蝶至此，必须要有这两句才能在肃杀秋风中增添一点暖意，也可能是神遣灵感，道出了自己近年来的一段隐衷。似乎此时夏寿田才发觉，他其实早就偷偷爱上了这个志大才高却命运多舛的女子。不然，何以渐渐淡忘了对岳霜的怀念？何以一直不接夫人来京？又何以三天两日往槐安胡同跑？一个大男子汉，又何以心情怡然地长住友人家？什么理由都难以解释清楚，唯有这句“纵画屏误了牵牛，犹有桂林前约”才能说明一切。

然而，这话怎么说呢？聪明敏捷的前内史窘住了。他四顾左右欲言它。猛地，他发现了书案正中摆着一朵鲜艳欲滴的大红宫花，似觉面熟。啊，想起来了，这不是那年托哲子带回送给叔姬结婚的那朵宫花吗？它居然被主人珍藏到今天，它今夜居然被主人置于书案上展现在送花人的面前。这中间蕴含的深意，还需要再问吗？

“叔姬，这就是那年我送的宫花吗？”夏寿田没有回答叔姬的提问，而是用手指着书案，转移了话题。

“是的。”叔姬的情绪骤然冷下来，“这是你送我的结婚礼物，但我一次都未戴过。”

“为什么？”夏寿田吃了一惊，“难道洞房之夜也没戴过？”

“没有。”叔姬轻轻地摇摇头，刚才的喜悦欢快完全从脸上消失了。

“你不喜欢它？”夏寿田明知不是这回事，嘴里却不由自主地说出这句话来。

“怎么会呢？”叔姬凄然一笑，收下这朵宫花后整整在病床上躺了半个月的情景至今仍在眼前，叔姬多么想对这位心中永远的情郎，痛痛快快地叙说当年悲喜交集的心情，但她到底不能这样，万语千言全都压下去了，只回答了一句，“因为我太喜欢它了。”

夏寿田心一紧，一股热血猛地涌起，他鼓起勇气说：“叔姬，二十年了，你都没有戴，我真没有想到。假若今夜我给你戴上，你会愿意吗？”

叔姬没有做声，红着脸微微点了点头。

夏寿田起身走到书案边，拿起那朵宫花走到叔姬面前。夏寿田仿佛觉得手里拿的不是一朵宫花，而是万钧黄金。不，它比万钧黄金还要贵重，它是一个情感深沉的女子，用毕生的情爱铸成的一颗不能称量的心！夏寿田感觉到自己的心在怦怦跳动，他也感觉到了叔姬的心在怦怦跳动。叔姬半低着头，微闭着双眼，默默地让夏公子把花插在她的鬓发上。夏寿田本可以就势抱住因戴上红花而显得更为俏丽的叔姬，但他迟疑了一阵子，终于没有这样做，依然回到原来的椅子上。

“谢谢。”停了好长一会儿，似乎经过激烈的内心思索终于拿定了主意，叔姬说，“夏公子，二十年前你送我这朵宫花，我感激你的盛情，总想着要送你一件礼物回报，但又总没有合适的东西。今夜，你为我亲手戴上了这朵花，了却了我杨庄今生今世最大的心愿。我没有别的东西可以酬答，只有一个荷包，略表心意。”

叔姬从书案抽屉里拿出那个五彩鸳鸯荷包来，托在手心里，眼望着手心，轻声说：“我们湘潭未出嫁的女孩子，在绣嫁衣时都要绣一个鸳鸯荷包，定婚那天送给未来的丈夫。我也绣了一个，却没有送给代懿。不是说我那时就不喜欢他，而是早在三四年前，在归德镇的总兵衙门里，便有一个人完全地占住了我的心。代懿虽是我认可的丈夫，他也不可能取代此人在我心中的地位。”

夏寿田的心被这几句话牢牢地揪住了。“早在三四年前，在归德镇的总兵衙门里”，这话里的那人不就是自己吗？热血在他的胸腔里沸腾着。尽管已年近半百，这股热血依旧像年轻人一样的激荡奔涌。他双手接过荷包，感情再也不能控制，紧紧地抓住叔姬的手，嗓音颤抖地问：“叔姬，你说的是我吗？是我吗？”

叔姬含着泪水点了点头。

“叔姬，我也同样很爱你。桂林前约，就是指的你与我呀！”夏寿田的手抓得更紧了。“叔姬，我们结合吧，我们相依相伴，一起走过后半生吧！”

对自己的婚姻很不满意，对理想中的爱情执着追求的杨庄，多少年来，一直在渴望着这样一个时刻的到来，在倾听着这样一句从夏郎心窝里发出的语言。盼望了二十多年，这个时刻终于来到了，这句话终于听到了，幸福的泪水夺眶而出，她激动地说：“夏公子，你这话太令我感动了，我谢谢你！”

叔姬将手从夏寿田的双手中抽出来，转过脸去，抹了抹眼泪，又从书案上端起一杯茶来递给夏寿田，说：“喝口茶吧！”

夏寿田接过茶杯，喝了一口，心情缓和下来，颇以刚才的孟浪而惭愧。

叔姬也给自己倒了一杯水，喝了两口后，她平和地说：“二十多年来，我有两个愿望一直耿耿在心。一是将我做女儿时绣的荷包送给你，一是想听到你对我亲口说一句‘我爱你’的话。我常常为这两个不近情理的愿望而自我讥笑。我早已是王家的媳妇，你也早有自己的女人，这两个奢望，不好比上天揽月下海捉蛟吗？真正是精诚所至金石为开，今夜，这两个愿望都实现了，我杨庄心满意足了，别的企望我不敢有，也做不到。”

见夏寿田仍是一副痴迷的神态，叔姬叹了一口气，说：“我名义上仍是代懿的妻子，你桂阳老家还有贤惠的夫人，这就决定我们不能结合。陈氏夫人为你生儿育女，含辛茹苦，你也不应该休掉她。倘若因我而休掉陈氏夫人，不仅陷我于不仁，也陷你于不义。代懿对我并不错，这我心里明白。我和他分居，他自知理亏，尚可以谅解我。倘若我和他离婚，便会给他带来痛苦，这种事我也做不出；何况我还有儿子，我也不能让儿子指责我。夏公子，这是我们的命运，命运让我们这一生只能相爱，而不能结为夫妻，愿佛祖保佑我们来世吧！”

叔姬的平静态度感染了夏寿田，心里不住地说，是的，叔姬的话是对的，不能结合固然痛苦，倘若打乱这一切以后再结合，将会更痛苦。他望着叔姬说：“你的这番情意我三生报答不完，你让我用什么来酬谢你呢？”

叔姬淡淡地一笑说：“你就这样长住槐安胡同不走，天天陪我读佛经说闲话，这就是对我的酬谢了。”

“好。”夏寿田忙答应。“和你在一起读书说话，也是我后半生最大的愿望。”

“如果有空的话，你给我帮一个忙。”

“什么事？你只管说。”夏寿田重新握住叔姬的手。

“在誊抄寄禅法师诗稿的时候，我冒出一个想法，也想把自己过去的诗文词整理一下。”

“那很好呀！”夏寿田忍不住打断她的话。“我来做这本诗文词的第一个读者。”

“不只是做读者。”叔姬笑着说，“我还要借你写给天子看的一笔好楷书帮我誊抄一遍。”

叔姬的书法端正娟秀，且有的是时间，她却要夏寿田为她誊抄，此中心意，夏寿田当然明白。他颇为激动地说：“能为当今的易安居士誊抄诗文，实在是我夏寿田的福分。它要比我过去在翰苑为皇上抄写起居注、日讲疏贵重十倍百倍，我一定会倾注全力写好。”

叔姬听了这话十分感动，说：“那我就先谢谢你了。”

“你这话见外了。”夏寿田松开手，问，“整理得怎么样了，可以让我先看看吗？”

“大致差不多了。”叔姬起身，从书柜里捧出一大叠纸来。

夏寿田接过翻看着，不少诗文上都有湘绮师的亲笔批点，益发显得可贵。第一篇《诸葛亮论》，开篇之语便戛戛独造：“古之人臣，朴讷而安邦国者有之，若夫任智以自济，矜己而不虚，亏中道而能成事者，或未闻焉。观夫诸葛亮之为政，其亏中道乎？”

读了这几句，夏寿田已不能罢休了。他接着读下去：

> 天下未定之时，耀兵尚武之日，当将相合同，以规进取，检御诸将，俾竭其能。李平虽非王佐之才，以先王之明，应无虚授，既并受顾命以匡少主，岂以其位侔势并而致之于徙者乎？何不如相如、寇恂能致兴于赵、汉也。及后出师斜谷，并用延、仪，各有骁勇之姿雄豪之略，怀才抱器，自逞其私，而亮始无善御之方，嗣有激成之衅，以至争权尚勇，绝道槎山，羽檄交驰，有如敌国。

夏寿田连连点头称是，不觉读出声来：

辅庸弱之君，摄一国之政，功业未著于当时，卒遭轵道之祸者，岂非法晏婴之余智，而微周召之遗风乎？以此言之，蜀汉之倾危，亮之过也。后之君子咸称其为贤相，岂资谲道取之哉？

夏寿田放下稿纸，深情地望了一眼正在灯下挥笔改词的叔姬，心里叹道：过去总以为叔姬之才在于吟咏上，却不料在用人行政上她也能发出这等不同凡俗的议论来。诸葛亮千古贤相，这已是不刊之论，叔姬却偏偏可以指出他的最大失误之处。深刻也罢，苛刻也罢，总是独出机杼，不人云亦云，实在难能可贵。

叔姬转过脸来问："夏公子，你看这些东西也值得整理誊抄吗？"

"岂止值得，真谓字字千金。"夏寿田真诚地说，"我刚才粗粗看了一遍《诸葛亮论》，深以为你不仅是位女才子，而且是一位女良史、女贤相，可惜你不该是个女儿身呀，不然真可为国家做出大事业来。"

谁知叔姬听了这话，半晌没有做声，过了好久才缓缓地说："夏公子，你和我哥一个样，大半辈子都走在一条迷途上。其实，文章做得再好，议论发得再深刻，于当政秉国都无用。当政秉国另有一套办法，与作出来的文章大不一样；若一味按文章中的正理去做，绝对挤不进当政秉国者行列之中，即使侥幸进了，也做不成大事。我这一生若是个男子汉的话，最后也必然会落得个我哥哥这般的结局，那时我心里反多一层抑郁，还不如做个女儿身，只把诗文当作消愁解闷的自娱为好！"

叔姬这番议论，让饱读诗书的前侍读学士听了愕然不知所对。

六　虎陀禅师为信徒们开传法会

当卢沟晓月照着桥面霜花的时候，杨度从庐山回到了北京。三个月不见了，在家人的眼里，他俨然成了另外一个人。出门时瘦瘦的，现在胖多了，也结实多了。先前一天到晚眉头紧锁、思虑重重，现在一天到晚平平和和的，仿佛万事都不在心上。他把家中过去所张挂的名人字画全部下掉，换上他手书的条幅。他给母亲房里挂的是：“或有于佛光明中，复见诸佛现神通。”给夏寿田的房里挂上：“佛身如空不可尽，无相无碍遍十方。”给叔姬的房里挂上：“菩提树下成正觉，为度众生普现身。”给自己房间里挂的是：“皮肤脱落尽，惟馀一真实。”在餐厅的正中，高高悬挂的是一首七言诗：

世上心机总枉然，不如安分只随缘。
旁人若问安心法，饿着加餐困着眠。

他每天早上一个时辰晚上一个时辰，挂着觉幻长老所送的那串松花玉念珠，低首盘腿，一个人在书房里默默地坐着，风雨无阻，雷打不动。

李氏老太太见状，对黄氏媳妇说：“阿弥陀佛，皙子这次庐山回来，真正成了佛门中人，只差没有剃发了。”

黄氏笑着说：“娘，我看皙子一天到晚有点傻乎乎的样子。”

李氏老太太说：“这就对了。这世界坏就坏在‘聪明’二字上，皙子先前是聪明过人，所以自找苦吃。这样傻里傻气下去，说不定可成正果。”

叔姬与夏寿田商量：“我哥这次想必在庐山取回了真经，我们向他求教求教吧！”

夏寿田说：“好哇，我参了大半年的佛了，多有不解，正要向他请教哩！”

杨度知道后满心喜悦地对大家说：“我参的是大乘佛学，不仅要度己，更要度人。明天上午我为你们开一个传法会，有什么疑问都可以提出来问我。”

第二天上午，杨度的书房临时成了讲经堂。他换了一件干净灰布长袍，颈上挂着那串传了四代高僧得了佛门灵气的念珠，盘腿坐在一个旧棉垫上。李氏老太太、仲瀛、叔姬和午诒都坐在他的对面，一个个态度严肃，表情认真，那气氛与寺院里做法事并没有多大区别，只差几尊佛像几根香烛了。

“佛像一时不好找，香烛家里有，点上吧！”李氏老太太吩咐媳妇。

仲瀛建议：“碗柜里还有一只多年未用的老磬，拿出来敲几下吧！”

杨度摆摆手说：“佛像不要，香烛不要，钟磬也不要，这些形式都不重要，重要的在心。”

叔姬笑着对夏寿田小声说：“看来，我哥修的是禅宗中的不学佛派。”

夏寿田笑了笑，没有做声。

杨度端坐棉垫上，默默地数着念珠。念珠数过三遍之后，他开始说话了：“十方居士，红尘信徒，虎陀禅师今日在槐安胡同开设讲经堂，诸位于佛法和世事有不明之处尽管问来，本法师依超度众生之大经大法，一一给你们解惑破谜。”

沉默片刻，夏寿田最先发问：“虎陀禅师，弟子有一事不明，请法师赐教。”

叔姬和仲瀛见夏寿田做出这副神态来，都悄悄地笑了。

杨度望了老朋友一眼，一本正经地说：“天畸道人心中有何疑问？”

夏寿田说：“昔者印度名僧菩提达摩来到我中国传佛法，特开禅门一宗，衣钵相传，至于五祖弘忍。弘忍将传心法，令诸弟子各呈一偈。神秀偈曰：身是菩提树，心如明镜台，时时勤拂拭，莫使惹尘埃。五祖说神秀未能见性。慧能偈曰：菩提本无树，明镜亦非台，本来无一物，何处惹尘埃。五祖说慧能亦未见性，但半夜密召他入室，为他说《金刚经》。慧能顿悟，遂传衣钵而为六祖。此段公案传之千余年，世间佛子但知崇信，莫敢疑义。弟子想，传法因缘，由于一偈，何以五祖说慧能亦未见性？若未见性，又如何传法？此义难明，请为开示。”

杨度答：“善哉此问！天畸道人能明佛法第一义谛。六祖‘菩提’一偈，虽说以空破有，却未能即空即有，虽说去妄显真，未能即妄即真。六祖呈偈之时，尚未透过末后一关，故其偈意偏空，未彻圆明实性。五祖夜半密传心法，直指本心，使六祖顿明自性。非空非有，非妄非真，空有全消，妄真双泯。众生无垢，佛亦无净，众生无减，佛亦无增，一切众生，本来是佛，不假修持，自然是道。此时六祖自见自心，自明自性，生死一关直超而过，永离三界，立见如来，俄顷之间即成佛道。”

夏寿田点点头，叔姬似有所悟。李氏老太太莫名其妙，但对“生死一关直超而过，永离三界，立见如来”这几句很有兴趣。她今年六十多岁了，常常不自觉地想到了死，心中不免有些恐惧，若能通过学佛法闯过生死关就好了。

仲瀛大半没有听懂，她惦念着中午的菜还没有着落，应该到菜市场去买点菜来才是，否则，午饭如何对付？再见心明性，饭总还是要吃的吧！想着想着，便有点坐立不安了。

这时，叔姬发问了，她也学着夏寿田的口气：“虎陀禅师，你刚才提到末后一关，既曰末后，则必有前面。请问一共有几关，又学佛之人过关与未过关有何差别？请法师一并指明。”

杨度将自己近来的研究成果与当年从寄禅那里学来的高僧三义融为一体，正正经经地对她这个与自己一样的聪明过人，也一样的坎坷过人的妹子说：“禅家所谓末后一关即为生死一关。一切佛子，不度此关，不成佛道。详其次第，则有三关。本来众生皆有佛性，自心自迷，遂生魔境。于是佛因魔生，魔因佛起，佛高一尺，魔高一丈。多一分理解即多一分情识，多一层戒行即多一层孽障。将心治心，反成心病，只能渐修，未能顿悟。故其学佛难于登天，而其成佛易如履地。学佛必经多劫，成佛只在须臾。学佛始于渐修，成佛终于顿悟。修为顿中之渐，悟为渐中之顿。离顿无渐，不能舍悟而见修；离渐无顿，不能舍修而立悟。修时凡佛皆魔，悟后凡魔皆佛；修时佛魔对立，悟时佛魔对消。这顿悟即为第一关。”

叔姬点头，问：“那第二关呢？”

虎陀禅师继续传法：“由此而进，则如遍地皆机，忽然而遇，一念回光，大梦立觉。一切心魔，渺无踪影；一切世界，粉碎无余。多生情识一旦销亡，生死命根一刀两截，一了万了，更无余事。本来无佛，亦无众生，一念不生，万缘俱寂。此为第二关。”

仲瀛听到这里，大为不解起来：既然本来就没有佛，还说什么佛法，建什么寺院，入什么佛门，拜什么佛祖？这一切不都是瞎闹腾吗？想起再不去买菜，大家的午饭都吃不成了，她忙起身，去厨房里提个菜篮子出门去了。

讲经堂里，从庐山取回真经的虎陀禅师还在兴致酣畅地传授禅宗的最高机趣：“由此而进，则如死去活来，别一世界，立地承担，即我即佛，心如虚空，无在不在。一心超前，无前无后，无内无外，无有时间，无有空间，三世止于当时，十方止于当地。三世十方，备于一念，出世入世，无界可分，顿悟即是菩提，生死即是涅槃。六生即佛，佛即我心。心、佛、众生三无差别，上与诸佛同怀，下与众生同体，一切平等，一切自由，万相庄严，一心圆寂，不着不离，无牵无挂。一切世法，皆为佛法；行住坐卧，无非佛土；吃饭穿衣，无非佛事；时时皆佛，处处皆佛。世间佛子到达此种境地，便已入西天极乐世界。这就是第三关，也即末后一关。”

李氏老太太依然没有听出个究竟出来，但得知顿悟之后便可进入西方极乐世界，于是仍有兴味听下去。

叔姬听后心里想，这不是与庄子齐是非一死生差不多了吗？原来修佛修到禅宗的最高境界，便也和老庄之学一脉相通了。这可真是

《易传》所说的“一致而百虑，殊途而同归”了。前人说大道无古今，看来大道不仅无古今，亦无学派之分。突然间，她心里似乎有一种一通百通之感。

夏寿田也听出个道道来了，说：“昔日五祖传法留此疑案，流传至今无一能破。今日虎陀禅师所言，了却禅宗千年公案。”

杨度心里得意，说：“当年神秀有一偈，道的是第一关。六祖之偈道的是第二关。今日虎陀禅师道出了第三关，不可无偈，尔等听着。”

杨度提高嗓门，一字一顿地念着：“身是菩提树，心如明镜台。尘埃即无物，无物即尘埃。”

夏寿田、叔姬皆点头。李氏瞪起眼睛望着儿子竭力记下，但偈语听完后，她一个字也没记住。

叔姬说：“弟子听了吾师传这三关之法后，有所启发，试加以归纳。不知对不对，请吾师指点。”

叔姬超乎常人的颖悟力，杨度一向是知道的。他想让她来提炼一下也好，日后再对别人传法时便可简洁一点，遂鼓励道：“庄大士尽管说来。”

叔姬想了一下，说：“佛法有三义。心法即是佛法，此为第一义。无心无法即是佛法，此为第二义。无法之心，无心之法，即是佛法，此为第三义。如此三义皆为心法，又皆为佛法。故此弟子亦有一偈：佛佛传心法，无心亦无法。心心无法心，法法无心法。”

杨度听了心里一惊：叔姬果然非凡夫俗子。遂说：“庄大士三义归纳得好，此偈亦将为佛门名偈。”

刚才儿子的偈句没记下，不料女儿又凑出几句来，既像绕口令，又像打哑谜，李氏全然不懂。诚心拜了一世观音菩萨的老太太，觉得这种佛法太高深难懂了，她有点坐不住了，厨房里飘来饭香，她想应该过去帮媳妇择菜洗菜了。

这时，叔姬又问话了：“虎陀禅师，照这样说来，世上也无所谓佛与佛法了，是吗？”

杨度立即答：“正是这话。佛即凡夫，极其平常，人人可成，只须将一切妄念去掉，归到极平实的地步，便是成佛。学佛的最高一义，乃并圣念而去之，故达摩对梁武帝说廓然无圣，禅宗僧人们常说我不学佛，皆是这种意思。更有过激的甚至说，佛来，打杀喂狗！”

李氏听了这话，吓得一颗心直跳。她站起来对儿子说：“阿弥陀佛，造孽造孽，若是让佛祖听见，还不知要降下什么祸灾！你这佛法不要讲了，我也不听你的了。”

老太太边说边走出了讲经堂。

叔姬和午诒都笑了起来。杨度却无事一般，依旧微闭着眼睛，平心静气地数念珠。

夏寿田想起好友痴迷了二十余年的帝王之业，去了一趟庐山之后便如此彻底抛弃了，真让人难以理解，便有意诘难：“世人都说帝王之学最可贵，做成了可为将相。请问虎陀禅师，这佛门之学亦是一学，它比帝王之学若何？”

杨度盯着夏寿田，说：“帝王之学是末学，佛门之学是大学。帝王之学成了可做将相，佛门之学成了可为大丈夫。”

夏寿田追问：“大丈夫的气概表现在何处？”

杨度答：“一刀斩断命根，岂非大丈夫之所为？”

夏寿田穷追不舍：“问讯禅中虎，心轮日几回？不曾求解脱，本自没疑猜。任染孤明在，无修万行赅。明明生灭处，随分见如来。”

杨度不假思索，随口答道：“我是禅中虎，心轮自在回。一生无解脱，万事不疑猜。我法双双灭，神通色色赅。一真为极乐，即此是如来。”

午诒语塞，再也提不出问了。叔姬接着上：“请问吾师，今日所传佛法为禅门何宗？”

“无我宗。”虎陀禅师答。

叔姬、午诒都很奇怪：禅门五宗七派，从没有听说过无我宗的。

两位信徒一齐发问：“此宗何来？”

“自我所创！”杨度大言荦荦地回答，“本法师精研各家各派，而后明白各家各派均不能真正解脱人生，遂取三论宗之中道二谛以明平等无对，取法相宗之诸法无我以明自由无习，取最上乘禅宗之无性无相，直指本心，以明无我自由平等，合三为一，成无我宗。须知世间一切罪恶，莫非因我而生，习本法师之无我宗，小则救一己，大则救世界。所有从前佛学中难以解决之问题，无我宗都能全部解决，实为佛学界开辟一个新纪元。本法师之无我宗，一不念佛经，二不拜佛像，三不入佛门，四不行佛戒，五不长修炼。一日有我，一日凡夫；一日无我，一日成佛。尔等明白否？”

于是叔姬、午诒鼓掌起立，笑着说：“我们都入了虎陀禅师的无我宗，半日无我，便做了半日的佛。”

仲瀛进来招呼大家吃午饭，讲经堂即行撤去，又恢复成往日的书房。

自那以后，杨度致力于他的禅门无我宗学说的完善，常常写些文章送到报馆去发表，向世人公布他的开创佛门新纪元的贡献，居然也引起了社会的注意，连来华考察佛教的美国哲学家贝博士也慕名前来槐安胡同。杨度与他高谈心外无物、物外无心、万缘若息一念不生、十方三世尽在吾心、世界只在一心、心外别无世界、我即是佛等等无我宗的大道理。他广征博引，中西合璧，口吐莲花，唾如珠滴，把个无我宗说得千般美妙，万般神奇。贝博士听得入迷了，一连三天来槐安胡同请教，然后写出大块文章向世界宣布：中国前筹安会首帝制头号余孽已经大彻大悟立地成佛，并创立了一门可以即刻解除罪恶进入佛国的禅门新学派。

贝博士是个极有影响的洋哲学家，经他一宣传，佛学家杨度的名声大噪，甚至有压倒帝制祸首的趋势。

冬天里，李氏老太太因感风寒生了一场大病。春暖花开时，她的病好了。她害怕哪天一病不起，老死异乡，坚决要回湘潭老家，并要女儿和媳妇护送。仲瀛最孝顺，一口答应。叔姬却陷于两难之境。

陪着母亲回去吧，则要与夏公子分离，这一别数千里，说不定永远不会重聚了。不陪母亲吧，找得出什么理由呢？做媳妇的都愿离开丈夫送婆婆回家，一个做女儿的，何况丈夫不在身边，不陪能说得过去吗？家里人会不会怀疑自己与夏公子之间有暧昧不清的瓜葛呢？年逾不惑有夫有儿的杨庄决不可能忍受社会在这方面对她的指责，她只有把巨大的痛苦压抑在心里。

听说叔姬要回湘潭了，夏寿田也十分痛苦。但他知道眼前的状况是不可能长久维持的，迟早总要改变，心里早有准备，幸而叔姬的诗文词誊抄得差不多了，再辛苦两天就可竣工。

杨度则将一切都已看破了，他甚至希望大家都早点离开，他要一个人飘泊东西，浪迹天涯，在漫游四海之中去进一步领悟人生的真谛，去尽善尽美地营造无我宗的殿堂。

这天下午，夏寿田捧着装订得整整齐齐的诗文簿来到叔姬的房间里。叔姬正在无端凝思，见夏寿田来了，忙起身招呼。

“叔姬，你的诗文稿我已誊抄好了，你可以带着它回湘潭。”

叔姬木然接过，心里千头万绪，一时不知从何说起。相对无言多时，她才轻轻地说了句：“夏公子，我走后，你要多多保重。”

夏寿田点点头。

叔姬仔细地望了夏寿田一眼，说：“你近来脸色不太好看，哪里不舒服吗？”

“没有。”夏寿田摇摇头。

叔姬打开诗文稿，一股特殊的气味扑鼻而来，她略觉奇怪。看字迹，个个端正，行行整齐，她心里感谢不已。

突然，她发觉这些字的墨色都不太黑亮。她疑惑地望了夏寿田一眼，只见夏寿田的脸上颇有一种难言的羞涩。叔姬一惊，一个念头闪电般出现在她的脑海里，难道墨汁里掺有他的血！不少虔诚的佛教徒和居士，往往以掺有自己指血的墨汁抄写佛经，以表示礼佛的诚心。

有的甚至因此而早逝，他们也心甘情愿。叔姬是见过这种佛经血抄本的，因为掺有血，字迹都显得暗暗的。她慌忙将诗文稿对着窗户展开。在明媚的春日阳光下，原来不太黑亮的墨色里明显地透出一种暗红色的痕迹来，果真是血！

她放下诗文稿，情不自禁地抓起夏寿田的两只手，只见他的十个指头上满是针眼的疤痕，叔姬无限疼惜地说："夏公子，你怎么能这样，你让我如何承受得起！"

夏寿田将两手拼命地从叔姬的手里挣脱出来，口里喃喃地说："这没有什么，你不要介意，不要介意！你对我的情谊，我无法报答，我只有这样才能表达我的心意！"

叔姬重新拿起诗文簿，将它紧紧地贴在胸口上。泪水一串串地从眼眶流到脸上，从脸上滴到诗文簿上，好久好久才重重地吐出一句话："老天呀，你为何不将时光倒退二十五年！"

夏寿田终于不能强制自己了，他紧紧地抱着叔姬，说："别哭了，叔姬。秦少游说得好：两情若是久长时，又岂在朝朝暮暮。只要两心相印，不在乎山隔水离。世间有许多人，一辈子没有得到过别人真心的爱，而我们俩互相爱慕能有如此之深如此之久，我们也算是幸福的人了。"

叔姬默默地将下巴靠在夏寿田的肩膀上，凝望着窗外那一轮如血如火的夕阳。它是那样的鲜艳，那样的炽烈，仿佛象征着她和夏公子之间历经岁月沧桑后，更为纯洁更为深沉的真挚爱情！

第五章 / 中山特使

一　禅意发挥到极致，原本与艺术的最高境界相通

叔姬和仲瀛护送母亲离京回湘了。临走前，仲瀛一再招呼丈夫让亦竹早日回北京。杨度是给亦竹去了信，但不是叫她回京，而是要她在苏州定居下来，他已决定只身飘荡江湖。叔姬走后，夏寿田无心再在槐安胡同住了，便应直隶督军曹锟的邀请，去保定做了督军衙门的秘书长。从此，槐安胡同就只剩下杨度一人了。

仅仅只在两三年前，这里还是京师权贵要员密谈国事、士绅名流纵论诗文之处，整日里车马盈门，冠盖如云，而今已彻底冷落下来。除偶尔有几个佛子居士前来走动外，大门一天到晚紧闭着，附近街坊还以为这个四合院里早已无人住了。

杨度天天做着自己规定的功课：晨起打坐一个时辰，然后读佛经，中午午睡一个时辰，下午撰写参禅心得，夜晚临睡前再打坐一个

时辰，中间穿插一些诸如莳花、练字等项目作为调剂。他戒掉了烟酒荤腥，一日三餐素食粗茶。他常常陶醉在这种自我营造的氛围中，觉得无思无虑的日子真是过得无忧无愁，倘若普天之下的人都这样皈依了禅门，则一切纠纷、争斗不就自然而然地止息了吗？

白天如此悠闲自在，但夜半的梦寐却常常将他带回过去的年月：乙未年慷慨悲愤的公车上书，东洲小岛上湘绮师授课时的炯炯目光，扶桑国寓所留日学生对救国方略的激烈争论，改朝换代那些日子里的南北奔波，总是或断或续或隐或显地出现在眼前。每当这时，他不得不披衣而起，或枯坐床头，或游弋庭院，在夜风吹拂中，在星光注视下，他感到孤独、惆怅、痛苦、茫然，有时甚至会生发出无端的恐惧。次日早晨打坐时，则往往会心猿意马，难以安定。是修炼功夫尚未达到泯灭一切的程度，还是无我宗其实也不能真正地做到无我呢？白天与中宵间的两极反差，使这位先前的帝王学传人、今日的佛门居士，陷于不能解脱的困境。

一天午后，有一个人突然出现在槐安胡同。杨度没有料到，来者竟是分别多年的胞弟重子。仿佛空谷足音似的，离群索居的虎陀禅师欣慰不已。兄弟俩对面而坐，一杯清茶聊起了家常。

这些年来，杨钧一家一直住在省城长沙。尽管世局风云激荡，变幻莫测，湖南境内兵连祸接，杨钧却不闻不问，潜心于他的艺术世界中。天赋的灵慧，加之持久的勤奋，使他获得了旁人难以企望的成就。他的绘画治印，声名卓著，即使时处乱世，登门来求印画者仍络绎不绝。杨钧便靠着这个收入来养家糊口。空闲时，夫人尹氏也会画上几笔梅花兰草。老岳丈尹伯和先生一月之中，总会从乡下来长沙住上十天八天的，与女婿切磋绘事技艺。一家人在对艺术美的追求中清贫而和乐地生活着。

杨钧为人随和、热情，朋友们都喜欢到他家坐坐，聊聊天，走动得较勤的几个好友中有一个便是齐白石。

“哥，齐白石来北京卖画已经三四年了，你见过他吗？”

“什么，齐白石到北京来了三四年？”杨度颇为惊讶。“我怎么从没听人说起过？”

杨钧笑道：“妈说你这几年已成佛了，俗世的事都不过问。我一直不相信，看来倒是真的。”

“那我们去看看他，你知道他住在哪里吗？”

“住在法源寺。我这次来北京，主要就是来看看他在北京的卖画情况究竟如何。若是好的话，我也将白心印画社搬到北京来。”

从小和大哥很亲热，把大哥当作师长、榜样尊敬的胞弟，来北京主要不是为看大哥，而是为了看齐白石，杨度在欣喜之馀，不免生出一丝悲凉来。

第二天上午，兄弟俩一起来到法源寺。

前些年，寄禅法师挂单这里的时候，杨度常来法源寺与他谈诗论禅。寄禅圆寂后，他的弟子道阶亲自护送骨灰到浙江天童寺安葬。道阶被天童寺僧众挽留，做了该寺的住持。道阶不在，法源寺再无熟人，杨度也就不来了。

几年不见，法源寺显得冷落了。来到寺门，打听到现在的住持竟然就是当年碧云寺的演珠上人，杨度为之一喜。

他清楚地记得，二十多年前，他和曾广钧、夏寿田一起在碧云寺里数罗汉、讲湘绮师年轻时的风流韵事，喜欢吟诗的演珠对他们招待得很是殷勤。第二天临别时还拿出纸笔来恭请他们留诗作为纪念。二十多年光阴，弹指之间便过去了，当年罗汉的预示却并未兑现，这虽是遗憾事，但故人重逢，自己这几年又走上礼佛之路，无论是叙旧，还是谈今，都有许多共同的话题，见见面应是乐事。杨度暂不去齐白石处，带着弟弟先去方丈室拜见住持演珠。

演珠已过了古稀之年，依然红光满面，精神矍铄。杨度很高兴地与他打招呼：“演珠法师，你还认得我吗？”

不料，演珠却对面前这个身着布衣的清瘦俗客摇了摇头。

“我就是二十多年前与曾重伯翰林一起游碧云寺的杨度杨皙子

呀！当时还有一个年轻人名叫夏寿田，戊戌科的榜眼公。”杨度竭力唤起演珠的记忆。

“哦，哦，我记起来了，原来你就是杨度。”

杨度满以为演珠认出了旧友之后，会像当年一样对他热情备至。谁知演珠并无特别表示，平平淡淡地说：“你们坐吧！”

演珠的冷淡，出乎杨度的意外，他拉着弟弟一起坐下。

“施主前些年很出了些风头，这几年躲到哪里去了，听不到一点消息？”演珠并不看他，低头数着念珠，俨然与他从未有过交往似的。

“我这几年在家参佛，读了几百卷内典，明白了许多道理。”

“施主也参佛？阿弥陀佛！”杨度正想将自己这段时期的体会对这位上人好好说说，孰料演珠极不礼貌地打断了他的话，“依施主你的德性，在老僧看来是参不成佛的。那年，老僧知道施主是一门心思想做大官，为不让你扫兴，故意说你今后会做宰相。其实，你数的那个罗汉，背后靠的是白云。天上的白云飘来飘去，最无定准，老僧那时就料死你做不成大事。官做不成，佛就参得好了吗？”

杨度无端受了演珠这番奚落，心里很不舒服，本想回敬两句，想起万般皆空的道理，强压住愤懑说：“法师当年若是照直说就好了，免得我半生瞎闯。”

演珠冷笑了一声，问：“施主来法源寺做什么？”

“与舍弟一道会一会寄住寺里的老朋友齐白石。”

“就是那个卖画的瘦老头子吧，”演珠略带鄙夷地说，“没有人来买他的画，他早搬走了，你们到西四牌楼寻他去吧！”

杨钧见齐白石不在法源寺，又见这个老和尚很冷淡，便拉拉哥哥的衣袖，示意离开。杨度早已不耐烦了，刚要起身，只见演珠的眼神忽然明亮起来，他望着门外满脸笑容地高喊：“张师长，你老光临敝寺，贫僧未能远迎，该死该死！”

杨度转过脸去。原来方丈室门外站着一个全身黄呢军装满脸横肉的中年军官，身后跟着两个马弁。趁着演珠点头哈腰之际，杨度兄弟急忙离开了方丈室。

出了法源寺，杨钧气愤地说："什么住持高僧，比俗客还要趋炎附势。他的冷淡，是因为哥没有做成宰相，假如你今天是国务总理的话，他会向你跪下磕头的，决不会说什么背靠白云之类的鬼话！"

杨度的胸臆间闷闷的，默默走着，一句话也说不出来。

来到西四牌楼，正不知如何去寻找齐白石，杨钧眼尖，发现路边一棵老槐树上钉了一块白木牌子，上面写着：白石画屋，二道栅栏六号。靠着这块小木牌的指引，杨氏兄弟很容易地找到了白石画屋。

这是间门面不大的小平房。门边的墙壁上贴着一张白纸，纸上有几行字：尺纸银币元半，扇面银币二元。原来是画的润格。杨钧心想：这价码并不高呀！

一个年约二十岁的少妇抱着一个不满周岁的小孩走过来，操一口四川口音问："客官是买画的吗？"

杨钧随便点了点头，那少妇便很客气地领他们进屋。进屋后尚未落座，又见对面墙壁上贴着一张同样的润格。

"客官要画点么子？"一句浓重的湘潭土话从里面屋子里传出。随着一阵"叮当叮当"的金属碰撞声，一个瘦高老头子从里屋走出。正是齐白石。

杨度有点奇怪，齐白石走路，身上为何发出"叮当叮当"的响声？杨钧却听惯了。从那年东洲书院第一次见面，到以后的每次相聚，齐白石随便走到哪里，"叮当叮当"的声音就会跟着他到哪里，因为在他的腰间裤带上总挂着一大串铜钥匙。

这个怪木匠，到了京师还这样，也不怕贻笑大方！杨钧正在心里嘀咕着，只见齐白石一眼就认出了他们，快乐地大声打招呼："这不是皙子先生吗？重子，你是何时来北京的？"

又对刚才的少妇说："快泡茶，稀客来了！"

少妇转身进了厨房。杨钧知道白石带了一个儿子和一个孙子在北京卖画，便指着少妇的背影轻声问：“这是你的儿媳妇吗？”

“哪里，哪里！”齐白石忙摇头，“她是我的副室胡宝珠。”

听说是妾，杨氏兄弟都瞪大了眼睛：这哪里像是妾，简直可以做孙女了！

齐白石坦然说：“这是我老伴春君给我从湖南送来的。春君舍不得乡下那点田和屋，不愿跟我住北京，又担心我没有人照顾，刚巧遇到从四川逃荒来湘潭的宝珠，便把她领到北京。我见她比我整整小了四十岁，刚开始不同意，春君劝我收下，宝珠也情愿服侍我，也就同意了。难得宝珠这份心，愿意服侍我这个糟老头子，去年还给我养了个满崽哩！”

齐白石讲到这里，咧开嘴巴大笑起来。

杨度十多年不见这个奇特的木匠画家了。他虽然满脸皱纹，头已秃顶，下巴留着几寸长的稀疏胡须，但从说话走路看来，精神体气都很好。六十多岁的人了，尚能生儿子，看来比湘绮师晚年还要活得潇洒。齐白石的情绪感染了杨度，演珠上人带给他的不快，已经在不知不觉间飘散干净了。

这时宝珠用托盘端出三杯茶来。杨氏兄弟带着好奇心仔细地看了一眼：脸庞清清秀秀的，四肢也无任何残缺。她居然肯跟着一个比她大四十岁无钱无势的老头子，这也真是齐木匠前世修来的福气。

“宝珠。”齐白石郑重吩咐小妾，“这两位先生是我的同乡老友，又都是王湘绮先生门人，我今天要留他们在这里吃饭，你到厨房里去准备一下。”

“不要麻烦了。”杨钧知道齐白石向来节俭吝啬，看这架势，在北京也还没有闹出个气候来，即使他十分真心真意地请客，这餐饭也吃不出个味道来。“白石兄，今天我们兄弟请客，先在这里喝茶谈天，到时我们到胡同口上那家饭馆去吃顿便饭。”

“也好，也好。”齐白石马上答应，“那家饭馆是个山东人开的，听街坊说人还地道。”

杨度说："不是重子昨天来到北京告诉我，我还不知道白石兄已在北京住三四年了。"

齐白石说："我刚来北京那一年，正碰上你到天津避难去了，后来也不知你什么时候回的北京，又不知你住在哪里。北京这么大，又不像在湘潭城里，一出门就碰得到。你今天若不来找我，只怕是还住十年我们也见不到面。"

"说的也是。"杨度点点头，"我记得白石兄是从不出远门的，这次怎么舍得来北京住这么久？"

杨钧笑着插话："这十年里，白石师兄是大不同从前了，走了天南海北许多地方。湘绮师称他是足迹半天下的人了。"

"真的？"杨度十分惊讶，心里想：这十来年世道变化的确是大，连这个刻板的木匠画师也改变过去的老一套了。他饶有兴味地问，"都到过哪些地方？"

"我这十年里，有五出五归。"齐白石伸出满是老茧的粗大巴掌来，很有力气地左右翻转了一下。"那一年，寄禅法师对我说，古人讲读万卷书行万里路，是扩大胸襟的最好途径，他几十年来坚持实行，收益很大。寄禅说他做起诗来如有神助，就靠的读书行路。又说我光读书不行，还要行路，以后画起画来也就有神助了。我仔细体会，这话说得在理。恰好郭人漳带兵驻扎西安，来信叫我到西安去住几个月。"

那一年冒失鬼万福华在上海借了张继的手枪刺杀王之春，结果王之春没有打中，他自己反被抓起坐了牢，还连累了黄兴。正是靠的郭人漳的军官身份，才使得黄兴无事释放。杨度那时恰好在上海候去日本的船票，因此知道郭人漳。杨度心想：齐木匠与大军官郭人漳也有交道，看来这些年是出大名了。

"关中号称天险，山川雄奇，西安又是著名的古都，的确该去看看。于是我告别父母妻儿，作第一次远游。足足走了两个半月才到西安，一路上我看到了许多好风景，也画了许多画。其中最好的有两幅，一幅是洞庭看日图，一幅是汉陵西风图。等会子我拿给你们看。”

齐白石说得兴起，端起杯子喝了一大口茶，放下杯子继续说：“在西安，我看了不少古迹，大雁塔呀，曲江呀，茂陵呀，碑林呀，这些地方我都去看了看。郭人漳要我去拜见陕西臬台樊樊山。樊樊山是大官，又是大名士，我怕去见他。郭人漳说，不要紧，樊臬台最重才，况且你现在也是名士了，去见他，他会高兴的。我想，去见见也要得。我没有什么礼物送给他，就刻了五方印章带着。谁知第一次去臬台衙门，门房瞪着眼睛盘问了半天，最后说臬台大人巡查去了，不在衙门里。我白跑了一趟，心里有点不舒服。回来告诉郭人漳。郭说，你一定没有送门包，门房不给你通报。原来见臬台还要送门包，我的确不晓得。我问要送多少银子，心里想若是要送许多银子的话，我就不去见了。郭笑着说，不要送银子，下次带我的片子去，门房就会给你通报。隔几天，我带着郭人漳的名片去，果然门房通报了。樊臬台很客气地接见了我，与我谈了许多画画做诗上的事，还问起湘绮师。我把印章送给他，他拿出五十两银子给我。我吓了一大跳，说不要不要。樊臬台说，你靠卖画刻印为生，怎么能不收银子呢？我说，即使收，也不要这么多呀！樊臬台说，一半是作为买你的印章，一半是送你的。我碍不过他的大面子收下了。他又说，你在西安卖画刻印，别人不知道你的名声，可能来买的不多。我来为你写一张润格，自然就会有人来买了。樊臬台拿张纸出来，提笔写着：湘人齐白石来西京卖印画，樊樊山为之订润格。画，尺纸银一两，印每字钱五百文。我心里又吓了一跳：这么高的润格，会有人来吗？心里这样想，嘴里没有说。第二天我将这张润格贴出去，果然许多人围着看，都说樊臬台亲自为此人订润格，此人的印画一定不错。于是生意一天天好起来。后来樊臬台用五十两银子买我五方印的事传了出去，生意就更好了。我在西安住了三个月，足足赚了两千两银子。我很感谢樊臬台，临走时特意向他辞行。他说，不要回去了，五月份我要进京见慈禧太后，太后喜欢字画，宫里有个云南寡妇叫缪素筠，给太后代笔，吃的是六品俸禄。你的画比缪寡妇的好多了，你跟我去北京，我向太后推荐，太后一定会留你在宫中，至少也吃六品俸。我对樊臬台说，我是个没有见过世面的人，叫我去当内廷供奉，怎么行呢？我这一生没别的想法，只想画画刻印，凭我自己这双手，积蓄几千两银子，供养父母妻儿，就心满意足了。我谢了樊臬台的好意，背起画袋回家了。”

杨钧记得齐白石第一次谒见湘绮师时，答话也是这样有根有叶的，虽然有点啰唆，但话实在，也不乏风趣，听起来有味。现在已是很有名的画家了，依然保持着这种农人的土气，着实可爱。

杨度也听得有味，笑着说：“这是一出一归。”

“是的。”齐白石点点头，继续说，“隔年，湘绮师邀我和张铁匠、曾铜匠一起游南昌。湘绮师过去在豫章书院教过书，这次是旧地重游了，我和张铁匠是第一次来洪都。曾铜匠是江西人，但过去也没来过南昌。湘绮师带着王门三匠出游的事，在江西传为美谈，有许多大官名流都来看望他老人家。张铁匠和曾铜匠忙着招待，也从中结识了不少阔人。我平生怕见生人，更怕见阔生人，便躲起不见。七夕那夜，我们师徒四人住在南昌寓所，一起喝酒。湘绮师说，南昌自从曾文正去后，文风停顿了好久，今夜是七夕良辰，不可无诗，我们来联句吧。说完自己先唱起了两句：地灵胜江汇，星聚及秋期。我们三人听了都觉得好，但一时联不上，大家你看看我，我看看你，觉得很不体面。幸而湘绮师大度，说联不上就不联了，我们喝酒吧！这件事给我很大刺激。我想我够不上一个诗人，过去诗集上署个‘借山吟馆主’，看来这个‘吟’字要不得。从那时起，我便把‘吟’字去掉，成了借山馆主了。”

杨度兄弟都大笑起来。

“第三次是到广西。那时蔡松坡正在桂林巡警学堂，他要我去给他的学生讲画画课。每个星期讲一次，一个月送三十两银子做薪金。

蔡松坡这是看得起我，但我是土木匠出身，哪里能够到洋学堂里去上课呢，何况那些洋学堂里的学生都是学军事的，爱闹事，哪点不如法，说不定会轰走我。我谢绝了蔡松坡的好意。桂林的山水有甲天下的美誉，我在桂林确实看了不少一世都记得的好山好水，以后一画山水，脑子里就想起漓江那一带的模样。我在桂林遇到了一件最有趣的事。”

齐白石来了兴致，站起叉着腰说：“有一天，我在一个朋友家里见到一个和尚。此人长得浓眉大眼、虎背熊腰的，不大像个修行和尚的样子。他跟我说话不多，匆匆忙忙的，好像正在办什么大事。他给了我二十块银元，要我替他画四幅条屏，我给他画了。离开桂林前一天，这个和尚特来朋友家送我，对我说已预备了一匹好马，要送我出城。我谢谢他，心想这个和尚待朋友倒是蛮殷勤的。到了民国初年，有次在长沙遇到那个朋友，朋友指着报纸上‘黄兴’两字问我，你见过他吗？我说黄兴是个了不起的大革命家，我一个卖画的哪里配认得他。那朋友笑道，你谦虚了，在桂林时要用马送你出城的和尚就是黄兴呀！哎呀，那和尚就是黄兴，我真是有眼不识泰山，怠慢了大英雄！”

杨钧为齐白石的奇遇开怀大笑起来。杨度则因黄兴、蔡锷而想起了过去的事。现在一提起黄兴、蔡锷，举国上下谁不敬仰？作为他们当初的挚友，相比起来，简直判若天渊。一时间，即空即有、心外无物等无我宗信条失去了力量，一股强烈的失落感、羞愧感震荡着他的胸膛。

“第四次去了广西梧州、钦州，第五次去了广州、香港，再坐轮船到了上海，由上海坐火车去了苏州、南京。”

见杨度的情绪瞬时间由热烈转向木然，聪明的齐白石估计很可能是某句话无意触及了这个在政坛上屡屡失意的同门的伤心处，便很快结束了他一生中最为得意的五出五归。

杨钧也感觉到气氛有了变化，便起身说：“我们吃饭去吧！”

三个人来到山东人开的小饭铺，叫了几个菜，杨钧又要了一壶酒。杨度戒酒多时了，今天兄弟老友聚会京城，颇不容易，经不起弟弟几句劝，他也端起杯子喝了两口。他觉得脑子里有点晕乎乎的，这几年来一直萦绕心头的一桩憾事，乘着多时未有的酒兴泛了起来。

“白石兄，重子，湘绮师病笃的时候，你们都守候在他老人家的床头，只是我流落京津，既未成就一番事业，又未替他老人家送终，真正是王门的不肖弟子。”

杨钧听了这话，心里想：哥并没有成佛嘛，过去的抱负没有遗忘，老师的恩情也还记得，依旧是人世间一个纵横策士！

齐白石说：“直到湘绮师病危时我才得知消息，赶到云湖桥，老人家正闭着眼睛，我以为他过了，立刻大哭起来，喊了声湘绮师，齐璜来晚了。不料他睁开了眼睛，轻轻说，不晚，阎王爷还没有收我哩。我赶紧拉起他老人家的手，手是热的。湘绮师望了我很久，说，你来了，很好。我的得意学生，大部分都看到了，只有晳子、午诒正在缉捕之中，看不到了。我说你老多多保重，说不定明年晳子、午诒会回来看你老的。湘绮师说，我是要他们回来的，我答应在湘绮楼给他们补上老庄一课。”

昏黄的灯光下，火车缓缓启动了，湘绮师从车窗里伸出头来一再叮嘱“奉母南归”的情景，仿佛就在眼前。杨度凄然望着小桌上的杯盘，他后悔当初没有听从恩师的劝告，奉母南归，现在自己究竟算个什么人呢？佛门居士，失意政客，还是落荒草寇？

齐白石接着说：“我握着湘绮师的手说，过几天你老人家好了，我来为你老画一幅山居授课图。湘绮师说，好，画三个人，添上晳子和午诒，桌上摆一本《南华经》。过一会儿又说，齐璜呀，你现在出大名了，我看我的门人中今后为我老脸增大光彩的只有你了。晳子和我一样，是生不逢时。”

齐白石转述的这几句话，重重地刺激着杨度的心。湘绮师至死都在惦记着自己，惦记着传授给自己的帝王之学未逢其时，他心里痛苦万分。虔诚修炼了两三年的佛门学问，在这种师生情、事业结的冲击下，竟然溃不成军，完全失去了抵抗力。他喃喃自语：“我那年是应该跟着湘绮师回去的。”

齐白石又说下去：“湘绮师过世后，我一边哭，一边画画。就按着他老人家生前的意愿，画了三个人，除他外，还有你和午诒，桌上摆一本《南华经》。我把这幅画裱好，在灵柩前焚化，对着老人家的遗像说，皙子、午诒还没回来，你老就走了，齐璜为你老画了山居授课图，你老今后在梦里教他们读老庄吧！”

齐白石的至情使杨度感动不已，胸腔里涌出万语千言，却说不出一句来。

杨钧也动情地说；“湘绮师病重的时候，也多次对我说，现在是乱世，霸道吃香，王道不兴，帝王之学看来是要绝了。告诉你哥，今后若还想办大事，只有走新路；要不，干脆回家读书吟诗算了。”

杨度望着弟弟，微微点了点头。

杨钧知道哥哥在认真听他的话，便趁机点出他来京的真正目的：“哥，白石师兄自从漫游天下后画风大为改变，现在是技进入道了。大家都说，白石师兄今后的成就一定会超过石涛、徐文长。你现在有空闲了，何不跟着白石师兄学学画。”

齐白石听了这话，心里很高兴。他知道湘绮师一生最器重的学生便是这个杨皙子，他自己也一向佩服杨皙子的学问文章。他从报上知道杨皙子现时正在学佛。他明白像杨皙子这样一类人的心思：得意时则拼命做官，不计后果；失意时逃庄逃佛，表示已经看破红尘，与世无争。其实是自欺欺人，内心里一定痛苦得不得了，逍遥也好，不争也好，都是装出来的。他心里可怜杨皙子，倘若能让杨皙子通过学画而重新获得生活的乐趣，倒真是做了一桩好事，修了阴骘，便笑着说：“我过去画画，画的是工笔，看了关中、桂林的山水后，深觉工笔不能画出造化的神奇，于是改为泼墨写意。这一改变后很受大家的喜欢。也有人说我现在画出的东西不太像了。我说画画的诀窍就在这里，不似则欺世，太似则媚俗，妙在似与不似之间。”

木匠画师的这几句话太富有哲理味了，杨氏兄弟于此都有所领悟。杨钧想，不仅是画画，所有的艺术的确都要在似与不似之间才有意味。杨度则想到整个人生大概都要作如是看才行。好比说，为人不可不随大流，否则将为世所弃，这就是“似”的一面；但又要保存自我，要有自己的个性特色，否则将无存在价值，这就是“不似”的一面。如此推下去，还可悟出更多的道理来。

“我的泼墨画先前不着色，”齐白石不去管杨氏兄弟的遐想，依旧说他的画，“前不久，陈师曾先生看了我的画后说，京师人喜欢艳丽，你的画太冷逸了。我于是创造出一种红花墨叶的新画境。师曾看后说很好，你的画一定可以在京师红起来。”

杨钧一听来了神，说：“看看你的新画风！”

杨度也说：“好久没有看白石兄的画了，去看看你是如何改变的。”

齐白石大为高兴，立即起身说：“走，回家看画去！”

杨钧付了款，三人回到白石画屋。

齐白石将他最近所创作的十多幅新画拿了出来，一一展开，杨氏兄弟立即被眼前的画面惊呆了：火红的石榴、山茶，粉红的牡丹、荷花，淡红的梅花、桃花，艳红的玫瑰、蕉花，一朵朵莫不剔透晶莹，鲜嫩欲滴，再配上或浓或淡或深或浅的素墨叶片，真个是生机蓬勃天趣盎然，满纸洋溢着动荡翻滚的气韵。它是人们眼中常见的花卉，又不全像自然所生的花卉。应该说，这不是用纸笔在作画，而是用灵慧在捕捉造化的魂魄！

禅意发挥到极致，原本与艺术的最高境界相通。杨度在凝视这些全新的泼墨花卉时，似乎突然从中领悟到了生命的本源。他真诚地对齐白石说：“白石师，从今往后，我每逢初五、十五、廿五，都来白石画屋向你学画，就如同当初在东洲书院，逢五去明杏斋听湘绮师的帝王之学一样。”

杨度将齐白石抬到与王闿运一样的高度，令这个淳朴本分的木匠画家受宠若惊。他激动地说："皙子先生，你这份情谊我担当不起，我们都是湘绮师的门人，互相学习。从今往后，我先一天，逢四到你的府上去，拜你为师，请你给我讲解诗文。"

杨钧拊掌大笑："好，你们二人互为师生，我则做你们两位共同的学生，向白石兄学画学印，向哥学诗学文！"

二　梅兰芳几句俗家之言，无意间触及到了佛门天机

杨钧在槐安胡同住下来，给冷清的四合院增加了几分热气，逢四逢五的学诗学画，又给虎陀禅师单调的参佛生活增添了几分乐趣。不知不觉间，无我宗的创始人又慢慢地由佛门踱回到俗世。通过齐白石，杨度结识了许多画界的朋友，像陈师曾、瑞光和尚等都是极富天才的艺术家，尤其令他高兴的是，他还在白石画屋结识了梅兰芳。

梅兰芳尚不到三十岁，却已在京师戏台上红了十多年。他的唱腔，他的演技，他的扮相，令戏迷们如醉如痴，不知有多少大姑娘小媳妇，宁愿不为人妻，甘心给他做妾做丫鬟。前些年，杨度看过梅兰芳的戏不下百场，却没有见过一次卸装的梅派大师。

十五日这天上午，杨度照例来到白石画屋学画。刚坐下，齐白石笑着对他说："等会子有个人来我家，他也是来跟我学画的，我介绍你和他认识，我想你一定乐意认识他的。"

"哪一个？"

"梅兰芳。"

"梅兰芳！"杨度大出意外。"你怎么会认识他？"

"是齐如山介绍的。"齐白石颇为自得地说。

齐如山是个戏剧家，杨度听说过。

"上个月，齐如山对我说，梅兰芳讲过几次了，要来拜你为师学画画。我说，梅兰芳拜我为师，我不敢当。齐如山说，梅兰芳为人

最是谦和，他是因为太忙，一直抽不出空到你家来。今天他要和我商量件事，我们一起到他家去吧。我听人说梅兰芳生得比女人还要妖媚，下了装比化装时还要好看。他要拜我为师，为人又谦和，先去拜访他也要得。我和齐如山一起到了前门外北芦草园梅公馆。梅公馆很阔气，一切装饰都很讲究，尤其是庭院里种了许多花木，光是牵牛花就有上百种，开着碗口大的花。我还从没有见过这样的牵牛花。梅兰芳见我来了，忙出来迎接。梅兰芳真的生得好，等下你眼见为实。他恭恭敬敬地叫我白石师，把我让进他的名叫缀玉轩的书斋。我特为他画了几朵大牵牛，他很高兴，亲自为我理纸磨墨。收下后，他为我清唱了一段《贵妃醉酒》。还说过几天空闲了，要到白石画屋来行拜师礼。过了四五天，他真的由齐如山带着来了。”

杨度为齐白石的得意神态所打动。画牵牛花，唱《贵妃醉酒》，能想象得出当时的氛围一定美极了，与自己过去在小汤山与袁克定一道谋划帝制复辟相比，绝对是两个天地，两种情感，两样心态。

“最令我感动的是梅兰芳的人品。他不势利，不媚权贵，看重的是艺术，是才华，他是一个真正的艺术家。月初，有一个议员过生日，他因为爱我刻的印章，硬要请我去。我碍不过他的面子，去了他家。他家客厅里坐的都是穿绸缎衣服的阔人，只有我一个人穿布袍布鞋。那些阔人都看不起我，不理我，我一人坐在一个角落里，后悔不该讨此没趣。想不到梅兰芳来了。他一见到我，便快步走到我的面前，恭恭敬敬地喊了一声白石师，又和我很热情地聊了几句话后才跟别的人打招呼。满厅人都被梅兰芳的这个举动弄糊涂了，他们都以为我一定是个很了不起的人，都纷纷过来跟我没话找话说。我很感激梅兰芳，回家后画了一幅雪中送炭图送给他，还题了四句诗。”

齐白石拉长着嗓门，用浓厚的湘潭土话摇头晃脑地念了起来：“曾见前朝享太平，布衣蔬食动公卿。而今沦落长安市，幸有梅郎识姓名。”

正吟得兴起，胡宝珠过来说：“梅老板来了！”

齐白石赶忙起身，向门口走去。杨度本欲和齐白石一起去迎接，想想梅兰芳只是一个不满三十岁的青年，第一次在朋友家见面便跑到门口去接，未免有点失身份，遂端坐不起。

齐白石很殷勤地将梅兰芳从胡同里陪着进门了，杨度一看，此人果然名不虚传：清秀而颇近标致的五官，方正而略显条形的面容，不高不矮不胖不瘦的身材，配上一身华贵的衣袍，真个是仪表非俗，尤其那两只经过特殊训练的眼睛，美丽精亮，顾盼生彩，可以使人相信，当年的虞姬、杨玉环长的就是一对这样的眼睛。下了装的梅兰芳果真比舞台上的戏中人更有魅力。

杨度正想起身打招呼，梅兰芳却抢先一步："皙子先生，今天能在白石画屋里见到您，真是荣幸！"

杨度知道这一定是齐白石已作了介绍，便双手抱拳说："梅先生，我看过很多你演的戏，就是没有见过下装的你。听人说，你下装比上装更有风采。今日一见，果然如此。"

梅兰芳高兴地说："在台上是演别人，在台下才是自我，不是更有风采，而是自然本色。"

到底是有学养的名伶，说起话来就是不一样。杨度发自内心地赞道："梅先生年纪轻轻，能有这样大的名气，真正不容易。"

梅兰芳谦虚地说："这都是戏迷朋友们的错爱，我很感谢他们的捧场。我自己其实没有什么特殊的能耐，要说比别人强一点，这主要得力于我的家庭。从祖父起到我这一代，已是连续三代唱皮黄了。一代代的熏陶，或许要比别人略胜一筹。"

这话说得既谦逊又在理，杨度点点头说："你刚才说的是天赋一面，对艺术家来说，这是十分重要的，但还要靠自己的努力。听票友们说，梅先生在勤奋好学这方面也是过人的。你很忙，又有很大的名气，还来跟白石兄学画，我想这决不是为了消遣，而是通过绘画来进一步培养自己的创造性和艺术鉴赏力，从而把戏唱得更好。因为各类艺术，从本质上来说都是相通的。"

“哲子先生，您真是哲人，这话说得好极了。”

梅兰芳说完将自己带来的画展开，齐白石和杨度都来看。梅兰芳画的多为兰草梅花，虽只寥寥几笔，却也生动，看得出画者的聪明机灵。

齐白石对梅兰芳说：“画得不错，我拿到画室去再细细地看。你和哲子都是大名人，一见面就很投缘，你们先聊吧！”

说着带上画进了小画室。

梅兰芳说：“哲子先生，前几年您为国事奔波，这两年又皈依了佛门。不少人说，您参佛参出了天机。哪天有空，我要请你上我家做客，给我传授点佛门机奥。”

杨度笑道：“你也想得到佛门天机？好哇，我以后给你讲讲无我宗。”

梅兰芳认真地说：“我对佛学懂得很少，但有兴趣。我是个唱戏的，若要我不唱戏，专门去参佛，我做不到，也不想那样做。社会还是要有人唱戏的，就好比需要有人做工，有人经商，有人做官一个样。这些事都不做了，都去礼佛，那社会就不成为社会了，和尚们也没有饭吃，没有衣穿，没有香烛供佛祖了。若把佛学作为修身养性的学问来研究，能像佛那样做到破除妄念，静心澄虑，则无论对从事何种职业的人来说，都可以净化其人品，精进其技艺。只是如何能做到破除妄念，静心澄虑呢，我却不知道。哲子先生，你是佛学专家，您一定探出了它的法门，我想请您给我传授这个天机。”

杨度听后，一时沉默着说不出话来。眼前的这个翩翩美少年，无疑是个绝顶聪明的人中之杰。他是个艺人，不是哲学家，更不是佛学家，这几句普普通通看似站在佛学门槛外的俗家之言，却给自称是无我宗创始人的虎陀禅师以巨大的启示：艺人以唱戏为本职，学佛只是为了去妄念净思虑，如此可把戏唱得更好。对一个政治活动家来说，同样也可以通过学佛来去妄念净思虑，从而把国事办得更好呀！为什么一参起佛来，就非要遁避世界看破一切不可呢？唱戏和参佛可以并行不悖，并借参佛来促唱戏，那么政治和参佛也应该可以并行不悖，并借助参佛来促进从政。这两三年来的行为，是否有点矫枉过正、走火入魔了呢？

“哥，家里来了两个客人，说是从南边来的，有要事找你。”

杨钧突然出现在白石画屋门口，将杨度的思路打断了。他正要把这个重大的思路好好理一理，便借着这个机会暂时中止谈话。他把杨钧介绍给梅兰芳后说：“梅先生，你方才这番话说得很好。我研究佛学多年，看来并未得佛门天机，倒是你的这几句话挨到了边。今天来了远客，恕我不陪了，过几天我去拜访你，我们专门来谈谈这个天机。”

梅兰芳的脸上露出动人的笑容，说：“皙子先生，您太谦虚了。下次我在正阳楼订一桌酒席，请贤昆仲和白石师赏光，那时您一定得把佛门天机传给我！”

杨度和齐白石打声招呼后，匆匆离开了白石画屋。一路上想，南边来的客人会是谁呢？找我有什么大事呢？近来孙中山先生在广东再次就任大总统，莫非是中山先生派人来与我联系？这样的念头刚一闪过，便马上又自己否定了：我现在身负帝制余孽、佛门居士两个与革命相差万里的身份，中山先生有事也不会来找我呀！不是中山先生，又会是谁呢？难道南边最近又出了别的大事？

三　尚拟一挥筹运笔，书生抱负本无垠

其实，杨度没有猜错，南边来的人正是孙中山派出的。

孙中山在张勋复辟之乱平定后，由一部分忠于他的海军护卫着从上海南下广州，并邀请黎元洪及被解散的国会议员一道南下，在广东重新组织政府。孙中山揭橥的旗号是维护民国元年制定的临时约法。孙中山的基本军队，是前海军总长程壁光和现任第一舰队司令林葆怿所掌握的海军舰队。黎元洪没有南下，原国会议员陆续来到广州的有

一百五十余人。于是以这批议员为基础召开国会非常会议，通过了一个名叫《军政府组织大纲》的条例，选举孙中山为大元帅，两广巡阅使陆荣廷、云南督军唐继尧为元帅。军政府设财政、外交、内务、陆军、海军等六部。这样，中国又出现南北两个政府了。

以正统自居的段祺瑞政府当然不能容忍广州的军政府，他想通过控制湖南来征战两广。于是，南北两方在湖南摆开了大战场，结果北军失利，导致段内阁倒台，总统冯国璋委任北洋元老王士珍为国务总理。王士珍只当了三个月的总理，便又被段祺瑞挤下台，段再次复出就任总理。这时，进攻湖南的曹锟及其部下吴佩孚屡屡获胜，段封曹为川粤湘赣四省经略使。曹锟督直而经略四省，成为民国以来地方官员权力最大的人。吴佩孚也被授予孚威将军、援粤军副总司令。吴原以为打下了湖南，可以做湘督，但湘督却让张敬尧抢去了，心中不快，虽挂了个援粤军副总司令的名，但安坐衡阳，并不南下援粤。段祺瑞武力征服南方军政府的目的未能达到。半年后，段又下台。北方政府的总统换成徐世昌，总理换成钱能训。

南方的军政府内部也不团结。陆荣廷、唐继尧并不是孙中山的同志，不情愿处于孙之下。孙除部分海军外并无其他军队，敌不过陆、唐。于是，军政府由大元帅制改为七总裁制。这七个总裁是：陆荣廷、唐继尧、孙中山、唐绍仪、伍廷芳、林葆怿、岑春煊，由岑担任主席总裁。孙中山遭排挤，遂离开广东来到上海。

居住上海期间，孙中山致力于革命政党的改造，将中华革命党改组为中国国民党。在“国民党”的前面加上“中国”二字，为的是区别于民国元年的那个国民党。他又撰写出版了《孙文学说》一书，阐述革命理论，为国民革命的下一步发展奠定了重要的基础。

这时，随着曹锟、吴佩孚实力的加强，他们与段祺瑞派的矛盾越来越激烈。曹锟是直隶人，曹派被称作直系。段祺瑞是安徽人，段派被称作皖系。北洋军便正式裂变为直、皖两系。在东北，土匪出身的张作霖已迅速崛起，成为东北三省的土霸王。张作霖是辽宁人，张派被称为奉系。曹锟与张作霖联合通电讨段，奉军入关，直奉联合打败了皖系。不久，直奉之间又因分赃不匀火并。结果奉系大败，退回关外。

南方军政府也因为派系矛盾，随着孙中山、唐绍仪、伍廷芳相继辞去总裁终于全盘瓦解。

中国实际上已处于无政府状态。于是不少省倡导联省自治，即像美国联邦自治一样，各省由本省自己管理，在省之上有一个松散的联盟组织，用以对外。这个倡议以湖南叫得最响，还居然制定了一个湖南省宪法。当然，这个省宪也只是一纸空文而已。

此时，在广东省崛起一个年轻的军事实力人物，此人名叫陈炯明。他一九〇九年加入同盟会，两年后辛亥革命成功，年仅二十四岁的陈炯明便做了广东省的副都督，不久又做了都督。一九一三年国民党发动二次革命，陈炯明也参加了，失败后逃亡海外。一九一五年，陈回国参加讨袁行列，组织粤军，自任总司令。袁死后，陈公开拥护孙中山。

革命成功前的老同盟会员，两次反袁的经历，使得孙对陈很是信赖，引为自己的革命同志。当陈炯明的军队控制了广东的政局后，电邀孙中山回粤，孙欣然离沪回穗。

其实，陈炯明并非中山信徒。他邀孙回粤，只是想利用孙的崇高威望为自己撑脸面。孙中山回到广州后，立即着手重新组建政府。陈是赞成联省自治的，他一心只想做广东王，对孙中山统一全国的主张甚为反感。但他拗不过孙，只得勉强同意。在二百二十个非常国会议员的拥戴下，孙中山再次当选大总统。于是中国大地上又有了两个总统：一是北方的徐世昌，一是南方的孙中山。

孙中山的政府也只设六个部，六个部的部长只有四个人，伍廷芳外交兼财政，陈炯明陆军兼内务，陈一身任两部外，还兼任广东省长及粤军总司令。孙中山决定北伐，在广西桂林组织大本营，委朱培德为滇军总司令、彭程万为赣军总司令、谷正伦为黔军总司令、李烈钧为参谋长、胡汉民为文官长。

控制着广东实权的陈炯明对北伐很冷淡。为保证北伐的后方供应，孙不得不撤去了陈的广东省长及粤军总司令的职务，任命伍廷芳为省长。陈因而怀恨在心，秘密与吴佩孚及同属直系的赣督陈光远联络声息。当许崇智率领粤军第二军进入江西的时候，陈炯明的部队竟然围攻广州总统府及孙中山在观音山的住所粤秀楼。

孙中山在侍从的保护下来到海珠海军司令部，登上楚豫舰，第二天转登永丰舰。孙中山在永丰舰上一边督率海军炮击叛军，一边部署各路人马回援广州。在获悉陈炯明勾结直系军阀企图扑灭北伐军的电函后，为制止直系军阀与陈联合行动，孙中山给同盟会的老同志、与曹锟曾有过交往的刘成禺写了一封信，要他全权办理此事。此时刘成禺住在香港，接到孙的亲笔信后星夜启程北上。在长沙候车时，偶遇赋闲乡居的刘揆一。

当年满腔热情投身革命，充当过革命前同盟会总部负责人、革命成功后两度出任工商总长的刘揆一，近几年来对黑暗、丑恶、混乱、倾轧的中国政坛痛心不已，失望至极。他愤而退出政界，回到湖南，寓居长沙闭门读书。怀着对老友黄兴的崇敬，也为了总结革命的经验教训，他正在埋头撰写《黄兴传记》。

听完刘成禺对广州局势的介绍，得知他此次北上的使命后，刘揆一沉思良久。尽管刘揆一对中国现状极为不满，尽管在东京时也与孙中山有过分歧，但他毕竟献身革命十多年，对孙中山本人非常崇敬，他希望孙中山的事业能够成功，对陈炯明炮轰领袖的叛逆行为万分愤慨，当此关键时刻，他要协助老友帮孙中山一把。

刘揆一问刘成禺：“你准备如何来完成这个使命呢？”

刘成禺答：“我接到孙先生的手谕后，出于义愤，慨然允诺，其实一点办法都没有。我与曹锟十多年前曾有过一面之识，但那时他只是一个统制，还有点自知之明。现在他打败了段祺瑞，打败了张作霖，天下唯他独尊，不可一世。布贩子出身的小人，一旦得志，还会记得过去吗？也不知他会不会见我。只是军情火急，不容我犹豫，我想先到北京再说，或许能找到机会。霖生，你的门子很多，帮我想想办法？”

“我离开政界七八年了，与曹锟和直系人物没有一点联系。”刘揆一托着腮帮边说边思索。忽然，他拍着脑门说，“有一个人可以找。”

“哪一个？”刘成禺眼睛一亮。

“夏午诒，他是曹锟的秘书长。”刘揆一问，“你认识他吗？”

“夏午诒，就是前几年遭通缉的袁世凯的内史夏寿田吧！”

刘揆一点点头。

刘成禺说：“此人我不认识，你和他熟吗？”

“我和他见过几次面，但没有深交。”刘揆一说到这里，猛然想起一个人来，忙说，“夏午诒和杨皙子是至交。杨皙子和我熟，我和你去一趟北京，当面找杨皙子，请他出面去找夏午诒。”

刘揆一的热情仗义，使刘成禺很受感动。他说：“霖生和我一起去北京，真是天遣贵人相助。军情瞬息万变，不能耽搁了，我们今天连夜北上吧！”

过会儿，刘成禺又说：“由杨度找夏寿田，再由夏寿田游说曹锟，这条路子自然是最捷近不过了。只是杨度过去是袁世凯的人，帝制失败后又装神弄鬼的，玩起什么披发入山礼佛参禅来，他会再管这些事么？”

刘揆一笑着说：“杨度这人我很了解。早年我们一起拜在王壬秋先生门下，在衡州东洲书院读书。他那时跟壬秋先生研习帝王之学，一心想做大事，出大名。东洲三百多个学子，就数他用世之心最强烈。正因为他极想用世，所以才会接受满人朝廷的征召，给他们制宪法，后来又去抱袁世凯的大腿。他本是竭力主君宪的，但要投袁所好，想依靠袁来做大事，不惜放弃原来的主张，鼓吹共和，调停南北。不料，他在袁政府里屡遭排斥，抑郁不得志，这样又将他逼到袁克定的门下，想通过扶持袁克定当皇帝，自己好做开国宰相。谁知美梦不成，却恶名远播，被政坛彻底抛弃了。”

刘成禺说：“照这样说来，杨度的确是个政治节操不好的人。”

“不能这样说，禺生。”刘揆一断然否定，“如何来衡量一个政治活动家的节操？我以为首先看的是他心中有无为国为民的大目标。有则好，无则不好。至于信仰、主义等等，只是达到目标的途径而已。目标不可移易，信仰、主义是可以选择的。另一方面，也不能太苛求一个政治活动家的个人功名追求。杨度诚然是功名心重了一点，但扪心自问，就是我们这些献身革命的人，又何尝没有出人头地的个人想法在内？假若革命者都是纯洁无私的话，何来革命党内部的斗争分裂？又何至于让袁世凯篡夺了革命的成果？革命党人尚且如此，又怎么能苛求于杨度呢？”

作为一个学养深厚经历丰富的老革命家，刘成禺能理解刘揆一这番对目标与途径、为国家做贡献与个人出头露脸之间关系的看法。他点点头说：“依你看来，杨度是个有大节的政治活动家。”

“是的。”刘揆一立即说，“这一点我坚信。早在东京时期，我就说过中国若由孙中山、黄兴、宋教仁、梁启超、杨度等人组成一个内阁的话，则是中国最理想的内阁，因为这些人都是既爱国又有才能的人。我相信杨度是在备受打击和误解的情况下才灰心失意学佛参禅的，其内心决不会淡漠政界。好比说，我现在也是闭门不问世事了，但只要一提起政治，我仍然会热血沸腾，不能自已。”

刘成禺笑着说：“正是的，若没有这股子热血，你怎么会陪我北上？不过，你是革命党人，与孙先生和革命事业血肉相连，杨度究竟与你不同，他会像你一样热心吗？”

“我想会的，因为他为国为民的心没有死。孙先生做的事是为国为民的，他会支持，何况杨皙子与孙先生是朋友。禺生，我还告诉你一件事吧！”

“什么事？”刘成禺怀着很大的兴趣问。

“我先写首诗给你看。”

刘揆一提起笔来，在纸上写出了一首七律：

茶铛药臼伴孤身，世变苍茫白发新。
市井有谁知国士，江湖容汝作诗人。
胸中兵甲连霄斗，眼底干戈接塞尘。
尚拟一挥筹运笔，书生抱负本无垠。

刘成禺不仅是个革命家，而且是一个造诣很高的诗人。袁世凯帝制失败后，他写了两百多首七言绝句，以诗歌形式记录了袁氏帝制自为前前后后的历史，总题为《洪宪纪事诗》，在友朋中广为传诵。今年三月，孙中山在粤秀楼住所为之作序，称赞他的诗是“鉴前事之得失，亦来者之惩戒，国史庶有宗主，亦吾党之光荣”。

刘成禺把这首七律轻轻念了一遍后，称赞道：“这诗写得真好，无论是立意还是遣词，均达到很高的境界，当今诗坛能写出这种诗来的人不多。谁写的？是你吗？”

“我哪里写得出这好的诗。”刘揆一摇摇头说，“诗人是谁，你绝对想不到。”

“谁？”刘成禺兴趣更浓了，“告诉我，我要拜识拜识他，把我的《洪宪纪事诗》给他看看，请他给我斧正斧正。”

刘揆一哈哈大笑起来：“你的洪宪诗千万不要给此人看，他看了会恨死你的。”

刘成禺瞪大眼睛，心中惊讶。

“告诉你吧，这诗就是杨皙子写的。”

“怎么，是他？”刘成禺大为不解。“是从前写的，还是现在写的？”

“就是上个月写的。”刘揆一说，“月初，我见到华昌炼锑公司的董事长梁焕奎。他也好诗，曾跟王壬秋先生学过诗，他与杨皙子关系极深，特地告诉我，上月杨皙子有封信给他，信里有这样一首诗。他说若不是杨皙子的亲笔，简直不敢相信是他写的。我说我相信，二十多年的人生抱负，难道三四年的参禅就可以参掉吗？”

“好哇！”刘成禺十分高兴起来。“尚拟一挥筹运笔，书生抱负本无垠。就凭这两句诗，我相信他会跳出佛门，再度运筹的。”

就这样，二刘来到了北京，寻到槐安胡同。

趁着杨钧传信的时候，二人将四合院细细地考查了一番。

院子里显得冷清，一切陈设简单朴素，好几个房间都上了锁，引人注目的有两间房，一是画室，一是禅堂。画室里乱七八糟地摆着纸笔颜料，墙壁上杂乱地钉着几幅未完成的山水画，有画得好的，也有画得不太好的。禅堂却是另一番景象：清洁、整齐、庄严、静穆。正面墙壁上悬挂着一纸横幅，上面有十二行字：儒家禁怒，释氏戒嗔，学圣学佛，以此为门。我慢若除，无可嗔怒，满街圣贤，人人佛祖。儒曰中和，释曰欢喜，有喜无嗔，进于道矣。横幅的一边挂着一串长长的有着暗色亮光的念珠。横幅的下边地上摆着一个又大又厚的圆形蒲垫。禅堂里有两个书架，架上摆的全是佛家典籍。

看到这个禅堂，刘成禺在心里嘀咕：这完全是一副超脱世外的模样，与“胸中兵甲连霄斗，眼底干戈接塞尘”怎么也接不上来，这一趟是不是白来了呢？

正这样想着，杨度跨进家门，一眼看见刘揆一，格外高兴；并训斥弟弟，大名鼎鼎的霖生先生都不认识，太不应该了。说得杨钧不好意思起来。刘揆一说明他先离开了东洲，重子是后进的书院，怪不得不认识。又指着刘成禺说：“这是禺生兄，武昌人，同盟会老同志，人品文章都很好。”

杨度忙说：“不用介绍了，在东京时我们就见过面。”

刘成禺说：“是的，有次开留日学生干事会，我也参加了。会开到一半，我有事先走了。皙子先生好记性。”

大家在客厅坐下闲谈。刘揆一谈了自己这几年闭门读书的情况。

刘成禺把南方这些年的政局简略叙了叙。杨度专心致志地听，间或也问问汪精卫、胡汉民、王宠惠等人的近况。刘成禺见他对时事如此关注，对革命党中的故人仍有感情，对此行增加了几分信心。

刘成禺有意把孙中山的北伐主张及陈炯明的地方割据主义说得详细些。当讲到陈的部属炮轰总统府、孙中山避难永丰舰时，刘揆一注意观察到杨度脸色凝重，双眉紧皱。他接过刘成禺的话头说："孙先生已命令进入江西的粤军回广州，陈炯明暗中联络吴佩孚打算截击回穗粤军。孙先生命禺生兄北上，设法制止吴佩孚的行动。我们想起皙子先生广交天下，一定可以在直系内部帮帮孙先生的忙，所以登门造访。"

刘成禺颇为紧张地望着杨度，不知这位已立地成佛的虎陀禅师的态度如何。

杨度淡淡地一笑说："这是救中山先生的事，我一定尽力而为。"

二刘听了都大为欣慰。

刘揆一说："皙子，有你这句话，我就放心了。说句实在话，知道你已潜心佛门，我们还真担心你会拒绝哩！"

杨度说："我的确是全心思在钻研佛典，不过问俗事，但此事关系到中山先生事业的成败，我不能袖手旁观。我与中山先生有约在先，我要践约。"

二刘均感意外。

刘成禺说："请问皙子先生，你与孙先生有什么约？"

杨度异常郑重地说："十七年前，我与中山先生在东京永乐园就中国的前途问题辩论了三天三夜。我虽不能接受中山先生的观点，但我仰慕中山先生的人格。临别时与中山先生约：我主君宪，若我事成，愿先生助我；先生主共和，若先生事成，我当尽弃其主张以助先生。现先生蒙难，有求于我，我必尽力相助。"

听了这番话后，二刘都很感动，一齐说："皙子先生真乃诚信君子。”

“人无信不立。”杨度神色肃然地说，“我虽研习佛典，却不能放弃这个做人的基本原则。我尽力而为，成不成则付之于天。”

“请问皙子先生，你将采取什么方法呢？”刘成禺问，他一直没有得到确实的行动计划，心里仍不放心。

杨度沉思片刻，说：“具体办法暂莫问。你们就在我这里住下来，重子招呼你们。我外出一段时期，多则半个月，少则七八天就回北京。那时成与不成，都会把实情告诉你们。”

二刘对望了一眼，都不知道这位禅师弄的什么玄虚，只好点头同意。

四　在陈炯明叛变的严重时刻，杨度践约帮了孙中山的忙

当天夜里，杨度便悄悄地乘火车离京赴保定，直系军阀的大头领、直隶督军、川粤湘赣四省经略使曹锟驻节于此，督军衙门就是前清的总督衙门。清代的直隶总督是全国督抚之首，其衙门也建得特别的宏伟壮观。清晨，杨度来到衙门口。住在衙门里的秘书长夏寿田昨夜熬夜班，现在还没起床。当杨度突然出现在眼前时，他又惊又喜。

吃过早饭后，杨度道出了此行的目的。夏寿田听后，沉默良久，说：“这事大不好办。曹锟信赖吴佩孚，对吴言听计从。若吴坚持出兵，曹是不会反对的。何况听说孙中山与张作霖有联系，奉系是直系的死对头，曹说不定还会怂恿吴援陈打孙。”

杨度听了这话，心里顿时冷了半截。一会儿，一个马弁进来说：“夏秘书长，大帅有事找你。”

马弁走后，夏寿田问杨度：“你要不要去见曹锟？”

杨度想了一下说：“今天暂时不见他。你先去办事，让我好好想想，看能不能想出一个好主意来。”

夏寿田走后，杨度将房门关紧，一个人呆在屋子里，冥思苦想。

曹锟曾经长期是袁世凯的高级部属，杨度当然熟悉他。这位今年六十一岁的曹大帅，也是个不寻常的人物。他是天津人，幼年时家境贫寒，略识几个字后便跟着一些布贩子走南闯北，混口饭吃，长大后自己也做起布贩子来。曹锟虽没有读过几本书，却天性机敏有抱负，他不甘心一生做一个被人瞧不起的布贩子。三十岁那年，他抛掉了肩膀上的布匹，投了淮军。

上司赏识他的能干，把他送到天津武备学堂。天津武备学堂不仅教给了他许多先进的军事知识和技能，同时也扩大了他的胸襟和眼界。从武备学堂出来后，曹锟各方面的才能已远远高出他的同辈了。终于，他被袁世凯所看中。

袁世凯在新站练兵，亟需军事人才，遂将曹锟调进新建陆军，擢升为右翼步兵营管带。曹锟感谢袁世凯的提拔，铁心跟着袁。从此步步高升，先后任过北洋陆军第一镇、第三镇统制。辛亥革命期间，他奉袁世凯之命南下镇压民军。袁做了大总统后不愿去南京就职，杨度向袁献兵变之计，充当变兵角色的便是曹锟的北洋第三镇。洪宪期间，袁封他为一等伯。袁死后段祺瑞秉政，曹任直隶督军。从那时至今，他稳坐第一督军之位达六七年之久。当时许多或出身名门、或留洋外国的督军们都敌不过这个布贩子出身的粗人，不能说曹锟无过人之处。

曹锟手下有一个得力的部属，此人即吴佩孚。吴是山东蓬莱人，秀才出身，家境不宽裕，本人时运又不济，弄得很潦倒。穷极无聊之时，吴在北京大栅栏一带摆了一个摊子卖卦。有一天从早到晚无一人问津，临收摊时，吴自卜一卦，卦上说弃文就武则前程远大。吴于是收起卦摊，投奔北洋军。

吴佩孚饱读诗书，又善随机应变，果然从戎后官运亨通。曹锟任第三镇统制时提拔他为管带。护国军打到四川时，吴随曹入川，被提升为旅长，不久又升为师长。吴熟读兵书，其谋略远胜曹手下的其他高级军官。湖南战场上，吴的功劳最大，很为曹争了脸面。在与皖系的斗争中，吴又立了大功，成了直系中实力强大的第二号人物。曹倚吴为长城。

吴佩孚性格刚愎，要他放弃既定主意十分困难。曹锟办事犹豫，要他态度坚决地制止吴的行动，也颇为不易。杨度在夏寿田的房间里思索了一整天，仍苦无良策。

晚上，夏寿田无事，二人一起闲聊天，谈起了直系内部状况。夏寿田在曹幕中已经两三年了，对直系内幕了解甚详。

“直系迟早会要分裂。”在谈到曹锟内部不睦的几件事后，夏寿田得出了这个结论。

这句话启发了杨度：可以利用其内部的矛盾来诱曹压吴！

“午诒，吴佩孚现在这样的大红大紫，曹锟手下也有不服气的人吗？”

“怎么没有？”夏寿田说，“吴佩孚的性格刚愎自用，又仗着有学问，根本不把曹锟手下的人放在眼里，很多人对他都是又嫉又恨，尤其是参谋长熊炳琦和三师师长王承斌，他们都是正规军校毕业的，也能打仗，过去都很受曹锟的器重。现在吴仗着打败奉系的功劳，瞧不起熊、王，熊、王都憋着一肚子气，总想找个机会发泄发泄。”

杨度点点头说：“要利用熊、王两人的情绪来破坏吴的这个计划。”

“如何破坏呢？”夏寿田满肚子孔孟之道，却缺乏孙吴之谋，他自知在纵横捭阖方面远不及这个已皈禅门的居士。

杨度思索了一会儿，问夏寿田：“曹锟这个人有没有野心？”

“什么样的野心？”杨度突然转变话题，夏寿田的思路一时还没跟上。

“我是说，这个布贩子督军有没有想做总统的念头。”

“有哇！”夏寿田忙答，“我刚来保定时，曹锟还不多谈中央的事。自从打败段祺瑞后，他就自认为不可一世了，常说总统不能让文人做，当今这个世界靠的是枪杆子。又说总统若让他来做，保管不出一年，便可削平群雄，统一全国。熊炳琦、王承斌都鼓励他竞选总统。他们一半是讨曹的欢心，一半也是想攀龙附凤。”

“我有了一个突破口！”杨度忽然来了灵感，他把这个突破口告诉了夏寿田。

直督衙门秘书长拍手赞道：“好！这个理由最是光明正大，我这几天就分别对熊、王二人挑明。”

“光靠熊、王二人说还不够，我明天亲自去见曹锟本人，从旁边给他敲一敲。你明天给他说说，就说我应功陵寺的邀请来保定，想与他叙叙旧，让他安排一个时间。”

“行。那就定在明天下午吧，要他设宴款待你。”夏寿田笑着问，“虎陀禅师，你要他设荤宴，还是设素宴？”

杨度说：“要曹锟吃素，他一定吃不惯，而我以功陵寺请来的客人身份与督军一起喝酒吃肉也不相宜。这样吧，你们吃荤，给我炒两个素菜就行了。”

夏寿田笑嘻嘻地说：“也好，荤素结合，别有一番趣味。”

次日下午，曹锟在他的住所光园摆了一桌宴席，除夏寿田外，另有两位姓张姓李的幕僚出席作陪。

“皙子先生来了，欢迎欢迎！”杨度刚由夏寿田陪同走进光园餐厅，曹锟便跟着走了进来，大声地打着招呼。

曹锟长得人高马大，魁梧健壮，四十多年闯荡江湖、喋血沙场的经历养成了他既粗鲁又豪爽，既专横跋扈又重情义的性格。他文墨不多，对读书人有时轻蔑至极，有时又很看得起，这多半取决于他对这个人的印象好坏和此人的实用价值。他信赖夏寿田。因为夏寿田出自名门，点过榜眼，这些都是贫贱出身的曹锟望尘莫及的。更重要的是夏寿田为人谦和，忠于职守，没有通常文人才子那种懒散傲慢气。衙门里凡文书一类的事，他都放心交给夏寿田去办理。曹锟更看重杨度。这是因为杨度不仅有夏寿田所有的才学，还有夏寿田所缺乏的权谋。而权谋这类东西，在这个以利害得失为办事准则的北洋军阀的心目中更为重要。当年当他得知以兵变来阻止南迁的主意出自杨度时，佩服得不得了，叹惜自己身边没有这样好的谋士。

“好几年没有见到大帅了，大帅现在是声威盖天下，眼看就要追上当年袁大总统了！”

杨度这句恭维话让曹锟听了高兴，他拉着杨度的手，亲热地说：“六七年没有见面了，听说你闭门礼佛，看破一切了，是不是？”

“闭门礼佛是真，看破一切却还没有做到。”杨度打着哈哈说着。

曹锟抓了抓光光的大脑袋，咧开大嘴说：“我说皙子呀，你一定是灰了心才去念佛的，这点你瞒得过别人，瞒不了我。黎元洪那人是胆小鬼，一贯看别人眼色行事。你那年完全不要理睬他，也不要到天津去，就应该到我这里来。我保你天天喝酒吃肉，屁事都没有。扶老袁做皇帝有什么错？当初若是老袁做成了皇帝，说不定天下早太平了。今后若有机会，我老曹还想做皇帝哩！到那时，皙子你扶扶我吧！”

说罢哈哈大笑，满口又黑又大的牙齿就像一块块生了锈的小铁片。

曹大帅的这番话，令杨度又是佩服又是诧异。佩服他看事情眼亮心明，说起话来一针见血；诧异他对已是过街老鼠的皇帝还这样垂涎不已。这次是要求他办事，只能顺着他。于是，杨度一本正经地说：“大帅，若是天命归于曹氏的话，我愿做荀彧、郭嘉。”

与许多不读书的中国人一样，曹锟关于三国时期、北宋时期的历史比较熟悉，这方面知识的得来靠的是《三国演义》《水浒传》两本书以及戏台上茶楼里关于这两本书的传播。“天命归于曹氏”这句话，他听过不知多少回了，但过去从未将彼曹与此曹联系起来。杨度这句话，猛地惊醒了他：今天的曹锟不就是当年的曹操吗？仿佛真的天命将要归于他似的，曹锟浑身的热血一下子被激动起来，他指着餐桌招呼着：“皙子，请上坐！”

杨度赶忙说："大帅在此，我岂能上坐。"

"今天专门请你，我和午诒，还有张秘书李秘书都是陪你的，你当然坐上席。"

说罢，不由分说地把杨度推到上席，自己挨着他坐下。

张、李两秘书也拱手说："久仰皙子先生高名，今日有幸同桌，荣耀荣耀！"

一道道的菜上来了，全是素的，没有一碗荤菜，连酒都是清淡清淡的水酒。

曹锟对杨度说："午诒说你如今是真正的佛门居士，断了荤腥，我们今天陪你一起吃素。"

杨度说："大帅如此客气，受之不起。"

喝了几口酒后，曹锟说："皙子，你这次为何事到保定来的？"

"这次是中华佛教总会请我来功陵寺调解的。"

中华佛教总会成立十来年了，但在座的，除夏寿田外都不知道中国还有这样一个机构。佛门应是清静无为的，这么说来，和尚们也有纠纷，要上告总会请求调解？杨度这小子，转眼间又成了佛界里的钦差大臣？所有这些，都让曹锟和他的秘书们很感兴趣，皆放下筷子，听他叙说。

杨度将他昨夜编好的故事说了出来："功陵寺的住持镜月法师，是一个在佛学界颇有声望的高僧，他有个弟子叫水云。二十年前，镜月亲自主持水云的剃度，向他传经授法。水云人很聪明，也很能办事，镜月十分器重他，将他慢慢提拔上来，一直做到功陵寺的监院，位在镜月之下，众僧之上。没有镜月，就没有水云的今天，论理，水云应该终生视镜月为父才是。"

曹锟点头说："是应该这样。为人处世，'义道'二字是不能忘的。"

张、李二秘书也附和着。

"但水云不是这样一个人。"杨度继续说，"在功陵寺里，水云对镜月师父长师父短地叫得亲热，对镜月吩咐的一切也恭敬从命。而一离开功陵寺，他就处处标榜自己，给十方丛林的印象是，功陵寺的兴旺，完全是他这个做监院的功劳。”

“这个和尚不地道！”曹锟夹起一块大笋片在口里嚼着，同时发表评论。

“今年，佛界传出消息，说是要改选总会长了，各大寺院里的高僧们都动了心，跃跃欲试，就像俗世有力者想竞选总统似的。”

杨度这个比喻，招来满桌听众的笑声。曹锟又发议论了：“他妈的，佛教界也和我们一个样！”

“佛门等级森严，规矩极多，上指使下，下服从上，这些纪律决不能违反。”夏寿田有意加以阐发，“晳子这个比方打得最恰当。各大寺院的住持好比各省的督军，监院、知客好比督军下面的师长、旅长，而总会长好比大总统。”

杨度向夏寿田报以会心一笑，赞赏他在关键时刻的配合，对于像曹锟这种没有文墨的莽夫粗人，适当的时候是要略作点破，不然，说不定他真的把它当作佛门故事来看待了。

“水云一心要当佛教总会的会长，他在上海、北京等地到处活动。一方面拉拢北京法源寺、上海静安寺、宁波天童寺几个极有影响的寺院的监院、知客、维那，要他们起来反对本寺的住持，使得他们都选不上会长。另一方面又四处说功陵寺的镜月法师年老体弱，不能管事了，宜退居静养。总之，水云想尽一切办法抬高自己，打击别人，最终的目的是为了获得佛教总会会长的宝座。佛教总会的各位理事于是请我来功陵寺实地考查一下，看看水云究竟够不够做总会长的资格。因为当年筹建佛教总会时，是我代他们向载沣传递申请的，而第一任会长寄禅法师又是我的好友，故同意代他们来保定一趟。”

杨度说到这里，端起酒杯来喝了一口。

曹锟说：“晳子，你这就是钦差大臣了，你要秉公办理噢！依我看，水云这种人要不得，佛教总会长，不能让这种不讲义气的人做。”

夏寿田忙接话：“是的，大帅说得对，水云和尚这号人，佛界有，俗世更多，过河拆桥、忘恩负义的家伙，到处都可以碰到。”

“这样的小人多得很！”张、李二秘书也说，又对曹锟恭维道，“我们大帅最讲义气，所以也最恨这种无情义的小人。”

杨度抓住机会发挥：“大帅最讲情义，这点我知道，当年大帅对袁项城的态度，给小站旧人树立了最好的榜样。袁项城晚年眼看着段祺瑞在他面前坐大，常对我说：芝泉是我惯纵了他，他现在自以为了不起。”

先前长期居于北洋系统老二地位的段祺瑞，让曹锟又忌又恼，现在他成了曹锟手下的败将，此事使布贩子督军大快平生。他端起酒杯放到嘴边，轻蔑地说：“段歪鼻子的狼子野心，我他妈的早就看出来了。老袁那时相信他，我不好说什么。现在敲敲他，也是为地下的老袁出口晚年的窝囊气。”

杨度趁热打铁：“袁项城是早死了几年，若晚死几年，段祺瑞必定会爬到袁项城的头上去。这样的事，历朝历代都很多，唐高祖李渊、宋太祖赵匡胤、明太祖朱元璋还不都是慢慢坐大后，反掉了原先的主子而做皇帝的？就连绿林强盗中都是这样，宋江上了梁山，就想方设法架空晁盖，最后自己做了梁山之主。”

杨度偷眼看了一下曹锟，只见他放在嘴边的酒杯一直未动，显然这几句话他都听到心里去了。话只能说到这一步，不能再明白了，于是杨度转了话题，和曹锟及张、李两秘书闲扯起别的事来。

翌日，夏寿田有意找熊炳琦、王承斌聊天，说吴佩孚在洛阳如何大兴土木，招兵买马，说得熊、王两人气鼓鼓的。

过两天，吴佩孚从洛阳打来电报，说即日动身来保定商量要事。

杨度对夏寿田说：“吴佩孚一定是和曹锟谈派兵援助陈炯明的事，你要在会上把握机会，鼓动熊、王等人反对，并要适时给曹锟敲一敲。”

“我明白。”夏寿田点了点头。

为了避嫌，杨度离开了督署，住到城外功陵寺去了。

第三天下午，夏寿田喜气洋洋地来到功陵寺，刚进门便说：“皙子，大事成功了！”

“真的？”杨度兴奋地说，“你细细跟我说说！”

夏寿田把直隶督军衙门两次重要军事会议的情况简单地告诉了杨度。

昨天中午，吴佩孚从洛阳来到保定。下午，曹锟在督署开会，除曹、吴外，二师师长廖继立、三师师长王承斌、参谋长熊炳琦也出席了会议，夏寿田以秘书长身份列席。

会上，吴佩孚报告了两广军事近况，并特别指出两广是直系的劲敌，宜趁此良机联合陈炯明先把孙派军事力量吃掉，然后再把陈炯明消灭。吴佩孚讲得有条有理，头头是道，一副老谋深算高瞻远瞩的样子。廖继立认真倾听，王承斌、熊炳琦不断流出嫉妒、轻蔑的目光，曹锟不停地点头，有时还拍打着桌子叫好。开完会后，曹锟又设宴款待这个远道而来的援粤军副总司令，并亲自敬了他一杯酒。席上，吴佩孚神气活现，高谈阔论，扬言三个月内将为直系收拾两广局面，说得曹锟心花怒放。夏寿田看在眼里，急在心头。

散席之后，夏寿田借陪曹锟回住所的机会，悄悄地对曹说：“大帅，吴帅这个人，我怎么越看越像皙子说的水云和尚。您要提防点，不要让他借了您的威名为他自己谋前程。”

曹锟瞪着眼睛看着夏寿田，说：“你是说子玉像功陵寺里的水云和尚？”

子玉是吴佩孚的字。

夏寿田点点头说：“大帅，陈炯明是孙中山一手提拔的老部下，陈反孙，是以下犯上。吴帅今日可以支持陈反孙，难保日后他不反您。”

一句话，使曹锟猛然醒悟过来。前天杨度说的功陵寺的故事，说的李渊、赵匡胤、朱元璋、宋江的历史教训，一时间都出现在他的脑子里。随着直系内部带兵将领们实力的增强，曹锟最担心的便是部属们居功自傲，尾大不掉，不再服从他的号令。那样的话，不但总统梦做不成，说不定将四分五裂，被皖系、奉系打垮。是的，要提防点，吴佩孚这个用兵计划不能同意！

曹锟拍打着脑门对夏寿田说："你提醒得好，以下犯上的行为是不能支持的。"

夏寿田怕曹锟明天一早又改变主意，便马上告诉熊炳琦、王承斌："大帅说陈炯明打孙中山是以下犯上，我们不能支持他。"

熊、王二人对吴佩孚志得意满的神态本就反感，听说曹锟不赞成，决定借此机会来狠杀一下吴的嚣张气焰。

第二天上午一开会，王承斌、熊炳琦便相继发言，大谈"恩义"二字，然后痛斥陈炯明忘恩负义、大逆不道，指出吴不应该支持这等背叛主子的猪狗之徒。

王、熊的发言，令吴佩孚大吃一惊：这是一个破敌用兵的大好机会，怎么扯到了忘恩负义上去了？纵使陈炯明忘恩负义，也应利用敌人内部的矛盾来达到自己的目的呀！这两个家伙怎么会蠢到这般地步！

吴佩孚气势汹汹地站起来，拍打着桌面，痛斥王、熊的发言乃无稽之谈；并威胁他们：贻误了战机是要负军事责任的！王、熊二人因为摸到了曹的底，便有恃无恐地与吴争论起来。吴自以为占据道理，针锋相对，寸步不让。

秀才出身的吴佩孚的军事才能的确高出其他将领，曹锟对他很是倚重。倘若没有杨度的游说、夏寿田的提醒，他是会同意吴的援陈计划的；倘若没有王、熊今天理直气壮的大义斥责，说不定经不起吴的怂恿，他又会改变主意接受吴的计划。但是现在，他坐在首席椅子上，听着两方的激烈争吵，似乎清晰地分出正邪两个壁垒来。再看看吴佩孚，那副盛气凌人目空一切的样子，曹锟越来越觉得此人桀骜不驯居心叵测，不只是要提防，而且还要压一下。

待到双方争得差不多的时候，曹锟摆出最高统帅的架势，对吴佩孚的军事计划作了裁决：“从用兵上来看，利用两广内部的分裂，采取各个击破的手法是很可取的，况且子玉由衡阳出兵插向粤北赣南一带截击孙部，以逸待劳，稳操胜算。”

吴佩孚的脸上露出得意的神色。不料，曹锟语气陡转：“刚才我说的，是就一般情况而言，但这次陈炯明、孙中山之间的决裂不属此例。举世皆知，陈炯明十多年前以一毛头小子投靠孙中山，孙中山收留了他，委他以重任。辛亥年，孙以大总统身份任命陈为广东副都督。陈当时只有二十四岁，参加革命党也只有两年，若不是孙对他的破格提拔，他陈炯明能当上这样大的官吗？嗯！”

曹锟模仿袁世凯的口气“嗯”了一声，用峻厉的眼光扫了一下满桌部属，特别将目光在吴佩孚的脸上多停留了一会儿。吴意识到这一声“嗯”是对着他而来的，心里颇不自在。

王承斌忙献媚：“大帅说得对，孙对陈的提拔是格外天恩。对于人臣来说，这种恩德是做牛做马也报答不尽的。”

曹锟最爱听的就是这种话。在他看来，整个直系几万兵马，上起师长旅长，下到士兵伙夫，全都是蒙受着他一人的恩惠，所有的人都应该像刚才王承斌所说的，对他的恩德存在着做牛做马也报答不尽的思想。

他改用赞赏的目光望了王承斌一眼后说：“而且，孙对陈一直是器重的。这次孙在广州组织政府，任命陈为陆军部长兼内务部长，兼广东省长，兼粤军总司令。为人臣的，做到这种地步，也算是到顶了。陈就因孙撤了他的广东省长的职务，便起兵反对，还要炮轰总统府，还要联合别人把孙的力量彻底消灭，这种行为还不足以使人寒心吗？这哪里是人啦，这比畜生还不如呀！”

原先赞成吴佩孚计划的二师师长廖继立，听了曹锟的话后也改变了主意。他意识到这种时候决不能附和吴，若附和，自己也有可能被视为无情无义之人。不能再沉默，必须表个态度："陈炯明的做法确实是太不应该，我们若是支持他，则是鼓励作乱！"

"对，廖师长说得对！子玉呀，"曹锟换了一种亲切的口吻对吴佩孚说，"你可能还没有想到这一层上。犯上作乱，是决不能支持的。不能说我们直军内部就没有陈炯明，也不能说你的第一师内部就没有陈炯明，今日支持两广的陈炯明，就等于鼓励我们直军中的陈炯明。"

曹锟说到这里，站起来走到吴佩孚的身旁，异常亲热地说："子玉呀，圣贤的书，你读得比我们哪个都多。仁和义，是圣贤一切教道中最重要的教道，我正要依靠你来把我们直军建成一支无敌于天下的仁义之师哩，岂能支持不仁不义的陈炯明，坏了我们直军的名声呢？子玉，算了吧，让他们自己火拼去，等他们一死一伤后，我全力支持你去收拾两广。到时我在光园摆几十桌酒，为你凯旋庆功！"

吴佩孚见所有人都反对，曹锟的态度又是如此坚决，知道再坚持亦无用，何况待两广鹬蚌相争后自己再坐收渔利，也不失为一条好计。就这样，吴佩孚终于取消了援陈打孙的军事计划。

"好，好，办成了这件事，我可以说是对中山先生践了前约了。"杨度高兴地说，"我明天就回北京去，刘霖生他们还不知急得怎样哩！"

"缓一天走。"夏寿田拍拍杨度的肩膀，"明天，曹锟还要专门为吴佩孚请几桌客，特为叫你去，介绍你与吴认识，并说还要聘你做高等顾问哩，先要我问问你，看你愿不愿意。"

"我愿意！"杨度的满口答应，倒令书生气十足的夏寿田有点出乎意外。见好友疑惑不解的神态，他笑着解释，"当今中国的命运掌握在曹锟、吴佩孚、张作霖、段祺瑞这些人的手里，他们发善念，就能为中国造福，他们起恶心，就会给中国生祸。你看这次，经过我们的游说，一场直系与两广系的混战就避免了，这要挽救多少无辜士兵的生命！佛经上说救人一命，胜造七级浮屠，我们一下子不知造了几多浮屠。”

夏寿田笑道：“这次积下大阴功了。”

“所以我想，要宣传我的无我宗，得先向曹吴段张这些人宣传，他们一天无我了，可以使千万人无我。今天他曹锟聘我为顾问，我应允，明天他吴佩孚若聘我做高参，我也答应，以后无论是张作霖还是段祺瑞，甚至张宗昌、孙传芳那些二流军阀聘我什么职务，我也同样答应，一边给他们出主意，一边向他们宣讲无我宗，遇到合适的时候就直接插一手，为国家为人民做点好事。这就是我虎陀禅师当前的处世态度。”

“行。”夏寿田拊掌笑道，“长久做下去，你就是一个活生生的救苦救难、拯世拯民的佛祖了！”

杨度也高兴得笑开了怀。

五　千惠子在寒山寺立下中日合璧诗碑

由于吴佩孚的军队没有出动，陈炯明全歼回粤北伐军的企图也就无法实现。回粤北伐军兵分两路，许崇智的部队进入福建，与福建的皖系军队联合起来。朱培德的部队由湖南边界进入桂林，与杨希闵部、陈济棠部互通声气。闽桂两方面的军事力量对广东的陈炯明构成了强大的压力。已离开永丰舰寓居上海的孙中山任命许崇智为东路讨贼军总司令，与朱培德等部东西夹攻陈炯明。陈处于军事劣势之中。

杨度做了曹锟的高等顾问，时常往来北京与保定之间。后来又与吴佩孚交了朋友，满腹学问的秀才司令与他谈得更合拍。在杨度的感染下，吴在洛阳行署设了一个小禅堂，煞有介事地聆听杨度的无我宗。吴居然能听得下去，令杨度喜慰无尽，常对人们夸耀他超度了一个大菩萨。

这一天，他收到了亦竹从苏州寄来的信。信上责备他并未剃度出家，为何把家小都忘记了，这么多年了，也不去苏州看看她和孩子们？放下亦竹的信，一股亲情油然而生。是的，该到苏州去住一段时期，陪陪亦竹和孩子们，也应去静竹长眠之处祭奠祭奠。

杨钧的白心印画社已搬到北京来了，他的眷属也在上月从长沙来到槐安胡同，冷清多时的四合院又热闹起来。杨度将院子交给弟弟，从津浦铁路南下，过长江后再乘沪宁火车到了苏州。

亦竹兴高采烈地迎接丈夫，儿女们见到阔别多年的父亲，一家人团聚在姑苏城里，自有一番天伦之乐。过了几天，杨度提出去看看静竹的墓地。参禅多年，丈夫仍没有忘记昔日那段不平常的恋情，亦竹心里很是宽慰。

第二天，亦竹陪着杨度上静竹的墓地。那一年，亦竹在阊门外到处寻找静竹父母的坟墓。找了三四个月都没有找到，只好将美人瓶下葬在附近一个偏僻的小山岗。

这里冷冷清清地堆着几十座土坟。秋风吹动着坟上枯萎的茅草在左右摇晃，寒鸦在光秃的树枝上聒噪不已，给人以沉重的哀伤之感。葬在此处的这个女人，来到人世不久便连遭丧亲卖身的剧痛，京师的火坑活活地将她煎熬。好不容易在茫茫人海中结识到一个知己，却又时运乖舛，两次失之交臂，以至于空守寒窗。待到天公开眼破镜重圆之时，却又身罹恶疾，卧病十年，抑郁而终。这个苦命的女人，心比天高，情如海深，为了圣洁的爱情，她甘耐清贫，苦苦厮守，直至为心爱的人而牺牲自己的幸福。而今，当她重新落入这块生她养她的土地中时，竟然是如此的冷清、孤单、萧条、荒芜！自认为早已悟透色空的虎陀禅师不禁悲从中来，他只说了句“静竹，皙子我看你来了”后，便再也不能说出一句话来。亦竹一直在悄悄哭泣，默默地给这个情逾骨肉的手帕姐姐上香焚纸。

伫立了许久许久，杨度轻轻对着坟头说：“静竹，我不能让你一人孤零零地躺在这里。我们定情在潭柘寺，妙严公主遗下的拜砖一角是我们百年相爱的信物。你临终前劝我皈依佛门，死后又托梦要我去庐山寻道。我们的情缘都结在佛缘上。我要在寒山寺买一块三人墓地，先把你迁过去，我和亦竹死后，也都葬在你的身旁。到那时，我们三人便永远和佛在一起，千年万劫不再分离了。”

亦竹听了这话后号啕大哭起来，扑在坟头上喊道：“静姐，皙子刚才说的话你听到了吗？你先到寒山寺去吧，以后我们都来陪你！”

寒山寺就在阊门外枫桥镇上，是一座建于梁代的千年古刹，更因唐代张继那首《枫桥夜泊》诗而名播海内外。这座佛界宝刹多次遭毁，又多次重建。明嘉靖年间铸造的铜钟，据说后来因寺院毁败而流落到日本，于是光绪末年再次重建寒山寺时，日本的善男信女们专门为它铸造一座古色古香的铜钟，从东瀛浮海而来，安置在寒山寺钟楼上。从那以后，寒山寺的诗韵钟声便在日本国具有更大的诱惑力，从而吸引着成千上万的日本人来到此地，凭吊古迹，聆听钟声，竭力追索着“月落乌啼霜满天”的意境。

正因为此，当寒山寺住持定性法师听说是虎陀禅师杨度要在寺里置一块圹地时，便慷慨奉送，不收分文，只是请杨度在苏州期间每天给寒山寺的和尚们讲一个钟点的日文课，以便让他们能够与前来观光的日本游客说几句简单的客气话。这对杨度来说，自然是再容易不过的事了。

过几天，杨度和亦竹将美人瓶从原葬地取出，重新安葬在寒山寺后的墓地里。这块墓地埋葬着寒山寺历朝历代圆寂的和尚，寺里看得很重，有专人看管，收拾得干干净净。杨度给静竹立了一块石碑，碑上刻着“信女陆静竹之墓”七个大字，定性法师还安排几个小和尚为她念了三天超生经。

杨度每天下午三点至四点，在寒山寺里给近百名和尚讲授日文课，课程是一些最简单的日常用语。十余天下来，除几个年轻明白一点的记下了诸如“先生”“女士”“欢迎”之类的词组外，绝大多数和尚则是什么都没有记住，一旦走出讲经堂，一个小时的所教便全部丢在脑背后了。

这一天讲完课后，定性特为将杨度请进方丈室，对他说：“有一位日本信女给寺里寄来五百银洋，她想在寺内建一座《枫桥夜泊》中日合璧诗碑。”

“这是好事呀！”杨度高兴地说，“寒山寺过去有文征明的诗碑，现在有俞曲园的诗碑，还就是没有中外合璧的诗碑。寒山寺的钟既然是日本铸造的，现在又添一座中日诗碑，那会招来更多的日本游客，寒山寺的名气就更大了。”

“是呀，我也是这样想的。”定性边笑边说地拿出一张纸来。“这位日本信女是个中国通，你看她的汉字写得有多好！”

杨度凑过去看。这是用楷书写的张继名诗《枫桥夜泊》：月落乌啼霜满天，江枫渔火对愁眠。姑苏城外寒山寺，夜半钟声到客船。字迹端正娟秀，书者的中国文化素养的确很好。汉字后边是日文的《枫桥夜泊》。再看下去，杨度惊呆了：日本国信女滕原千惠子。

哎呀，这不是千惠子吗？随即又想，滕原千惠子，是日本女子常用的名字，哪有这么凑巧，就一定是她呢？尽管这样否定着，十多年前那个美丽纯真的少女的形象，却依然鲜活地出现在他的眼前。

其实，这些年来，杨度的心灵深处从来没有忘记过千惠子。那样一个高雅脱俗、清纯亮丽的女孩子，是令世间所有的男子爱慕倾心的，何况他们还有过那么一段传奇般的故事，何况他们之间的确有过真心相爱！

“半个月后，这位滕原千惠子信女会到苏州来，亲自为这块诗碑揭幕。我现在赶紧安排石匠打碑刻字，到时请你为我们做翻译。”

啊，千惠子要来寒山寺！不管她是不是自己心中那个千惠子，就冲她取这个名字，杨度也要热情地接待她，和她好好地聊一聊，问一问这些年来日本国的变化。

定性买了一块高七尺宽三尺的白色花岗巖石，请了一个技术高超的石匠，用了十天功夫，将这位日本信女的《枫桥夜泊》中文日文手迹原模原样不差分毫地刻在石碑上。半个月后的一天中午，滕原千惠子践约来到寒山寺，全寺僧众都在山门外恭迎。

杨度陪着定性来到一辆带篷罩的马车旁。从车厢里先走下来一个十七八岁侍女模样的日本女孩子。女孩子伸出双手，从车厢里接下一位中年太太。这位太太身着雪白的缎面和服，梳着高高的发髻，发髻上插着几件闪闪发亮的钻石首饰。那太太刚站定，定性便走上前去，合十弯腰，口里念道："欢迎滕原千惠子信女光临敝寺。"

杨度看了一眼客人，正要翻译，喉咙却被堵塞了：这不就是田中老先生的孙女、自己的女弟子、十多年来一直刻在记忆深处的千惠子吗？这美丽端庄的五官，这白皙无瑕的皮肤，这含笑玉立的仪态，不都表明她就是那个千惠子吗？不错，她少了几分少女的天真，却多了几分少妇的矜持；她少了几分女学生的轻盈，却多了几分阔太太的风韵。而那两只晶莹透亮的眼睛，却依然如往昔一样地灵慧多情。是的，是的，她千真万确就是自己心中的那个千惠子！几乎就在同时，千惠子也认出了杨度。

"千惠子！"杨度激情满怀地喊着。若不是在庄严静穆的寺院外，若没有定性和几十个和尚站在一旁，他真的会把千惠子紧紧地抱起来。

"杨先生！"千惠子也同样惊异万分，她伸出一双纤细的手来，抖抖地放进杨度的双手中。

"你们认识？"

定性目睹这一幕故友重逢的场面，又惊又喜。

"我们早就认识了。"杨度连连点头，向定性介绍，"十多年前我在日本东京时，就住在她爷爷的家里。她和父母与外祖父母住在横滨，我们常常见面，她的家是一个非常好的家庭。"

"阿弥陀佛，这是佛祖的保佑！"定性拿起胸前的念珠，边数边说。

千惠子用日本话对寒山寺的住持说："杨先生是我的汉学老师，他是一个了不起的爱国者。"

杨度向定性翻译了这两句话。定性顿悟："我说这位信女为何对中国文化有如此深的感情，中国字写得这样好，原来是杨先生的弟子，怪不得，怪不得。”

在寒山寺全体僧众艳羡的目光中，在定性、杨度的热情招呼下，由使女陪伴着，千惠子走进了神往已久的寒山寺，被安置在一所精致雅洁的禅房里休息。现在，瞻仰殿堂，观摩诗碑，谛听钟声，游览枫桥，欣赏渔火，眺望江景，这一切的一切，都是次要的事了。

“皙子，这十多年里你都好吗？你为什么一直不给我写信？”刚一坐下，千惠子便急不可耐地问。

“哎，一言难尽！”

为了不让寒山寺的和尚们得知他们的旧情，杨度和千惠子用日文交谈。杨度告诉千惠子，回国后他给她写了好几封信，但只接到她母亲的一封回信，信中说她已由表兄陪同到美国留学去了。他猜想这是滕原家不愿他们之间有联系而做出的安排，便从此不再写信了。

千惠子默默地听着杨度的叙说，脸上平平静静的，心中的浪潮却在千万叠地翻卷。她告诉杨度，当年他离开日本后，她的魂魄像被他带走似的，人变得恍恍惚惚，六神无主了。滕原、田中两家在一起商量，为了家族的利益，也为了千惠子本人的幸福，唯一可选择的道路，便是彻底改变现在的环境，到国外去念书。

恰好美津子的表姐之子山本次郎要到美国去读书，于是决定把千惠子送到美国去读商科，以便表兄就近照顾。山本次郎是个聪明勤勉的青年，毕业于陆军大学。父亲有意为他在日本军界觅一个更高的职位，便送他去西点军校深造。千惠子到了美国后，繁重的英文学业，壮阔的北美风光，迥异于东亚的西方文化，渐渐地把她从情网中拉了出来，胸次日渐开阔。三年后，她回到日本，外祖父分出一部分商务让她经营，有意将她培养为滕原家族的接班人。

“千惠子，你什么时候成的家，丈夫就是你的表兄山本次郎吗？”杨度趁千惠子喝茶的空隙，提出了这个他急于知道答案的问题。

“我在十年前结的婚，丈夫就是山本次郎。”千惠子放下茶盅，心态平和地说，“在美国时，我得到了次郎的尽力关心，我们在身处异国的环境里逐渐建立了感情。我回国的第二年，他也回国了，在陆军部供职。再过一年，由双方父母主持，我们结了婚。现在有了两个孩子。”

尽管这一切都在意料之中，尽管杨度总觉得对千惠子有所亏欠，因而从心里巴望她能十分美满幸福，但在听了千惠子这番话后，他心里仍然凉了一阵子。

“他对你很好吗？”停了片刻，杨度问。

“次郎很爱我。他在军部供职，我忙于商务，虽然在事业上共同的话题不多，但在感情上，我们的家庭还是融洽的。”

当年，那样一个灵慧多情，一门心思潜心于中国古典诗词书法，极富艺术才华的女孩子，终于拗不过家庭的约束，做起枯燥烦腻的买卖来，而且还与一个刻板单调的军人结合，这真是令人难以接受的事实。环境对人的影响力有多大啊！他们的生活就真的和谐吗？为什么她的丈夫没有一起来揭幕呢？杨度像发现了秘密似的问：“山本先生为何不陪你来中国，他大概是一个除开军旅之外便没有其他爱好的标准军人吧！”

“不，他是和我一起来中国的。八天前我们就到了上海，一起在杭州玩了三天后再返回上海旅馆。他原本要和我一起来苏州，因为急事，这两天不能陪我了。对于中国的历史和文学，他和我一样，有着非常浓厚的兴趣。”

一丝怅惘袭上杨度的心头。很快，这种怅惘便被理念排除，他真诚地说：“千惠子，你是一个很可爱的女人，我曾经真挚地爱过你。只因为一是有了妻室，二是要回国做事情，所以我强制自己不能爱你。今天，能在寒山寺与你意外重逢，并得知你的家庭美满幸福，这是我回国十多年来最可慰藉最为兴奋的事情。我衷心祝贺你。我给你讲过的中国诗词，你仍然这么钟爱，中日合璧诗碑的建立乃一壮举，作为你的汉学老师，我心里欣喜至极！”

“谢谢，谢谢你！”千惠子显然激动起来。“皙子，你是一位很受我们家族敬重的爱国者。爷爷、奶奶和外祖父这几年间相继去世了，他们在生时常说起你，都将你与我们的先祖滕原一夫相比拟，说你就是滕原一夫那样的人。这些年来，想必你一定在事业上取得了很大的成就。你能对我说一说吗？”

一如当年的真诚，一如当年的热切，然而，今天坐在她面前的虎陀禅师，与十多年前《湖南少年歌》的作者相比，其心里饱受了沧桑之变。他凄然苦笑了一下，说：“千惠子，你看张继笔下的江枫、啼乌如今还在吗？它们早已随着岁月的流淌而消失了。功业也罢，成就也罢，亦不过当年的江枫、啼乌而已。我早已皈依佛门，将这一切都看透看穿了。”

“噢！”

千惠子瞪着两只好看的大眼睛，看着这个少女时代心目中的偶像，长长地叹息了一声。是强烈的失望，还是深深的同情？是无穷的惋惜，还是淡淡的谴责？种种况味涌上她的心头，她不知如何来表达此刻的复杂心情。

沉默了一段很长的时间，她突然抓住杨度略带凉意的双手，凝视他黑白相间的双鬓，恳切地说：“皙子，我想你这十多年来可能一直抑郁不得志，故而有看透一切之念，请千万别这样。我丈夫常说胜败是兵家常事。外祖父生前也常说商场犹如战场，有胜有负，负而不馁，终有胜利的一天。你经营的是政治。政界也应该和战场、商场一个样，需要的是顽强拼搏，败而不馁。更重要的是，贵国还没有强盛起来，贵国的人民正在苦难之中，像你这样的爱国者怎能袖手佛门、冷眼世事呢？皙子，你手书的《湖南少年歌》，十多年来一直挂在我的床头。我天天看着它，天天眼前出现的是一个顶天立地的英雄少年。”

杨度的心猛地觉得被揪了起来。揪他心的虽是一双纤纤弱女子之手，其气力却似可开百石之弓。他的心被这双手揪得痛楚，揪得羞惭。数十万言的佛学研究理论，精心构筑的无我宗宗旨，仿佛完全不能抵挡这几句简简单单、普普通通的异国女子的诘难，千军万马在崩溃，钢铁壁垒在坍落。他无言地望着千惠子，认真地听着下文。

“哲子，我对你说几句重要的话。我的丈夫是陆军部的高级官员，他常对我谈起陆军部对中国问题的看法，他本人与陆军部决策者的看法是一致的。他们都认为，中国是块肥沃富庶的土地，中华民族是个勤劳能干的群体，但中国的政治家却是一批贪婪庸劣的蠢材，不能管理好这片土地和这群团体。日本和中国一衣带水，同文同种，日本向海外发展的首要目标就是中国，急需抓住眼前中国政局混乱的机会，用武力将中国并入大日本帝国的版图。谁办成了这桩事，谁就是大和民族的盖世功臣。”

杨度的双手痉挛起来，不自觉地从千惠子的手中挣出。

“哲子，次郎原是要和我一起来寒山寺的。昨天下午，日本驻上海领事馆突然召了他去，要他谈谈这次亲见亲闻的观感，并告诉他陆军部近日有关于中国问题的要事商讨，务必在三日内离开中国回国。因此，我明天就要回上海，以便与我的丈夫同船回国。本来，这些话我不应当对你说。我说出的目的，就是希望你能一本当年爱国初衷，致力于贵国富强的伟大事业。贵国若老是内乱不止，就会引发外人的野心。我是决不愿意看到日本侵犯中国的事情出现的。”

从千惠子手中挣脱的双手，重新将千惠子的手紧紧握住。杨度竭力压下内心的冲动，说：“千惠子，我记住了你的这番忠告，我更感谢你这颗挚爱中国的善良心，我会好好对自己近年来的思想反省的。请你和你的家族相信，杨哲子虽比不上伟大的滕原一夫，但他的心是永远和滕原一夫的心相通的。”

千惠子的脸微微泛红，她仿佛又看到了当年那个激情洋溢的热血男儿，那个倜傥多情的少年诗人。“哲子，你那年教我唱的《上邪》古乐府，我一直记得，常常哼哼。《上邪》虽然表达的是一个女子对心爱者坚贞不渝的爱情，我以为它同样也可以作为我们两个民族之间情感的表白。大和民族曾经受过中华民族的巨大恩惠，大和民族理应与中华民族世代相知，永无绝期。正因为此，我要在寒山寺立一块中日合璧诗碑。倘若哪天发生了不幸，甲午年中日两国之间的战事重现的话，中国人民可以相信，在日本，有着千千万万像滕原千惠子这样的人，他们是反对战争的，是始终珍爱中国的，是愿中日两国世世代代永远友好的。这中日合璧诗碑便是一个见证。”

顾不得禅门的戒律，也不管彼此身份的反差，杨度刷地站起来，抱住千惠子的双肩，大声地用日本话喊道：“千惠子，我永远爱你！”

千惠子把脸依偎在杨度的手臂上，微闭着双眼。她朦朦胧胧地感觉到时光已回到了箱根樱花盛开的季节！

第二天上午，在隆重的佛门仪礼中，千惠子揭开了象征中日友好的诗碑。吃完中饭后，她匆匆忙忙与杨度告别，返回上海。杨度也决定次日即赴上海，他不是为了去给千惠子夫妇送行，而是怀着急切的心情去拜见另外一个人。

六　孙中山交给杨度两个使命

法租界莫利爱路二十九号洋楼，是孙中山在上海的临时寓所。孙中山离粤抵沪五个多月来，一直和年轻娇美的夫人宋庆龄住在这里。他一面遥控广东方面的局势，一面联络国内各派政治军事力量。陈炯明的叛变，给中国革命带来又一次重大挫折，今后的出路在哪里？孙中山苦苦地思索着。近半年来，在他三十多年的革命生涯中出现了一个特殊的转机：共产国际开始关注他的事业，愿意派代表前来中国，与他交换关于中国革命的看法。

去年七月，孙中山在桂林北伐大本营会见了由张太雷陪同来访的共产国际的代表马林。马林在桂林住了几天，向孙中山介绍了苏俄十月革命的情况，孙中山也向马林介绍了中国革命的情况。马林临别时向孙中山提出两个建议：一、组建一个好的政党，这个政党要联合各界人民，尤其是工农大众；二、要有革命的武装核心，要办军官学校。马林这两个建议正是针对中国革命所存在的两个最严重问题而提出的，孙中山完全赞同。

孙中山来上海不久，马林也到了上海。孙、马再次会晤。马林告诉孙中山，共产国际已命令中国共产党人以个人名义加入国民党，协助国民党的改组和军官学校的筹办。苏俄愿意与孙中山建立联盟，并给予各种支持。孙中山对共产国际和苏俄的态度表示赞赏。紧接着，中国共产党的创始人之一李大钊由北京来到上海，会见了孙中山。李大钊向孙中山介绍了成立不久的中国共产党的主张，并表示服从共产国际的命令，以个人名义加入国民党。孙中山同意。由张继介绍，经孙中山亲自批准，李大钊加入了中国国民党。后来，孙中山又派张继去北京，会见了苏俄驻北京政府代表越飞，请求苏俄给予中国革命以军备援助。最近，孙中山为中国国民党的改组采取了重要行动。公布中国国民党的宣言，公布建国主张，同时在上海召开中国国民党改进大会，胡汉民、于右任、张继、李烈钧等人出席了会议，决定今后中国革命分政治、军事、党务三个方面齐头并进，务必达到成功的目的。

李大钊近日又来到上海，今上午再次拜会孙中山，就关于召开中国国民党第一次全国代表大会的问题进行磋商。这时秘书进来报告：有个叫杨度的人请求谒见。

“是皙子先生来了，快去请，请他进来！”孙中山高兴地吩咐秘书，又转脸对李大钊说，“这次平定陈炯明叛乱，杨皙子在里面起了重大作用。”

“噢！”李大钊很觉意外，“过去的帝制余孽，现在的佛门居士，居然会在平乱中起到作用，真有趣！”

孙中山笑道：“杨皙子是我的老朋友，外间对他的误会很多，其实他是一个正派的有爱国心的人。过会儿我跟你详细说说，如果你愿意的话，我可以介绍你和他认识。”

李大钊说：“我当然愿意。这样一个富有传奇色彩的人物，无论从哪方面来说，我都愿意结识他，你们先谈，我到书房里看书去。”

李大钊刚上楼，杨度便由秘书陪同进了客厅。

“皙子先生！”孙中山一边打着招呼，一边快步上前，紧紧拥抱着杨度的双肩，激动地说，“我很感谢你，所有真正的革命者都很感谢你，你为中国革命立了大功！快请坐，你什么时候到上海来的？”

孙中山热情的态度使杨度大为感动。寒山寺邂逅千惠子，以及千惠子的一番忠告，在杨度心灵深处引起巨大的震撼。与千惠子友谊的桥梁、永远留在千惠子身边的礼物——《湖南少年歌》中的诗句，像沉重的鼓槌在敲打着他的胸膛：中国如今是希腊，湖南当作斯巴达；中国将为德意志，湖南当作普鲁士；若道中华国果亡，除是湖南人尽死。他不断地审问自己：湖南并未成为斯巴达、普鲁士，中国仍然面临亡国的危险，你这个湖南少年真的要做一个心如古井的老居士吗？瓜分豆剖之祸，亡国灭种之灾，鞭挞流血之苦，欺凌压榨之辱，难道都是空幻无物吗？都可以充耳不闻、视而不见吗？佛学的确可化解人间万恶，“无我”的确可泯息人心邪念，但它至少需要有一个能保全脑袋提供温饱的安定环境呀！因内部争斗而导致外人入侵，国将不保，头将不存，何来研究佛学，宣传无我？是的，要为中国的早日安定做一点实际的事情，至少要与礼佛同时进行。眼下，曹锟拥有十分强大的军事实力，孙中山拥有无比崇高的政治威望，倘若说服孙、曹联合，则中国可迅速安定，外人觊觎之心也就可立予杜绝。办好这件事后，再来全心思做净化灵魂的终极大事。就这样，杨度从苏州来到了上海。

见孙中山的前一刻，他又想到，上次虽然制止了吴佩孚出兵，帮了孙中山的忙，但对孙来说并非一件大不了的事。相反地，前些年与袁氏父子搅在一起，解散国民党，镇压黄兴、胡汉民、李烈钧的二次革命，直至复辟帝制，可谓与孙奋斗了几十年的革命事业针锋相对，结下了深仇大恨，他会原谅吗？

怀着这种复杂的心情走进客厅的杨度，在孙中山感恩而不记仇的豁达态度的感召下，不觉又惭又喜。

坐下，喝茶，几句寒暄后，孙中山再次说起感激的话：“皙子先生，上次我派刘禺生去运动直系时，心里还不存把握，更没有想起你能办好这件事。不料你急公仗义，奔赴保定，不费一枪一弹，退了吴佩孚的虎狼之兵，煞了陈炯明的嚣张之气，保全了国民革命军的一支劲旅。现在我可以很高兴地告诉你，陈炯明就要完全失败了，我即将胜利返回广州。我们真要好好感激你！”

杨度说：“孙先生太客气了，杨某不过践自己的诺言而已，何来‘感谢’二字。”

“皙子先生要践的是哪句诺言？”孙中山见杨度说得如此轻松，心里颇为佩服他这种立功不居功的古君子之风。

“那年在永乐园，我们争论了三天三夜不分胜负。临别时我对你说：我主君宪，若君宪成功，你帮助我；你主共和，若共和成功了，我帮助你。你还记得吗？”

“哈哈哈！”孙中山开怀大笑起来，连连点头，“记得，记得。你真是一个光明磊落的政治家，恪守信念，一诺千金，当今政坛上缺的就是这种政治家品德呀！”

“孙先生过奖了。”杨度恳挚地说，“本来辛亥那年我就应该奔赴南京，投入麾下，为共和效力。怎奈袁慰庭于我旧恩深重，他出山办事，我不能不帮他的忙。袁慰庭旧的一套根深蒂固，与革命党难以共事，遂有癸丑年之役，当时我是支持他的。后来更有洪宪、辫子军进京等闹剧出来，我不能推卸自己的责任。我是太相信，也太忠于自己的信仰了。中国的君宪，一败于前清，二败于洪宪，三败于张勋。有此三次失败，证明君宪不能行之于中国，我杨某人也自认对主义尽忠了。我蛰居多年，直到这次才有机会践诺，实在是太晚了，心里很觉得对孙先生有愧。”

杨度这番出自内心的表白，令孙中山感动：“皙子先生，你的信仰和处境，我很理解。过去的一切都已成为历史，也就不必太多追究了。我素来主张革命不分先后，什么时候认识了，什么时候再参加革命，革命阵营都是欢迎的。革命之事，最难得的是认识透彻。《尚书》里说知之非艰行之惟艰，说的是认识容易，行动艰难。这话不对。后来王阳明提出知行合一的观点，主张知行并举。王阳明也没有深刻认识知与行之间的关系，因此我在民国七年出版的《孙文学说》中提出知难行易之说，当时颇遭不少人的非难，现在党人同志中越来越多的人理解了我的苦心。皙子先生，你的这个举动再次为知难行易提供了一个绝好的例证。你为中国的出路苦苦探索了二十余年，一直惑于君宪的学说，不能赞成共和的主张，可见知是何等的艰难；一旦认识了，便能很快付诸行动，为革命出力，可见知后之行是容易的。”

孙中山四五年前著的《孙文学说》，杨度也曾浏览过。他对“知难行易”的观点并不能完全接受。他认为这个说法只能解释一部分现象，不能解释全部。《尚书》的观点也应作如是看。倒是王阳明的“知行合一”比较可行。但是今天孙中山引用他的思想转变作为阐述自己学说的例子，又的确很贴切。杨度不得不佩服孙中山过人的机敏。他痛快地说：“孙先生的话很有道理，很有道理！”

“诚如你刚才所说的，君宪已经过三次失败，证明不能实行于中国。这一点，我们那年在永乐园的争论已成定论；共和一定会取得胜利，这点也是定论。不过，”孙中山目光注视着杨度，停了片刻，继续说下去，“革命还并没有成功。民国八年，北京发生了五四事件，各地学生代表汇集上海，组织全国学生联合会。我那时也在上海，联合会成立后，我到他们那里去演讲，鼓励学生们不要怕挫折，争取最后的胜利。当时有个北大的学生领袖站起来对我说，孙先生，你的革命算不上革命，你的革命只是把大清门的牌匾换成中华门，这样的革命不算彻底，我们要进行彻底的革命。当时不少人认为这个学生领袖狂妄，至少是不懂礼貌，但我不这样认为。我立即回答他，你的话说得很对，我的革命一不彻底，二不成功，我和你们一道彻底革命。学生们听了我的话都鼓掌。散会后我又找到那个北大学生领袖，对他说，你们是真正的革命者，倘若我的革命早有你们这样的人参加，一定成功了。”

孙中山这种乐于接受批评的领袖气度和对年轻人期望甚大的长者风范，令做了五六年虎陀禅师的昔日政治活动家钦敬不已，心里说：有这样的领袖在，民主共和的革命事业是会成功的。

“孙先生，你刚才说不久就要回到广州去。请问，你到广州后将如何进行你的革命事业？”与那年东京永乐园晤谈时相比，彼此之间的地位，毫无疑问地发生了重大的变化。那时都是流亡异国的政治家，都是坚持自己主义的一派政治力量的领袖。现在，无论是讲实力，还是讲信仰，客观现实明摆着，彼此已不可能再平行了。杨度完全是以请教的诚意向孙中山发问的。

“皙子，我告诉你吧，我这次回广州后将有一番大的举动，中国革命的高潮将又一次到来。到时，国民革命将在一个坚强有力的政党领道下，指挥着完全属于自己的钢铁军队，再次北伐，彻底扫除祸国殃民的军阀政客，统一中国，澄清政治。全国人民都将在三民主义的指导下，按五权宪法办事，一个独立、自由、完整、安定的崭新的中国，很快就要出现在东方，屹立于世界！”

孙中山说到激动时，霍地站了起来，一只手插在西服裤袋里，一只手在有节奏地挥舞。杨度目不转睛地凝望着这位流落上海的南方政府大总统：快到六十岁了吧，几十年没有休止的艰苦奋斗，无以数计的错综复杂艰难棘手的军国大事，显然已严重地摧残了他的身体健康，与东京会晤时相比，他的头上已增添了不少白发，脸孔也变得消瘦苍白，但精神却跟当年一样的健旺，尤其是这种勇于斗争敢于胜利的豪迈乐观的气概，不仅没有因屡遭挫折而减弱，反而比过去更为闳阔，更为雄壮。杨度深觉自愧不如。孙中山要扫除一切军阀，曹锟自然也在扫除之列，孙曹联合的计划，不知他有无兴趣。

“孙先生，你刚才说的前景，我想所有爱国的中国人都会盼望着它早日来到。”杨度望着孙中山试探性地问，“扫除所有的军阀，自然是干净彻底，但要带来长时期的流血战争，假若现在曹锟愿意与你合作，诚心推举你出来重任中华民国大总统，则可以避免大规模的厮杀搏斗，使人民早得安宁。你愿意接受吗？”

孙中山将茶杯托在手中，沉思一会儿说：“曹锟不是革命者，他的内部也太复杂，很难把他们当作改造中国的力量来使用。但是，正如你所说的，与曹锟联合，则可以使中国的统一早日来到。如果曹锟与他的部属真正有诚意的话，我也愿意与他商谈合作的事。”

“好！”杨度高兴地说，“世人都以为我现在是只读佛经，不问政治。其实，自从通过游说曹锟后，我明白了一个道理，即在当今乱世中，超度一个军阀，胜过超度一万个百姓。所以，曹锟聘我为高等顾问，我接受了，吴佩孚要与我谈禅，我更乐意，我要用我的无我宗来净化他们的灵魂。”

“皙子，你真了不起！”孙中山禁不住打断杨度的话，“你习佛习到这一步，所积下的功德，真是连释迦牟尼、观世音都比不上了，怕的是曹、吴这些人贪婪的灵魂难以净化。”

“尽力而为吧！”杨度颇为自信地说，“孙先生如果相信我的话，我愿意在南方政府与直系军阀中周旋，促使孙曹联合，南北统一，我相信这是可以做到的事。”

“你办这种事情的才能，我是相信的。辛亥年南北之间由对立到合作，你是出过不少力的。”孙中山坐下来说，“曹锟聘你为高等顾问，我委任你为我个人的特使，今后你可以代表我本人与曹锟、吴佩孚等人商谈和平、统一等事情。皙子先生，不知这个身份委屈了你没有？”

杨度忙说：“孙先生如此信赖我，真使我感动。能做孙先生的特使，这是我杨度的光荣，我愿以我的下半生为孙先生的革命事业效力。”

“好，就这样说定了。”孙中山举举茶杯，做了一个祝贺的姿势。“皙子先生，除调停南北合作等事外，我还想委托你做一件事。这件事你一定可以做得很好。”

“什么事？”

“我想请你写一部中国通史。你的学问文章是当今所公认的，你研习佛经已经多年了，可以暂时停一下，腾出时间来继续两司马的事业。研究中国的历史，无论对于学术而言，还是对于现实的革命斗争而言，都是极为重要的一件事。由你来做这件事，是最合适的了。”孙中山说到这里，起身走进客厅左侧一间小房子，从里面拿出一叠装订成册的书稿来，说，“这是一本新疆游记，作者名叫谢彬，字晓钟，是你的同乡，湖南衡阳人。他用了一年零三个月的时间，在新疆阿尔泰地区进行社会调查，写了这部三十万言的大书，送给我看，要我给他作篇序言。我翻看了一下，的确写得不错。我们中国尚有不少类似阿尔泰这样资源丰富而未开发的地方，若都加以开发，中国一定会很快富裕起来。我经常对我们党内同志说，有志之士，应当立心做大事，不可立心做大官。谢晓钟写了这部好书，就是做了一件大事，他本人亦可称之为有志之士。若你写出一部中国通史，做的事就比谢晓钟的事更大了。”

孙中山这番话给杨度很大启发。早在日本留学时代，梁启超就说过，一部二十四史，等于帝王将相的家谱，要不得，中国的历史应该重新写过。是的，现在有时间了，何不就来做做这件事呢？他从孙中山手里接过书稿，边翻边说：“我早就有写中国通史的念头了，经你这一提醒，我想是应该抓紧时间做了。”

孙中山说：“你先翻翻这部书稿，过会儿，我给你介绍一个朋友。”

“谁？”

孙中山微笑着伸出一个手指来："一个极为优秀的革命家！"

孙中山说完上楼去了。宽敞的客厅里一时没有别的客人进来，杨度边喝茶边读《新疆游记》。

"皙子，我来向你介绍一下。"

杨度正读得起劲，孙中山陪着一个陌生人来到他的身边。

"这位是北京大学教授、图书馆主任李大钊守常先生。他是中国共产党的负责人，又是我党的重要干部。"

"久仰，久仰！"杨度习惯性地两手抱拳，说着客套话，注目看着这个被孙中山称作"优秀革命家"的李大钊：壮实的身躯，宽厚的肩膀，国字形脸上最突出的部分是上唇那一道浓密粗黑的胡须，细长的眼睛上戴着一副白边镜片，既宁静文雅，又锐气四射。

"杨先生，我对您心仪已久，今日能由孙先生的介绍认识您，真是荣幸。"李大钊的北方土音浑厚温和，显示出一种宽阔的胸怀和坚强的自信力。

"不敢当，不敢当。杨某乃负罪之人，蒙孙先生不弃，特从苏州来上海与老友叙叙旧。能在此见到守常先生，对杨某来说才是荣幸。"

李大钊和孙中山对视一眼，都哈哈大笑起来。

"坐吧，坐吧！"孙中山说，"你们都是豪杰之士，都是我的朋友兼战友，你们好好聊聊。我还有几封急信要写，暂时就不陪了，晚上都在我这里吃饭，吃西餐。"

李大钊说："孙先生，您忙您的吧，我陪皙子先生说说话。"

说完，转脸对杨度说："杨先生，您可能不知道，我曾经做过您的部下，只不过您没有直接领导过我罢了。"

"什么，你做过我的部下？"

李大钊微笑着说："杨先生曾经是留日学生总会干事长，我曾经做过总会文事委员会编辑部主任。编辑部主任不是干事长的部下吗？"

“原来这样！”杨度笑道，“守常先生哪年去的日本？”

“一九一三年。”李大钊扶了扶眼镜，说，“那时刚从北洋法政专门学校毕业，很想出洋多见些世面，于是这年秋天去了日本，进的是早稻田大学，读政治经济。一九一六年回的国。您是我们留学生的前辈，我在日本，常听老留学生谈起您，还跟他们学会了您作词的《黄河歌》。”

李大钊这几句话很让杨度欣慰。他浅浅地笑了一下说：“在北京时，有朋友对我说，北大有个李教授常在《新青年》《每周评论》上发表宣传社会主义的文章，影响很大，可惜我没有读过，想必这就是你了。”

李大钊说：“正是我。我读过不少杨先生的大作，知道您十多年前就对社会主义进行过研究。如果杨先生不嫌浅薄的话，回北京后，我给您寄《新青年》和《每周评论》。”

“好哇，我一定好好拜读。”

“杨先生在北京的住址是……”李大钊边说边掏出自来水笔和小本子。

杨度心里想，这是个实在人。便说：“西城区槐安胡同五号。”

李大钊迅速在小本子上写着，又问：“杨先生什么时候回北京？”

杨度想了一下说：“春末吧，在苏州过了冬天再回北京。”

“好！”李大钊收起小本子，说：“初夏时我来槐安胡同拜访您。”

“欢迎，欢迎！”杨度对李大钊已很有好感，他的欢迎出自真心。

“刚才孙先生告诉我，正是因为您的成功周旋，才使得陈炯明的狼子野心未能实现。孙先生说杨先生是个可人，能履行政治家诺言。我很敬佩杨先生这种光明磊落、说到做到的政治家品格。”

杨度说：“守常先生言重了，我算不上政治家，孙先生才是真正的政治家。”

“孙先生的确是个伟大的政治家，我们都很尊敬他。”李大钊面容凝重地说，“我不久也会到广州去，参加孙先生领导的改组国民党、筹办军官学校等事情。”

啊，杨度顿时明白了，原来孙中山说的，在政治、军事两方面都有一番大的举动，就是指的这个。他对革命事业的前途抱着极大的信心，也就是因为得到了一股强大的政治力量的支持的缘故。瞬时间，杨度对眼前这个温文尔雅的学者革命家涌出了敬意。

为了寻求中国的出路，为了使中国早日强盛，今日的佛门居士曾为之进行了二十余年的艰辛探索。君宪救国之路诚然已走不通了，但共和救国之路也并没有出现坦途。推翻满人皇帝之后的短短十年间，光北京城里的大总统就走马灯似的换了五六个，至于主持国事的总理，更换之快简直令人眼花缭乱。中央政府没有权威，二十多个省各自为政，国会成了议员们拉帮结派的场所，宪法则成为互相攻击的口实。连年战争的结果，不仅把国家的元气耗尽，害得人民痛苦不堪，更豢养了数以百计的大小军阀，而这些军阀又成了战争频仍的根源。共和十年来的中国，其政局之混乱，与历史上任何一段乱世相比，都有过之而无不及。那么，酿成这一切的原因究竟何在呢？中国还有希望吗？这个疑问，孙文学说似乎不能透彻回答，佛学禅理更没有具体说明，被孙先生寄予重望的这个优秀革命家，在这方面一定有令孙先生折服的高论，应该向他请教。

“守常先生，中国的现实，是每一个有良知的中国人都不能满意的。然而，中国又不能让它这样由于自相残杀而被外人灭亡掉。请问，有什么办法可以挽救我们这个多灾多难的国家和民族？”

透过薄薄的无色玳瑁片，李大钊用深邃睿智的目光将前留日学生总会干事长重新认真打量一眼，心里想：世人都说杨度颓废了，消沉了，看来不是这样。他的胸膛里跳动的仍是爱国的赤心，他的血管里流动的仍是救世的热血。孙先生委他为个人特使，的确是深切了解后的慎重决定。中国的革命事业仍需要杨度。要帮助他，要将他的思想从佛学内典中解脱出来。李大钊想到这里，异常郑重地对杨度说："杨先生，您是我的前辈，从个人来说，我只能是您的学生，没有资格来对您侈谈这么重大的问题。"

"守常先生客气了。"杨度望着这个年轻的革命家，笑着说，"韩退之说得好：无贵无贱，无长无少，道之所存，师之所存也。"

李大钊说："我之所以愿意回答您的问题，其原因就在这里。我这些年来得到了一些'道'，但这不是我个人探索到的，是别人教给我的。您若有兴趣深入研究，以后回到北京，我会常来拜访您，送给您一些书籍，那时我们再作深谈。今天，我只简单地说几句。"

李大钊端起茶杯喝了一口，放下茶杯后，他正襟危坐，双目平视，不疾不徐地说："孙先生是一个令人尊崇的革命家。他不屈不挠的斗争精神，他坦荡无私的政治家品德，令我们钦服不已。不过，孙先生在他几十年的奋斗生涯中，忽视了一个极为重要的方面，那就是唤起民众。"

杨度的心震了一下。孙中山的学说包罗万象，孙中山的革命活动广泛持久，这个年轻的革命家居然能不假思索地指出其所忽视的一面，可见他对孙中山有深入的研究，同时也对中国有深入的研究。他专注地听下去。

"长期来，孙先生比较多地在社会中上层进行革命活动。在武装方面，他又较多注目于旧式军队和江湖会党。当然，这些方面都不能放弃。但社会最基本、最重要、最广大的部分是民众。历来都认为是帝王将相，是英雄豪杰创造歷史。其实不然，历史是广大民众创造的。"

"历史是广大民众创造的"，李大钊这句话如同千钧棒槌重重地敲击着杨度。湘绮师的帝王之学，自己过去的君主立宪，究其本质，都可以说是英雄创造歷史的观念。对面这位优秀的革命家的确凭借的是另一种崭新的理论，不可等闲视之！

“这是一个方面。还有一个更为重要的方面。我们进行的这场革命，必须要在扫荡两千多年的封建文化、封建思想及一切封建余毒的基础上才能取得彻底的胜利。前几年，北京的青年学生提出要请进德先生和赛先生，比较集中而形象地揭示了这一点。中国的中上层社会、旧式军队、江湖会党受封建陈旧一套影响最深，要在他们中间反封建反陈腐最为困难，而中国广大的民众受此毒害较少。所以中国革命要取得真正的完全的胜利，必须唤起民众，组织民众，联合民众，依靠民众，舍此别无他路可走。康梁变法失败的关键就在这里，孙先生的革命未成功，其关键也在这里。这半年来，我向孙先生反反复复讲这个道理，孙先生终于明白过来，决定一旦回广州，即从宣传民众依靠民众这一点入手，彻底改组国民党，打开大门，让广大民众进入这个政党，一洗官僚政客的腐败堕落。同时，重新组建一支来自民众的崭新军队。这个军队无论是军官，还是士兵，都全部由富有革命朝气的青年民众充任，一洗中国军营中的种种陈规陋习。有了新的政党和新的军队，中国革命的彻底胜利是指日可待的。”

吐故纳新，弃旧图新，以釜底抽薪的办法彻底破除旧式观念旧式制度，走依靠广大民众的道路来建立一个崭新的社会，这或许是苦难深重的中国的真正出路。

杨度正在沉思着。突然，孙中山的秘书兴高采烈地走进客厅，扬起手中的一张纸说：“广州急电，陈炯明下野，洪兆麟宣告脱离，并欢迎孙先生回粤！”

李大钊和杨度一齐站起。孙中山从二楼书房出来，对着秘书高喊：“快去告诉夫人！”

孙中山飞快地跑下楼梯，李大钊快步走上前，孙、李紧紧拥抱。孙中山激动地说：“我们胜利了！胜利了！”

又转过脸对杨度说：“皙子先生，今晚我们好好欢聚一下，为两广革命的胜利干杯！”

七　江亭三题《百字令》：卅年一梦，江山人物俱老

孙中山于二月下旬回到广州，就任南方政府大元帅，并组建了一个全新的大元帅大本营。李大钊先期回到北京。初夏，杨度也从苏州回到北京，亦竹带着孩子们继续住在苏州。杨钧的夫人尹氏不服北方水土，杨度回京不久，他便带着全家迁回长沙去了。李大钊常给杨度寄来一些报章杂志，也亲自来过槐安胡同几次。李大钊向杨度谈了许多新观点、新思想，杨度有的赞同，有的不赞同。对于“唤起民众，依靠民众”这一点，他是非常赞赏的，但他认为自己不适宜做这种事。他最合适做的，还是以曹锟的高等顾问的名义，往来于北京、保定、洛阳之间，为促成南北合作做一些事情，以不负中山特使的重任。

杨度一厢情愿地希望曹锟与孙中山合作，拥戴孙中山重做中华民国的总统，但直系军阀的这个大头领野心大得很，他要自己做总统，并不理睬他的高等顾问的一番苦心。

一九二三年十月，曹锟在他的部属吴佩孚、冯玉祥等人的支持下，通过倒掉张绍曾内阁、逼走总统黎元洪等一系列步骤，又用五千银元一张选票的巨款贿赂了国会议员，终于如愿以偿当上了北京城里的大总统。曹锟高标价码，议员公开卖票，开创了民国成立以来总统选举中最为丑恶的纪录，成了中国政坛上最为肮脏的一笔交易。一时间，“贿选总统”、“猪仔议员”的骂声遍于全国各地。曹锟当选的第二天，孙中山便在广州通电全国声讨，并电告段祺瑞、张作霖，要他们响应南方政府的通电，一起讨伐这个公开以金钱嘲弄民主的贿选总统。

杨度对曹锟失望至极，也对五千银元便可卖身的猪仔议员们失望至极。他愤然辞去高等顾问之职，夏寿田也不再做秘书长了，从保定来到北京，重新住进槐安胡同。

曹锟以如此手段登上总统宝座，他在全国大小军阀面前如何能

有威望？这样的中央政府，又如何能领道全国？中国的政局更加混乱了。

曹锟的内阁一如过去所有的内阁一样，变幻无常，一会儿是孙宝琦主阁，一会儿是顾维钧主阁，一会儿又换成颜惠庆主阁。乌烟瘴气的政坛，直让所有关心国事的中国人气沮。

杨度与夏寿田蛰居槐安胡同，过着礼佛参禅、读书著述的生活。

夏寿田向来长于辞章，这时便全副心思潜于唐宋诗词之中，自己也时有所作，借以抒发他对国家的忧思，以及对他和叔姬之间纯洁情谊的深切怀念。夏寿田与叔姬这种特殊友情，杨度在二十多年前便已知端倪。这些年来，眼见叔姬与代懿长期分居，他甚至动过撮合夏庄结合的念头。但此事难度太大，牵涉面太广，各方面都没有谭嗣同那种冲决罗网的勇气，无可奈何，只有让他们这样相思下去吧！

夏寿田每有所作都给杨度看，一起斟酌吟咏，然后再端端正正地誊在水印花笺上，寄往南国，寄到同样魂牵梦绕于爱情理想王国的叔姬的手里。叔姬则总是在流着热泪读过十遍百遍后再和上一首两首。北京的槐安胡同与湘潭的石塘铺，就这样彼此“身无彩凤双飞翼，心有灵犀一点通”，为天地人间上下古今再添一段绵绵无穷的男女情憾！

杨度于读佛经外，又添了一桩事情，那就是开始为中国通史的写作收集资料，爬梳整理，思考研究。写作这本书，是孙中山交给他的使命。调和孙、曹既不可实现，写好这本书应该是不难的。何况自己为帝王之学、君主立宪耗费了半生光阴，又出庄入佛，由佛悟禅，且负笈东瀛，涉猎欧美，更参与过朝政，游说过诸侯，真正可以说得上博通古今，出入百家，学贯中西，游历四方，写中国通史的资格，放眼天下，有谁能超得过自己！杨度决定用三五年的时间做这件事，以太史公为榜样，究天人之际，通古今之变，成一家之言，将自己一生的学问和阅历、探索和追求都写进这部皇皇巨著中去。恰好这时梁启超也彻底离开政坛进入学界，当起清华大学国学道师来。无论是对佛学，还是对史学，梁氏都堪称大师。于是，梁、杨这对亦敌亦友，在学术上又找到了共同点，常常在一起辨校史料，切磋学问。

绘画这门功课，杨度也没丢掉。夏寿田怀念岳霜，似乎有种继续亡妾事业的味道，他跟齐白石学画的心情比杨度还要炽烈。遇到合适的时候，梅兰芳常常会请他们去看他演的戏。梅兰芳禀赋过人，又谦和好学，对于齐白石、杨度、夏寿田，他总是当作良师来看待，时时向他们请教，向他们学画学诗。在杨度的眼中，梅兰芳好比一只幺凤出现在京城梨园中。梅兰芳三十岁生日时，他和齐、夏前去祝贺。齐白石送了一幅《梅兰吐芳图》、夏寿田填了一阕《一剪梅》作为寿礼。杨度则为忘年之交谱了一支《梅郎曲》："早岁京华逐管弦，侯谭名在小杨前。光宣变后寻歌舞，又看梅郎十五年。"又为之作了一段长序："予自前清癸巳始游京师，其时供奉名伶，以侯俊山、谭鑫培称最，酒后闲谈，皆能略叙宫廷琐事。迄予戊申海外重归，则二人已老，继起得名者惟梅郎畹华及吾家小楼耳，世变愈剧而歌曲愈新。今岁癸亥，距戊申十五年，距癸巳已三十年，梅郎于时年亦三十。当幺凤初生之日，正士龙入洛之年，低徊往事，枨触旧游，作《梅郎曲》以寿之。"梅兰芳接过这件礼物，甚是欢喜。

不久，北京政局又起巨变。直系内讧，冯玉祥倒戈，曹锟狼狈下台，各路军阀将北洋元老段祺瑞抬了出来，组成了一个既无总统又无总理的临时执政府。人们不知道如何称呼东山再起的段祺瑞，只好叫他段执政。这真是个不伦不类的称号，段氏闻之，啼笑皆非。

杨度对军阀政治心灰意冷，寄希望于孙中山、李大钊等人的民众政治。这天傍晚，刘成禺突然出现在槐安胡同。他匆匆而来，又匆匆而去，却给主人带来一则振奋精神的消息：孙中山有意在南方政府里为杨度安排一个极为重要的位置，其职权将在袁世凯当年所给予的次长、参政之上，同时还请杨度为创办不久的黄埔军官学校的学生们讲授中国历史。刘成禺还告诉他，孙中山即将应段祺瑞之邀，北上进京，进京后再当面详谈。

无异一股强劲的春风吹来，杨度心中的枯枝又获复苏。他在琢磨着：中山先生将给我一个什么职务呢？既然在次长、参政之上，是不是部长？抑或是哪个局的局长？要么是中山先生要实施其五权宪法蓝图，设立五院，委任我做某院院长？想想又觉得不可能。中山先生身边那么多为革命出生入死劳苦功高的战友，怎么会轮到我这个帝制馀孽的身上？对了！他猛然想起，中山先生一定是要我做他的大元帅府秘书长。这个职位对我来说，是任之游刃有余的。中山先生的大业一定可以成功，我给他做几年秘书长，为革命事业立下功勋，今后同样可以做民国政府的院长、总理！“天意怜幽草，人间重晚晴”，说不定我这一生仍可以为社会做出大事！

他的热血又开始沸腾，激情又重新洋溢。杨度这时才清醒地认识到，万象皆空的佛门学说，不管他怎样苦苦修炼虔诚奉行，始终没有在身上扎下根基，而报效国家建功立业的思想，却早已深深地融进他的骨肉血液中，割舍不去，与生俱存！

杨度密切地注视着孙中山的行踪。

十一月中旬，孙中山偕夫人及秘书汪精卫等人一行由广州启程，途经香港、上海，绕道日本长崎、神户，十二月初抵达天津。不料，孙中山抵津的当天下午便肝病复发。但事情太多，他不能休息，带病工作，病情日益严重。十二月三十一日，孙中山扶病进京，受到北京各界两百多个团体三万余人的热烈欢迎。孙中山却不能下车与大家见面，只发表一个书面启事登在报上：“文此次扶病入京，遵医者之戒，暂行疗养”，各方代表，昔日好友均“俟疾少瘳，再当约谈”。

杨度看到这则启事，不便赴北京饭店探视孙中山，只有在每天打坐时默默地为他的健康祈祷，求佛祖保佑早日康复。

一月下旬，孙中山迁入协和医院施行手术。手术的结果令人悲哀：孙中山患的是晚期肝癌，病状危殆，群医乏术。这个消息经报纸公布后，举国震惊。过几天，中国国民党发表宣言，抵制段祺瑞的善后会议。接着，孙中山的儿子孙科，国民党要员李烈钧、张静江、叶楚伧等来京探视。再后来，廖仲恺夫人何香凝也由广州来到北京。廖夫人仓促进京，无疑是来安慰陪伴孙夫人的。人们都已知道，孙先生的病情已到了不可逆转的地步了。

杨度天天看报，忧心如焚。三月一日，孙中山从协和医院迁进铁狮子胡同行辕。十二日上午九时，一代伟人终于与世长辞。

噩耗传到槐安胡同，杨度听后呆若木鸡。中国从此失去了一位道德崇高威望素著的伟大政治家，他个人从此失去了一位情谊深厚相知相许的真诚朋友。中国的前途将会更加变幻莫测，他个人的前途或许将永无指望。

北京各界人士隆重悼念孙中山先生。在中央公园社稷大殿外，人们排着长队，怀着无限崇敬无限悲痛的心情瞻仰这位人民政治家的遗容。杨度和夏寿田也参加了这个行列，他们随着缓缓移动的人群来到孙中山的遗体旁边。经过防腐美容处理后的中华民国第一任大总统，在国旗党旗的覆盖下安详地躺在鲜花丛中，他再也不能张开嘴，与这个由朋友变为政敌，又由政敌再变为战友的可人商讨在未来的国民政府中的安排事宜了。孙中山将要给杨度安排一个什么位置呢？随着他的逝世，将成为一个永远不可解答的谜！

杨度迈着沉重的步履走出社稷大殿时，突然遇到迎面而来的李烈钧。李烈钧一九〇五年在日本士官学校读书时，曾与杨度有过一面之识。他是一个激烈的革命派。在日本时就加入了同盟会，回国后在新军里任职，积极宣传革命主张。辛亥革命那年，他率部独立，先后任过安徽江西两省都督。李烈钧对袁世凯压制革命党的行为非常愤恨。宋案发生后，他与黄兴、胡汉民一起举兵反袁，失败后逃亡日本，与袁世凯结下深仇大恨。蔡锷到云南后，他随即去了昆明，就任护国军第二军总司令。以后一直跟着孙中山。孙中山去世后，他任北京治丧处招待股长。

李烈钧性格暴烈，恩怨分明，他平生最恨的就是袁世凯和袁氏党羽。今天在这种场合碰到这个筹安会的理事长、帝制复辟的头号要犯，他真是又悲又愤，又恨又怒。他快步走到杨度的面前，鼓起两只眼睛，冲着杨度吼道：“你这个祸国殃民的袁氏走狗，总理就是你们这班人给活活整死的！你也配到这里来？快回到佛堂念你的鬼经去吧！”

说罢，将一口唾沫狠狠地吐在杨度的脚前，扬长而去。

杨度猛然遭此一遇，又羞又恼，只觉得眼前一阵昏黑，两脚直发软。

“皙子，皙子！”夏寿田边喊边将他扶住。

杨度斜靠在夏寿田的肩膀上，苍白的脸上露出凄惨的一笑，无力地说：“不要紧。”

“他是谁？”夏寿田指着李烈钧的背影问，“这人怎么这样无礼？”

“一个粗鲁的武夫。”杨度捂着胸口说，“午诒，不要跟他计较。”

“岂有此理！”夏寿田还在气愤不平。他握住杨度的手。手是冷冰冰的。于是指了指不远处供游人休憩的石凳说，“我们到那里去坐一会儿吧！”

杨度点了点头。他们一起来到石凳边坐下。一个卖大碗热茶的老大爷推着小车走过来，夏寿田要了两碗热茶。

喝了几口茶后，杨度觉得胸腔里好受了些。他微闭着双眼，在心里默默地一遍又一遍地重复念着“阿弥陀佛”四个字。就这样也不知念了几百句，他的情绪渐渐平静下来，脸上也慢慢地恢复了血色。

夏寿田凝望着社稷大殿。大门外长长的瞻仰队伍在缓慢地推移着，只见前面的人一个个地走进殿内，然后又走出来，却不见吊唁的人数在减少。他与孙中山没有过直接交往，也没有仔细研究过孙文学说，眼前的场面使他看出这位开国总统在国人心中的地位。

“老弟，我们到城外去散散心吧！孙先生走了，中国的事还要靠我们生者来做，不要太抑郁了！”

“老兄说得对。今天天气好，我们干脆到城南江亭去踏踏青吧！”

随着对话声，一高一矮两个汉子从他们面前走过。

啊，是的，江亭，十多年没有去过了！想必眼下那里春光正浓，春意正足，应该去看看。夏寿田想到这里，顿时来了兴致，对杨度说：“皙子，四大皆空，还是保持自身的六根清净为好。今天风和日丽，我们也到江亭去走走吧！”

“可以。”杨度起身说，“你说得对，是该六根清净才行，走吧。”

一个小时后，马车将他们载到江亭。

到底是郊外，远离了城市的喧嚣尘浮，比起城内的些许春色来，这里的春意的确要浓烈得多。一大片一大片叫不出名字来的树木全部换成了新绿，各色各样的野草小花蓬蓬勃勃地充满生机；芦苇丛生的沼泽地里，成群结队的鸟儿在飞翔起伏。造物主按时将春光送回人间，但人间的状况却糟糕透顶。长年内乱，百业萧条，江亭边的几家饭铺酒店，房屋破旧，生意清淡。古老的慈悲庵墙倾壁颓，灰暗冷瑟，让人觉得只要有一阵稍大的风吹来，它便会从头到脚连根倒塌似的。游人很少，更无风筝哨鸽。放眼望去，四周一派荒芜落寞。原本是为了散心而来，却不料到了这里，心情反而更加压抑沉闷了。

孙中山闭目躺卧，李烈钧瞪眼吐沫，这两个情景总在杨度的眼前晃动叠印。“祸国殃民”，“祸国殃民”，“祸国殃民”，李烈钧的怒骂，声声震荡着耳膜。我杨皙子从小发愤读书，壮志凌云。戊戌年在时务学堂，与谭嗣同、蔡锷对天盟誓，要为国献身。现在，蔡、谭成了举世崇敬的英雄，我却变成了“祸国殃民”？在日本四年，我与梁启超一样地研究各国宪法，为在中国建立起完整的宪政法制而努力。现在梁成了一代精神领袖，我却变成了“祸国殃民”？为了祖国，我放弃了在东洋立马可得的美人和丰饶财产，可这番苦心，又有谁知道呢？为君宪尽忠竭力，固然不合时宜，但介绍孙、黄相识、支持黄兴起义、挫败陈炯明的阴谋，这些难道还不足以将功补过，取信于世吗？为什么李烈钧还要死死揪住“帝制余孽”不放呢？李与我并无私仇，他之所以如此，纯系过去政见不同而结下的怨恨。李如此，胡汉民、汪精卫、谭延闿，以及整个国民党不都会如此吗？倘若孙先生不死，凭着他的威望和对我的信任，既可以压住李烈钧等人的旧怨，又可以让我为革命事业立新功，晚年的辉煌说不定真可以指望。可现在，大树已倒，一切都完了！“还不回到佛堂念你的鬼经去”，看来今生今世，唯一的避风港真的只有佛门禅室了！

万象皆空，万缘俱息。还是佛祖指示得对。不这样来看待世事人生，我杨晳子还能静下心来安度余年吗？

夏寿田也陷入了沉思。他清楚地记得，那年他高中榜眼，名动天下，享尽了人生无限风光无限荣耀。就是在这江亭，那么多素不相识的游人茶客围绕着他，谁人的眼光里不充满着羡慕、尊敬？二十八岁的青年才子，本可以沿着这条已因科举胜利而开辟的宽阔大道走下去，由翰林而学士，由学士而尚侍，登上仕宦的高峰。可是，国运多艰，命运多舛，岁月一晃就过去了，而今鬓已斑，体已弱，却一无所成，一无所有，只落得满眼春光满眼愁！他终于不能压制心头的郁闷，对杨度说：“晳子，你还记得戊戌年我们第一次游江亭吗？”

夏寿田的一句话，把杨度的思路从眼前推到了往昔。戊戌年第一次游江亭的事，怎么可能忘记呢？当年带给夏午诒的只不过是功名的风光，带给杨晳子的却是人生的幸福。静竹，这个美丽多情的名字，这个美丽多情的女人，年年月月，生生世世，人间天国，宇宙洪荒，将永远与他相聚在一起！而为他们牵上红线的，不正是这座江亭吗？青春伴随着爱情，在他心里点燃着一把旺烈的火焰，国家虽然王气黯然，他个人却是雄心勃勃！

“我们第二次游江亭的时候，岳霜在这里作画，静竹也还在……”夏寿田喃喃地念叨着，往日的追思重重地压住了他的心头。

是的，是的，庚戌年再游江亭的那一幕仿佛就在昨天。那一天是中秋佳节，两家结伴在此赏秋景喝菊花酒，静竹尤其兴奋。她拄着拐杖，依偎在杨度的身旁，谈起他们的初恋，计划着再游潭柘寺，对身体的康复充满希望。岳霜架着画板作画，亦竹抱着孩子在一旁为她调色。她们本身就构成了一幅恬美的人生画卷。还有意想不到的寄禅和净无成双成对出现在慈悲庵前。灰暗的慈悲庵，大概只有那一刻才焕发着光彩。国事虽不堪问，而生命依然有其乐趣所在。三十多岁的宪政编查馆提调仍对前途怀着憧憬。

然而今日，这一切都化为乌有了。岳霜走了，静竹走了，寄禅走了。净无大概也走了，那本注入寄禅一生情爱的《覆舟集》，看来也只有焚化给她了。国事更加一塌糊涂，年过半百体气衰弱的槐安胡同老宅主人也对未来不抱任何指望了。帝王学传人没有了，曹锟高等顾问没有了，中山特使也没有了，唯一有的，就是这个自封的虎陀禅师。别无选择，别无出路，除开“万象皆空，万缘俱息”，还能有其他吗?

“皙子，前两次我们游江亭时，一人都题了一阕《百字令》，今天我们每人再题一阕，留下作个纪念吧！”当两人都心事重重地走近江亭粉壁前时，夏寿田向杨度提出了这个建议。

“好吧！”近三十年岁月，转眼一瞬间，此中有多少回味，多少感叹！杨度对老友说，“前两次都是你和我，这次你先写，我来和你。”

“行！”

夏寿田从附近酒家处借来一支笔一壶墨汁，对着粉壁凝神良久，然后挥起笔，先写下几句序文：

戊戌年，予与皙子初游江亭，各题《百字令》一阕，时皆少年，意气正盛。十二年后再游江亭，又各题《百字令》一阕。时予家难初已，皙子东游归来，均觉锐气减半，不复当年。今三游江亭，不可无词纪实，然国运家事均不堪回首，幸喜予早已信奉禅宗，于无路处回过头来，反觉天空地阔，风清云爽，无复哀乐之可言矣。

杨度读了这段文字，深为惊诧：想不到午诒只参了一年的佛，竟然全得了禅机！且看他是如何写的。跟着夏寿田手臂的不停挥动，杨度轻轻地诵道：

西山晴黛，阅千年兴废，依然苍好。竖子英雄都一例，付与断烟荒草。一勺南湖，明霞碧水，未觉风光少。不堪回首，酒徒词客俱老。　　休问沧海桑田，龙争虎战，闲事何时了？听唱菇蒲新曲子，洗尽从前烦恼。随分题襟，等闲侧帽，一角江亭小。不辞尽醉，明朝花下来早。

“该你了！”

夏寿田写完，将毛笔和墨汁递给杨度。杨度接过，立即在壁上写着：

天畸道人尚无复哀乐可言，虎陀禅师岂至今未成佛耶？万象皆空，万缘俱息，一切诸可不言，惟有江亭三叹而已！

稍停一会儿，他把和词一句一句地写了出来：

一亭无恙，剩光宣朝士，重来醉倒。城郭人民今古变，不变西山残照。老憩南湖，壮游瀛海，少把潇湘钓。卅年一梦，江山人物俱老。　　自古司马文章，卧龙志业，无事寻烦恼。一自庐山看月后，洞彻身心都了。处处沧桑，人人歌哭，我自随缘好。江亭三叹，人间哀乐多少！

“杨先生，何须如此，人间正歷沧桑正道哩！”

杨度、夏寿田正在聚精会神地欣赏着自己的佳作，冷不防背后响起一句浑厚温和的声音。二人回过头，只见一个身着长袍的男子正微笑地望着他们。

“守常先生，好久不见了！”杨度对着李大钊抱拳，又指着夏寿田介绍，“这是夏午诒先生。”

“夏先生好！”李大钊客气地称呼着，说，“我给你们二位介绍一个新朋友。”

杨度这时才发觉李大钊身后站着一个青年。此人年约二十六七岁，英俊挺拔，两道浓密的眉毛下一双大眼睛格外明亮。他跨前一步，脸上露出和善的笑容，向杨度伸出手来，同时自我介绍：“我叫伍豪，久仰皙子先生大名，今日识荆，不胜荣幸！”

见伍豪已主动伸出手来，杨度不便再抱拳，也只得伸出一只手去。伍豪紧握杨度的手。杨度立时感觉到这只手分外的宽大强劲，仿佛有一股伟力正通过这只手向自身涌来。他注视这个浑身英气勃勃而不失沉稳温良的年轻人，说：“伍豪先生，幸会幸会！”

伍豪又将手伸向夏寿田。

李大钊微笑着对杨度说：“杨先生的词写得很好，只是略嫌颓废了点。”

杨度苦笑着说：“不随缘自好又如何呢？你们看，中国正指望孙先生来改变，却不料他又壮志未酬身先死，真是无可奈何！”

“孙先生的革命事业，继承者大有人在，壮志一定会酬的！”伍豪操着一口带苏北口音的京腔，坚定有力地说。

“伍豪说得对！”李大钊郑重地对杨度说，“他现正在孙先生亲手创办的黄埔军校做政治部主任，这次特为进京向孙先生遗体告别。南边的革命浪潮，已经汹涌澎湃了！”

伍豪含笑对杨度说：“杨先生，守常先生告诉我，您为保卫南方政府出了大力，我们感谢您！”

李烈钧骂他为“祸国殃民”，伍豪感谢他出了大力。同是南方政府的革命党人，为什么相差这样大？杨度的身上淌过一股热流。

伍豪再次伸过手来，握着杨度的手说：“杨先生，不要颓废，革命事业一定会成功的，中国的前途一定是光明的。走出佛门，和我们一起战斗吧！”

“我老了，落伍了。”杨度摇了摇头说，“社会不需要我了。”

“哪里，杨先生，你听！”伍豪指了指亭子外。

杨度顺着伍豪的手势看去，只见青枝绿叶间，明媚阳光下，一群青年男女正在放声高歌：

> 黄河黄河，出自昆仑山，远从蒙古地，流入长城关。古来圣贤生此河干。独立堤上，心思旷然。长城外，河套边，黄沙白草无人烟。思得十万兵，长驱西北边。饮酒乌梁海，策马乌拉山，誓不战胜终不还。君作铙吹，观我凯旋。

杨度听得发呆了，这不是我二十多年前写的《黄河曲》吗，怎么至今还有人在唱？

李大钊笑着说：“他们是一群北大学生，和我们一起来江亭郊游。杨先生，我们到他们那里去吧！”

“好！”杨度快乐地迈开双腿，跟在李大钊、伍豪的后面走出江亭。他觉得自己正在走向青春，走向光明！

一九九二年四月至一九九五年五月

写作于长沙观弈园